# 又见紫荆花

王　敏　鲍昌宝　主编

**图书在版编目（CIP）数据**

又见紫荆花／王敏，鲍昌宝主编．—广州：暨南大学出版社，2013.10

ISBN 978-7-5668-0475-4

Ⅰ.①又…　Ⅱ.①王…②鲍…　Ⅲ.①文艺—作品综合集—中国—当代　Ⅳ.①I217.1

中国版本图书馆 CIP 数据核字（2013）第 016572 号

出版发行：暨南大学出版社

**地　址：** 中国广州暨南大学
**电　话：** 总编室（8620）85221601
营销部（8620）85225284　85228291　85228292（邮购）
**传　真：**（8620）85221583（办公室）　85223774（营销部）
**邮　编：** 510630
**网　址：** http://www.jnupress.com　http://press.jnu.edu.cn

**排　版：** 弓设计
**印　刷：** 佛山市浩文彩色印刷有限公司

**开　本：** 890mm×1240mm　1/32
**印　张：** 13.75
**字　数：** 381 千
**版　次：** 2013 年 10 月第 1 版
**印　次：** 2013 年 10 月第 1 次

**定　价：** 32.00 元

# 人生，从写作开始（代序）

南国的秋冬之际，漫天的紫荆花盛开夺人心魄。在肇庆学院的校园里，有一条紫荆大道，这是20世纪80年代一群大学生亲手栽种，现在已经郁郁葱葱长成参天大树了。每到秋冬之际，紫红的花朵尽情开放，绚烂一片天地，历经数月。树上的花儿无穷无尽地开放，缤纷灿烂，地上散落着层层叠叠的花絮，厚厚的，绵软的。走在这条路上，便徜徉在紫荆花的海洋中，成为肇庆学院最美丽的景致。

在这里生活着一群中文学子，他们在系统地学习文化知识的同时，也拿起笔抒写自己的青春与激情、梦想与心境、思索与迷惘，展现生命的奇幻与生动，有的公开发表了、获奖了，被大家共赏，生命的零零碎碎因此变得永恒。为了记住这些美丽的故事，为了更多人能够从中找到一种绚烂的美丽，我们把它们集合在这里，犹如一道风景，一片盛开的紫荆花，献给热爱文学的无限的少数人。

曾经心怀“文学梦”的一代代中文学子，以文字记载生命的激情与智慧，成为大学里最为靓丽的风景和最令人羡慕的骄子，那是至今想起都热血沸腾的日子，然而，不知不觉间，时事迁移，文学梦离我们越来越远，世俗的精致与趋利的算计淹没了一切，写作变成了不可企及的艰难，文学突然与“无用”相连，令无数从事写作的人纠结、苦痛。伴随写作精神失落的，是一个时代人文素质的急剧下降与社会良知的缺失。

今天，写作人才的缺乏已经日益严重，每年来文学院招聘的单位很多，他们只有一个意愿：需要写作能力强的学生，然而，在中国高等学校的知识和能力的培养中，写作知识和写作能力的培养却是一种最为艰难的工程，它不仅涉及思维训练、人格教育，更多的是文学功底的养成和创新意识的开掘，难以一蹴而就。而文化产业的兴起，对写作人才的社会需求越来越大，文化创意人才的培养刻不容缓。但是，现实的情形是进入中文各专业的大学生，很少具有写作基础，应试教育的后果培养出来的是四平八稳的只有空话套话的八股文，思维僵化、语言浮泛、立意简单、技法单一，缺少激情、想象，没有创新意识和个性色彩，简单化、模式化成为通病，基本上与文学精神无缘。更令人惊心的是，大多中文学子被世俗的功利主义思想和精打细算的利己的算计主宰心灵，缺少超越与感悟。在大众化高等教育的形势下，文学离中文学子越来越远，各种证书成为将来谋求职位的资本，变成最被热衷的事业和学习的动力。而写作，这一作为中文学子最为重要的身份标志，却始终得不到中文学子的重视。汉语言文学专业的学生尚且如此，其他专业的学生就更难有写作的爱好了。

如何改变这种情况，成为摆在今天所有从事文学教学的人面前的重大课题。一方面，必须唤起青年学子的文学梦想和人文关怀，在关注现实中能够实现超越，拥有理想主义品质与浪漫情怀，实现个性化人才培养目标；另一方面，又必须让中文学子提高获取社会职位的综合竞争力，成为高素质的应用型人才。多年来，文学院坚持“面向市场、面向社会”的办学定位，遵循文学教育教学规律，坚持素质教育理念，适应市场和社会经济发展需求，构建适应创新性和应用性为基础的个性化人才培养的教学与实践体系，培养学生良好的人文素养、个性特长、创新精神和实践能力。以“专业辐射职业、人文渗透个性”为专业价值理念，加强写作能力的培养，初步建构现代写作课程体系和训练平台，适应现代社会对写作与创意人才的广泛需求。为此，文学院以写作教学为中心，构建“六六一一”写作平台（60 篇作文、6 篇读书报告、1 篇学年论文、1 篇毕业论文），通过强化学生的写作训练，加强教师的指导工作，培养学生写作的自觉性；在汉语言文学专业和高级秘书专业、广播电视新闻专业之间实现专业互通，打破专业之间的壁垒，使各类专业课程共享，培养学生的写作意识和应用型写作能力；以社会调查为中心，通过建立大学生社会调查实践基地，以教师和学生合作的“项目”运作方式，培养学生进行社会调查、数据处理的实践能力，以及分析问题、解决问题的能力，提高写作能力；通过创建“第四纪剧团”，让学生在教师的指导下，自编、自导、自演名作经典和身边故事，享受创作的魅力和成功的喜悦。

通过十数年的努力，文学院的写作教学获得了丰硕的成果，不仅一大批中文学子在各种文学创作大赛上获得奖项，在各种公开的刊物上发表作品，而且因为写作能力强，在激烈的就业竞争中总是获得较好的职位。文学院的教学水平和教学质量赢得了广泛的社会认可，具有一定的社会影响。文学院也因此获得了一系列的荣誉，先后获得广东省教学成果二等奖、广东省大学生社会调查实践基地建设单位等。

对于进入文学院的学子们，我经常说的一句话就是：开始写吧！人生也许就是从写作开始，那里有无限的风景因为写作而呈现，生命的点点滴滴于是汇流在永恒的光辉中，生活的疼痛从此会结下晶莹璀璨的珍珠，人生将会掩映在神圣的辉煌中。我们期待中文学子片断的写作而展现出的生命的美丽与神圣的凝望能够映现写作的无限风光，并能不断地被结集在一起，成为一道靓丽的景致，犹如“又见紫荆花”一样的欣喜。

**肇庆学院校长、博士、教授**

2013 年 3 月

# 目　录

**又见紫荆花**



**散文**

**又见紫荆花**



**书评**

**新闻稿**

**社团简介**

# 诗　歌

# 梦不在远方　驻在心上

汉语言文学　2008 级 2 班　李泽敏

我在天风中对你息叹
息叹我的路过
消了你最好的时光
只留你憔悴的盼望

我穿梭在那排木棉
棉絮
梅雨帘
望不透思念绵绵

你荡着孤舟
说要往天堂寻找梦想
我却怕你沾湿了衣摆
再就会艰难挥逸你的衣袖
还要卷走许多尘埃

你说你记得木棉
记铭着梦想
只是怕在深默的水上
看不见渔火　寻不到方向
只剩满腹悲伤
却等不来皎皎月光为你填满

我说　梦不在远方　驻在心上
只是你的灵宫　不安
不敢拨去迷雾展翅飞翔
还要折断翅膀　葬自己于哀伤迷茫

别让假想的坚强摧毁在失望手上
梦还安在宁静之邦
宁静之邦还在于海洋
等你脚去踏上

（发表于2009年《西江读书》上，获第一届“首先杯”全国诗散文比赛优秀奖）

## 咫　尺

李泽敏

我永远到不了一个彼岸，
那里存在于你的展望。我的母亲
当我的小小的，带神圣血的身躯
从此要脱离你的躯体，
你梦见一大片草原

草原，从此要经历骤雨暴风
从此要历经一段长长的风景移动的过程
然后在某个夜里，你注定还要为我偶尔的寂寞
触目惊心，终无法安睡

## 又见紫荆花

你不知道我在你的子宫里，子宫外
其实已经收集了许多你灌下给我的爱
夜夜日日，分分秒秒
并，已经足够我一生行走的力量

当我的手触摸到你的眼角褶皱
我们的约定，就成了草原上
腾格里下的云卷云舒
里的雄鹰

你没有教我飞翔，并舍不得将我扔下山崖
但我向往蓝天
最终将自己掷下高山，
自己在刹那恐惧惊慌里，找到我信仰的新生

你在一角数着我掉下的羽毛
用眼泪洗净上面的血污，珍藏在怀
但我却只能为你画出轨迹
以此讲述见到我的美丽

那一片草原离离
神州九天沾染我的气息——源于你
你却已成灰，散在风里
无边无际，做我扶摇的撑力

土里，容颜，生命的终结
伏土，又展翅，为你再画出轨迹
苍老，重临，用尽生
报你一笑，一欣荣

时间，永续

（发表于《西江读书》2010 年第 3 期）

## 绿之泉

语文教育　2008 级 1 班　黄月敏

绿色的山泉
健康的水源
清清爽爽酷到底
嘿！鼎湖山泉

舞动的青春
放飞的翅膀
轰轰烈烈乐一回
啊！鼎湖山泉
关怀不断
环保献真情
绿色好心情

越过高山，漂过西江
去寻一个宁静的地方
那儿有翠绿的山冈
碧绿的山泉
哦！鼎湖山
绿之泉

绿色的我
健康的你
一起歌唱绿之歌

（获肇庆市鼎湖山泉歌词创作大赛一等奖）

## 彼岸花，旖旎情

汉语言文学　2009级　陈月敏

紫樱飘零在馥郁的季节
你美丽如百合的脸庞
浸润在紫色的梦中
梦　在酒中
只轻轻一口　我便醉了
醉在满树绽放的一抹紫色流光里

你青青的衣裾
在柔风中渺渺飘曳
我困惑你为何如此敦厚
不断地受伤又不断地复原
却从不为自己辩白
只愿温柔地等待一个个成熟的果园
只愿以温热的泪液浇灌一个个红色的梦想

你　微笑着说
在逶迤延绵的厚实臂膀下
这里是一方被理想灼热的土地

晨曦的雾霭里荡漾着追梦的朗朗书声
金黄的余晖中沉淀着渴望成长的痕迹
只有你
也只有你才能了解水笔仔的心跳与脉动

一股莫名的忧伤爬上心头
我常揣想
在对你无理的埋怨中
有谁会注意你眼里闪过的哀怨
又有谁能感受你心中刹那的疼痛
你美丽的脸庞会否在离开的时刻被记忆模糊

而你　却宽慰地笑了
指着排练的乐队　搭建的棚架　拉起的横幅
活跃着、欢笑着、殷盼着的青春身影——
旖旎四十载的青葱岁月
正以绝美的姿态绽放魅力
在所有肇院人的热情祝福声中
将每一份荡起的欣喜与感激藏进肺腑、藏进心房
剪辑成一帧最美的回忆相册

（获2011年肇庆市端州区文联与肇庆学院湖畔文学社举办的主题征文二等奖，肇庆学院40周年校庆“喜迎校庆，寄语母校”主题征文一等奖）

# 剧　本

# 戈多的等待

第四纪剧团

人物：戈多、扫地大婶、女大学生

舞台设计：舞台中间摆放背景板。背景板为办公室的一面墙，墙上印有“戈多心理诊所，热线电话，广告（广告语：为您受伤的心灵疗伤，为您迷失的心灵铺路，为您受困的心灵开锁）”。背景板的前面放有办公桌，桌上有电话。舞台右边有一个巨型日历，翻到4月1号。

场外音：饱受寂寞困扰的戈多先生终于下山了，不远万里来到中国广东，在大学校园旁边开了一家心灵诊所。这天，诊所正式开张营业。

（戈多上台，精神饱满）

戈多：不是我不明白，这世界变化真快！心灵的脚步总也追不上这城市的节奏，受伤了吧？迷惘了吧？累了吧？没关系，有我戈多先生在此为您等待，解放您的心灵只需一个电话！我戈多专攻心理学、人类学、精神分析学、社会学等，还专修了八国语言，我还怕这世界上有我解决不了的心理问题吗？

（电话响，戈多走到电话旁）

戈多：喂，你好，戈多心理诊所愿竭诚为您服务，心灵疗伤请按1，心灵铺路请按2，心灵开锁请按3，心脏停止跳动请挂机。（电话那一头响起嘟嘟声）怎么挂了？

（电话刚挂上，又响）

电话音：请问心理辅导点计钱？（广州话）

戈多：哦？广州话，这个……你待会儿再打来。（挂电话，又响）

电话音：我很痛苦啊~我苦不堪言啊~我不知道说什么好。（潮汕话）

戈多：这是哪个地方的语言？这，这……你待会儿再打来！

（挂电话，又响。戈多犹豫了一下，把手伸过去，最后还是不敢接。）

戈多：我得想想办法。

（退，没过一会儿，从后台搬了一大堆书出来，把书放在桌子上）

戈多：（拿起一本书）哈哈！《方言一日通》，我今天就把你吃透。（说着便坐下来，“咿咿呀呀”地读起来。电话响。）机会来了。（拿起电话，用广州话说）你好！

电话音：（普通话）戈多先生，我很痛苦，因为我很穷，我家的佣人也很穷，我家的园丁也很穷，我家的司机也很穷……对了，戈多先生，你穷吗？

戈多：这个……我建议你先辞退几个人吧。（放下电话，又响）

电话音：生活真没劲，上个月我的一个哥儿们向我借了4 000块钱，说要去做整容手术，结果现在我完全不知道他变成什么模样了。戈多先生，你知道他在哪里吗？我没法过了……

戈多：不知道！（挂电话）这样下去，我的生活也没法过了。看来，我还是得再想想办法。

（戈多退，灯光暗，打聚光灯。大婶上来，拖着地。）

大婶：（看见日历）哎？今天不是2号了吗？忙得都忘了时间了。（走过去翻日历）

（大婶下，聚光灯暗，舞台灯亮。戈多顶着黑眼圈，戴着一副大眼镜上，桌上多了几台电话。）

戈多：这一次，电话加到了50条线，我也能给你解决。（看书）

（女大学生上）

女：为您受伤的心灵疗伤，为您迷失的心灵铺路，为您受困的心灵开锁。今天，我总算找对地方了。您好，想必您就是戈多先生吧？

戈多：哦，是的，请坐！请问有什么可以帮你？

女：（慢慢地坐下来）戈多先生，我又失恋了，我很痛苦，怎么办？

戈多：人生除了爱情还有许多美好的东西，你应该转移注意力，想一想其他的，这样就可以走出失恋的痛苦。

女：是的，转移注意力，我想把注意力转移到工作上来，可是，我找不到工作，失业的痛苦真是雪上加霜啊！

戈多：找工作的话，只要你放低标准，准能找到。

女：我堂堂硕士研究生，长得貌美如花，条件这么好，没个几十万年薪，我可不干，我可不能贬低身价，要不然我怎么在朋友中混啊？

戈多：你这是拜金主义，得换一种价值观，否则很难办的。

女：什么很难办？我倒是有个两全其美的办法。

戈多：有办法你还找我？

女：这不是要你协助嘛！

戈多：好吧！你说什么办法，只要我能办到的一定帮你。

女：征婚！

戈多：（吓到）征婚？

女：没错，征婚。你帮我做个巨幅广告吧！

戈多：小姐，可我这里开的是心理诊所啊。

女：戈多先生，你刚刚才说只要你可以帮忙的一定帮，难道一个小小的征婚广告你都帮不了我？

戈多：唉！本着为人民服务的精神，好吧，你说，你的条件是什么？（从口袋里拿出笔和本子）

女：其实我的要求并不高，就是有车有房，父母双亡！

戈多：父母双亡？有必要吗？

女：当然有必要，难道，还要我嫁过去像个小媳妇一样伺候公

婆吗？（不高兴）

戈多：（摇头）那你还有什么条件？

女：（慢慢地说）年龄30到35岁，身高一米八以上，年收入50万以上。

戈多：50……万？（惊讶）

女：是啊。车的话，随随便便有个雅阁就好。房子的话，我想要个独立别墅，因为我不习惯周围有邻居。

戈多：小姐，你这条件也太高了吧？

女：什么？以我自身的条件，这还算高啊？你是不是不答应？你要是不答应我，我就去死！我现在就去死！就现在……（想跑出去）

戈多：别，别！有话好好说。不是我不答应，只是……

女：那就是答应了。戈多先生，您真爽快！那我先走啦，等您的好消息。（下）

戈多：……（无奈中，电话又响了）

电话音：股票到底什么时候会升啊？

戈多：股票？股票……（翻书）书上怎么没有？（另一电话响，挂一个，接另一个）

电话音：房价什么时候会降啊？

戈多：房价？（继续翻书）嗯……不好意思，戈多先生出去了，请稍后再拨打。（挂电话声）怎么总是有新的问题出现？要应付这些人，看来得继续努力啊。

（戈多走进后台，拿出一本大书，封面写着“房地产新动态”，一边看一边念。）

戈多：进入“金九”第二周，广州新房供应量止跌回升，其中住宅的供应量大幅上升144.2%。由于供需关系依旧紧张，与市民购房相关性最强的公寓，其价格在“金九银十”期间……（电话响，接）

电话音A：烦死啦！买广本还是买大众好啊？

戈多：广本？大众？（另一电话响，丢下去接另一个）

B：我老公养不起我，你说我要离婚吗？

戈多：这个……（另一电话响，丢下去接另一个）

C：我老公包二奶了，你说我要不要离婚呢？

（多个电话同时响起，问题不断地出现，戈多应接不暇。情急之下，书掉在地上。戈多为了捡起书，被电话线绊倒，灯暗）

（聚光灯，大婶上）

大婶：（抹桌子，看见地上很乱）还让不让人活啊？这么乱！（看见日历，走去翻到3号，退）

（灯亮，舞台明显比刚才凌乱，地上也多了一些书，戈多有气无力地推出了一台巨型电话，看了看电话，笑。电话响。戈多回去接。）

戈多：戈多准备好了，等待您的问题！

电话音A：你说我是先生孩子还是先娶老婆呢？戈多先生！！

戈多：先到法定年龄再说。（另一电话响，戈多扔了手中的话筒）

B：我是听老妈的还是听老婆的呢？

戈多：听老子的！（另一电话响，戈多扔了手中的话筒）

C：我是先炒老板鱿鱼还是等老板炒我鱿鱼呢？

戈多：先炒我鱿鱼！（另一电话响，戈多接）

D：我是先解决吃的问题还是先解决住的问题呢？

戈多：先把我给解决了吧！

E：活着压力太大了，你说我是先看心理还是先看身体？

戈多：……

（戈多反应迟钝，有点傻的样子，接着电话声、彩铃声、发问声交错响起，戈多处于一种疯狂的状态，他不知道要去接哪一边、哪一个电话，在舞台上走来走去。最后，他吃力地拿起了巨型电话的听筒。）

戈多：喂！您好！我是超人。（把话筒扔在地上，傻笑。灯

暗。聚光灯打在戈多身上。灯暗）

（舞台灯亮，大婶拉着行李箱上）

大婶：这人怎么说疯就疯呢？别以为疯了就不用发工资给我，哪逃得掉的呢？我可不能白干啊，这些卖了也值几个钱。（拿他的书）

（女大学生上）

女：（看见乱，着急）哎！请问戈多先生在吗？

大婶：他呀？早被送进精神病院了。当时，他还在不断地说“戈多，等待，等待……”请问他是等你吗？

女：也许是的，我的问题还没解决呢。

大婶：那你跟我去精神病院找他吧，我也正要找他。（拉着行李走）

女：好咧！（女大学生跟大婶下）

（获2009年广东省第二届大学生艺术展演活动艺术表演类优秀创作奖）

# 窗

第四纪剧团　徐炯文

## 第一幕（灯亮，幕启）

女：不知道从什么时候开始，我每天放学经过的那扇窗染上了灰尘！那天，我好像受了什么委屈似的拖着脚步走在路上，看着沾满灰尘的窗（苦笑了一下），于是在上面写道：“你是我的窗，无人擦窗。”然后又拖着脚步离开。（舞台一边用纸片写字展示内容）

男：一天，我闲来无事，走到一栋破旧的教学楼前，站在那窗前。“无人擦窗?”心想：“那你怎么不擦?”然后便在窗上留了这话。

女：第二天，我又经过那窗户，发现玻璃上竟然多了一行字，那一刻真是气愤。但是，我……又想起那天发生的事情，刚平复的心又隐隐作痛，便草草在窗上回了一句“有心无力”。

男：第二天，我再次来到那扇窗前。“有心无力”，一个冠冕堂皇的借口，我快速在窗上写道：“你是个没有责任心的懦夫!”

女：第三天，还是那扇窗，但是窗上的文字却让我的心备受打击，眼眶已经装不下我的泪水了。写下“你根本不懂!!”

男：“我不懂?为什么我不懂”，我带着嘲笑，但是也带着一丝疑问。于是，我决定要见见这个人。

女：第四天，面对窗上的质问，我只能写道：“因为我们不一样。”在我准备转身离去的时候，我想，又何必向一位陌生人解释太多呢?于是我擦掉了那行字。

男：第四天放学，我早早地来到窗前不远处守候，看到一个女生站在窗前，心想是不是她呢?

(下面是现场声)

男：(鼓足勇气，质问)凭什么说我不懂?

女：(什么都没听见)转身离开。

男：哎~你怎么不理我，我正问你呢?(过去拉住女孩)

女：(被男孩吓了一跳)

男：你怎么不说话啊?

女：(惊恐地望着他，挣扎了一下，说不出话来，然后转身就跑，跑的时候掉了一本书)

男：等等!

男：(拿起那本《体育专业手语》，里面有一张纸条，写着：“我渴望参加亚运。”男孩惊讶，开始怀疑)难道她是……然后在窗户上写道：“对不起，请给我一个道歉的机会!”

女：(紧接着声音出，紧接着灯光亮)我喜欢看书，我喜欢安静的角落，但是我更喜欢热闹……我喜欢看着别人微笑。他们都觉得我需要被照顾，但是我没有她们想象中的脆弱，我也可以帮助别人。那天，她们报名参加了志愿者，我想和她们一起报名，但是她们说：这里不需要残疾人。（看到窗户的字，写道：“没关系。”）

男：（突然走出来，打手语）我想帮帮你，我知道你想参加亚运，有个地方非常需要你。

（灯光亮）

## 第二幕

（摊位有三名志愿者在招募。横幅：亚运志愿者招募点）

男：你们这里招收残疾人亚运志愿者吗?

工作人员1：是的，只要能够单独完成岗位服务，能够参加赛前培训及相关活动的视力残疾、听力残疾、肢体残疾三类残疾人都可以报名参加志愿者。

工作人员2：我们正期待有越来越多符合条件的残疾朋友加入我们的队伍，我们大家的亚运，我们欢聚，我们分享，我们共赢!

男：太好了!（对着女的说）他们需要你!

三名工作人员：（手语）我们需要你!

工作人员3：在亚运志愿者队伍里，我们非常需要特殊的亚运志愿者，往往是你们能给予亚残运的选手更多帮助与鼓励。

女：（手语）谢谢！我一定会用心去帮助别人。

（追光灯，女露出感动的表情，慢慢走到舞台中央，用手语说）

旁白：你我之间都有一扇窗，我们需要你的关注，用爱擦拭心灵的灰尘，让我们一起透过这扇窗，看美丽的世界，感受激情的亚运!

（获广东省大学生“迎亚运”话剧小品大赛二等奖）

# 十字路口

第四纪剧团　陈婉媚

人物：小艾（演员），鱼鱼（中学生），老奶奶，丹丹（老奶奶的小孙女），小艾的妈妈，时间老人，酒鬼

道具：酒瓶，纸巾，一只碗

## 第一幕

（亮灯）

小艾（跑）：啊！迟到了，我的演员海选赛啊！哎……（面对观众化妆）

小艾的妈妈（端着早餐，生气地上）：夏小艾！昨晚半夜三更的，你喝成那个死样，一早你又要去哪里？

小艾：哎哟，妈！我要迟到了啊！别烦我好不好？

小艾的妈妈：你看你，就这种臭脾气！你不要再贪玩了好不好？

小艾（继续化妆）：好啦！啰啰唆唆的！

小艾的妈妈：先把早餐吃完！

小艾（不耐烦地把牛奶喝完，跑着下）：我出门咯！

小艾的妈妈：夏小艾……（叹气，下）

酒鬼（手执酒瓶，一脸宿醉，唱）：爱情不是你想买，想买就能买……喝酒，是一种罪过，我喝酒是为了忘记这一种罪过！（边喝着酒边拖着步下）

鱼鱼（打着 PSP 上，手机响）：干吗？我在外面，唉，我不想上课啊。先这样咯，拜！（挂掉电话，继续边打游戏机边下）

奶奶（拖着丹丹上）：我的乖孙女，我们上学去了哦！

丹丹：奶奶，昨天老师布置了一篇作文，题目是“我的梦想”。我想了一个晚上，到底什么是梦想啊？奶奶，你有梦想么？

奶奶：呵呵，那是很多年前的事咯！

丹丹：说嘛，快点说嘛，奶奶你的梦想是什么啊，奶奶……（边走边下）（暗灯）

## 第二幕

地点：十字路口。

旁白：这里是一个十字路口，每天，不同身份、不同年龄的人都来到这里，然后又从这里出发。一聚一散，蕴藏着多少人生的意义。我们彼此都是陌生人，却彼此不陌生，因为我们总能相聚在这个十字路口，做着一件相同的事，那就是等待绿灯亮起，然后继续我们的旅程。（亮灯，弱光，十字顶端打射灯）

（四个人站成十字在舞台中央。顺时针转）

小艾（痛苦，哭腔）：绿灯怎么还没亮？

奶奶（失落，沮丧）：怎么还没亮？

鱼鱼（生气，激动）：怎么还没亮？

酒鬼（醉意，高声）：还没亮！（全亮灯）

（四个人背靠背往中间靠拢，撞到一起，同时转过身，同声道）：不好意思！

奶奶：咦？小妹，你怎么哭了？

小艾：我没事……（痛哭）

酒鬼（坐地上）：吵死了！哭什么哭啊……

鱼鱼（瞥了一眼酒鬼，和奶奶对视）：姐姐怎么哭了？

小艾（哽咽）：刚刚……我去参加了一个演员海选赛，结果，我落选了……

酒鬼（在一旁坐着喝酒，大声笑）：哈哈哈……

鱼鱼（过去踢了一下酒鬼）：哎呀！你这个大酒鬼！（回头看

了一下小艾，对酒鬼）嘘！

奶奶：乖，别哭，是他们没眼光，别哭了，啊……

鱼鱼：就是，姐姐不要灰心啊。

酒鬼：你们尽说些无聊的话！落选了肯定是有原因的！要不就是她不够努力，要不……唉！你们这么说，她怎么能认清她自己呢？

小艾（擦眼泪）：你凭什么这么说？凭什么？！

酒鬼：难道不是吗？如果你敢说你已经很努力了，问心无愧了，我就承认是他们没眼光。

小艾：我……

酒鬼：你说啊，啊！

鱼鱼：你干吗那么凶啊？！

小艾：我可是个有能力的人，我有必要那么努力吗？

奶奶：唉，小妹，光阴催人老啊，不要等到来不及了，才后悔当初没努力啊！

小艾：我用得着后悔吗？

酒鬼：看来你还没受到教训是吧？落选了连反省都不会！

小艾：我没时间反省！

奶奶（摇头）：你的时间都用来干吗了啊？

小艾：时间当然是用来和朋友 High 的啊！

酒鬼：（顶你条粉肠！）你把时间都浪费在玩上，你神马能力都是浮云！

（奶奶和鱼鱼私语）

奶奶：哎，年轻人都那么冲……

鱼鱼：粗鲁……

小艾：我真的会演！不信你看啊，你看啊（跑到舞台前，边说边演。音乐。弱光，打追光）阳光明媚的午后，女孩在森林里欢乐地跳舞，她看见了一地灿烂的鲜花，心都酥软了。天空，一片湛蓝。可是自然瞬息万变，突如其来的风暴让森林变得阴森恐怖。

呼啸的风让女孩为之一颤，这时候，森林就像恶毒的巫婆，发出嗤笑。这个世界是我的！哈哈哈……女孩很害怕，出口在哪里？出口在哪里？她找不到回去的路……然而，雨过天晴，一切又像来时那么明朗，女孩站起了身，露出了感动的微笑。全亮灯。

鱼鱼（夸张）：好厉害啊！Come on，Give me five！

奶奶：呵呵，继续加油！

酒鬼：切！

小艾（生气）：什么意思啊你？

酒鬼（讽刺）：你是不是自我感觉很好？我告诉你，你的表演根本不到位。这就是你平时不用功的结果！加上你太傲慢了，落选是情理中的事！

小艾：你！（欲哭）

奶奶：走，我们别管他！这小伙子真不行！

鱼鱼（揪起酒鬼，揍他）：你太过分了！

酒鬼（喝一口酒，推开鱼鱼）：喂，我说，你敢不敢跟我说说你今天海选的经历？啊？

小艾：今天的海选，自我介绍和个人展示环节我的得分都很高，只不过到了团队协作那环节……我真不屑和那些肤浅没有演技的人一起排戏。

奶奶：唉，小妹，一场戏需要一群人来完成，团队配合才是最重要的。

酒鬼：中听！除非你想演鲁滨孙，可人家鲁滨孙也有个星期五啊！

小艾：那我就演一个没有星期五版的鲁滨孙。

鱼鱼：哈哈哈……

奶奶（捂住她的嘴）：不要笑！

酒鬼：你还不明白？梦想很丰满，现实很骨感，你要实现梦想，就要向现实就范。你的不用功、孤傲、自我通通都要扔掉！

小艾：我就是不明白怎么样！梦想是个什么破东西！你教训

我！我妈妈也教训我！我不演了，行了吧！

鱼鱼：姐姐，梦想是件好东西，我想要都要不到啊！

奶奶：你让我想起了我年轻的时候。

小艾：人们都说，梦想只是一只吞食时间的怪物而已！它会把你的时间、精力都吞食干净，直到你一无所有。

奶奶：唉！你错了。不是梦想吃掉了时间，而是时间吃掉了梦想。

小艾：我不懂。

鱼鱼：我也不懂。

奶奶：曾经，我也是一个青春活力、有梦想的女孩。我想当一名飞机师。我觉得特帅。

酒鬼：呵呵呵。（模仿飞机的声音，展开双臂滑翔，绕舞台一圈，倒下）

奶奶：但青春不再，梦想不再。当初我就是没有珍惜时间好好努力……

鱼鱼：唉！我更糟！我连梦想长什么模样都没有瞧见过！

小艾：唉，原来大家都在为梦想而忧。（音乐）

## 第三幕

时间老人（站起来）：呵呵呵！

三人惊讶，问：你是谁?

时间老人：呵呵，如果我说，我是一个乞丐呢?

（三人对视。开始掏零钱，塞给老人）

鱼鱼（跑到旁边的酒鬼身边）：喂，你有没有钱啊?（掏他的裤袋）

时间老人：呵呵。你们对我真是大方。

小艾：没啦！别这么说，您生活不容易。

奶奶：这仅仅是小钱，您收好。

鱼鱼：呐，这还有！

时间老人（深沉）：唉！有些东西，你必须对它吝啬，你才能收获更多。也有些东西，你必须坚持，你才能成就更多。

三人同时：什么意思？

时间老人（回去蹲下）：你们回去好好想想吧。看，绿灯亮了。你们都错过了多少盏绿灯了啊！

（弱光，打射灯在十字顶端）

四人：绿灯！（四人站成十字在舞台中央，逆时针转）

鱼鱼：啊！我看到我的梦想了！我喜欢打游戏机，上大学了我要读游戏软件设计！

奶奶：我懂了！虽然我不再青春，但我可以让我的梦想保持青春！

酒鬼：哇哈哈！我终于找到灵感了！就是梦想！

小艾（依然迷茫）：梦想……

奶奶（看众人）：时间不早了，我要回家了。

鱼鱼：我也是我也是！

奶奶：我走这边！

鱼鱼：我走这边！

同时：拜拜！

（全亮灯）

酒鬼（端详小艾）：哈哈哈……垂头丧气的，丑死了！

小艾：Back sheep！

酒鬼：问你一个问题。

小艾：随便。

酒鬼：一个鸭梨，放进冰箱里，会变成什么？

小艾（疑惑）：什么？

酒鬼（问观众）：你们说是什么？

观众：冻梨！

酒鬼：哈哈，就是动力！（小艾震惊）不要想啦，继续坚持，努力吧！等你准备好了，喏，来这儿找我！（给她名片，下）

小艾（惊讶）：你是导演！

酒鬼：呵呵呵，拜拜！

小艾：可是，我一直都没有得到家人的支持，我本来打算海选成功了，回去告诉妈妈我以后不再贪玩，努力地为梦想而拼搏……唉！（发现包里的一封信，打开读）

（弱光）

（画外音：我的孩子，今年你20岁了，我知道你有很多烦恼，妈妈没有办法为你分忧，因为你总不在家。你像其他孩子一样，总是贪玩、好胜、自我，但我知道那只是一个年龄段的表现，你总会慢慢地长大，去追寻你的梦想。我知道你爱演戏，妈妈无条件支持你。我也有一个梦想，就是我的女儿能幸福快乐地实现她的梦想。来，让我们的梦想飞！爱你的妈妈字。）

小艾（感动）：谢谢妈妈。让梦想飞！我不放弃，以后都不放弃！我一定会克服掉我的坏毛病的！夏小艾，加油！（下）

时间老人（站起来走到台前）：你们知道我是谁吗？我是时间老人。时间，其实是掌握在你们的手上。过去，你们在十字路口上，错过了多少个绿灯呢？记住，你们要对时间吝啬，时间才不会对你吝啬。尤其是梦想。爱惜时间，坚持梦想，未来不是梦。唉？我有这么多的钱，时间老人我，要逍遥去了咯！

（获广东省第三届大学生艺术展演戏剧三等奖）

# 墙

第四纪剧团　黎嘉彦

人物：阿毛，大海，阿峰，院长（何辉），夜校校长，夜校学生甲、乙、丙、丁

## 第一幕

（舞台右侧置一墙壁，阿毛醉倒在墙边）

阿峰：你这小子，为了这么一个女人，大半夜翻墙出去喝个烂醉，值得么？（怒吼）

大海：好重！死胖子，光长膘不长肉的吃货！你要是死在这儿，就把你做成腊肉我俩对半分了算了。

阿毛（醉醺醺地）：翠花，你为什么离开我，你不要走啊！

大海：你别老往这边拐，好不？方向好像不对。

（院长在舞台右边散步，突然听见声音，上）

大海、阿峰（惊恐）：拜托啦，别鬼哭狼嚎啦，一会儿来人了怎么办……啊！院……院长！

院长：这么晚了，同学们还这么有兴致啊！能不能跟老头子我分享下啊！

（阿毛在地上叫唤着："翠花上酸菜，翠花你在哪……"）

阿峰：呃……呃……

大海：我们……溜了出去……喝了……一点，一点。

（大海和阿峰试图阻挡校长的视线）

院长：果然是酒逢知己千杯少啊，先别说了，那个同学大概喝高了？先扶回去吧。（欲扶阿毛）

阿毛：你不是翠花（撇开院长的手），你是酸菜。酸菜你不要走，你不要离开我！（支起身体抱住院长）

院长：好了好了！快扶他回去吧！

院长：你们先等一下！

阿峰、大海（停下、相望）：不会是要记我们的过吧！

院长：你们不用紧张。（灯灭）

## 第二幕

时间：二十多年前的一个傍晚

地点：某大学附近的成人夜校

（围墙位置改在舞台左侧，中间竖一牌子，上书“区成人夜校”，摆着四套桌椅和一块黑板，黑板上有“距自学考试还有1天”字样）

（灯亮，何辉上，走进课室前顿了顿，整理一下衣服，拍拍身上的泥土）

何辉：同学们好！

同学们：老师好！

何辉：明天就要开考了，我再给大家讲讲要点吧！

（转身在黑板上写写画画。开始讲课，响起音乐，何辉在课堂上做着各种比划、书写的动作）

（下课铃响）

（何辉走到同学中去）

何辉：同学们，明天就要考试了，说说吧，这一年来，大家都学得怎样？

（同学们很羞涩，你推我一下，我瞄你一下，就是没人说）

何：没关系的，同学们，说吧！

甲：老师，我们明天一定会考个好成绩的！

乙：嗯，是啊，一定会好好的，咱考上了好好请老师到咱家里来吃一顿！

何：呵呵，同学们呐，你们都信心十足的，我就放心了！

丙：那当然啦，老师教的东西啊，我们可都学以致用了呢！

甲：看你，刚学了个成语就在卖弄了。何老师啊，我一个农村娃，家里就我一个跑到城里来读书，读上了大学呀，咱家里就有盼头了。

何：好哇！知识改变命运，我就盼着你们家里是这么想的！希望你明天考试顺利！张敏？好像你都没说什么。

丁：老师……我，我怕明天考不过……

丙：考不上？怎么会呢，老师可是北岭大学的讲师呢！

甲：是啊，一定能考上的，别吓唬自己……

乙：别紧张嘛，你现在需要冷静……

（丁扑到几人的怀里哇哇痛哭）

丁：我害怕，真的很害怕……家里没几个钱了，哥哥不争气，跑去赌，说赚几个快钱帮补一下家里……结果输了！都输光了！把爹气得背过气去，这么一躺就几年……我，家里就指望我了……

（众人上前安慰）

何：没事的！没事的！你已经学得很好了，只要明天好好发挥，什么都难不倒你的！

（校长出）

校长：何老师，请您先放下手头上的事出来一下，好么？

何辉（对着同学们）：不好意思，同学们，请你们稍等一下！

（同学们一阵骚动，退到一边）

校长：何辉同志，您是不是应该给我一个合理的解释！

何辉：校长，我……我不明白您的意思！

校长：你还在装糊涂是吧，何辉同志，你没有出示相关机构颁发的教师资格证，而且你的文凭到现在也不见，你怎么交代？

何辉：既然校长把话说到这份上，那我就老实说吧，我是西江大学的中文系 85 级本科学生，其他的我没什么好交代的。

校长（火了）：大学生？在校大学生？（吃了一惊）你只是一个在校大学生，你凭什么祸害我的学生？

何辉：对不起，但是，请不要用祸害这两个字，我只是凭我的良心将我学到的知识传授给同学们，如此而已。

校长：你有这个资格么？你以为你是教授吗？

何辉：教授还不是从学生走来的吗？

校长：那我得问问你，你又是怎么走到这儿的？

何辉：我是翻墙过来的。

校长：不好好专心自己的学习，翻墙出来，你算什么学生？跟社会上的流氓有什么分别？

何辉：我……

（何辉愤然回到座位收拾书本，校长尾随进教室。同学们面面相觑，疑惑）

何辉：同学们，我要走了。我要回到我应该待的地方。（向门口走去）

（丙、丁跑上去拉住何辉，甲、乙上前向校长求情）

甲：校长，何老师人挺好的，您就……

乙：是啊，是啊，求您不要赶走他……

丙：校长，我们……

何辉：校长说得对，同学们，我不能耽误了大家啊。

同学们：老师，你不要走……

何辉：我要回到我应该待的地方。

（校长看着哀求着的同学们，缓缓走向何辉）

校长：小何啊！其实你的表现真的让我很满意，但是你现在还需要多加锻炼啊！你这种年轻的朝气我也十分欣赏，只是你现在的这种行为，对得起你为人师表的梦想吗？还有以后那些要跟着你学习的人会怎么看现在的你呢？毕竟学习才是你现在首要的任务啊！

何辉：校长……（众人疑惑状）

校长（拿出信封）：黎保龙教授是我的老朋友了，你拿着这封信去找他，我相信他会给你一些指导的，对你的学业多少会有帮助的！我希望你以后能真正去翻越你心里的那堵墙，还有人生路上的那些墙。如果你以后还想回来的话，我这里的大门永远为你敞开。

（何辉犹豫了一阵，上前，与校长握手）

何辉：谢谢您，校长！我一定会尽全力好好学习，以后，我一定还会回到这个位置上来的。

（逐一与同学们拥抱）

何辉：同学们，明天会是你们生命中一个重要的时刻，你们要努力！希望我下次回来的时候，你们……你们都要好好的。

## 第三幕

（回到第一幕的布景：舞台右侧置一墙壁）

院长：在你们身上啊，我仿佛也看到了自己年轻时候的影子，不过二十多年过去了，都不同了，但是那堵墙（指着身后的墙），还是一样，今天就是我们的桥梁。（看着三人）

阿毛（半醉半醒）：翠花，你为什么要离开我?!

阿峰：你给我闭嘴！院长，那你后来怎样啦?

院长：你们这群小鬼头啊，其实也不用太自责！年轻嘛，谁没犯过错呢？至于后来嘛，我终于考上了博士，而他们也毕业了！

（众人沉默，阿毛也安静下来了）

院长：你们啊！你们的人生现在才正要起步，拿出你们翻墙的勇气出来啊！呵呵呵！不过翻的可不是那一堵（指着身后），而是这里（指着心口）！（笑着指点着三人）我们的人生总会有许多曲折、许多坎坷，但是如果你自己都没有一份信心，没有一份勇气去翻越的话，那还能谈什么梦想呢，那通通都是空话而已！记住了，只要敢攀爬，就没有过不去的墙！

阿毛：院长，我好像懂了，我知道要怎么做了！

院长：年轻人啊，只要有青春就有希望，你们总会找到自己的梦想，今天我是你们的引路人，以后我也希望你们能翻越自己的墙，做其他人的引路人……

（获广东省第三届大学生艺术展演戏剧三等奖）

# 小　说

# 广东流浪地图

## ——创业“十日谈”

中文本科 2007级1班 黄婷婷

### 缘起：失败的终结

上完课，梁羽新像失了魂似地回到宿舍。他烦躁地将课本堆在桌面那本旅游护照上，然后对着凌乱的一切坐下来，开始发呆。

昨晚温书婕说了，中午12点，他不在她面前出现，他们之间就算完了。

走到阳台，梁羽新从七楼居高临望，视野很好。可是，今天，天空蓝得令他迷茫。梁羽新张开双臂，风很快就灌满了他的衬衫，但他已不是天之骄子，不能再漫步云端了。有那么一刻，他觉得自己在往下坠。

国庆“十一”放假，他的世界却开始坍塌。

9月28日，12：15。

广东A大的大三男生梁羽新，就这样躲在女生公寓后面，看着女友温书婕被家里派来的车接走。

他们之间，真的完了。

梁羽新告诉自己，或许这样也好。毕竟，他和书婕是两个世界的人。

梁羽新来自单亲家庭，是母亲独力将他抚养长大的。他成绩优秀，脑子也灵活——曾有人断言，这个校园风云人物日后必属天骄。

他做过家庭教师，派过传单，做过超市促销，还进过工厂，开过花店、格子店。但最后因为受朋友牵连，被骗卷进传销，银行卡里的钱一夜之间变成一纸没有法律效力的合同。就在同一天，股市里的一场小风波让他对手里的一支“死股”彻底无望……还清借来的钱，他把剩下的最后1 000元借给师弟，让他去做假期的国旗彩绘纹图。但是给了钱的第二天，师弟竟不知所踪。

梁羽新就这样失败地终结了，一无所有。他觉得自己又变回那个刚从小城镇出来的青头小子，不知道要如何收拾心情去面对家境优裕的温书婕。

书婕并没有骄奢的恶习，在大学里慢慢学习从父母圈护的温室中独立出来。她和羽新是在家教中心认识的，交往两年，两人之间的鸿沟虽不可忽视，但磕磕碰碰也走过来了。

而这次，她不知道他发生了什么事，他也不会让她知道，只是一味地将她排除在自己的世界之外，似乎要划清界限。梁羽新不能在自己一无所有后，假装平静，陪她去“新马泰”旅游。如果两人因为这样而结束，那么，他也无能为力。

放假，同学们都回家了，梁羽新却无处可去。打了一下午的篮球，直到天黑，他一身汗水地躺在球场中央，看着头顶满天的星辰，它们依旧很亮，却很遥远，就像他心里残留的光明驱不散全世界的黑暗。

放在一旁的手机不断震动，是书婕？是要请他作为学生创业的成功典范去接受采访的校园记者？还是催他回家去见“新爸爸”的母亲？

他知道母亲多年来抚养自己的艰辛。当年，父亲说要出去闯闯，就不负责任地走了，再也没回来，下落不明，音讯全无。羽新知道母亲早就该找一个伴，但等母亲真的找到合适的人，他却很难接受……

暂时，这一切的一切，他都无力去想，无力去理会了。绝望的尽头，他突然想起那句话——生活在别处。

摸了摸口袋，里面只有300元，但这并不能阻止梁羽新要离开的决心。他要离开，而且他会证明，他和父亲不一样！

换了一张新手机卡，不把号码告诉任何人。梁羽新打理好简单的行囊，再去车库拖出他读大一时送快餐的折叠式自行车“小铁”——他这位曾经的“战友”虽然蒙尘生锈，但还能用。好，就让小铁陪他闯天涯吧！

单车旅行，不向任何人道别，出发！就当“十一”长假是一场青春的有期徒刑。只带一张广东地图，沿路流浪，放牧信仰。

## 肇庆站：流浪的开端

梁羽新骑着单车在肇庆游荡，他看到了曾藏在地底亿万年的端州砚石，看到从古老宋朝一直保存下来的护城墙，以及大小不一、像金字塔那样的粽子……

9 月 29 日，11：00，鼎湖山。

半山腰的瀑布下，一汪小潭清可见底，在日光下晃着幽青宝蓝的水色。潭边立着一块牌子，上书“孙中山游泳处”。

许多游客在这个伟人曾经到访的地方拍照留念，梁羽新却蹲下来，对着潭水发呆：如果不小心掉下去起不来了，那就什么都不用烦了……

“喂，年轻人！”

突如其来的叫喊伴着一记猛拍，吓得梁羽新差点掉下水去。好不容易站稳，羽新发现叫他的是一位老伯，笑嘻嘻地拿着相机让羽新帮他拍照。

老伯拍照很有一套，拍了十几张，pose 也没有重复。等终于拍完，羽新继续往山顶上爬，可那个叫“阿政”的老伯却不紧不慢地跟在他身后，他只好奋力爬得更快。

走进凉亭，一回头，再回头，总算没看见老伯了。羽新松了口气，坐下来休息。清凉的山风习习吹来，他靠着栏杆，不自觉地往下看。

嶙峋的山石由上而下铺开，若摔下去定是粉身碎骨。或许，用这个方法消失也不错，只要不怕疼……

“哎，哎呀，我的腿！”

身后传来一声忍痛的低呼，下一秒，羽新的手臂突然被揪住。他回过头去，看到的正是咧着嘴叫疼的阿政老伯——他一张脸皱成老橘皮，双脚僵在原地不敢动弹，两只手却死死地抓着羽新，疼得羽新的脸也皱成橘皮。

“啊，好多了。”老伯终于松开羽新，神情舒展，“我的腿刚才抽筋，借老人家扶一下，不介意吧？”

“不介意。”羽新的嘴角抽动了一下，笑不出来，可帮人总得帮到底。等老人缓过劲来，羽新扶着他慢慢坐下，给他按摩双腿。往来的游客很多，有人羡慕地称赞“老爷子好福气，孙子好孝顺”，弄得羽新有点发窘，老人却很高兴。

“喂，年轻人，你那什么表情！我还不是为了赶上你！”

呃，被发现了。羽新有点不好意思，只好尴尬地笑笑。

“以前我爬山像跑步，现在走路都抽筋！”老人很是感慨，不胜唏嘘，“唉，不得不服老啰！”

“不是的，您身体还是很硬朗的，多补点钙就没问题了。”

“呵，这你倒是懂。我们70年代吃饱，80年代吃味道，90年代吃品质，今天，大家要吃健康了！”阿政老伯很健谈，“我啊，搞铁路运输的，参加工作那年，全国铁路、公路、航空的客运加起来才不过20亿人次。到2008年就有268亿人次了啊！还不包括你这种‘自行族’。”老人说到这里停了一下，接着单刀直入地问，“年轻人，别怪老头子我多嘴。在山脚下我就看出你不大对劲，有心事？失恋？”

羽新苦笑一下，不知从何说起，但阿政老伯似乎有一股魔力，虽然两人年龄相差40岁，但他还是讲述了自己的遭遇。

听完羽新的话，老人也讲起自己的经历：“我1949年出生，今年刚好60，在火车站工作了40年，一辈子看着火车南来北往，自己却没有换过工作，一生恪守一业。如果再有一次机会，从头再来，我会去闯一闯、看一看，才算不辜负这个时代。而现在，是该找一块好山好水休息了。"

"人家洋人的老头子80岁还开速食店呢，您不老！"羽新赶紧安慰他。

"呵，你也知道这个道理啊！人生就是这样，没什么是过不去的。不怕告诉你，我也是出来流浪的。"老伯朝羽新眨了一下眼，"我都不怕老，更别说你才20出头！创业，要慢慢来，多去听听别人的经历吧！我不能帮你什么，但我给你介绍一个人，他曾是广州商业的'铁腕'级人物……"

辞别老伯，梁羽新从鼎湖山下来。

看到到处插着"欢庆六十周年"的红色国旗，羽新有点恓惶，仿佛自己苍白无力的青春衬不起这恢弘大气的底色。他逃也似地骑车离开，在西江边上坐着，过了一夜。

## 广州站：从大酒店到青年旅馆

羽新到了广州，没有去找阿政老伯介绍的那个人，而是先去喝酒。他用廉价的啤酒灌满自己的胃，喝得醉醺醺才按老伯给的地址打车过去。

车停下来的地方是一家青年旅馆。羽新连"小铁"都扶不稳，一人一车靠在墙上。年过半百的旅馆老板不满地打量着他，问："是梁羽新？政叔叫你来的？"

"您，您真的是张思保，丽华大酒店的张思保？"羽新难以置信地走近细看，他想起以前在报纸上看过这张脸。

"你可以叫我张伯，我现在只有一家青年旅馆，你最好不要再提什么酒店，那都是过去了。"张伯不愿多谈，示意他上楼，羽新却只顾看着这个当年的神话人物。

"嘿，我都50岁了，难道你要我背你上去？五楼啊，臭小子！"听到张伯的话，梁羽新才拖着步子，歪歪地跟在他后面进了房间，睡着之前只听到他说："快睡吧，我收留你，是因为不想明天国庆却有人冻死街头。"

第二天，羽新被电话吵醒，睁眼看到阳光朦胧地透过窗帘，灌满了整个房间。尽管头有点痛，但他还是清楚地听到，张伯在电话那端吼他快下楼去。

羽新收拾完毕后走进前台旁的侧门，大厅里面，张伯正和十几个员工一起看阅兵现场直播。桌上摆有豆浆、油条、烧卖，还有两个红皮鸡蛋。

“先吃早餐。”张伯的眼睛没有离开电视，对他说，“我看了你的身份证，今天是10月1日，鸡蛋是给你的，生辰快乐!”

“啊？嗯，谢谢。”羽新带着诧异坐下，看着这份特殊的早餐，心里百味杂陈。他没想到，在流浪的路上也会有人给他过生日。

“还跟我们祖国同一天生日呢，你都20了。看，人家解放军长一米八五的个子来保家卫国，你长高个子就为了喝酒?”张伯丢来一句话，让羽新一口豆浆郁闷地呛在口中，却无法辩解。

等到看完阅兵，张伯关了电视，泡了一壶茶，才慢悠悠地向羽新讲述起自己的故事。

“……我1959年出生，算来今年刚好50。五十知天命呐，现在经营着青年旅馆也很好，大女儿去年开了一家分店，我打算全让她接手，我也好多点时间陪老母亲、陪老婆。”张伯讲完了他从叱咤风云到安守本业的故事，并没有对其中的大起大落唏嘘不已，反而有着安天乐命的淡然。

“其实我的儿子和你差不多大，他在外地读大学，这次放假说要做兼职，不回来。你也没有回家，出来长见识是好事，但要记得同家里联系。不过你既然跑出来了，就要让它值得，你可以去东莞找我的朋友黎生树，听听他的故事，或许你会有所启发……”

10月1日，17：30。

羽新辞别了张思保，骑着“小铁”重新上路。但他到了车站才知道，当日去东莞的票已经卖完，只好先去佛山。

坐在车上，羽新在手机里打了“妈妈”两个字，就不知道要说什么了。最后，那条报平安的信息，从广州犹豫到佛山，总算发了出去。至于温书婕，他无从联系。因为他的勇气，只到这里。

## 佛山站：最饿的“新郎”

下了车，羽新不得不面对一个问题：囊中羞涩。他口袋只有50元了。

踩着单车随着人潮，羽新来到市中心的商业广场，那里正在举行婚纱摄影活动，吸引了很多人驻足观看。

羽新想了想，就走去问他们现在要不要临时模特。本来也只是想试试看，但经理打量他一阵就敲定下来，说好一晚上500元。

10月2日，20：00。

穿着白色西装的羽新挽着一位盛装的新娘款款走出，在布置成宫殿的舞台上走秀、拍照。过一会儿，走回后台换一套衣服。

羽新不记得自己换了多少套衣服，换了多少个新娘。最后定格的一幕，他还要抱起新娘拍照。一天下来，粒米未进，累了一整晚还要挤出迷人的微笑，他估计，自己不是场上最帅的而是最饿的“新郎”。

但等到活动结束，老板却只发给他300元。

“因为你是后来报名的，经费不在我们的预算里，就只有300啦。”

这就是答案？但是不待羽新讲理，活动的主办人就走去前台合照了。

就在这时，刚才帮羽新化妆的李阿姨走过来，拉着他牵起单车就往外走。

“呐，这份是你的，”走出一段路，李阿姨塞了两个袋子给他，“中秋嘛，就当是黑心老板‘孝敬’你的。”梁羽新这时才知道，原来她塞给他的是两盒月饼。

明天就是八月十五，但灯火辉煌的街头看不到月亮。李姨请他去吃消夜，健谈的她一坐下来就打开了话匣子。

她原来在佛山有一间化妆品厂，但离婚后，除争取到孩子的抚养权之外，她几乎一无所有。好在她化妆的功夫了得，于是就以此为生。

“我现在是打零工，等筹够钱就开一个化妆速成班，我要努力地赚钱，否则，连孩子也不能留在我身边。那样，我连母亲都做不了了。”李姨叹了口气，“我自己单身不要紧，慢慢熬，日子难过也得过……”

羽新在车站回味着李姨的故事，他突然想到，自己似乎从来没有问过母亲，她多年来独力抚养自己的艰辛背后，是否还有一份孤寂。

天刚亮，羽新带着这些混乱的思绪，买了一张车票，往东莞，继续下一站。

## 东莞站：工厂的狂欢

在演出服装出租店里，羽新在一排颜色鲜艳的新疆舞裙中看到黎生树，一个谢顶的中年男人。

“我知道，阿新是吧。”黎生树看了他一眼，“你要听我讲故事？行！不过要先帮我送货。”

送货？羽新还没有反应过来，已经有个箱子推到他面前了：“叫我黎叔就好，走！”男人说完已经走了出去，羽新赶紧跟上。

黎叔带着他送表演服装到学校，一连送了五所学校他们才回去。吃了午餐，黎叔简单地问了问羽新的情况，就说给他两个小时去洗澡、休息，然后送货去大利服装厂。

等到羽新再走出来，货物已经装好，准备出发。黎生树穿了西装，看得出来，他特意打扮了一番。

大利服装厂，很大气的联盟厂家，不难看出企业的实力。

交货的时候，羽新观察周围，在心里作出判断。一转身却听见黎叔说：“今晚不走，在这里看表演。”黎叔说完就带着羽新往厂里的大堂走去，一路上，有很多人向他打招呼，态度恭敬，仿佛他是来视察的老板。

羽新从来都不知道工厂里的中秋节也有这样人性化的狂欢，工人们自编的节目在舞台上演。大家看完节目，一起赏月吃月饼，黎生树还喝了几杯。回去的时候，很多员工还送他们到门口，工人们天南地北的腔调汇成一句“你还是我们的黎老板”。

黎叔进了车里，坐了好久才怅然开口：“2008年之前，这里所有的一切，都是我的……后来，它被收购了，我只能宣布破产，从每天能制两万件衣服的黎老板，变成现在每星期能租200件演出服的黎老板。”

本来，梁羽新已经能猜测出故事的一半，但听到他这样讲，他突然不知道怎样去安慰这个中年失业的男人。

黎叔不以为然，自嘲道：“好在我还是服装界的黎老板，还能混口饭吃。厂子被收购也好，人家讲规模讲创意，不像我，只会按样裁衣，再了不起也就是一家制衣厂。唉！厂厂厂，东莞最多的就是各种各样的厂，很多人都说东莞是‘世界的工厂’，无奈！我生于斯，长于斯，自然不希望自己的家乡变成一座工厂，东莞，也是一座有感情的城市啊！”

10月3日，23：50。

羽新听到黎叔说，连一座钢筋水泥筑成的城市都有感情。那么，母亲那边，书婕那边，该是怎样的牵肠挂肚？

希望还来得及，羽新微颤的手指在按键上点击，给母亲发了一条信息：“祝你，和他，中秋快乐。”

而书婕那边，羽新一狠心，就当是为了她好，不再去想。

## 深圳站：钢筋水泥大王

在设计得别具一格的会客室里，梁羽新见到了西装革履的秦天峰。秦天峰有着健壮的体格和艺术家的气息，果然像黎叔说的那样，他这位老同学魅力非凡。

可仔细一看，羽新发现他肩头有一片灰色的粉尘，看上去像是……水泥？怎么可能？

“呵，小兄弟，你没看错，刚才我帮一个老乡扛了一包水泥。”身为室内设计公司的老总，秦天峰看穿他的困惑，“我啊，到现在还是对水泥很狂热，老本行!”

感慨一声，秦天峰开始他的讲述：“记得小时候我在书上看到外国人曾这样描绘中国——‘大城市的夜晚如同乡村’。后来，深圳的崛起创造了村庄变城市的神话。要知道，这个神话的架构，就是钢筋水泥。大学里，我本来读的是服装设计，和黎生树一样。后来折腾了一年，好不容易才转去学室内设计。但还没毕业，我便经不住诱惑跑来深圳。同学都叫我‘折腾王’，最不按常理出牌。我到了深圳，跌跌撞撞地摸索，一狠心东拼西凑借了25 000元，和朋友合开了一家批发钢筋水泥的公司。”

秦天峰停了一下，若有深意地看看羽新，说：“我做事的蛮劲倒是和你挺像的。”

“你知道我的事?”羽新很惊讶。

“是啊，黎生树在你过来之前就告诉我了。”

看来，这一路上，不仅是自己在听别人的故事，看来别人也都知道自己的失败了。

秦天峰看出梁羽新的失落，他拍拍他的肩膀，继续说：“那时，开了公司，我们也确实赚了钱，买车买房。但是，后来，深圳‘三天盖一层房子’的时代已经过去了，建筑业下滑的趋势不可逆转，我眼看着要走入绝境，是老黎借钱给我，我才没有被追债的人打死。后来缓过那阵子，我就想到要改行。于是，我又拿起课本，回到学校进修室内设计，指望东山再起。搞室内设计，刚开始的时候经历了很长的低潮期，安个马桶也不能让顾客满意。后来，我注意到，很多人喜欢自己设计装修房子，尤其是80后，他们并不想请人设计。于是我便在网上打广告，开设装修速成辅导课程，让顾客了解装修相关的重点，必要时提供专业咨询，这样，顾客们既可以自由设计，也能够有专业的保障。所以，我的生意才慢慢有了起色，逐步好转。我在新中国成立20周年的时候出生，现今40了，是不惑的年岁了，是这个发展的社会，才让我‘不惑’啊……”

10 月 5 日，23：00。

“这是难忘的一站，即使饿得前胸贴后背，我也被秦大叔的故事深深吸引。”羽新在手机打完这条信息，却不知道要发给谁来分享。温书婕的号码熟记于心，但是他还是没有勇气跟她联系。

可无论如何，下一站还是要继续……

## 汕头站：绿色新农场

10 月 6 日，14：30。

在秦天峰的引荐下，梁羽新来到汕头市的一个农业局，但羽新要找的人——黄丽宁不在，工作人员说她去北京汇报成果了。农业局安排了一个宣讲员来接待他，宣讲员带着羽新到黄丽宁的农场参观。

在成果展示厅里，宣讲员给羽新介绍了黄丽宁的事迹。

“……谁会料到，丽宁她好好的外企秘书不干，这个全村学历最高的女孩子，竟然辞职回家种桑养鱼养蚕养猪？可不到两年，她就做出成绩来了。

“桑葚摘来晒干酿酒，软肠道消血脂松筋骨；桑叶养蚕，桑树固土，环保又健康，市里还给她颁了‘绿色大使’奖；蚕，她养两种，一种吐丝作茧，一种用来做饲料饵料，喂鱼养猪；猪粪既可以做化肥，还可以养鱼，毫不浪费。今年有猪流感，她卖了最后一批猪，改养鹅了！

“从 2006 年，咱们中国农民不用再缴纳农业税了，延续了 2 600 年的‘皇粮国税’成为历史。国家也出台了一系列的惠农政策，鼓励农、副、牧、渔、林齐头并进，优化农业结构……

“丽宁鼓励村民有规模有计划地种植新品种的水稻、水果，而不再是靠在房前屋后栽果种树的‘庭院经济’来维持收入。现在她都成为专业技术咨询员了……”

告别宣讲员，走出这个现代化的农场，羽新看着一片时新的屋舍，这里哪有农村的样子。这个南方小农场的改变就是中国农村进步、民生改善的一个缩影。

## 潮州站："炒"王

一家古色古香的茶楼，回环的形式，分了两层。茶楼中间有一个舞台，几个老者唱着潮剧，悠扬的调子在大堂里旋开。最特别的要数柱子上贴着一张红纸，上用毛笔书写"畅谈国事"四个大字，形式复古而内容新奇。

"要是解放前，酒楼茶肆往往都贴有'莫谈国事'的警语，国人连议论国事都有入狱杀头的危险，更别说政治参与了，但现在，我们言论自由了。"

黄丽宁的表弟魏振奇带着羽新在店里走了一圈，不时介绍着："我和丽宁表姐同一年毕业，我本来是搞房地产的，可是后来，'炒房'不好玩，就改行了。餐饮业也是要'炒'，红红火火的！"

生于1979年的魏振奇是敢闯敢干的典型，30岁的人却有着20岁的干劲。

"阿弟啊，做人不应当总往坏处想，比如你吃一串牛肉丸，不小心掉了一颗在地上，不能再吃了，那你就拿来玩啊！"魏振奇将一颗丸子甩在地上，它竟反弹回来，又被他信手甩出去，一下一下地接着。梁羽新看得出神，竟也跟着围观的游客笑了起来。

"就像你现在看到的，牛肉丸很有意思的，做人也很有意思。拿我来说，我现在虽然不是大老板，但你看生意那么好，难保年底不会开一家分店。你看啊，百姓'不差钱'，消费自然旺。是吧？哈哈……"说完，他爽朗地笑了起来，似乎能驱散下午潮州市薄薄的阴霾。

"我这儿，下午唱的是戏曲，晚上就请年轻人来唱歌，有时我也上去唱一首《爱拼才会赢》！我是破铜锣的嗓子啦，可有一个叫老马的年轻人唱得真好，今晚他来，我介绍给你。"

## 何去何从：同行者

“你也是外地来的吧，很多人都是这般，流浪的模样，却有倔强的眼神。”一语点破梁羽新的身份，老马伸出手与他交握，眼光老道得不像1989年出生的同龄人。

老马个子不高，瘦，黑，鸭舌帽压得很低，只露出线条坚毅的下巴。他会唱歌、弹琴、谱曲、画画，到过甘肃、新疆、西藏，去过边远的地方，做过天底下最流浪的义教老师。

几天下来，羽新都和老马一起唱歌，唱完就去他住的地方休息。他们几乎不用练习，就像老马说的，生涩的青春本来就是一首歌。

“我一直流浪着，”老马随意拨着吉他，侃侃而谈，“路过哪里有感觉了，就留下来，教孩子画画写字，想休息的时候就租了房子住下来，去网吧写稿子，自由撰稿，有时还写调查报告，如调查中国偏远地区的文化程度……”

羽新去网吧看了老马的博客。老马什么都写，游记、报道、小说、诗歌、散文、论文。与80后、90后、主流或非主流的灰色文学不同，他写的东西都很真实、很负责任、很靠谱。

羽新在心里轻叹：这才是有为青年。

接着，他犹豫了一下，打开自己的邮箱。给自己写邮件写得最多的，除了女友温书婕，就是他的班长。班长满世界地找他——“已经上课两天了，赶快回来！关于传销的牵连，你不能一走了之，必须向学校交代清楚，否则事情就难办了……”

原来，他的失败、狼狈，大家都知道了。很多人给他发来关心与鼓励，但那些邮件在羽新看来，更像是无休止的质疑和嘲讽。班长说对了，事情真的难办啊！他身无分文，心无定向，敢问路在何方？这一切的一切，是那样的不堪……

像逃兵一样，梁羽新仓皇地从网吧出来，却绝望地发现自行车“小铁”不见了，一直陪在自己身边的“战友”不见了！外面华灯初上，车水马龙，依旧一派繁华的景象，但“小铁”就是没有了踪影。

夜全黑下来，羽新颓丧地沿着老街走近路回去。此刻，如果吆喝着的小贩有兜售一次性“自杀体验包”的话，那么他一定会去买。

事实上，羽新买不到自杀的体验，就像买不到后悔药一样。他用身上剩下的钱全买了啤酒，抱到老马的住处。

“老马，我放弃了。我不回去，跟着你流浪吧。”羽新举杯向老马致敬，老马却不领情，认真地说：“你必须回去，假期都结束了，不要再逃避了。”

“我已经无家可归，无路可退了！还能去哪？你告诉我，我该怎么做?!”梁羽新将酒瓶摔在地上，发出困兽般的嘶吼，恶气尽出。

从肇庆开始，按着阿政爷爷的安排，他顺着指引往前走。但最后到了老马这里，却叫他回去。流浪的十天，身无分文不可怕，睡天桥、车站不可怕，饥肠辘辘也不可怕，他怕的是母亲不断打来而他却不敢接的电话，怕的是不知道下一站去哪里，怕的是不知道回去后如何面对那些爱他、关注他的人，而他自己又要如何从头开始。那才是他沉沦的漩涡啊！它们像一个致命的黑洞，要将一切力量都吞噬。

或许，他真的应该和老马继续流浪下去，或许，就在这里停下来。混沌的意识中，又有一股力量在召唤他回去……

梁羽新被手机闹钟吵醒，已经是下午了。老马不在，羽新以为他出去演出了，但是，再一看，他的东西都不在了。桌上多了一张下午六点回 A 市的车票和一张字条：“兄弟，都说你喝不过我了。看你那烂醉的样子，我就没有叫你没向你道别了。我决定不带你走，不是因为你比我帅，而是因为你要走的路和我不同。你心里应该比我更清楚，你不是克服不了流浪的诱惑，而是你一直在逃避。就算是老鹰也要经历脱喙、褪爪、换毛的过程，回去吧，正如你所说，你的父亲他不合格，不是好榜样，但他给你取了一个好名字，羽新。经历过这些事，你的羽翼焕然一新，只待重新翱翔。或许哪天我会流浪到你所在的城市，到时候，来听我唱歌。曾经与你同行的，老马。”

10月11日，17：50。

羽新握着老马留下的车票坐在车站，给母亲发了报平安的信息。他在心里发誓，不管回去后要面对的是什么，他，梁羽新要回去了。

## 尾声：重新启程

10月13日，10：00。

广东A大的团委书记办公室。

梁羽新知道自己的下场，通报批评、处分、开除学籍都有可能。他深吸一口气，转开办公室的门锁，走了进去。

该面对的始终逃不了！他多希望一切可以扭转过来，扫清前路灰色的未知迷雾，尽快结束这场“审判”。

进办公室后发现里面等着他的只有一个人——团委的李书记，桌面摆着两个杯子。

“你的事情我都听说了，这十天，在广东流浪，好玩吧？”

“嗯。”羽新有点惊讶。

“来，喝茶。”书记说着掀开杯盖，顿时，满室茶香。羽新拿起杯子，猛地大喝一口，被呛到了，茶不仅烫，还有点苦。

“年轻人，这样喝茶，要吃苦头啊。”书记细抿了一口茶水，接着说：“搞传销的那个同学交代了，那些都不关你的事，但你可要引以为戒啦，创业要保持清醒的头脑，不能让传销骗了。我知道，现在的大学生不容易，尤其是临近毕业，面临社会关系和利益格局的调整和变化，要怎么看，怎么办？这两个问题不仅困扰着你们，也困扰着我们。社会是一个复杂的综合体，相信你在这十天中，已经解决了‘怎么看’这个问题了，那接下来，你怎么办？

“你看，不说我们中国，世界500强企业有480多家在华投资，我们的前景一片光明。经历即财富，眼界出智慧。现在，不仅广东，全国、全世界都在鼓励创业，如果你有远大的理想抱负，一定要心系国与家，当知天下事……

“今天叫你过来，还有两件事。第一，到目前为止，你的社会实践分，是全校最高的；你的创业实践积分，是全市最高的。第二呢，就是你申请了两年的‘Book思义’读书中心，已经通过市里相关部门的审批。但是，这个中心机构是以学校的名义组织的，由你来承包，也就是说，风险由学校来担着，你尽管放开手脚施展才华，但前提是‘Book思义’要搞得有思想有意义，有声有色，还要定期汇报情况，随时接受学校的考察。接下来的两天，你要做好相关经费申请的确认并办理手续。

“另外，你要协助网页制作小组建立一个属于我们学校的创业网站，将大学生创业网络化，让更多人分享彼此的创业之路。送你一本书——《不做白领做首领》，肇庆学院大学生创业的故事，相信它会对你有所帮助。”

说到这里，书记轻咳了一下，接着说：“还有我们也做过调查，你的群众基础很不错，要继续保持。而且要处理好‘私人关系’，创业路上的‘伴侣’要尽量团结起来成为战友，不要搞分裂啊。”

羽新愣了一下，心想这个调查也太详细了吧，连私人情感生活也涉及。但不容他多想，看着手上的一叠文件，羽新知道，他的战斗才刚刚开始。

## 终章：创业，我们在路上

走出办公室，羽新就看到温书婕站在他面前，穿着一件简单的T恤，上面印的是一只熊猫，写着“爱在汶川”。

“我没有去旅游，回家后，我报名参加了汶川爱心义教活动。你的事情我都知道了，傻瓜，你为什么都不告诉我，自己一个人去流浪?"

两个人都黑了瘦了，久久地互相望着，突然会心一笑。梁羽新走过去，轻轻揽过书婕，给她一个安心的拥抱。他知道，这个假期，她和他一样并不好过，但是值得。

"对不起，我回来了，流浪结束了。"

"新，我也回来了，我之前说的那些话是开玩笑的，我不要韩国的鼻子，不要日本的头发，不要巴黎的大衣，不要英国的靴子。"

"对，中国式的温书婕最自然了。"

"嘿，那你答应我，你的'Book思义'需要志愿者的话，我要第一个报名……"

温书婕话还没说完，一旁插进来一个激动的声音："师兄，我终于找到你了!"

那个拿了钱就不知所踪的师弟也在这时出现了，他难掩兴奋的神色："谢谢你的投资，我们成功了！我几乎给A市每一个人的脸上都绘上了国旗的纹图，这几天我都找不到你，你的分红利润，我交给了书婕师姐……"

"而我把它捐给希望工程了！你不会反对吧?"温书婕接上师弟的话，笑得一派天真。

呃，他梁羽新现在可是身无分文啊！他在心里叫苦。但还没来得及哀嚎，又有新的声音出现了——

"梁羽新同学，你果然在这里，今天请你无论如何要接受我们的采访!"

是那个校园记者！他还真是消息灵通。不一会儿，学校"新闻一线"的工作人员已经将羽新包围起来……

"……新中国成立六十周年，尽管有过挫折、停止和彷徨，这仍是一个充满激情与梦想的时代，这是一个变革与重构交织，海水与火焰交融的时代，而80后、90后，仍是一道崛起的风景!"梁羽新对着镜头，由衷地感慨。

“谢谢梁羽新，谢谢他跟我们分享他那笔巨大的精神财富——他走访广东的十天，他连接起来的流浪地图，他收集的《十日谈》，他聆听过的失业与创业的精彩故事！”

结束采访，梁羽新回到自己的宿舍，重新站在七楼。

金秋已至，天空愈加蔚蓝高远。风吹开了羽新手上的文件，他的心和这些充满希望的声响微微共鸣。

梁羽新用最坚定的声音告诉自己：创业未有穷时，我们仍在路上。

（获2009年第四届广东大学生校园文化艺术节之“爱我中华 创业广东”文学创作大赛特等奖）

# 笔端流云的梦想

## ——《广东流浪地图》创作手记

黄婷婷

国庆长假，我没有回家，期间去爬了鼎湖山，征文的灵感由此开端。但十月便构思好的小说梗概，拖沓到十月的最后两天才匆匆敲出初稿。

其实，整个写作的过程就是我坐在电脑前，用一张广东地图，结合时势和时事，编出“国庆期间，一个男生在广东流浪，最后得出创业‘十日谈’”的故事。若不论生涩的笔力，只能说它是一个贪心而讨巧的短篇小说。一万余字，融合了三个元素：爱国、创业、广东特色，集合了三份情感：亲情、友情、爱情。我的主人公，大三学生梁羽新，在一无所有后开始流浪，他遇到不同的人，从1949年出生的60岁老爷爷，到1989年出生的同龄人老马，经历了一个甲子的轮回，然后得以重生。

关于爱国，时逢“六十周年国庆”，作为一名中国的大学生，黄皮肤、黑眼睛，骨子里的那份热血和骄傲，定当不灭，定当喷薄。

关于创业，即使是从零开始，那么它也是一种零的突破，即使是寸步难行，那么“寸步”也是质的飞跃。

关于流浪，其实每一代的年轻人都有“生活在别处”的情结，以梦为马，似乎任何一个地方都可以到达。

关于主人公梁羽新，“羽新”二字，是因为“羽新能翔”：新生的羽翼，需披风沥雨。写灵魂人物，很难，既要力脱单薄，还要力求立体，才能让人物在故事里来去自如。

关于情节，我这篇作品的指导老师杨红军看完初稿后说：“你这个不好写，一不小心就变成资料卡片的串联了。”确实，故事涉及肇庆、广州、佛山、东莞、深圳、汕头、潮州这些地方，要赋予每一座城市什么样的特点，在哪一站让主人公去经历什么、完成什么样的使命，都是斟酌良久才敲定的。

关于《广东流浪地图——创业“十日谈”》，它不是蓝图，不是规划，其实更像一个神话。一如幼儿园墙上稚气的涂鸦，一如小时候写给妹妹看的童话，虽然不现实，却憧憬了一个可以被期许的未来。很感谢“中国移动·红段子”活动提供了这个平台，让我们有机会参加这次比赛。

关于写作，记得有句妙语，说的是“有望得到的要努力，得不到的不要介意，则无论输赢，姿态都会很好看”。父母自小只知道我爱涂涂写写，但他们从未提出任何限制和希冀，只让我“写得自在”。如王敏院长说的：“你们写的时候肯定没想能否得奖，所以，下的工夫还是在平时的积累中。”如上所言，写东西，最重要的是扎实、自在，无关输赢，无关姿态。

最后关于我，作为一名文学院的学生，本无意零散地兜售文字，却愿意用它来表达一片赤诚。所以，纵使时时抱有“笔端流云”的梦想，但我也自知这篇作品情节生硬，笔调生涩，很不成熟。真的，若将这次获奖当成一个梦，那么，对我来说，这个梦做得并不安生，所以我只好醒来，将它定义为梦想。只有这样，梦才不至于永远只是梦。

（发表于《中文学子》2010 年第 6 期）

# 蝴蝶与鲸的沧海爱情

黄婷婷

## I 13 岁，太年轻

鲸回来了。

马来西亚的隆冬美丽如昨，耸立在市中心的 Petronas Towers（双子塔）依旧像两条金刚玉米。

观光电梯停在 88 层，鲸在顶楼餐厅买了一条法国长棍面包，再去转机，回古晋。

曾经，就在古晋三里埔的巷口，马来西亚男孩青佑·苏加诺，给鲸偷了一个自家制的椰丝饼，用油纸包着，揣在怀里。鲸疼惜地摸摸他烫得发红的肚皮，抬头看见他的嘴嘟得很讨喜，她的唇也甜甜地贴上去。青佑吓得不敢动，直到一束车灯射来——鲸的父亲回来了。

常年在华经商的父亲，带回一个纤巧精致的女人。还记得那是金融风暴席卷全球的 1997 年，父母开始闹离婚。

母亲让青佑带鲸出去玩，不要看家里的闹剧。

青佑常带鲸去森林公园，那里的植物像是被施过魔法，仿佛路过的时间也会停滞。高雅的木槿，芬芳的墨兰，暗藏杀机的猪笼草，还有世上最大的大王花。

白天，青佑陪鲸到处逛，晚上回到家，鲸却在被窝里啜泣。其实 13 岁的鲸什么都懂，她知道父亲和那个女人露骨的纠结，知道那个女人身上文着紫色的蝴蝶，也知道离婚，知道财产纠葛。

在鲸的梦里，她总被一朵巨大的花吞噬。但鲸最叛逆的报复不过是在自己的蝴蝶骨上也文了一只蝴蝶。年老的嬷嬷像巫婆一样在她光裸的背上刺针，鲸忍得脸色发白也没喊停，只是死命地握着青佑的手。

鲸有想过更出格的报复，当鲸跟青佑说“我怕”，当他从家里跑出来，攀着水管爬到她的房间，当她像一条虾米弯在他怀里，当他颤抖地抚摸她的蝴蝶刺青……然而，鲸期待的还是没有发生。鲸在想，或许因为 13 岁，太年轻。

后来，父亲带着女人走了。大马再美，也留不住死掉的婚姻。

绝望的女人化身成修罗——母亲把鲸反锁在房里，封死窗户，任她哭喊也没有人应，自己在大厅切断了左手动脉。

鲸在医院醒来看到父亲时，母亲早已安葬。心岸决堤，鲸却在绝望中搁浅。

而另一边，青佑在医院里到处找，他看见很多流血很多死亡，但就是没有找到那个抓着最后一块椰丝饼休克的女孩。

## Ⅱ　巴厘岛，蝴蝶与鲸鱼的刺青

出院后，鲸被父亲带去中国。学校的孩子很快接纳了这个中文一般般的第三代马来西亚华裔，因为她漂亮。没有人知道她的伤，三个夜晚的黑暗，她靠一个椰丝饼逃离死亡。鲸开始新的生活，从初中到高中，再用华裔身份的优惠政策去高考，一切顺理成章。

唯一的意外是，鲸选了土木工程系。

美丽的脸藏在安全帽下，好看的线条用宽松的衣服包起，在工地实习。鲸放任自己晒成小麦色，然后去给邻校美院做人体模特。并不用全裸，用一条浴巾裹着，优雅随意地站两个小时。

让鲸卸下最后一道防线的是画功最好的暴龙。暴龙视鲸为尤物，他曾抚着她纤巧而不羸弱的背脊，说，这样的躯壳他愿意画一世。鲸只是淡笑，她知道，承诺画一世抵不过激情一时。这并不是她的第一次。

鹰才是。那个在17岁那年，陪她打球、给她煮面、请她看电影，什么都不缺的男生，甚至有自己的女朋友。高中的毕业旅行，他们意外地而又自然地有了一次青涩的缠绵。然后，鲸不顾流行的大文大理，选了土木系，与选商业的鹰背道而驰。

大学，鲸回避着鹰的炽热和他女友的冷漠，东不成西不就地拍着拖，直到青佑来到中国。

他带她去巴厘岛玩，就像小时候带她逃离家里的不堪，他驱散了那些狐媚的谣言。此时的青佑已经不再是寄养在外公身边的私生子了，而是会出现在当地新闻的古晋首富第二代。

迷醉的气息，加上两副绝好的皮相，微醺的夜风和微敞的领口，都难以抵挡。

巴厘岛没有星光的夏夜，见证了他们迟到好几年的纠缠，好像一切可以加倍补回来似的，两个人如临末日那样难分难舍。

早上，鲸看着身边的青佑，他胸口有刺青，一只鱼，鲸鱼。

鲸摸着自己背上的蝴蝶，想，自己何德何能，让一个男生在那么多年之后仍那么想念。正是他，让她在齿轮般契合的欲望深陷中忘了远在中国的名字。

“鲸，你受苦了，不要回去，让我照顾你。”

鲸微笑，不置可否。她知道他脸上有了男人的坚毅，但是口袋里每一张卡都来自三里埔那个河运大王的账户。

果然，巴厘岛之旅还没结束，那个在古晋可以呼风唤雨的男子就派人给了鲸一张卡，叫她离开他儿子。他似乎对这样的情形见多了，用银行卡打发掉他儿子身边不该停留的女人。鲸不会傻到拿所谓的真爱去跟他谈判。

是谁说过，不能抗拒的，就该顺从并且享受？

鲸走了，人间蒸发，旅馆的双人床变成赫然的讽刺。

## Ⅲ 如果重逢，那就毁灭吧……

鲸的成人旅途，遇见了各种各样的人，也就是各种各样的动物。动物凶猛，也温柔。

比如画画的暴龙，又比如鲸的客户，大白鲨。

鲸帮大白鲨装修新婚的房子。大白鲨的未婚女友，猫，时常来巡视，今天说要地中海风格，明天又改波西米亚。鲸职业一笑说，没有这样混合的，不伦不类。

“你不是外籍华人？不也是杂七杂八的？”猫当自己是老虎发威，依旧指点江山。

鲸也爽快，将策划案从七楼扔下，不做了。大白鲨赶紧私下约鲸另外谈。

一来二往，房子装修好，那张席梦思大床第一次承接的主人却是两条纠缠的鱼。那个早晨醒来，鲸偷偷离开，只留下一张纸条：新婚快乐。

鲸去了西藏。

很多人都这样，在经历一些事情后，会想去一个很远很古老的地方。一路朝圣，拒绝一路的艳遇。但是，若有圣水可濯，那她要洗去什么记忆？一只蝴蝶还是一只鹰？

回来后，兜兜转转，鲸换了几个城市，应聘进了一家广告公司。

让一切按部就班吧！她发誓，在30岁之前，遇到对的人，嫁。

但是，遇见故人，算吗？

她的上司，鹰。遇到的人是对的，但是，不能嫁。因为他，已娶。

命运开了恶意的玩笑，两个人只好尽量坦然。他们安分地工作，仿佛两条不合流的水，泾渭分得很明。

“5·12”地震后的几个月，公司派一支队伍去四川小镇拍一支饼家赞助的公益广告，鹰与鲸同往。活动结束，庆功，大家都喝醉了，只有鹰还清醒。他将所有醉汉扛回房间，送鲸回去。

“为什么你不喝？”

“因为，”鹰眼似隼，“我怕醉了不知道自己会做什么。”

“如果下一秒这里再地震，一切乌有，那我们还要畏惧什么？”鲸揪着鹰的衣领质问，魅惑如幻。

鹰狠狠地将鲸拉入自己怀里，狠狠亲吻。一瞬间，仿佛天崩地裂也不怕，重温 17 岁。蜀地一晚，胜似人间一年。

但是第二日，鹰就搭最晚一班飞机回去了，因为鹰太太有喜。

## Ⅳ 鲸的中国之行，归零

鹰和鲸把地下情经典而老套地进行到底。邪魅如曼陀罗混合了白百合的花香，不着边际，却也不离不弃。当鹰要回去维持家的温暖，鲸就独自面对三房两厅的孤寂。可最后，鹰还是请了半年的假，陪太太去香港保胎。

同事们开的欢送会鲸没有去，只是把自己关起来，鹰在门外守了一夜。等到门打开，两个人都血红着眼睛，就像被惩罚到地狱底层的恶魔。即将离别的情人，最后还是无法将对方揉进自己身体里带走。

鲸开始关注香港的阴和晴，风和雨。

约好一个月的小聚，鹰并没有回来，因为太太胎位不稳。等到鹰筹措好一切，一场台风却让香港所有的飞机停飞。狂风骤雨过后，鲸却说，请不要来了。

鹰很清楚鲸的脾性，只能随她，不敢妄动。直到 2009 年所有的热带风暴过去后，鹰才试探地说，来香港吧，权当购物。

鲸下了飞机才告诉鹰，她到香港了。因为他说他准备好了大班冰皮，她就不顾一切地来了。

但是，鹰太太肚子里的小家伙也没打招呼就提前到来——鹰还没送鲸到下榻的酒店，就赶回家。鹰抱着太太，鲸扶着，到了医院，产妇进了产房，浑身是血的鹰却崩溃了。鲸倒是镇定，给鹰买了一杯热咖啡，让他喝完换上消毒衣跟进去。

鹰太太的父母赶来，对鲸千恩万谢。当产房里猫叫般传出一阵婴儿哭声，看着护士抱出来的襁褓，鲸突然想起自己 13 岁那年，父亲带回来的那个女人。

凌晨 3 点，鲸把鹰的外套放在医院的长椅上，一个人走出去。招手打的，说要去九龙半岛最南端，却在半路下车，像一抹孤魂，徘徊在维多利亚港的海滨长廊。

仿佛回到被母亲锁起来的夜晚，心里残留的温暖驱不散全世界的黑暗。突然明白了母亲当年的狠，有那么一刻，鲸觉得，自己可以去死。

手机震了一下，不是她扔在医院的那支，而是三年前青佑寄给她的可供国际漫游的 Nokia。

他问她，春节回来吗?

鲸没有回复，只是将架在栏杆上的一条腿收回来，站在港边吹风。天亮前，鹰竟然找来。迎着他，鲸粲然一笑，依旧倾城，却只说“再见”，让鹰的拥抱落空。

离开香港，鲸回去翻箱倒柜，却发现没有什么属于自己，除了角落里的大箱子。里面是青佑寄给她的兰花香水、蝴蝶标本、手工蜡染布、锡制的餐具，甚至是他第一份工作聘书的复印件。

巴厘岛一别，青佑和鲸的生活离得很远，却始终有联系。

都说马来西亚有三宝：兰花、蝴蝶、巨猿。她再不回去，那个已经长成英俊的马来国男子，青佑·苏加诺，恐怕真的要寄一只巨猿过来了。

鲸要走，鹰只能放她走，因为他再不舍也没有资格挽留。暧昧有罪，罪不可恕，但可以停止。薄情者寡欢，多情者，也没有好下场。鲸想，那她就给自己一个悠长假期吧!

递了一纸辞呈，换来两字同意。机场无人相送，账户却多了一串零头。其实，鹰所给的最好补偿，是一张前往马来西亚的机票。

鹰知道，自己最终输给那一支三年前漂洋过海而来，鲸不管到哪里都带着的手机。

## V 如果可以，用一整个宇宙换一颗红豆

父亲在华病逝，古晋的房子却还留着。

到达三里埔已经是晚上了，鲸踩着 11 cm 的高跟鞋，叩响了整条老街。没几个人认得她，只有还在街角卖栗子的老伯说，你莫不是谁谁的女儿？

母亲的名字被重提，鲸淡然一笑，说，是，我回来了。

家门外，还挂着那只邮箱。当年青佑做给鲸的邮箱，只有鲸有钥匙。垒在围墙左边的第七颗大石头下，用油纸包着的盒子还在，盒子里的钥匙还在，还能打开，还能看见尘封了十几年的信，都是简短的丑丑的汉字：

我今天写了一句诗，中文老师夸我了——你走后，古晋变成一座空城。

阿娘说它是首都的皇冠，可我只记得你站在塔楼顶上哭的样子。

我按中国的地址给你写了信。我和你一样，将来也是工程师。

第一份薪水，给你买了手机，你会打给我吗？

……

最新的来信，是一张红色的请柬。关于妻子，鲸还记得小时候，青佑他说以后娶一个会做马来椰浆饭的女人就好。

傻青佑。鲸骂了一句，却丢下所有东西，沿着三里埔的老街跑起来，心里默念着：青佑·苏加诺。

传统古法做椰丝饼：捏皮，装馅，拢包，沾粉，印模，刷油，送入烤炉。整个过程像一首老旧而踟蹰的诗。

三里埔朱雀街一号。鲸就这样不知疲倦地立在作坊外，看里面还来不及脱下西装的男子稍显笨拙地忙碌，直到他转身，看到抱着

法国长棍面包的她。

鲸说，那个广告是我拍的。青佑说，古晋旧街区新车站是我设计的……整个晚上，他们喝着蜂蜜柚子茶，闲聊着坐等椰丝饼出炉，聊无关要紧的琐事，仿佛这些年的相离都不曾惊天动地。

鲸侧头看看青佑，笑着说，你吃面包的样子还是像在啃石头。

“其实，我从来就没有喜欢过这种硬面包，我吃，只是因为你看了会笑。”

青佑的眼睛依旧亮如星辰，似乎可以点亮整个古晋城的夜晚。但燃烧的眼神又很快陨灭，直至清净如河。

她知道，太迟了，一切都太迟了。

青佑把鲸送回三里埔老家的那个路口。

“鲸，过完春节我结婚，来喝喜酒。”

“嗯。”鲸接过他递来的椰丝饼，点点头。

“晚安。”青佑亲了一下她依然白净细致的前额。鲸却觉得自己从额间温暖的地方开始苍老，再无气力踮起脚去亲他的唇，只能挥手说再见，叫他先走。这样，她才能让决堤的眼泪毫无顾忌地砸在他的影子上。

她只是假装不知道，新车站墙上的每一个标志，都是一头鲸。

刺在皮肉上的蝴蝶终究还是飞不过鲸所在的沧海。就像青佑给鲸的最后一张纸条所写：不敢太爱。

青佑外公说过，椰丝饼的保质期主要与所含的水分和糖分有关，两者的含量越高，就越容易变质。

爱情，也一样。因为不敢太爱，糖分和水分都不会太多，所以，保质期会很长。

然而，却长得令人绝望。一如蝴蝶与鲸的沧海爱情，当爱欲褪去皮肉，只剩恋人铭心刻骨。

（发表于《俪人》2010 年第 5 期）

# 她她

黄婷婷

伊是无念书的人。

每当太姥姥夸她，用的便是这句话。言外之意是——她若读书，必属能人。

她嫁得早。门当户对，中规中矩。

我看过她年轻时的照片，贴在结婚证上。眉目清明，模样丽秀。她旁边是他，黑瘦，刚毅，浓眉大眼。但是，这张脸在当年却毫不吃香：没福相，与显贵发达不沾边。

还好，她的父母相中他的斯文和踏实，请了一个老瞎子算命，八字合，嫁。

我是她的大女儿。

其时，我们还住在乡下。在我出生的第二天，小村就发了很大的洪水，淹近房前。她居然很兴奋地跑出去看。最终洪水没有涨进家门，但是她的举动却吓得年长的妇人至今仍念叨这件事。

关于我的小时候，她曾多次向我讲述这样的事，不顾我瞪圆了眼睛闭扁了嘴。

“你爱哭啊，我没见过这样爱哭的孩子，喂进去的水也没有你的眼泪多。声音还很嘹亮，哭起来没完没了……”

于是，正对着床尾，她在房梁上悬了根绳子，系上个藤摇篮，将我放在里面。晚上，她累了，我却精神十足地哭。这时，她就在迷糊中提起脚踢踢摇篮，踹得一晃一晃的，我便暂时歇声。

“这么说，我就是这样被踹大的？”我很不满，嘴里说着“抗议抗议”，但仔细想来，她确实不易。

当年她20出头，自己不过是个大孩子，却做了母亲，带着一个小小孩——我是那么的小，小到无道理可讲，小得不可商量。即使将她气到郁结，伸手也不知道要打哪里好。

听说我很不安分，尤其是入夜。她实在无计可施，就抱着我走到院子外，来回兜圈。她无奈地拍着我，一边唬着：别哭别哭，再哭山里野狼来了……

夜是如此的黑，她念着可怕的东西来吓我。可是，她自己也怕。夜风中，夹着我的哭声，可以听见她胆怯的呢喃。

老家的老房子，是瓦盖的。晚上会有月光从屋顶的那一块毛玻璃透洒下来，平添了温馨的光影。但是，她一整个夜晚要抬多少次脚踢动那摇篮将我轻轻摇晃？浅浅的睡梦中，又有多少次，我晃落了她打湿在枕边的泪水？

想来，光是这踢摇篮一项，我便无以报答了。

“早知道你那么难养，我趁那场洪水将你放在木盆里飘走了多干净。”辛酸至此，却被她一句玩笑话带过。

在我能爬的时候，有次，她外出，我却爬上了二楼阳台。她回来时，我在楼上朝她招手。她唤着我的名字，也笑笑地朝我招手。

这一招可不好，因为我马上往下爬。果然，等她回过神来，我已失足跌下。12 级阶梯，咚咚 12 下，心惊肉跳。她为此颇自责，日后时常摸摸我的头，说，扁扁的，好在没摔傻。

还记得，夜里她总要起来给我盖被子。起风了，下雨了，她就会从自己房间走到我房间来。关好窗，掖好被子，摸摸我的额头才放心走开。

有时，我难免觉得她大惊小怪，但是，如果哪天夜里我做了噩梦，她温温的手便具有魔力般，令人安心平静。

她喜欢旅游，喜欢韩日台的肥皂剧。她喜欢红颜色，喜欢碧蓝的天空和白云，喜欢清香的花朵。她似乎永远如少女般纯真，像活到 80 岁也可以坐在秋千上欢喜地叫唤。她一直留着父亲喜欢的长头发，保养着一股乌黑的骄傲。她开心极了便很明朗地笑，她不怕受苦，最怕心里冤屈……

我想，我在慢慢懂她。因为长大后，她给我足够多的尊重和自由，也将许多事与我分享，絮絮叨叨或是忧心忡忡。不知从什么时候起，她已不再是我年幼时温柔圣洁的神，却是一个真实的女人。

在复杂的家庭网络里，她操持着生活的杂碎烦琐，其中的忧苦和甘甜，光明和阴影，她用一生来诠释。她，自有这样的力量——让风暴之后，暖风过境，雨收天晴。

恐怕再也找不到第二个南方小镇的女子，如她。水般柔软，火般温暖。

哦，她她。

（发表于《Me 淘匣子》2010 年第 2 期）

# 一个苹果的距离

黄婷婷

都怪日本的东洋风，在春夏之交的夜晚，吹得让人无师自通地学会想念；都怪那天，唐人街那家音像店的货架摆出纪宛的新专辑——《The One》；都怪老板，叫我一定要买一张；都怪我，按下 Play 键。

就这样，记忆的封口像被潮水晕开，它们决堤后倾袭而来，至洪荒一片，让所有的往事都浮出水面……

## I　离殇·春天大道的转角

父母离婚后，我就跟着母亲搬到姜花街。离开春天大道之前，我只去破教堂向贾神父告别。那个老头每次给我们布道时都说，要相信这世界的温暖。

我喜欢他做的姜糖饼，对他所说的温暖，却从不相信。

13岁就开始独自生活的人，能指望有多温暖——13岁那年，母亲病逝。但我没搬回春天大道，因为父亲开始酗酒，因为他娶了胡小乔。

所以说，姜花街的温行书与大多数基督教徒不一样，她不相信温暖，而且要自己长大。

收到B大法学系录取通知书的那天，父亲难得高兴，叫我把通知书拿回春天大道给他看。

我曾以为，一切就此顺遂。可有些事情，正应了我最讨厌的那两个字，注定。

事实上，见父亲最后一面，是在停尸房。他说那天不喝酒，却在去买果汁的路上被一辆车撞飞……

化着殓妆的父亲，没有酒气，没有充血的眼睛。他静默安详地躺着，却再也醒不来。

这就是我所经历的2008年的盛夏。因为我，父亲死在春天大道的转角。

## Ⅱ　迷宫·背后的黑手

父亲的案子，胡小乔答应跟肇事者私了，受赔26万。因为我未满18岁，这个案子完全掌握在胡小乔手里，而她只想拿钱。

我用尽所有办法，只得到一个车牌号码和一句“此案已结，不再受理”。

就这样，我兜着法理的迷宫，像有一只黑手隐在背后操纵，让我所有的努力都在原地打转。

“我再说一遍，是他横穿马路违反交通规则在先，对方的赔偿十分合理!”记不清这是第几次通话，手机那头，律师助理已是很不耐烦。

“谁撞了他我都不知道，我要的是事情的真相!”话还没说完，那端又挂断了。

这就是所谓的真相?

站在学校顶楼，我对着天空大喊：“Fuck！你到底想怎么样?”

### Ⅲ 遇见·燃和林将海

话喊完，后面却真的有人回应——

“小师妹，不如你告诉我，你想怎么样?”

有人走来，长长的影子覆盖掉我先前所有的戾气，更嚣张的是，他还在我面前啃了一口苹果。

我顺着他身后看去，发现有好几个人在拍照，很有架势的样子。而面前的男生手里拿着两个苹果，他有着亚麻色的头发和狭长的眼睛，较真地看着我。

“燃，不要闹，再不拍太阳就下山了。”后面又走来一个人，唤他回去。他斜挎着单反数码相机，夕阳将他的轮廓镀了一层光晕。后来知道，他就是林将海。

“嗯。”燃应了一声，又凑近点对我说，“小师妹，上帝说过，凡事看开点。”他把一个苹果放在我手上，走了。

军训完，学校放假。我回春天大道去拿父亲的照片，因为胡小乔要搬家。

她说：“不要动其他东西，不然我就去告你！”

我在心里冷笑：世道果然变了，婊子也跟我讲法律！

把相册塞进书包，我走到大厅，听到她的房里有些细碎的声响。我扬起腿狠狠地踢了一下房门，飞快地跑出去。或许我真的跑得很快，直到被撞了才停下来，就在父亲出事的街角。

撞我的就是林将海，他去春天大道拍日落，而我刚好在那个街角冲出来。我额角的伤口并不大，却流了一股很可怕的血。

在医院包扎好，我面对墙壁发呆。在他问了几次“你还好吧?”之后，我对他说：“我饿。”

林将海愣了一下，随后又笑起来。那个笑容从他嘴角漾开，有一种劫后余生的疲倦和安全感。他只说“好”就跑出去了，让我不禁怀疑：他是不是要逃跑，肇事不理？但事实上，他很快带着一碗皮蛋瘦肉粥回来。

走出医院，已是第二天早上。

我叫他不要跟着我，我是不会还他医药费的。但他坚持远远地跟在后面，并让我披上他的外套。在回家的路上，我去吃了一碗猪脚面线，还是他给的钱。因为，正如他所说，我是他见过的第一个敢吃猪脚面线的女生。

## Ⅳ 出租·姜花街的价码

林将海的外套我洗都没洗，就托别人拿去还给他。当他出现在我教室外，我发誓我真的以为，他是为了那件看起来很贵的衣服来寻仇。但他只是递给我一个袋子，里面装着几支写满外文的药膏。

“我怕伤口会留疤，还疼吗？”他说着下意识地伸手拨开我的刘海。我有意识地退开，勉强丢下一句“谢谢”就回教室了。

当然，同学对林将海的出现很感兴趣。

“我搞养颜品促销，他用了过敏，来退货。”我镇定地瞎掰，坚决断了那些人的幻想——我不认为，像“林将海”与“温行书”这一类的人，会有什么交集。

“十一”国庆长假，有人敲开了我的门，说要借我的房子进行拍摄。来人正是燃，还有林将海。

姜花街是典型的旧街区，平时有很多人来取景。但他们来得很不是时候，看了一早上《车祸肇事案例实录》已经让我暴躁如狮，我只说“别烦我，我的房子不租”就关上了门。但第二天他们又来了，还提着一篮水果。我总算见识到，原来这世界除了贾神父，也有人会如此坚持。

“一小时 50 块，水电另计。”我妥协。

“你不如去抢？”愤然说出这句话的，就是纪宛，The One 摄影工作室的专职模特。我敢打赌，她不是因为租金，而是因为我的嚣张才失控。

燃、林将海、纪宛，商政名流的富二代，青梅竹马，家世显赫，往哪儿站哪儿就发光。但我只需要知道——The One 是有钱人的工作室，不靠他们拉动 GDP，还靠谁？

“你查一下业内行情价，最低都 200，我的价格很合理。”其实，我根本不知道什么业内行情，但我就是这样说，笃定而坚决。

纪宛词穷的时候，燃已经洗了苹果，拿了几听可乐，像在自己家一样招呼大家吃吃喝喝，而林将海的表现更是可圈可点，他二话不说，直接把定金交了。

The One 的工作人员隔天早上就来了。

专业的保姆车、机器和装备，灯光师、摄影师、化妆师全都到位。纪宛身后居然还跟着一个助理，架势直逼三线女星。而那时我正顶着一脸劣质的妆，背后装着一对翅膀，要去市中心的广场扮天使，派幼儿园的传单。

我回来的时候他们还在，却是在天台烧烤。我刚要发作，就听见燃说：“小师妹来加入我们吧，庆祝今天开工。”

换了衣服洗了脸，我远远地在那张破藤椅上坐下，拿起苹果啃起来。

“空腹吃苹果不好。”林将海端来一盘玉米和鸡翅，放下后就在不远处坐下，静静地听燃和纪宛拿着吉他弹唱。

夜幕降临，姜花街的鸽群都飞回来了。看着他们的张扬和喧嚣，心里生起莫名的情绪——我承认，那是可耻的落寞。或许是因为，这是十几年来，第一次有人入侵我在姜花街的生活。

## V 磨合·冒犯和交易

把房子租给 The One 拍摄，本来是相安无事的。但——

长假的最后一天，我回来得很晚。本以为他们都走了，但是我在换衣服的时候却听见身后传来“啊”的一声惊呼，慌得我差点斜套着厚重的翅膀摔在地上。

“呃，我下来洗苹果，我不是故意的……对不起！”燃僵在那里，手足无措。

有胆偷看，还有胆留下来道歉！这极大地挑战了温行书的生存法则——大家赶下来，看到的就是被我揍了一拳的燃，流了两管鼻血。

一时，场面混乱到只能用“人仰马翻，鸡飞狗跳”来形容，结果还得我亲自镇压这场大惊小怪的“血光之灾”。

“流鼻血而已，温树杰也常这样。”我司空见惯。

“温树杰是谁?”燃躺在沙发上还不安分。

“我爸。”

“你是温树杰的女儿?”燃的样子像活见鬼了。

“是啊，那又怎样?”不管怎么样他还是我爸，这是事实。“你不要告诉我，他欠你一笔赌债。我刚好跟他姓而已，也不是很亲。”

燃虚弱地笑笑，不再说话。我回过头才发现，整个工作组的人全进了大厅。

“你们干吗，不用工作?”

“因为，”林将海无奈地指指燃，“你把我们的男模打伤了。”

当林将海再次出现在姜花街的时候，我正拖着一袋传单走回去。他帮我扛起那袋东西，说：“温行书，我跟你谈个交易。”

交易，就是帮 The One 拍摄小说的插图。我可以不用翘课去打工，只需要课余在自己家给他们拍照——天上掉了大馅饼，林将海还把它送到我嘴边！

不过，当燃来接我去买摄影服装的时候，我用了几秒让自己沉下气来，才坐进他的车。整个下午，他用一张卡带我横扫几家旗舰店，花钱毫不手软。他拉动了经济内需，却刺激了我——摄影服要买这么多?

“你若真的是‘不小心’看到不该看的，大可不必用人民币来赎罪。”

不理会我的白眼，燃变戏法似地拿出一个苹果，说：“公主请用。”

“规矩点，专心开车!”我化身女巫，一路对他施虐。下车的时候，燃已经比童养媳还规矩了。

## Ⅵ　左右·爱情的绿灯行红灯停

进The One之前就听闻“万千少女”说：风一样的燃。

但据我所见，是“疯”一样——这厮可以手上戴着佛珠，却惊世骇俗地在脖子上挂个十字架。

“你该不会还染指了伊斯兰教?”众人侧目。

“No，No!”燃竖起手指晃了晃，“我只是偶尔也信春哥。”

诸如此类，燃就是有本事把整个拍摄现场弄得风生水起。

拍《爱情的绿灯行红灯停》最后一场，分手戏。编剧把拍摄点挑在春天大道东废弃的水塔顶层。顶层离地一百米，问题是——温行书天不怕地不怕，就是恐高。

“你看上去快要昏倒了。”纪宛最先发现我的异状，这样一来，大家都注意到了。

“能克服一下不?”林将海有点不忍，但导拍面带难色，说今天必须拍完。

“小师妹别怕，师兄抱你上去。”燃依旧嬉皮笑脸。我骂了一声“去死”，咬咬牙开始往上爬。好不容易到了上面，风一吹，我感觉脸上一凉，才知道自己哭了，泪流满面。

导拍却很高兴，说连分手的情绪都不用酝酿了，马上开拍。摄影的程序是：相对而立，牵手，拥抱，放开。

“别哭，”在拥抱的时候，我听见燃在我耳边说，“不准哭。”

我正疑虑着怎么会有台词的时候，燃松开了我，却俯下身来，轻轻吻了我的眼睛。

这一组画面正如编剧所说，凄美动人。但接下来的花絮明显过于暴力——燃差点被我弄成高塔自由落体。

终于要从水塔下去的时候，两只手伸了过来。燃，林将海。

我发誓，我是恐高而不是贪心——我被两个传说中 B 大最优秀的法学男，一前一后牵着慢慢走下去。

接下来，温行书的人生不可思议地顺利：我赚到了当平面模特的第一桶金，正式加盟 The One，从香港走秀回来的纪宛买了护肤品向我示好。

“上帝说过，人生如此，夫复何求？”燃又一次晃到我面前。

据说，燃喜欢上姜花街那家小超市卖的苹果，经常出没。他总在人最多的地方用田伯光的调调朝我喊“小师妹，下山化斋啊”，或是以嫁女儿般不舍的表情给我一个最大最红的苹果……

总之，时光犹如燃飞车的速度，一晃就走到 2009 年初春的雨季。

那天，我走回姜花街，看到燃在我家楼下。

正是姜花开放的季节，因为细雨，整条街都弥漫着淡淡的香气。燃站在车外，亚麻色的头发沾满水汽，眼光没有焦点，却深深入神。等我走近才看清，他眼里有比雾气还阴霾的感伤。

“温行书，我带你去一个地方。”那是他第一次不叫我“小师妹”。

车开了很久，路途很长，长到我们离开了 B 市的雨区，见到了阳光。燃却一路沉默。最后我们盘山而上，在一大片园林前停下来。一下车，我就看到一道彩虹横亘了半个天幕。

站在那里俯视，城市都变成小块的几何图形。

“看到没有？”燃问我，“那一块的那一个点，就是姜花街。”他指着远处，但我只看到一块像荷包蛋的东西。

“温行书，无论如何，原谅我所有的过错，好吗？”燃侧过头来看着我，眼里的澄澈直击人心。

“好。”

“原谅我叫你小师妹？”

“好。”

“原谅我看到你换……换‘翅膀’？”

“好。”

“原谅我偷亲你?”

“好。”

“原谅我喜欢你?”

“好。”

不好!

我反应过来，怒目而视，但燃没有任何开玩笑的意味，弄得我慌了一下，空气里只剩下一截沉默在漂移。为了调节气氛，我说:“燃，叫大家来这野餐吧!”

“大吉大利，童言无忌!你知道这是哪里?”他指指不远处园林入口的牌子——宁湾墓园。

我窘得像死尸，燃却大笑起来，直到惊动墓园的管理员，燃才带我坐上车，以他最爱的死神速度开始疾驰。

## Ⅶ The One·纸上偶像剧

忙完期末考，纪宛提议去澳门玩，我想都不想就拒绝了。

“去嘛，大家几百年没聚了，你想想上一次见到将海他们是什么时候?”

听到那个名字，我的脸色沉了下来。

他们并不知道，“五一”去海南岛庆祝第六期拍摄完成的那晚，我没有真的睡着，清醒的程度刚好可以听清楚燃和林将海的对话——

燃说:“如果你也喜欢她，我们应该让她知道，然后让她自己选择。”而将海的回答是什么你知道吗?他说:“我无所谓，就像这个苹果，你喜欢，只管拿走就好。”

嘭!

我不用睁开眼也知道，燃揍了将海。

从三亚回来，一切看似如常。但是，我尽量避着某人。甚至，推脱工作。

林将海过来的时候，我正把兜售剩下的假发搬回家。他拿过那包假发，用他一贯的口气问：“为什么不来 The One 报到？”

“因为我不喜欢，我接了其他工作。”

“但那个广告我们签了合约，该去试造型了。”

噢！天知道我多讨厌他温沉的耐心！

“我有很多造型，你要哪一款？”我拎起假发往自己头上套，“要粉红 BoBo 头还是紫色卷发？搭配什么口红好呢？”我抓起酒红色的唇膏，给自己苍白的唇上色，弄到一半我又停下来，“哦，我忘了，在你眼里我不过是一个苹果，喜欢就只管拿走，你怎么会在意？”

我斜着头看了他一眼，冷冷自嘲。

“温行书，我忍你很久了！”林将海遏制着吼了这一句。下一秒，他已经走过来把我拉近，狠狠亲了起来……

啪！

很矫情，我扇了他一巴掌，然后拿捏出毫不在乎的声音，说：“我不喜欢妆化了一半就接吻。”我抽了张纸巾把嘴巴擦干净，伸手抚抚他的脸，问：“要不，我们再来？”

这次，是他推开我，“砰”的一声关上门走下楼去。

夕阳下，鸽群又飞回来，盘旋在阳台上。我无力地跌坐回去，淹没在一堆假发里。

那是幻觉吗？刚才他好像很投入，就像……爱得很深。

## Ⅷ 恩赐·姜花街的温暖

The One 要为一家婚纱公司拍广告海报，主题是“90 后的婚体验”，厂家要求的男主角不是燃，是林将海。

拍摄现场的气氛，很不对头。

“行书、将海你们怎么搞的，要不要给你们两把刀互捅？你们那表情更像第五次离婚而不是结婚！”

终于，导拍崩溃了，而燃则笑得不能言语，做手势叫停。

“上帝说过，我佛慈悲。虽然他没我帅，但是你也不要嫌弃得太明显嘛。”燃晃着灿烂的微笑走来，却在我耳边说，“从小到大，将海都让着我，但这次不能再让了。好好珍惜啦，我第一次看见木头人林将海会脸红。”

真的？

我偷偷看了一眼。果然，林将海的脸色像被燃手中的苹果晕染过。

“我们的广告是要让人一看就想结婚，OK？”燃将他的苹果借给我们握着当道具，“上帝说过，我们的目标是——恩爱！”

三天后，拍摄终于完成。

那晚，我放纵自己喝得烂醉然后坚持自己走回去。到了姜花街路口，我干脆将高跟鞋脱下来，光着脚走。燃发过来一条信息：“上帝说过，夜路走多了，不妨回头看看。”

这个牛头不对马嘴的上帝！我回过头，却真的看到林将海跟在后面。

那天，是林将海背着我，沿姜花街走回去。

“林将海，你为什么要那么完美？”我的口气像他欠了我五百万，而且三辈子不还，“我最讨厌看到你那什么事情都很笃定的样子。还有，我不喜欢你这样地笑，就好像一直住在我家隔壁一样，那种感觉很不妥！”

“不妥？”林将海皱皱眉头，“你是想说邻家哥哥的感觉吧，温行书，我警告你，我现在正式怀疑，你有点喜欢我了。”

他的笑很轻很淡很纯粹，可以感觉到空气中漂浮着很多上扬的弧度。我发誓，没有人像他这样笑得诚恳又好看。

“你不会再把苹果让给别人吧？”我拿起高跟鞋逼问。

林将海硬着头皮，说：“应该吧。”

“那好，我们在一起吧。记住，上帝说过，温行书这个姑娘活得特别大胆，她善良的时候加倍善良，凶残的时候格外凶残……”

## Ⅸ 真相·原来我要不起

那一段，是温行书在人间偷来的最美好的时光。当我们在青春里结伴肆意横行的时候，命运齿轮的另一端又转向了阴暗面。

我想，我最不应该做的一件事就是让纪宛帮我预约了明家凯那个大律师。

她说，把你收集到的资料和那个车牌号码给他就行，他会帮你找私家侦探查，然后打官司。

“但是你不能告诉燃和将海，因一些旧过节，明家凯对他们很不感冒，但他是我的粉丝，一定会帮你查个水落石出。”

纪宛为了我，真的很舍得动用关系。但我没想到，明家凯给我关于那个车牌主人的回复，一瞬间击碎了我所有关于幸福的架构。

车号 B12430，林将海。

我不顾纪宛在身后的叫喊，抱着资料袋从律师事务所走出去，飞快地跑起来。

为什么是你？林将海，我费尽力气却查到一个最熟悉的姓名。

原来，所谓的真相，我要不起。

淋着雨，不知道自己要去哪里，我沿着 B 市最大的游乐城一路走，一路撕海报。可《90 后的婚体验》随处可见，似乎永远撕不完，讽刺的是巨幅海报里的两个人看上去是那样幸福。

林将海，我要走到哪里才能逃开你？

## Ⅹ 原谅·以为可以延续的美满

春天大道的小教堂里，林将海向我走来。

破旧的教堂里烛光摇曳，林将海看上去像个幽灵，而我则是充满仇恨的恶魔。我抓起身边所有可以丢的东西朝他砸去。他不避不闪，直到我没东西可扔，直到我没有力气。

“不是我，但我也有错。”他说，“车是上大学的时候爸妈送给我的礼物，那天我去春天大道拍日落，燃来接我，你爸刚好横穿马路……他把你爸送到医院，但已经没用了。然后，我们的家人插手这件事，用他们的方式来解决……”

夜是那样的长，将海的叙述绵绵不断。

“原谅我，原谅我们。”林将海恳切地看着我，茶色的眸子里有让人安定的气息。我点点头，靠在他肩上。

“咳!”教堂外，贾神父不满地走进来，“你自己口才那么好，干吗半夜把我叫起来折腾?”

“呃，贾神父你，还在?”我慌忙站起来，将海却在忍笑。

“上帝保佑，我还在。”贾神父斜了将海一眼，“赶紧带温家丫头回去，她一淋雨就感冒。不过走之前先把这里收拾下，不然我明天怎么做弥撒。”

说完，贾神父小心地跨过地上的狼藉，一脸正经地走出去。

“你觉不觉得，”将海偷偷地问我，“神父的睡衣，呃，花俏了点?”

当我们从春天大道回去，姜花街那边，燃和纪宛顶着黑眼圈，在我的小厨房捣腾出四菜一汤，还有一大锅……疑似盆栽的猪脚面线。

我本以为，只要原谅，只要释然，一切美好的东西就可以保持到结局。

当一条题为“政商勾结草菅人命，车祸肇事只手遮天”的新闻刊上B市晚报的时候，我们并没有意识到事情的严重性。

直到那晚，我正在家里看纪宛的第一次个人专访。但看到一半，纪宛打电话过来，泣不成声，我只能听到一些断断续续的句子：“那件案子已经立案专审，燃被抓起来了，将海不知道去了哪……”

## Ⅺ 逃亡 · 一场青春的离散

我一开始不知道，明家凯对燃和林将海不是“不感冒”，而是家族事业死对头的恨。

明家凯既不肯将资料还给我，也不同意撤销起诉，还将信息曝光，制造社会舆论——很明显，他是不会善罢甘休的。况且他手里还有一张王牌，胡小乔。

当初，燃和将海的父母确实用了一些非常手段。而且，他们给胡小乔的是一笔巨款而不只是26万元。只要明家凯说动她重新起诉，即使当初是父亲违反交通规则，但所有证据都对燃和将海不利……

再次从律师事务所出来，我的脑海一片混乱。

外面，2009年最后的一场热带风暴即将登陆，我却不管不顾地跑出去。我想到一个地方了，他一定会在那里。

春天大道东，水塔顶楼。

远远地，我看见林将海坐在那里，静静地望着山雨欲来的天空。我看着他，胸口生起窒息般的疼痛。

“林将海，你吹风的样子很帅，可上帝说过，耍帅有损健康。”

不敢置信地回过头，确认是我，林将海才笑了，笑容依旧像无底的深渊，只看一眼就会深陷。

“你自己爬上来的?”他眼里尽是责怪。

“嗯，”我从衣袋里掏出两个苹果，“我在教堂拿了这个。”

将海没有接苹果，却走过来拥住我，紧紧抱着。

我永远会记得那场叫作“巨爵”的台风。在一百米高空，当风把我原本湿透的头发吹干，我的心情却沉重起来。

“温行书，不要发呆，”林将海叫道，“我饿。”

我用袖子把苹果擦干净。两个苹果，吃了很久才吃完。

“我们这样算不算偷食禁果?”林将海学了燃的痞样，我却笑不出来——明天，我们要为这短暂的幸福付出怎样的代价?

狂风开始刮起来，有如世界末日，B市的探射灯一圈一圈扫过这座城市的上空。黑暗中，将海伸手遮住我的眼睛。他的手指有点凉，却有着一股魔力般，暂时隔开我眼皮以外繁扰的世界。

他说：“温行书，什么都不要想，我们来计划逃亡吧。”

逃亡。

我们要去云南骑大象，去厦门吃大闸蟹，去加拿大看极光，去荷兰摘郁金香……

虽然知道那些很遥远，但我还是在心里祈祷：至少，明天能够在春天大道东看日出。

但是，第二天，太阳没有出来，我却发了高烧。

我记得，在我昏倒之前，林将海答应下次陪我去看日出。但我却不知道，将海把我送到医院打点好一切之后，拨了110。

当将海、燃、纪宛三家人动用所有关系去做正面争取的时候，我的后母胡小乔却在明家凯的建议下提出新的指控。

林将海面无表情地站在被告席，而我正好与他对立。从头到尾，林将海都没有看我一眼。最后，法院宣判的结果是：林将海判一年有期徒刑，燃因健康状况不佳保释就医。

从法庭出来，我没有脸去见将海的家人，逃也似地离开。但纪宛追上来，她拉住我说："你要相信将海，他之所以认罪，是为了让燃可以保释就医。你不知道，燃有B型心脏病。一个月后他就满20岁了，要动手术，有30%的机会……"

纪宛说不下去了，我呆了好久，才问："那将海有什么话对我说吗？"

"没有。"

什么都没有，林将海没有跟说"相信我"，没有说"等我"，没有说"我爱你"，没有说"再见"。

## Ⅻ　离开·一个苹果的距离

虽然将海什么都没说，但我知道他放心不下什么：燃，纪宛，The One。

The One的工作按部就班，纪宛的娱乐圈之路也很顺利，但要燃安分地待在医院，却耗了我大半的气力。他每天变着法子指使我，还要我为他整理一本《上帝说过什么》。

"怎么上帝跟你说了那么多？"医院里，我一边"愤"笔疾书，一边骂骂咧咧。

“因为我离他最近啊。对我好点，我替你美言几句。”说完，燃又转身批评起纪宛：“我说你下次来医院要穿风衣，戴口罩、墨镜，不要那么高调就来了，还乐得跟去动物园看猴子似的。神情哀伤点，才有大腕风范，才能炒作！”

“那不是大腕，”我和纪宛对视一眼，“是雨夜杀人狂！！”

上帝说过，青春无极限（引自《上帝说过什么》），这句话，在燃身上得到极致的体现。

他似乎有用不完的活力，每天都被主治医生鉴定为最佳状态，让人怀疑他做了全身麻醉后还会扭起秧歌来。等他总算毫无知觉地被送进手术室，我、纪宛还有燃的家人，开始了漫长的等待……

时光那样慢，但还是有人愿意等。

我已经习惯周末去教堂做礼拜，习惯在 The One 工作到很晚，习惯在学业上下工夫，习惯让自己变得优秀。我坚持这些习惯，好让自己不够时间，去想念那个在西桥看守所禁锢了快一年的名字。

上帝说过，思念这种东西，欲盖弥彰。有些事情总要面对，就像春天花又开，就像雨季又回来。

那天也是雨天，我从家里出来，一辆车缓缓停在我身边。车里露出一张脸，那相似的眉眼一瞬间就让我想起一个人，林将海——他的母亲走下车来，对我说：“可以到家里来吃顿饭不？”

那是我第一次到林家。

一幢并不奢华的宅院，整个二楼都是将海的，卧室、书房、画室、冲晒暗房。不难看出，他的优秀源于整个家的爱。也让我知道什么是云泥之别——林将海，确实不是姜花街的孩子可以匹配的。

“我知道将海喜欢你，这点我们不会干涉的。因为我们和你一样爱他，爱一个人，就要为他着想，对吧？”

那个在商海里叱咤风云的女人，此刻正系着围裙端给我一碗汤，用一个母亲再平常不过的温柔目光看着我。

“将海的事情，我们还瞒着他在新加坡的爷爷奶奶。将海下个月就出来了，我们希望他去新加坡面对新的生活。至于你，可以另有安排……等这些事情淡下去，你们，或许有其他可能。”

我温顺地点头，以前所未有的妥协姿态说：“我懂。”

我真的懂。我只要让林将海对温行书这个人死心，然后，我就可以去日本留学了。

从林家出来，我打给纪宛。“请你以我的名义，卖掉 The One。”

我知道，怎么让一个人对“温行书”三个字绝望得更彻底。

将海出狱那天，我没有出现。在去机场之前，我先去了春天大道教堂，再去了宁湾——那个望到姜花街的墓园，燃一早就选好的地方。

是的，燃已经在宁湾墓园安眠。那个觉得自己叫做梁祖正很没霸气的燃，那个叫我要每天吃一个苹果想他一次的燃——就在《上帝说过什么》印刷好的第二天，他并没有创造 30% 的奇迹，死在了手术台上。

后来，我才看到，他在书的扉页写了几行字：

温行书：

上帝说过，每一天，都是最后一天。

你一出现就已经是我的天使，现在，就让我做你的上帝。

如果我不在，不要为我哭，请笑着活下去。

——梁祖正

宁湾墓园。

燃的墓前摆着一个苹果，一看就知道是他爱吃的那种牌子。

谁来过？会是……他吗？是他！

这个念头击碎我之前所有的伪装，那根顽强的神经强撑到这一刻，已几近崩溃。我四处张望，如果他还没走远，如果让我遇见……

我又能怎样？

深呼吸，再轻轻叹息，让最后的不舍和希冀都变成空气。我用力睁着眼睛，不是因为寻找，而是希望泪水能在最短的时间里蒸发掉。

把手里的苹果放在那个苹果旁边，我离开了墓园。

将一切交给时间，就是我能留下的最完美的结局。然而，如果我回头，就可以看到，有一个身影远远地看着我。他茶色的眸子依旧清澈如风，澄净如河。

纪宛专辑的最后一首歌是《忘·记》，当她的声音慢慢淡去，我将音乐按停，将回忆暂停。接着，我点开纪宛从台湾发来的 E-mail。长长的，都是她工作的见闻，但最后她说，将海在新加坡成立了新的 The One。

The One。

我念了这个词，恍如隔世，心如刀割。不过也好，痛得不彻底，就无法忘记。

等日本的季候风终于把脸上的泪吹干，我去洗了一个苹果，再把地图铺在榻榻米上。

新加坡与日本，不过隔着一个苹果那么远的距离。但经历了那场青春的离散，相隔太远，就算全世界的苹果都摆在一起，也测不出我们之间的距离，我们已回不去了。

正如《忘·记》的歌词，每个人心里都有一座坟，葬着未亡人。

林将海，我想，我只能用时光的墓，来埋葬你。

（发表于《男生女生》2010 年第 7 期）

# 爱的循环

黄婷婷

犹豫再三，李粤还是踏上了献血车。

上次和他一起来的几个同学，这次却去了市郊那家私人医院，卖血。200 CC，200 块，400 CC，500 块。交易很简单，也很现实。

或许是因为外面下着小雨，来献血的人不多。冬天的傍晚，天总是黑得很快。望着窗外暗沉阴冷的天气，李粤眉头一皱，想起了父亲。

昨晚打电话回家，母亲说他感冒了还去上工。其实，父亲的工作就是跟着包工头四处流动打零工，而母亲就在家帮别人修补衣物。父母供他上大学的艰辛，李粤比谁都清楚，可是他们却甘之如饴。

来献血站之前，李粤也犹豫过，如果他去卖血，就可以拿到 200 块，甚至是 500 块。但李粤还是来到献血站，这是他第五次无偿献血了。

还记得，他第一次献血被母亲知道后，她忧心忡忡地责备道："我们家穷，你献了血，拿什么补回去？"尽管李粤一直解释献血是科学的，但是母亲还是不能接受。

"妈，献血得当有益健康，还能救人性命。你不是说，当年你生我和哥哥的时候难产，是爸的工友捐血救了我们三个？而且，哥哥出事时，若不是……"说到这里，李粤黯然无语，不再说下去。

这是家里最大的痛。

13 岁那年，李粤的双胞胎哥哥李东，在上学的路上出了车祸。因为失血过多，而医院的血一时供应不上，错失了抢救的最佳时机，死神就这样带走了年轻的李东。从那以后，平时就很少说话的父亲更加沉默，母亲每日以泪洗面，一度精神恍惚，而他则选择了医科专业，立志要做医生……

“大家注意，紧急情况！”李粤的回忆被匆匆走进来的白色身影打断——是献血站的杨站长，李粤认得他。

“刚接到通知，正在建设的城西新楼棚架倒塌，很多人受伤，医院那边需要大量血源供应，快把今天的献血记录拿过来……”

虽然工作人员训练有素地查看着资料，但是从他们紧张的神色，李粤可以看出事态的严重性。

“李粤，”杨站长走过来，拿起他的献血证，“城西发生了事故，现在第一医院急需大量B型血。你，这次可以捐400 CC吗?”

看着杨站长焦急而恳切的脸，李粤陷入了两难的挣扎——自己瞒着母亲献血，本来就很不安。更何况，血，对他而言，牵连着的实在太多太多，他所经历过的生存和死亡，都与它息息相关。

痛苦地闭上眼睛，往昔的记忆碎片刺破李粤的思绪，他似乎看到那些红色的液体，变成父亲脸上滴下的汗，变成母亲眼里落下的泪，又变成自己缓缓渗出的血，点点滴滴融合在一起，形成一个红色的漩涡将自己吞噬。最后，这个漩涡凝结成输液瓶里不再往下滴的药水，而输液管的另一端，连着没有任何生命迹象的哥哥，一旁是母亲声嘶力竭的哭喊：求求你，救救他……

救救他——李粤似乎又听见，那些他不认识，但是同样悲恸的人在哭喊。

终于，李粤坚定地点点头。杨站长如释重负，但他什么也没说，拍拍李粤的肩膀，就快速走向另一辆捐血车。

抽完血，李粤嘴角漾起安心的微笑：希望那些带着自己体温的血，可以给别人带去生存的机会。

但是，李粤还没回到学校，就接到母亲打来的电话——父亲出事了!

原来，城西新楼事故发生时，父亲就在工地上。他被铁架压断了肋骨，生命垂危，急需输血。

赶到医院，看到泣不成声的母亲，李粤险些晕厥过去：他没想到伤者中会有自己的父亲！

医院忙成一团，混乱中，李粤看到一个熟悉的身影。他跑过去拉住他："杨站长，快救救我爸，你抽我的血，快！救救他！"

"是你？"杨站长一脸惊讶，"你不能再捐血了！我们已经启动紧急方案尽全力寻找血源了。"

"不是说无偿献血者的直系亲属有用血优惠政策吗？不然你把刚才抽的血还给我，我要救我爸！"

"血怎么能还给你？你冷静，我们正在全力抢救！"杨站长说完就走了。

"啪！"

李粤一转身就挨了母亲一巴掌，她气得发颤："你又去捐血？你不是答应过不再去？现在你爸需要血救命，你却什么都做不了！你忘记你哥是怎么死的？不孝子！"李粤去扶母亲，却被她推开。

所有惊慌与内疚袭上心头：或许，他真的错了。母亲骂得对，献血，真的事关生死，此刻他眼看着自己父亲性命垂危，却无能为力。

两母子就这样瘫坐在椅子上，陷入了死寂的等待。直到杨站长再次出现，告诉他们："有血了。"

原来，医院联系了附近与伤者血型符合的献血志愿者，他们及时赶过来捐血，伤者都被送进了手术室，李粤的父亲也脱险了……

夜深了，杨站长将李粤叫到病房外面。

"我们在电脑上输入你父亲的资料，发现这十几年来，他每年都坚持献血两次。就在上个星期，他刚捐了血。你们两父子，是我们Z市献血的楷模！"杨站长顾不上一脸倦容，继续说道："我们知道你们家里经济条件不好，你父亲的事迹现在已经传开了，院长带头为他捐款，这次的手术费用你们也不用担心了。"

"原来我们父子俩都瞒着我妈……"

"我想，你妈会谅解的。你刚捐完血，要好好休养。这边有医护人员在，你明天还是回学校去上课吧，我们的准医生!”

……

早上，李粤走出医院，看到几辆献血车缓缓开出去。

天气果然如同预报那样晴好，迎着淡淡的阳光，李粤觉得一股温暖的力量又注入自己体内。无偿献血，流动的红色，它带着爱与希望循环不止，又回到自己身边。

（发表于《Me 淘匣子》2010 年第 3 期）

# 木棉花再开的时候

汉语言文学　2008 级 1 班　曾火娇

## 引子

三月的季节里，阴雨不时地笼罩着灰白色的天空，携带着丝丝寒意的春风习惯性地拍打着学校里断裂的墙垣，校园里安静得很，大地似乎还没睡醒，到处是一片凋零的景象，只有那英雄似的木棉花迎着寒风展开着火红红的笑脸，那坚拔的身躯屹立在校道旁，像守护战士一样神采飞扬。

“大才子，艾予国，你在想什么？那么入神。”叶晓禺轻轻地踮起脚靠近了他的身边，本来想吓一下他的，却不忍心吓着了沉思中的艾予国。

“哦，是你，叶晓禺。”

“我……我，没在想什么，只是……”

艾予国呆呆地看着这怒放着的木棉花，沉思着。

## 一 青春懵懂的季节

三年高中生活就这样过去了，艾予国的记忆中还很清晰地记得三年前，自己背着一个灰黑灰黑的布包，里面是母亲亲手缝做的几件新衣服，还有一大罐的酸菜，风尘仆仆地从老远的家乡赶来，满脸尽是灰土。在来上学的前一天里，一整晚竟高兴得抱着布包舍不得放下，弟弟和妹妹羡慕的眼光直盯着作为哥哥的他，嚷着母亲也要上高中，母亲只是微笑地点着头，露着那一贯慈祥温柔的笑容，一边帮他打包着一袋袋的行李，一边准备他一个月要吃的酸菜还有几个鸡蛋。艾予国明白对于艰难的家庭来说，他不可以奢求得到太多，这已经很满足了。

临走的时候母亲把前几天赶墟时卖鸡蛋换来的学费放在他手上，叮嘱着他一路上要小心。搓着手里的钱，艾予国狠狠地下了决心要努力学习，用荣誉和好成绩来回报这个苦难的家庭。

时间总是在手隙间不知不觉地流逝着，时时让人捉摸不定，让人来不及抖擞就稍纵即逝。

“你还好吧？好像灵魂出窍了。”

叶晓禺瞪着她本来就不小的大眼睛，露着她一贯大惊小怪的眼神，一面疑惑地盯着艾予国。

“你干吗像牛眼一样盯着我啊，我只是在想三年前的一些事情而已。”

“哎，你是不是吃酸菜吃太多了，挖人真够酸的，本姑娘眼睛大叫玲珑美，不是牛眼，你羡慕不了的。”叶晓禺不忿地叫嚷着。

艾予国“扑哧”地笑了一笑，用脚踢了踢地上的石子，脸不由得严肃了，转向了他以往的深沉。

“叶晓禺，毕业了，你有什么打算？”

叶晓禺不由得迟疑了一下，用手撩了一下她那长长的头发。

“我爸想我读大学，他说他会托人把我送到理想的大学，可是……你又不是不知道我天生不是读书的料，成绩又那么差，进去也未必学得了，哪像你是个大才子。”

“大才子，又怎么样，没有关系还不是进不了大学，我看我还是不得不回老家，有幸的话，可以做一名小学的老师，不然就得老老实实地做一名农民了。哪像你……出身好，有个做县委书记的爸爸，成绩不好还是可以上大学。”

“你也不要灰心，你成绩那么好，说不定上面破格要了你。”

叶晓禺鼓励地说道，眼睛红红的，她是敬佩他的，很久以前就在内心仰慕这个青春奋发的年轻人，每时每刻她都在默默地思念着他，却不曾说出来。三年的同窗生活里，很多时候他都是安静地坐在教室里学习，仿佛时间对于他来说是永远不够的，那刻苦的劲儿任何人都比不上。瘦弱的身影总是让人看得心疼，老师和同学都很喜欢他，因为他的刻苦，也因为他的善良。

“没事啦，我不会灰心的，即使做农民我也是一个最聪明能干有知识的农民。”

“你有机会进大学就要好好学习啦，这是很好的机会，很多人这辈子是盼不到的，祝福你。”

艾予国微笑地点着头，看了一下身边的这个天真可爱的女孩子，脸上依然绽放着那只属于青春的自信笑容，他明白这世界是不公平的，但奋斗的人生才会不平凡。

## 二　赶上改革开放的潮流

白水寨是一个山清水秀的地方，那里养育了美丽善良的女孩和年轻壮美的小伙子。乡亲们都有着一双勤快的巧手，世世代代在这贫瘠的土地上耕耘着属于自己的幸福。在进白水寨的路口生长着一棵古老的木棉树，传说，创世神布洛陀的战士在与敌人战斗时，手执火把，英勇顽强，牺牲后化身为开满红花的木棉树。所以村里的人都把它当作护村之树，每逢过年过节，或谁家要办喜事，都要来拜祭它，以求得神灵保佑。木棉树在每年的三四月便会开出许多火红红的大棉花，摘木棉花便成了村里小孩的一件乐事。艾予国也喜欢这棵木棉树，总喜欢坐在树下乘凉，闲着的时候在树下跟同伴儿聊聊天、下下棋。

没有被大学录取的事情在艾予国的心里似乎是早有准备的，但很多时候想起来，心里还是一阵一阵地疼痛。20 岁的他愤恨黑暗的高等教育专制化的社会，愤恨那官僚主义欺压，愤恨着自己的不幸运，但最后他又充满着希望，他毕竟还是相信未来是美好的。

这几天报纸大篇幅地报道十一届三中全会的内容，邓小平同志号召全国各地实行改革开放，实现社会主义的新解放，改革先从广东沿海城市开始，再带领全国各地发展，解放全国的生产力，集中力量进行社会主义建设。

“改革”两字在艾予国的脑海里早已出现了几百遍，他多么渴望着要改变落后的社会制度，改变落后的生活，改变苦难的命运。曾经受过的先进的知识文化让他的世界观里少了一般人的胆怯与害怕，他没有选择做村里的小学老师。不是想着要大干一场吗？是的，他的机会来了，二弟予民、四弟予新都已经长大成人了，三妹也是家里的一个好帮手了。

报纸上说邓小平同志要在广东率先实现改革开放，开放沿海城市，设立经济特区，鼓励人民要“杀出一条血路来”。而且 1978 年以后经过“家庭承包责任制”的改革，白水寨已经没有了以前的荒芜和颓废的景象，人们都抱着美好的理想，耕耘着属于自己的天地。有了这个发展的基础，虽然那里还是有点落后，但白水寨还是属于广东沿海城市的一部分，说不定会被划进发展的一部分。

艾予国在心里盘算着，二十多岁的他已有了成年人的成熟与老练，艰难的生活给予他的是超人的毅力与顽强的意志，还有年轻人应有的热情与奋斗精神，他的内心时时燃烧着创业的梦想，他要用自己的双手改变命运。

“哥，你真的要出去，你不怕吗？听说外面的世界好乱的，我……舍不得你，你不要去了，家里安全得很。”六妹予莲扯着艾予国的裤脚哭叫嚷着。

“六妹，你还小，哥哥没事的，你不是说男孩子应志在四方吗？哥这回是到外面的大城市逛逛，多了解世界的变化啊！你得听母亲的话，替我照顾好母亲。”

“大哥，你这次去广州要注意保重，家里就交给我吧，把改革开放的新苗儿带回家，咱们也要自主创业，为家为国做贡献。”二弟予民兴奋地说，脸上不时冒出红云，那是对新生活的一种热盼。刚高中毕业的他，有着强壮的身体，一个人能扛起一头猪，在村里可是出了名的大力士。不爱读书的他勉强地挨到了高中毕业，不想继续读书，凭着一身的力气成了家里得力的帮手。

“嗯，我先出去探个口风，看有没有适合咱们家干的事业，我们就大干一场。”

哥俩对视地笑了一下，拍打着肩膀，算是约定了。

母亲站在一旁默默地准备着行李，那爬满茧的双手忙碌着，艾予国突然感到眼睛湿热了一下，当年母亲为他准备书包去上学的情景一下子划过他的脑海，这一次他不会失望而归的，他在心里默默地发誓着。

拜别过家里的人，艾予国就大步地走出了门口，目送他的是不舍与期盼，还有那木棉火红红的英雄之花。映入他眼帘的是燃烧着火红的生命。

## 三　广州之旅

1978 年以后的广州到处洋溢着繁荣的气息，宽敞的马路上来来往往的人力车，载着那些穿着时髦的男女青年们。从友谊戏剧院里走出的一群群人，带着狂笑的面容挤进狭窄的棋盘式的街道。拥挤的楼房，密集的人群，浮躁的人心，在灰白的太阳光下涌现着。

艾予国用手扯了一下自己的旧布衣，抖抖落在灰黑的大裤子上的灰尘，站在陌生的街道上。他的眼光分离在大街小巷里的每个角落，这一切对于他来说都是那么的新奇与可怕，然而狂喜过后袭击他的心房的却是一种莫名的恐惧，第一次感到离家的距离是那么的遥远。

黄豆大的汗珠冒出额头，他用袖口拭了拭，大步向着弯曲的街道走去。艾予国看着街道旁开满了不同类别的商铺，“兴华杂货铺”、“新生面馆”、“兴隆机械坊”……各种各样的个体户琳琅满目，比起家乡的供销社气派得多。改革开放以来，个体商业、民营工业、国有企业仿佛一夜间被激活了生命力，这使艾予国感到无比的兴奋，一种超然的奋发的动力在他的内心不断地翻滚着，驱除了刚才萌动的害怕，他不知道为什么有如此强烈的感觉，摇摇头自乐地陶醉着。

几天的“参观”让艾予国的精神丰富了，白天他到不同的地方参观，晚上就蜷缩到桥孔下过夜。南方的夏天，蚊子成群的骚扰，时常让他一整夜无眠，但身上的钱快没了，青年旅馆住不着，每天只能吃面条来填填空洞的肚子，他得找个工作养活自己了。

这个下午，艾予国在常来的面馆里吃着面，跟往常一样跟面馆的老板聊着天，谈论着自己一天的见闻，老板露着发黄的牙齿说：“年轻人，建筑工地里招人，去看看吧，先养着自己。”艾予国颇感意外与温暖，这是他在异乡感受到的第一次人情的安慰，他感激地点点头，谢过老板，快步地跑向老板指向的工地。

他很快地就来到了工地，一个胖子包工头瞥了一眼艾予国，用沾满灰土的黑漆漆的双手拍了拍他的肩膀和胸膛，然后点点头，突然向着身后大喊一声：“大明！”

“到！”

不远处跑来一个强壮的小伙子，被阳光晒得黝黑黝黑的脸，汗珠不断从他的脸上渗出来，他的身上挂着一件单薄的白色的已不能见白的衬衣，只扣着一个纽扣，结实的胸膛袒露着。

“把这个兄弟带到临时宿舍换工衣去。”包工头咧声地说着，像是怕隆隆的机械声淹没了他那高昂的声音。

艾予国拿着布包跟在小伙子的后面，大伙子用他那浓重的湖南乡音操纵着喉咙，一边滔滔不绝地介绍着工地里的情况和大伙们的事情，一边不停地询问着艾予国的情况。艾予国只是沉默地走着，偶然呼应一声，他思考着他的人生、他的命运。

这是南岗北站的施工现场，睡觉休息的临时宿舍搭建在铁路边。铁轨旁抛扔着死猪，绿头苍蝇嗡嗡起舞；空气中弥漫着牲畜粪便和腐尸的混合臭气，三十几号人挤住在竹席搭建的工棚里。双层铁架床，艾予国选择住在上铺，挂上蚊帐，晚上一收工回来冲了凉就钻进去，看看从家里带过来的几本书，来安慰自己的心灵。外面不时地传来哥儿们大声谈论的声音，尤其在谈到女人时，那狂笑而热烈的声音更是粗狂得惊人，艾予国沉思的梦想常在这个时候被打得“粉身碎骨”。广东蚊子专欺负年轻人，嫩白的肌肉常被叮咬的部位红肿起疙瘩，痒疼难忍。挂蚊帐防蚊叮，还防苍蝇的困扰。晾衣裳的绳子或灯绳上随时被苍蝇占据，密密麻麻的，让你浑身起鸡皮疙瘩。

空闲的时候，艾予国喜欢到街上到处逛，他发现在广州大街上拜佛求神的现象随处可见，节日里最旺盛的地方就是庙堂，人们喜欢上香拜佛，以求得安宁。文化大革命时期被抛弃的这种传统习惯重新激活，似乎被压抑了很久的传统文化中的一部分有了燃烧的苗头。

自古以来中国都信奉着佛教和祖宗神灵，都相信着“祖宗保佑”，虽然这是迷信的、不科学的，但对于人民的一种文化信仰来说，这也是维护民族团结不可缺少的因素，拜祭祖宗表现着人们对死去的亲人的怀念，更是家族内部团结的一种纽带。“文革”让人们遍体鳞伤，精神也遭受了巨大的创伤，人们想以一种方式纪念惨死的同胞和亲人，并求得保护，不再受这种人生惨痛的折磨。改革开放后，人们的思想得到了解放，香港一带的拜神现象也融进了沿海城市广州，带来的也是一种民族文化的复兴，于是在广东，清明节是最热闹的节日。

艾予国开始在心里盘算着一些念头，是不是尝试一下“香火”事业，会不会有出路，现在人们拜神的“香烛”都是从香港运过来的，成本高。做这个既能复兴民族原有的企业，自己又能挣到钱，艾予国心里乐算着。

很快，他辞去了工地的工作，拿着一年下来挣的一千多块钱，到书店里买了一些关于技术方面的书，还有一些送给弟弟妹妹的礼物，匆忙挤进汽车站，他的心情是兴奋的，无论是为一年多不见的亲人还是为他的创业梦想就要实现。

## 四　失望的挣扎

一年后的白水寨似乎没有什么改变，农民还是辛勤地耕种着自己的土地，村口的木棉树又开出了火红的花儿，迎着太阳展开灿烂的笑容，像是在告示着一种新生的希望之火将要燃烧。

艾予国跟兄弟们商量了自己的计划后就筹备着办厂的工作，并把即将开业的工厂命名为“予国香厂”。他用打工挣来的钱购买了一轮风车来碾轧“冈松树”生产“香粉”。“冈松树”是家乡山上常长的一种树，自古以来人们用来拜佛的“香烛”就是用这些树碾成粉来制造的，这是艾予国中学时代从书上学到的。

他每天不断地奔走在不同的乡村收购“冈松树”，但由于经费不足，树是买来了，欠乡民的钱也是越来越多了。因为没有经验，刚开始生产出来的“香烛”质量很差，乡民们渐渐地也对此失去了信心，渐渐地就不愿意用艾予国的“香烛”。一种莫名的对失败的挫折感与恐惧涌进了脑海，曾经的希望似乎要变为幻想了。但他不想也不甘这样就失败了，他抱着一袋的香烛跑到了广州的商店挨家挨户地去推销，希望有商店能代销他的香烛，但每一次都是碰壁而归。家里的人都在担心“予国香厂”这年轻的生命是否很快就夭折了。

## 五　黑暗中的“黎明”

一天，乡政府来通知说上面领导批示，为了振兴乡镇民族企业，省里将派遣不同的技术成员来乡镇指导民营企业创业，有意创业的人可以来镇政府旁听技术指导。艾予国接到通知的时候，心里颤抖了几下，眼睛炽热得通红，他感到有一种力量在拉扯着他，是的，总有希望的，毕竟现在是改革开放时期，我们的党我们的国家我们的政府是不会看着老百姓受苦的。没等吃上午饭，艾予国就跑到了镇政府的大堂里。

平日里黑漆漆的礼堂一下子热闹了起来，许多跟他一样带着发家致富希望的父老乡亲们都早早地来到这里。

“我家的猪啊，不知怎的老是不吃，不知道是不是病了。”上村的老梁哭着鼻子，拉扯着衣服哭诉着，“苦啊！本想养些猪养活家人，现在什么都没了，没了。”

梁大妈狠狠地踹了一脚老梁：“傻老头，哭什么，丢面子了，老大一个男人。看，咱政府不是派人来帮我们了吗？猪啊，有救了，应该高兴。”

“是的，是的，有救了，有救了。”人们都热烈地谈论着各自的故事。

艾予国穿过人群挤到前面去，挨着村民半蹲着。突然灯光亮了起来，全场一下子安静了。

镇政府书记卢大岩，挺着大肚子徐徐地走到讲台上，用他雄壮的声音喊着：“大家用掌声欢迎我们的同志来到我们镇为我们讲授创业技术。”

顿时下面响起了热烈的掌声，混合着人们热盼的眼神。

“各位乡亲们好，我是毕业于华南理工大学的杨志勇，专修民企管理学。大家可以叫我小杨，今天我希望能把我的技术与知识带给乡民们，振兴我们的乡镇企业，响应邓小平同志的号召，富裕农民，所以大家有什么疑难问题就尽管问吧。”

杨志勇说完这番话之后，突然感受到责任的重大，这是他走出大学以来从未感受过的压力，因为乡亲们用炽热的眼神注视着他的时候，他能感受到一种迫切的相信与希求。

接着上台的是毕业于农业大学的谢锋，一个来自北京的大学生，毕业后被分配到广东农业局工作，这次的下乡指导技术可真是圆了他农作物新品种培养的梦，他用富有磁性的声音向乡亲们讲解着农业方面的知识。

这一次来指导的人有好几个，在讲台上绘声绘色地讲解着各种的问题与方法，艾予国听得入神，一边细心地听着一边策划着他以后的“香烛”企业。

“大哥，你还没走啊？都散会啦！”杨志勇看了看蹲在地上的艾予国，疑惑地问道。

“你是不是还有不懂的问题需要我们帮忙？”

“啊！”艾予国惊吓了一下，猛地站起身，蹲太久，双腿都有些麻痹了，不好意思地握着杨志勇的手说：“小弟，你技术好，可不可以到我家去看看我的香烛制造，我有点摸不着了。”

杨志勇在白水寨住了半个多月，一边指导艾予国的厂业发展，一边教他如何管理厂里的资源。艾予国感觉到无比的幸运，遇到了国家的改革开放，改变了他的甚至是全中国的命运。等到艾予国的企业上轨道之后，杨志勇就离开了白水寨。

艾予国在他的厂里挂上横幅，上书“富裕无忘共产党，发家无忘好同志”。他越来越感受到知识的力量，等到企业一切都运转顺利后，他选择出外去学习，北京，香港，澳门，他走过了全国各地，观察了不同的机械生产，吸纳了不同的新知识，不断地引进先进的技术、机械和人才，又向全国各地输送他的产品。他的“香火”事业越做越大，他也成了乡镇乃至全国有名的企业家。

木棉树的花儿谢了又开，春天到来的时候，木棉花又爬满了枝头，火红地渲染着三月的天空，迎着改革的春风摇曳着风姿。

艾予国呆呆地望着火红的生命，露出灿烂的微笑、希望的微笑。

（获2009年第四届广东省大学生校园文化艺术节“爱我中华，创业广东”文学创作大赛一等奖）

# 小布谷鸟创业复活记

曾火娇

## 折翼中的哭诉

有人说，创业就跟游泳一样，在岸上的时候，即使你知道所有的动作要领：腿要怎么样，手要怎么样，在脑袋里面背得清清楚楚，一旦把你扔到水里，剩下的除了扑腾，还是扑腾！

路芒上完最后一节课回到宿舍，轻轻地舒了一口气。他把书放在床上，这一整天想的都是自己的创业，他的“小布谷鸟”设计工作室陷入了重重的困境。

“怎么办，找不到投资商，小布谷鸟就要‘死’了。”他用双手抱着头，发出一阵阵哀叹，声音像那嘶哑的哭泣。

“你别这样，男子汉，哭什么，还没有到最后，谁能判定它会死去！”于洋拍了拍路芒的肩膀，又用感叹的目光注视着黑夜，像是要在夜的尽头剥离出光的倩影，却又无可奈何地转向了沉默，他的脸黝黑黝黑的，抹不去的一片愁云浓缩在他那粗大的双眉间。“路芒，这不像你，我认识的你是那么的坚强，是什么困难都吓不倒的路芒。”

就这样，于洋陪着路芒在宿舍的阳台上坐到了天亮，只是默默地坐着。

第二天，他们拿着球在操场上疯狂地厮打着，活像一头疯掉的公牛。

第三天，于洋出走了……没有告诉任何人，包括最好的哥们，路芒。

路芒，就读于 X 大学的服装设计系，现龄大四，2009 年作品

《小布谷鸟》以独具特色的设计获全国真维斯服装设计大赛最具创意奖、最具市场价值奖，随后一系列的创作风靡全校，被誉为“天才”创作家。于洋是国画班的特招生，人称美术系的鬼才。“小布谷鸟”是路芒与于洋一手创立的服装设计室，两个年轻人怀着青春的激情与创业的梦想，创立了属于自己的梦想舞台。路芒说：小布谷鸟载着他们的梦想，将在天空中自由地飞翔。

然而，它的首次“航行”却被风雨无情地摧毁了。因为不熟悉市场的脉络和运转，小布谷鸟的作品很难得到市场的承认，很多商家不敢冒险接受这些年轻的“作品”，几个月来只接过一两个小项目，但效果都不好，就快被判“死刑”了。路芒他们像小布谷鸟一样撞进了迷惘的丛林，努力地挣扎着往外飞，却被迷离的荆棘扎得血肉模糊。

第四天，路芒买回了一打啤酒，独自一人坐在阳台上，看着黑夜，努力地灌醉自己，他害怕醒来后，想起跟银行贷的那一笔钱没法还的焦急，害怕想起所有投射他身上的鄙视的眼光，一点点地瓦解他所有的坚强与执着。

第五天，路芒也出走了……只背上陪伴了他三年的旅行包，还有自己最得意的设计图，去寻找缀梦的支点。

## 广州，第一个驿站里的故事

十月的广州鲜花簇拥，带着南国水城的灵动，到处燃烧着亚运激情澎湃的火焰。2010 年的广州注定是辉煌与美丽的，因为这里聚焦了世界关注的目光，融进了亚洲 45 个国家奋斗不息的亚运体育精神。

下午，路芒终于从拥挤的人群中走出了广州火车站，像破蛹的粉蝶竭力撕开了束缚全身的稠丝。从肇庆到广州，路途并不远，但路芒选择了坐火车。他喜欢听那“呜呜”的鸣笛声，那声音里像是藏了无数个希望，牵引着启程者的憧憬，又预告着终点者的兴奋。

“欢迎来到美丽的花城——广州，精彩亚运将伴你走过每一天。”路芒一下子就被甜美的声音吸引住了，摘下鸭舌帽，他发现眼前的是一位跟自己年龄差不多、个子矮矮的姑娘，脸上绽放着一簇簇的微笑。跟她一样穿着青白相间衣服的志愿者，分布在火车站的各个角落，有负责打扫卫生的、帮忙提东西的、咨询的，大家都忙得不亦乐乎。路芒带着一脸的好奇走进了这些传闻的亚运志愿者“生活小驿站”。

“你好，请问有什么可以帮到你的吗？”刚踏进门口，就被热情的志愿者招待着。“呃，没什么事，我只想借个地方歇一会。”是的，直到此时此刻，路芒也不知道自己要往哪里走，他想起了自己的失败，那“小布谷鸟”剩下的布满着伤痕的“残壳”，仿佛这个世界已经没有让他伫立的地方了。

“小伙子，看起来好像很失落，有心事吗？”坐在对面的一位五十来岁的中年男人看着路芒，眼里流露出一种慈祥。

路芒端详了一下，身边的中年男人看起来很面熟，操着一口地道的广州话，然而细看才发现他左脚是截肢的。

“你怎么知道我有心事？”路芒一脸疑惑而又带点佩服地看着他，仿佛他的笑容从来没有消失过。

“因为你把它写在了脸上，怎么啦？介意说说吗？”

路芒的心里正憋了一肚子的闷气，感觉无法发泄，他摇摇头，皱起了那浓浓的眉毛，想说但心里又矛盾着。最后还是慢慢地说起了他的故事与失败，不时地发出感叹的声音，他的心在隐隐作痛。

中年男人拍了拍路芒的肩膀，长长地叹了一口气。“小伙子，我跟你讲一个故事吧。

“80 年代的时候，有一个年轻人，像你一样，年轻气盛，怀着青春的梦想，一心想创立自己的事业。在大学里，他跑到各个系旁听各种的课，学管理，学财务，学人事，他掌握了一肚子的理论，在生活中，他也省吃俭用，做各种的兼职，为自己积累着创业的基金。终于有一天他开了自己的店，他充满了干劲，总是早起晚归。

开始的时候经营得还比较顺利，但市场的尔虞我诈和高强的竞争慢慢地腐蚀着它年轻的生命，最后‘奄奄一息’了。年轻人承受不了巨大的压力，开始自暴自弃，结果在一次醉酒驾驶后中没了自己的腿。好心的人救了他，噩梦使他在一夜间清醒了过来，他反思自己的失败，也反思自己的人生态度，最后在朋友的帮助和自己自强不息的奋斗中重新开了自己的店。经过十几年的奋斗，他的生意也越做越大了，今年乘着亚运给商业界带来的机会风，他把自己的产品逐步地推向了国外，效益很不错。现在的他依然充满着激情，也学会了感恩，正用自己的努力为亚运作出自己小小的贡献，今天他还特意过来给这些可爱的志愿者们送温暖。”

路芒强打着微笑看着他，似乎明白了什么，有一股暖流慢慢地流进了他的胸腔。

“小伙子，加油啊！年轻的失败不算什么，成功的创业者需要经得起失败。”中年男人拄着拐杖慢慢地走进了前来接他的车。路芒看着他远去的洋溢着自强精神的身影，陷入了深思。

暮色降临，告别了第一个“驿站”，路芒又踏上了征途。

## 我们都有着自己的梦想

“路芒，听李桐说你‘离家出走’了，一声不响地离开了学校，大家都在为你担心咧，想不到在这里碰到了你！”赵明惊喜地看着眼前的路芒，紧紧地拥抱这个亲爱的朋友。

赵明跟路芒是高中时最好的兄弟。高考后，赵明到广州上了警官学院，而路芒去了肇庆，但多年的感情一直没有改变。听说路芒的事情后，赵明心里总是忐忑不安，现在总算放下了一块石头。

“你的事我听李桐说过了，我们是好兄弟，有什么帮到你的尽管说。”赵明一边说一边把路芒拉到学校附近的一个小馆子里。他清楚自己兄弟的性格，直接问是起不了作用的，先解决温饱问题吧。于是赵明快速地点了几个小菜，招呼他那苦难的朋友。

路芒这时候才意识到自己已经一整天没有吃饭了，中午 11 点的火车，早上只是随便吃了一个面包就出发了。他边吃着，边和赵明聊起了天。“赵明，你现在在当亚运志愿者吧，还好吗?”“嗯，感觉很不错，虽然很辛苦，每天6点多就起床了，尤其是碰上这寒冷的天就更纠结了。不过，能当一名志愿者还是幸运的，再苦再累都值了。”

“想不到啊！昔日的‘大少爷’今日居然不怕苦不怕累了，会为社会作贡献啦!”路芒看着被太阳晒得黑黑的赵明，露出了久违的笑容，他想赵明的志愿者生活肯定也很艰辛，他变黑变瘦了，但也显得精神了。

“什么‘大少爷’的。小时候不懂事，上大学了当然长大了，你看你都自己创业了，我肯定也要奋发啦，年轻就当奋斗。”

“可是，我的创业并不成功。”路芒沉默了，低着头，声音变得颤抖。

“偶尔的失败总会有的，越是艰难越能看出你的本事，不要气馁，我们都相信你。”赵明望了望心情低落的路芒，现在的他肯定感到很迷惘，他需要的是更多的支持，重新燃烧他的激情。

“没人肯定我的作品，我还有复活的机会吗?”路芒心痛了一下。

“当初也没有人肯定我的成绩，都认为我这个烂苹果不可能‘咸鱼翻身’考上大学的，我爸妈也曾想过放弃我，结果，我还不是靠着自己的努力，在别人鄙视的眼光中走进了理想的大学。只要有自己的梦想，不放弃，就会有奇迹。就像你说的小布谷鸟，身形虽小，但谁能藐视它的力量、它的存在。”赵明的心突然地也痛了一下，当年是路芒一直支持着他，他才有勇气坚持下去，实现自己的梦想。

路芒的头越来越低，再次陷入了沉思。那一夜，他跟赵明拖着黑夜的身影，走进了宿舍，他们挤在一起，聊了很多很多。

第二天，赵明早早地起床了，一如既往地走向了他的志愿者岗位——地铁安检站。他说那里有他的梦想，亚运的梦想。

路芒也跟着赵明，早早地来到了地铁口。同行的志愿者们很快就投入到工作中，提行李，检录，做登记。每个人都很认真，汗水在深秋的寒冷中渗出了他们的额头，但他们依然充满着激情，脸上充满着微笑。赵明说，他们都有一个梦想，那就是给世界一个美好的亚运、激情的亚运。为了这个梦想他们克服了所有的苦难，把微笑永远绽放在广州的天空，挥洒那辛勤的汗水。

一天下来，路芒深深地体会到了志愿者的辛苦，也激发了他内心的激情与不息的动力。他明白了，要实现人生的梦想，就得付出百倍的努力，青春就应该经得住磨难与失败。

他就是一只小布谷鸟，正在接受风雨的磨炼，等待着再次的展翼高飞。

### 邂逅灵感的悸动

路芒在赵明学校待了一天后，独自一人跑到了大学城，他没有告诉赵明，只叫他不要担心。

没有阻止路芒的流浪，赵明始终相信自己的兄弟。

路芒租了一辆自行车，在大学城的校道上悠然地骑着，他的心情已经没有前几天那么阴沉了。他喜欢大学城里蓝蓝的天空，藏着莘莘学子大大的梦想；喜欢那宽宽的马路，没有太多车辆的杂乱声和拥挤的人群，在这里，可以领略到不同大学的美丽的建筑。11月亚运的很多项目将在这里举行，为了迎接这一场世界的“盛会”，大学城的环境也变得越来越美了。

路芒本来想到各大体育场馆参观的，却吃了不少的“闭门羹”，很多的场馆为了保证亚运的安全，高高地竖着“闲人莫进”的牌子。

路过广州美术学院的时候，路芒被一阵热闹的情景和激昂的音乐吸引了，只见大大的广场上搭建着高高的舞台，摆放着灿烂的鲜花，挂着各种各样的设计图画，台下涌动着一群激情的人儿。

这是“激情亚运·美丽花城”现场服装设计大赛。路芒锁好自行车，好奇地挤进了现场。“欢迎来到我们美丽的大学城，这里将为你们上演别具一格的服装设计大赛，只要你具有一个创造的头脑和满腔的热情，就可以来参加我们这个比赛，我们这里已经为你们准备了各种各样的工具，踊跃挑战自我，展现你们的才华吧。”主持人穿着一身整齐的西装高举着麦克风发出豪迈的鼓动声，动作夸张得有点古怪。现场报名参加的人可不少，像是一个“大杂烩”融进了各种各样的人。

“老伯伯，您也来参加?”路芒看见一位六十多岁的老人，看起来像学校里的教授，正挥毫着手中的笔，用洒脱而有力的笔勾画着心中的作品。

“呵！为亚运加油嘛，人人有责啊!”老人看着路芒一脸好奇地盯着自己，脸也不好意思地红了一下。

“年轻人，哪个大学的？挑战一下自己吧，年轻就要勇于接受挑战。”路芒不自然地摸了摸自己的脑袋，傻傻地笑了一下，在老人的鼓动下，他也禁不住报名了。拿到笔和纸后，他迅速地闪到了一个安静的角落里，开始冥思。

时间在路芒的笔下慢慢地流逝，其实，这对于路芒来说并没有多大的困难，不得不承认他在设计方面是很有天赋的，他的小布谷鸟曾轰动了整个广东的高校。这一场别具风格的比赛再一次触动了他的创作灵感，悸动了他的心灵。

几个小时后，路芒满意地递交了自己的作品，像老人说的，他并不在乎名次，只想为亚运加油，绽放出属于年轻人的青春激扬。

没有等公布结果，路芒就骑着他的自行车离开了大学城。几天的游荡，让他领略了太多的艰苦，不仅体会了创业者的艰难、志愿者的辛苦，而且明白了人生许多的道理。小布谷鸟渐渐地找回了被自己遗失的创作信心和敢于挑战的勇气。

## 意外的收获

接下来的几天，路芒跑遍了广州各大服装城，石井锦东、沙河、十三行、白马……从最低档次到最高档次，忙碌的身影穿梭在各大服装城。他需要了解更多关于服装的设计与市场。因为身上带的钱不多，路芒只能走路到各个地方，白天在大街小巷里“调查行情”，用笔记本悄悄地记下各种有市场价值和有特色的设计，晚上就到最便宜的旅馆住宿，有时甚至睡在天桥下。有时候会被野蛮的店主误认为是“行内间谍”而被凶恶地赶出来，并唾以一身的脏话。但有时候遇到好心的店主，会乐意地与他交流创业的心得以及服装设计与市场的“秘史”。

在白马城广场经营了十几年服装生意的张姨，从一开始代理别人的货样，到自我设计、自我裁缝，做出了一系列富有时代特色和独创的时尚服装，典雅高贵，赢得了很大的市场。路芒经过她的店的时候被她精巧美丽的衣服设计深深地吸引了。

“年轻人，你喜欢服装?”张姨看到了望着一件以“芭蕉绿”为主调的孔雀连衣裙而痴呆的路芒，轻轻地问道。路芒被突然而来的声音从美妙的世界里拉回了现实，惊颤了一下，脸猛地热得通红。

“不好意思，我冒失了。”

张姨微笑地摇摇头：“看来，你是‘行内人’哦，因为不喜欢或不懂服装的人是不会欣赏它的美的。”

“不……没有，我只是被它迷住了而已，太美了。”路芒仿佛还在回味它的美而迟迟没有清醒。

“呵呵，来坐坐，我们聊聊。”张姨热情地招呼着路芒。路芒有点慌张又不好意思地坐了下来，又害怕自己狼狈的模样失礼人，心里踌躇难安，但是张姨慈祥的笑脸慢慢地消融了路芒所有的胆怯，他不再害怕了。他们从服装的设计、市场的运行聊到了创业的艰辛，天南地北的，如他乡遇故知。路芒的心情被张姨的热情慢慢地感染着。他也谈起了自己的梦想，那一段创业的过程与失败。

“孩子，创业不会总是一帆风顺的，总有起起伏伏，要经得起考验，在每一段过程中慢慢地去总结经验，学着创新，还要有不能消退的激情，这是最大的内驱力。我相信你能做到，虽然我们只有一面之缘，但看得出你将会是一名出色的企业家。”

路芒感到了莫大的支持，沉思着，内心的自信慢慢地回归最初的心脏。

下午六点，从张姨的店里走出来，路芒感觉到人生从来没有如此充实过。临走时，张姨还把自己最喜欢的《设计与变形》、《创业，你准备好没有?》和自己的创业心得送给了路芒，并叮嘱他需要帮助的时候就尽管找她，她很乐意帮助他把小布谷鸟推向市场。

路芒把这珍贵的礼物紧紧地揣在怀里，感激地和张姨拥抱了一下。走出白马城，他用剩下的钱到馆子里要了一碗面填饱肚子，然后兴高采烈地跑到赵明的学校，告诉他自己要回校了。

## 重生的小布谷鸟

清晨，路芒怀着坚强的信心踏上了他的回程，他不再心情低落，感觉充满着干劲，因为他找到了自己前进的方向。

“喂！请问是路芒吗?恭喜你的作品《木棉红》获得了我们‘激情亚运、美丽花城’现场服装设计大赛的冠军，可以安排时间接受我们的采访吗?”

“可是，我……我已经回肇庆了！”路芒感到一阵混乱。

“啊……呃，那没关系，我们可以电话采访你，能跟我们介绍一下你的作品吗?”

“呃……大家都知道木棉花是广州的市花，我的作品以它为中心，外面加以烘托的暖色调，代表着亚运的激情活力，也展现出运动健儿积极进取的精神，而且我把它设计成普通的衬衣，因为我想亚运是属于大家的运动会，衬衣具有普遍的意义，既不贵也实惠，我希望每一个人都能穿上这件衣服，一起来参加这个充满魅力与激情的盛会……”路芒说着慢慢地进入了状态，脸上不时露出笑容。是的，美丽的广州给了他太多的感动，亚运的志愿者精神给了他莫大的激励，使他在失落中找到了再度奋起的动力。

“嗯，谢谢你的支持，祝贺你，下周的颁奖会，我们会再联系你。”

“谢谢!”

路芒挂掉电话，深深地吁了一口气，走出车站，他感到一股力量深深地注进了他的心房，他迫不及待地要回到他的工作室，他有满脑的创意等待迸发。

“路芒，你去哪里啦?我回来好几天都找不到你，电话也停机了。”于洋被一头撞进他怀里的匆忙跑进校门的路芒吓了一跳。

路芒被猛地一撞，差点弄了个翻身，惊愕地看着于洋。

“啊！于洋！我，我去广州周游了一次，你去哪里了?一声不响地就跑掉了。”路芒望着脸上布满憔悴的于洋，心里已经没了责备之心。

“我去广州、深圳、珠海等地方了，拿着我们的小布谷鸟的设计图，我就不相信没有人赏识我们的设计，所以我跑了很多地方，去寻找我们的‘伯乐’。我不会让我们的小布谷鸟‘死去’的。不过这一行收获挺大的。”于洋说着，露出了一脸的兴奋。

“为什么不叫我一起跟你去呢?小布谷鸟是我们的，我也有责任。”

“我看你当时很伤心，不知道怎样劝你才好，所以……”于洋轻拍着路芒的肩膀，哥俩互相拥抱了一下，大家心里都明白，其实谁也不会抛弃谁。

“你也太不够‘义气’了，还以为你半路跑掉了。带回什么好消息啊?”

“我是怎样的一个人，难道你不清楚?”于洋露出了一副被冤枉的表情。

“我们的小布谷鸟有复活的机会了，走，我们边走边说。”两个年轻人并肩走进了校道，往日的苦闷与痛苦慢慢地在他们的脸上淡去。

“走过很多的城市、各大服装城，总算找到了肯投资我们小布谷鸟的商家了，幸运地接下了一个大的项目，以亚运为主题的，我们回去好好地研究一下。”于洋高兴地把图纸塞到了路芒的手中。

“嗯，我也正想迎合亚运创作一种既能表现亚运激情的又具有小布谷鸟独特风格的设计。我到广州的一游，感悟很大，虽然不能像那边的同学那样参加亚运的志愿者服务，但是我想我们作为广东的大学生，总该有点贡献，展现一下我们肇庆大学生的青春激情。呵呵!”路芒感觉到身心舒了一口气，但肩膀上的责任越来越大了，他要复活他的“小布谷鸟”，这将是一件艰难的事情，但他们已经做好了充分的准备。

11 月 20 日，X 大学隆重召开百万青年创业计划——肇庆大学生自主创业报告会，路芒拿着自己精心制作的计划方案，匆匆忙忙走进了报告厅。今天他终于可以自豪地向学校递交他的“创业报告书”，他要跟全校的同学分享他顽强的“小布谷鸟”，他的创业之路。

（获 2010 年广东省第五届大学生文化艺术节文学创作大赛二等奖）

# 坎

中文专业 2007 级 3 班 戴福钿

## 一

晓亮瘫倒在路边的墙角，泪水漫延成河。

一个月来的努力，功亏一篑。曾经的雄心壮志，曾经对未来的美好蓝图，在这一瞬间，都掉进了黑暗的无底洞，徒余揪心的绝望。悲伤，逐渐蔓延着，毫无止境地吞噬着他仅存的信心。

脑海里，不断闪现那些人、那些事。

## 二

凌晨五点半。

闹铃刺耳的声音充斥宿舍，在寂静的夜空中，尤为响亮。

“阿牛，起来了，不然，任务完成不了了。”晓亮睁开朦胧的双眼，对着对面床大喊。

阿牛是他大学同学，大学毕业后，两人一同出来打拼，做着网络开发的项目，遇到不明白的地方，便会向导师王霄请教。由于是最得意的两个学生，王老师尤为器重他们，待他们不异于儿子。

一个月前，王老师接到通知，A 市第一人民医院要购买一个网站模板，而和他们竞争这个项目的，还有 IP 公司。

第一人民医院是当地最具权威的医院。假若可以和他们合作，对刚刚起步的晓亮他们来说，无疑是个“馅饼”般的机会。

阿牛喃喃两句，将身子倒趴在床上，哼哼一会，翻身起来。

一部电脑，一杯咖啡，一个调查表，两个外卖，便是一天。偶尔，小月会抽空过来，填补一下两人干枯的胃，烦闷的宿舍顿时变得温馨热闹无比。

构建网络框架，运用 HTML 编辑特殊字体，投入网站地图，背景颜色的调查和修改等，一个个看起来容易的项目，弄起来，却往往不尽如人意。

日子在编辑、修改、再编辑、再修改中悄然流逝。曾经空白的网页，如今，已是一个完美的成果。

晓亮永远忘不了网站弄好那晚的庆功会，说是庆功，其实也不过是请了小月和王老师。

“那么完美的网站会成功的吧？等我拿到第一笔钱，要给妈妈买一部手机，她那么老了，还没用过手机呢，还要带她去做一个全身检查，老人家，舍不得花钱。”阿牛醉红的脸，绽放着灿烂的笑容，他已经很久没这么开心了。

小月抬头看看晓亮，“你呢？”

“接更多的项目，开自己的公司，有车有楼，给家人富足的生活，还有，”晓亮看着小月安静的脸孔，低声说，“尽早和你结婚。”

幸福泛滥开来，小月分不出，眼里流出的是幸福还是艰辛后的喜悦。

王老师慈爱地看着他们，心里涌现无限的怜惜。他们太年轻，对社会，对人生，对未来，有着太美好的憧憬，太大的自信和期盼。

“谙熟社会的无奈和艰辛后，还会保持这样的信心和笑容吗？”王老师盯着酒杯，喃喃自语。

当然，他们这个项目是无可挑剔的。

谈项目那天，他们早早到了会议室，由于是中介人，王老师也过来了。

院长尚在为病人看病。接待他们的是医院主任李仁慈。他的笑容很亲切，看起来，感觉异常舒服，宛若在外地看到父亲般。

“小伙子，时间还早，不如你给我演示演示看看？”

受宠若惊的晓亮他们赶紧打开电脑，由于是单独的演示，所以对其中的功能和作用解析得很清楚。看着李主任满意地点头，他们露出了紧张而舒心的笑容。

IP 的负责人傲慢地走了进来，眼里尽是不屑。整齐的西装，庄重得令人窒息。晓亮看着他们，黯然的眼光，没有了焦点。

王老师缓缓站起来，将他们叫了出去。他知道，他们开始失去信心了。有时候，一个眼神，便是成败，可是他们不知道，一个转身，也可决定成败。

再次回来，医院的负责人和科教科的人已全部到场，他们面前摊开的笔记本和笔，像严肃的军官等待着操练的军队般，冰冷得令人战栗。

按计划，晓亮他们先演示。

他从容地走上会议前，沉稳地，不像刚毕业的学生，更不像刚刚那个眼里流露着失落的小男孩。

开电脑，打开网站，开投影仪。动作熟练得宛若资深人员。

会议出现骚动。晓亮抬起头，映入眼帘的，是“沉默”的投影器，电脑连不上投影器！

10 分钟过去了。依然找不出问题所在。

30 分钟。宽阔的会议室，被阵阵不耐烦的声音充斥着。

王老师走出来：“直接演示，不要投影。”

……

看着晓亮沮丧地关上电脑，走下来，小月的心里是说不出的疼惜。

阿牛沉默地盯着电脑，心渐渐沉了下去。

IP 演示者看着他们，眼里尽是蔑视。晓亮依然记得，他往演示台走去时的那句话，那句刺透人心的话。

“连投影仪都不懂用，还有什么资格竞争？”

走出会议室后，晓亮故作轻松说了句先走，风一般地冲了出去，留下的，是无尽的哀伤和担心。

是时候长大了。王老师紧锁的眉毛，满是沧桑。

天色渐渐暗下去，一眼望去，似乎要塌下来般。沉寂的夜空，掩埋了月亮和星星，空白得像世界末日。丝丝凉风吹过，轻拂悲伤人脸上的泪珠。

哭累了的晓亮，往墙上靠了靠，似乎此刻，只有这面古老的城墙才能给他力量。

不要因为失败就裹足不前。

敢于行动、敢冒风险、敢于拼搏、勇子承担行为后果的心理品质。

曾经以为是废话的名言，一句句涌上心头。他终于知道，原来，名言是这样用的，他终于明白，成功真的是要靠时机的。往日，嗤笑那些整天期盼“天时、地利、人和”的人，是多么可笑的行为。

## 三

依然是凌晨五点半的闹铃，依然是一部电脑、一杯咖啡的一天。单调的日子一成不变。

偶尔，接到几个零零散散的项目，赚头不大。王老师说，经验才是最重要的，经验足了，网页做得出色了，不怕大的项目不会接踵而来，因而，无论是多小的生意，他们总是心甘情愿不舍昼夜地忙乎着。

看着晓亮他们认真的脸，小月每每默默祈祷：让他们成功吧！祈祷后，依然是平淡如水的日子。

小月永远忘不了，那天，那个项目：一路辉煌。

对方要求做一个网站，内容是他一生的辉煌。发过来的资料里，她看到了他一路走过来的顺利，看到了一个年轻男人的辉煌，看到了他幸福的家庭与两老和悦的笑脸，还有他和妻子、儿子甜蜜的合照，背景是，IE 公司，全国最负盛名的网络开发公司。

她忘不了晓亮看着资料时眼里闪烁的羡慕，更忘不了他脸上闪过的那一丝阴霾。这使她懊恼了，既然是全国最负盛名的网络公司职员，何苦要找一个默默无闻的毕业生做网页？这不摆明是挖苦吗？有那么一瞬间，她恨不得把对方狠狠骂一顿，然后，删掉一切发过来的资料。

难道晓亮他们一路走得还不够辛苦吗？难道一路以来，得到的耻笑和责骂还少吗？他们那么努力，甚至为了满足客户的要求，把沉淀在心底的悲伤往肚子里咽，而将言不由衷的笑容展示给大伙，哪怕受到网络用户低俗的斥骂，也装作不在乎，继续为理想而奋斗着，但是，为什么？为什么命运还是不肯放过他们呢？他们只不过想靠自己的努力好好创业，通过双手打拼一片属于自己的小小的天地而已，难道，这样也不行吗？

"小月，我没事。"

晓亮抬头，看到了小月眼里洋溢的不忿。

“IE又怎么样？只要是给钱的客户，我们就有义务去做好我们的每一项工作，最多，也不过是多一个耻笑而已。”晓亮强扯的笑脸，看起来，很别扭，令小月有种哭的冲动。

“对，我们只管做我们的工作，无论是谁，天皇老子也好，只要有项目，都是我们的客户。”一直发呆的阿牛从沙发上站起来，拍了拍晓亮的肩膀。

网站在一个星期后完成。完成的瞬间，晓亮和阿牛重重地舒了口气，如释重负。

走出办公室，天色已是昏暗一片，阵阵凉风迎面袭来，路边的小吃档，传出阵阵吆喝声，苍凉得划破夜空，似乎在向远方的亲人诉说着游子身处异地创业的艰难。

口袋里的手机，无力地震动着，晓亮疲惫地拿起手机……

有那么一瞬，阿牛看到，晓亮紧绷着的脸，舒展开了，一滴小小的泪珠，划过脸庞，终被风干。

“IE公司老板叫我们明天过去谈合作项目。”

大街上，回响着晓亮爽朗的声音，声音前方，是他和阿牛追逐的身影。

## 四

再次回到A市，已是另一番景象。经过人民医院刹那，他们忍不住盯着医院门前的网页，那是IP公司竞争成功的网页，也是他们第一次受辱的地方。

那种耻辱，那种受挫感，他们，始终忘不了。

在这个城市跌倒，会在这个城市站起来吗？阿牛喃喃自语。

踏进IE大厦时，晓亮握紧颤动的双手，看了看同样紧张的阿牛，露出舒心的笑，尔后，从容走进董事长办公室。

蓦地，不可置信的诧异，在晓亮和阿牛瞪大的眼睛中，尤为明显。董事长，正是要求他们做“一路辉煌”项目的人。他比照片上更显沉稳、老练，亲切的笑容，似曾相识。

“你好，我叫李世聪，是李仁慈的侄子。”

“李主任?”

“是啊，不然，我何以知道你们的实力?几个月前，他向我提起了你们，说看了你们的网站，觉得很不错。只可惜，你们时运不济，被人陷害，以至于在叔叔的医院竞争失败。世间的险恶，你们懂的还少啊。”

“被人陷害?”

“你们没有想过投影仪何以无法连接?而IE公司职员可以轻而易举地连接上?其实，叔叔看在了眼里，可惜，他终究只是一个人，决定不了多数人的意见。不过也好，人总要经历失败，才会知道难受的滋味，才会成长，才会懂得社会的无奈。”

“昨晚你们发过来的网站我看了，确实很优秀，对于刚毕业的学生来说，确实难得。”

“那这次你叫我们过来，是想怎么合作呢?”阿牛冷静得令人诧异。

“我打算把我们在B市属下的网络开发公司管理权交给你们，完成客户要求的项目。你知道，我们公司接的项目，都是大买卖，每个项目我给你们一半的利润。”

从大厦走出，晓亮哈哈大笑了许久。压抑的郁闷，多深，多久了?这样的笑容，又期盼了多久?

“阿牛，我们一定要好好干，我们终于成功了。”

“是啊，晓亮，终于有属于自己管理的公司了，难以想象!”

他们奔跑着，狂笑着。爽朗的声音，在空旷的大地上，回响着。宽大的道路，满是金黄的阳光。远方，是他们奔跑的背影和甩在他们身后的一道道坎。

（获2010年肇庆市委宣传部、共青团肇庆市委员会联合举办的“爱我中华，我爱我的祖国”手机征文比赛一等奖）

# 花落谁怜

戴福钿

初春，我立于李员外别院里的荷花塘边，凝望着一碧清凝的水波在水里招摇，形态各异的荷叶紧挨在一起，宛若亲密的恋人。荷叶上，几滴晶莹的水珠正随着微风轻轻滑动着。颜色各异的蝴蝶，轻盈地落在荷叶尖上，似乎怕惊动了水珠，煞是动人。

池塘旁是一座假山，蜿蜒的山路通向一幢别致的墅院，院外，一位戴着草帽的老人在垂钓，嘴角微微上扬着，尤为闲适。潺潺流水缓缓流过别院旁的山路，路边开着几朵粉色小花，美却不妖。

我轻轻叹口气，满腔愁绪涌上心头。

往事依旧清晰。

我叫王福娘，长安康里的曲妓。

自我进入楼院，阿母对我百般疼爱，不久，我便成了楼院里最受欢迎的曲妓。说到底，外面的人不过是知晓楼院里来了一个绝色才女，纷纷慕名而来罢了。但，我只负责一天两曲的演奏，其他事情，一概不理会。阿母尊重我的做法，万般替我推脱客人的无理要求，甚至不惜得罪贵族子弟，也没要我破例。我打心底把她当作亲生母亲，希望一直待在她身旁，被她呵护着。

但，这里毕竟是妓楼，有着太多的无可奈何。

我不喜欢这样的日子。

一日，小月照常帮我梳妆，尔后，递上一封书信。我早已对这样的事情见怪不怪，没有要拆看的意思，权当一个无聊的花花公子寻花问柳的把戏。

“小姐，这位公子已等候多时，要小姐务必赏脸。” 小月诡秘笑笑。

我苦笑："庸庸之辈能有多大能耐?"

打开书信，心里微微颤抖，嘴角的笑容渐渐舒展。我不能否认，这是一位极有才华之人所作，谈吐得当，不失豪杰之气，行文洒脱而不高傲。

他叫孙棨，当代才子。

此后，他时常到我楼院来，我每回都应他要求，陪他吟诗作对，为他献奏美曲，日子清淡雅饮。

客人们埋怨声不断，楼院的生意有所下降。阿母迫于无奈，曾劝我出去演奏几曲，以挽声誉，终拗不过我的执着，唯有作罢。其实我懂得她的难处，非是迫不得已，决不会亲自劝我，无奈，心意难违，只好忍痛拒绝她。

一日，孙公子在我演奏完后，立即执笔于我墙上挥洒：

彩翠仙衣红玉肤，轻盈年在破瓜初。
覆杯醉劝刘郎饮，云髻慵邀阿母梳。
不怕寒侵缘待宝，每忧风举倩持裙。
漫图西子晨妆样，西子原来未得去。

我凝视着墙上绝佳美句，心中不由暗暗钦佩。我凝视桌上的笔墨，思量半分，随即拿起笔在纸上一气呵成。

孙公子看着我的诗句，一脸忧愁："你的深情我理解，但，福娘，有些事情不是我等读书之辈可以做的，你得理解我的苦衷。"他走到窗前，望向远处，深深叹了口气。

在诗中，我表明愿嫁他为妻的心愿。

听完他的话语，以为他不够银两赎我，才愁眉苦脸。我体贴地嗔嗔他："你若有意，也不过破费一二百两，若实在拿不出，我平日所得也够走出这妓院的了。"

他摇摇头，不欢而别。

握在手中的笔猛然落下，溅得一地墨水，两行泪水沿着淡妆的脸潸然而下。

我明白了，他怕我这曲妓有失他的身份。

风吹来的落花敲打着我的竹窗，像在反抗着什么，又似哀悼着什么。我不甘心，莫非人间的真情竟敌不过所谓的身份、流言？

早已有闻世间多是多情女子薄情郎，现在总算明白了。果真是落花有意，流水无情。

自那天后，他没再来。我也无心应付其他客人，终日于房中以泪洗面，亦无心茶饭。阿母曾多次带我去逛院子，多次满眼怜爱地劝我吃东西，看着她的一片苦心，我唯有勉强吃些。

如今，曲终人散，唯有哀痛的回忆！

料峭的寒风拂起我那薄纱绿花衣裙，一丝丝钻进我体内，我不禁打了个寒噤。

“小姐，我家老爷怕你着凉，吩咐送来披衣。”一个清秀的女子盈盈走过来，微笑着递过披衣。

我向着她笑笑，接过了披衣：“请代我向老爷说声，谢谢费心了。”

李员外是曲江一带有名的善施者。明日他七十大寿，特意邀请我为他宴会演奏。我不好推辞，况且早闻得他的大名，早想一见，难得他没嫌弃我们，于是在阿母及小月的陪同下，到员外家暂住。

第二天，阿母早早起来，吩咐小月为我仔细梳洗。

当我穿着绿碎花长衣裙，抹着淡淡的妆，手抱琵琶在楼上出现时，楼下惊异的目光和啧啧的赞叹声夹杂开来。早已习惯了别人的赞赏，现时的我，自然能心淡如水。

半晌，我坐下来，微微扫视楼下的听客，两只纤细的手开始抚琴，悠扬的音乐渐渐响起。顿时，骚动的大厅鸦雀无声。无数双眼睛凝视着我，美曲加美人，于他们该是人生一大享受吧？

一曲奏完，楼下掌声四起，偌大的回音响彻屋子。

我循着掌声望下去，此时，我的眼睛呆住了，是他，他也来了！

我抑制不住内心的澎湃，正要丢琴下楼。阿母察觉到我的异常，过来止住我，低声嘱咐几句。无奈之下，我回到座位上，满腔愁绪涌上心头，往事一幕幕，重复着。我垂下眼帘，继续演奏。

美曲之中的万千愁绪又有谁知？

次日，我应李员外请求，教他的女儿拨弦。她是个娴雅俏丽的女子，甚是害羞，令人不禁怜爱。我随着丫鬟，来到了李小姐的闺房。屋里的摆设，煞是讲究，全然是富贵人家的装饰。蓦地，我看到了她桌面的诗句，再次惊呆了，是他，是他的字，对于他的字，我是再熟悉不过了。

“久闻福娘你的才气，依你看，这诗句怎样？”李小姐轻声说着，脸上带着几分羞涩。

“这诗……”

“我未来的夫君昨晚无聊之作，听得父亲说他是个秀才。”一片红晕挂在她脸上。

一滴泪水悄然而落，我别过脸：“很好……”

中午时分到家，小妹小福告知孙公子早上来过，我苦涩笑笑：“看来，我们确实无缘。”

小福递来我的红头巾，上面写有我题给他的诗：

日日悲伤未有图？懒将心事话凡夫。
非同覆水应收得，只问仙郎有意无？

我拿着红头巾，愕然看着她，不明她为何给我看自己题的诗句，莫非要责怪我仍念着孙公子？

“背面有他早上题的诗。”

我轻轻把它翻过来，双手忍不住颤抖：

韵妙如何有远图？未能相为信为夫。
泥中莲子虽无染，移入家园未得无。

"放弃吧！"小福眼里满是泪光，我知道她心疼我。

我懂了，不管我多有才华，不论我多美、多纯洁，终究逃脱不了我是曲妓的事实，逃脱不了世人的眼光与无情的观念，终究，留不住他。

"他已经和李小姐有了婚约，不久，他将成为别人的夫君，在他眼中，我只不过是个肮脏的曲妓，一个供世人取乐的曲妓……"小福怔了怔，拿起手绢往眼角擦了擦，悄然退去。

我无力地拿起梳妆台上的镜子，里面的人有着嫩白的鹅蛋脸儿，簇黑弯长的眉毛，流盼生光的眼睛，袅娜飘逸，娴静娉婷，娆娜而不俗。

可惜，从今往后，世人再也看不到如此一个俊美而脱俗的女子。在楼院桃花树上，在那个寒风瑟瑟的夜里，我自缢，告别人世，远离了世间的不公与烦恼。房间里放着我人生的最后一首诗：

久赋思情欲托身，已将心事再三陈。
泥莲既没移栽分，今日分离莫恨人。

窗外一阵阵疾风吹过，打落了一地繁花。花落了，谁怜了？

（发表于《中文学子》浪花版2009年第11期）

# 谁动了我的玻璃窗？

汉语言文学　2007级1班　黎小媛

## 一、是偶然，还是有意?!

"砰！哗啦！"

晋轩猛地惊醒，他顾不上穿鞋立刻跑出去。

“这一次还抓不到你?!”

但晋轩还是扑了个空，长长的街道，一眼望过去，连个鬼影都没有。

看着满地的玻璃碎片，晋轩低骂了一声，这个月已经是第三次了。

晋轩是一名大四学生，四个月前在学校附近开了一间小餐厅。由于餐馆的菜肴美味，价格适中，服务态度好，生意一直相当不错。初次创业便有如此成就，晋轩心里喜滋滋的。

但就在一个月前的一天晚上，睡到半夜，晋轩被一阵巨大的响声惊醒，他发现，餐馆的落地玻璃窗不知被何人用石头砸碎了。他既害怕又生气，害怕的是，不知道自己得罪了谁，竟然半夜搞破坏；生气的是，如此一来，餐馆的生意必然受到影响。

但一开始，晋轩以为石头是哪个酒鬼路过时无聊扔进来的，为避免影响生意，他打算息事宁人，打扫干净后，叫人重新安装了玻璃。

谁知，没过几天，玻璃窗再次被砸碎，晋轩开始慌了，自己平常循规蹈距，按理应该没有得罪人。此外，学校里已开始流传这件事，版本不一，越传越离谱，说晋轩搭上了黑社会老大的妹妹，被黑社会下了封杀令。为此，餐馆的生意大幅度下降，学生都不敢到店里吃饭，怕被牵连其中。晋轩百口莫辩，经验尚浅的他急得团团转，却也无可奈何。

晋轩本想立即报警，但他实在不愿意把事情闹得更大，因此，他找来一位同学，决定亲自揪出砸玻璃的罪魁祸首。但在餐馆外连守了一个星期，那个人似乎知道有人守着，人间蒸发般，再没有出现过。晋轩本打算继续留守，但同学不愿意了，整个星期一无所获，每天睡不好觉，同学受不了了。晋轩考虑，再蹲下去，也并非长久之计，那人既然没有出现，这件事应该可以告一段落了。

这天晚上，晋轩刚进入梦乡，梦魇般的响声再次响起，但等他冲出去时，那个可恶的家伙早就逃之夭夭。这回，晋轩冷汗直冒。

## 二、半年为期！

“喂，妈，餐馆出了一些状况，最近有人闹事，但相信很快可以解决，您别担心。”心烦气躁时，晋轩接到了家里来的电话。母亲紧张地询问着，为避免母亲担心，晋轩尽量轻描淡写。

“妈怎么会知道我餐馆出了事?”放下电话时，晋轩纳闷着，但同时庆幸着，母亲说父亲已经出差了，幸亏他还不知道，不然，一番冷嘲热讽在所难免。

此话怎解呢?原来，当时晋轩提出要开餐馆时，父亲曾极力反对。父亲还说：“堂堂本科大学生，文学院的高材生，放着教师不去当，偏要去做满身铜臭的资本家，成何体统?”尽管晋轩已经作了详尽的市场调查，甚至做好了一份详细的报告以支持自己的举动，但顽固的父亲始终认为儿子当老师才是最好的出路。为此，父亲动员了所有的亲戚来劝晋轩放弃自主创业的念头。

但晋轩没有妥协，他有自己的想法。诚然，他喜欢写作，亦获奖无数，但他对教师这个职业并没有太大的兴趣，反而是看到国家支持大学生自主创业的消息后，内心蠢蠢欲动。在与父亲几番交涉无果的情况下，晋轩意识到，行动最实际。最后，晋轩与父亲签下协议：以半年为期，若赢利，当可以继续营业，否则，晋轩必须乖乖服从父亲的安排，回去当教师。

餐馆自开业以来，父亲从不过问晋轩生意经营得如何，晋轩也从不在父亲面前提起餐馆，两个人陷入僵局。开业两个月，餐馆的生意一直很红火，晋轩心里打定胜算，再过一段时间，父亲就可以对他刮目相看。

正得意之时，谁料杀出个程咬金，接连的砸玻璃窗事件，令店里的生意一落千丈。“趁父亲知道这件事之前，我必须独自把它解决，不能让他看扁。”晋轩暗暗给自己打气。

## 三、逐个排查，化解矛盾！

晋轩固执地不愿报警，即使抓到了那个家伙，被罚款再拘留后，如果他怀恨在心，麻烦就更大了，做生意讲究和气生财。他希望依靠自己的能力解决事情，同时证明自己的实力。

凭借自己丰富的侦探小说阅读量，晋轩分析，砸玻璃者很可能是餐馆的顾客，自己有时不在店里，可能是员工得罪了客人也说不定。他紧急召集员工开会，决定逐个排查。

了解之下，一番讨论后，有三个目标人物：这一带出了名的小混混方剑，以及两个大三的学生。方剑是在晋轩外出时来的，这家伙看老板不在，本想吃霸王餐，谁知服务员小王，兼职的大一学生，并不认识方剑。两人发生了争执，最后方剑寡不敌众，狠狠地瞪了一眼小王，扔下钱后就离开了。另外两个大学生是喝醉酒后，在餐馆里大发酒疯，半夜仍赖着不走。晋轩没办法，只好叫人把他们抬了出去，两人临走前，喷着满嘴的酒气骂道："你有种！"

有了目标人物，接下来就是要化解大家之间的矛盾。晋轩先是请了那两个大学生吃饭，正想向他们赔礼道歉之时，那两个大学生反倒先站起来敬酒说："老板，其实应该是我们道歉，没想到你会因为那件事而请我们吃饭，那天我们两个心情不好，喝多了，发酒疯，说了一些重话，影响你做生意。放心，你这样的好老板，我们回去会帮你好好宣传的。"晋轩受宠若惊，一顿饭，既排除了他们是"凶手"，又赢得了一份尊重。这顿饭，值！

那么，换言之，方剑是最大的"嫌疑人"。方剑听说晋轩要请吃饭，爽快答应了。

"方哥，以前有得罪的地方，还请您多见谅，我这小本生意，也只求个和气生财，吃完这顿饭，咱们的误会就一笔勾销吧！"晋轩小心翼翼地说出自己的情况。

"放心，我也不是不讲道理的人。这件事我会帮你调查一下，顺便帮你摆平，哪个不知死活的家伙敢在我的地盘撒野？"方剑得了好处，一口承诺会帮忙。

果然，餐馆接连几天都相安无事，一切仿佛都恢复正常，晋轩心中的石头终于可以放下了，凭着自己的能力解决事情，感觉就是好。

“妈，爸回来了吗？餐馆的状况已经过去了，您跟他说一下，免得他老人家担心。”电话中，晋轩明显是把这话说给父亲听的。电话那头久久没有声息，晋轩猜父亲肯定是生气到说不出话了，晋轩为自己终于在父亲面前威风了一回而高兴不已。

## 四、事情没那么简单！

哪里知道，太平的日子在晋轩打电话回家后的第二天晚上就被打碎了。餐馆的落地玻璃窗再次被砸碎，手法跟前三次一模一样。晋轩气坏了，明明已经道歉了，还请方剑吃了饭，小混混就不用信守承诺吗？这生意还让不让人做呀？一气之下，晋轩决定亲自找方剑讨个说法，也希望双方作出一个合理的协议。

一见面，晋轩就把满腔的怨火一股脑地倒出来，指责方剑违背承诺，激动之下，大喊着要去报警。方剑连声叫冤枉：“我已经放话下去，交代我的兄弟不准动你的餐馆了，那就肯定不是我的人做的。既然你说砸窗手法与之前的一样，说明是同一个人，你是不是得罪了其他人你自己不知道？”

“我这餐馆才开业三个多月，能得罪谁？我们之前也开过员工会议，进行排查。有两个大学生确实是醉酒闹过事，但我已经与他们谈妥了。除了他们两个，就是你方哥了，还能有谁？”晋轩看方剑也不像撒谎，但自己也没什么头绪，忍不住抱怨一番。

“哪个混蛋敢栽赃到我方剑身上，活得不耐烦了？我就不相信揪不出来！这样吧，给我三天时间，我一定把人交给你。”方剑同样气愤不已。

无奈之下，接受方剑的建议是最佳的办法，晋轩回餐馆等消息，照常营业。次晚，那个家伙果真出现了，但在玻璃窗被砸碎不久，就听到一阵凌乱的脚步声以及叫喊声，晋轩本想立即跑出去训斥那个罪魁祸首，但方剑叫他等电话，他才强忍住心中的怒火，心急如焚地等着。

大约过了15分钟，方剑才来电说抓到人了，晋轩一路跑到指定的地点。他正想冲进房子时，他猛地透过窗户看到了那个砸玻璃窗的人，但他却停住了脚步。他看着那人，内心不知该作何种反应。随后，他打电话给方剑，请求放人，并叮嘱他什么都不要对那人说。方剑虽然一头雾水，但最终还是应他要求放了人。

### 五、就这样结束了?

第二天，晋轩再次召开员工大会，他并没有过多地解释昨晚的事。但随即他就宣布了一个令大家无法置信的消息：他要把餐馆转手！他解释道："连番的砸窗事件，令我大伤脑筋，晚上还不断做噩梦，身心都有点吃不消了，餐馆生意虽然不错，但没必要拿自己的健康甚至生命安全开玩笑。"

"老板，那你的打赌岂不是还没到期限就输了?"小王突然发问。

"看来还是做老师比较稳定。"晋轩意味深长地看了小王一眼，叹息道。既然老板都说要转手了，大家也不好发表什么意见，转手餐馆似乎是势在必行了。

转手告示刚贴出不久，就有不少人过来询问，但晋轩始终没有给出明确的答复，最后把餐馆转给了一位刚毕业的师兄连逸。

在餐馆即将交接给他人的前一晚，晋轩与员工进行"最后的晚餐"。酒席上，晋轩喝醉了，他动情地不停地向大家说着对不起，最后还像个孩子般大哭起来。大家都看得出，晋轩其实很舍不得放手，都怪那个砸玻璃窗的人，难道就这样放过他吗？可是连方剑都解决不了，还能怎样？放手，或许是摆脱的最好方法。

再次打电话回家时，晋轩明显底气不足了，但他对父亲说："离约定的期限还有两个月，要我现在承认自己输了，我实在无法说出口，让我利用余下的两个月调整一下情绪吧。”

“你现在知道做生意多艰难了吧，那并不适合你，不过，我会答应你的请求，给你时间消化。”父亲体贴地说道。

## 六、出人意料!

两个月，无惊无险地过了。到了约定的日子，晋轩回到家中，面前坐着父母亲。

“是时候了。”父亲提醒着。

“不，人还没有来齐，请再等等。”晋轩悠闲地呷了一口茶。

“还要等谁?”

“叮咚，叮咚!”父亲刚说完，门铃就响了。打开门，来人是餐馆现任老板连逸，还有餐馆前员工小王。

“现在人都到齐了，我可以宣布我与爸爸为期半年的打赌的结果了。结果就是，我赢了。”晋轩一本正经。

“你明明已经把餐馆转手了，这就证明你输了，两个月的时间，还是无法让你接受事实吗?”父亲生气了。

“爸，您别激动，您肯定很好奇我为什么会请餐馆现任老板，还有小王到家里吧！其实，餐馆的老板还是我，连逸师兄只是我的代理人，转手费都是我出的，我不是老板，谁是?”晋轩此话一出，除了连逸，其他三人皆呆住了。连逸也配合地点了点头，表示这是个事实，并拿出餐馆营业执照，上面明显地印着“李晋轩”三个字，还有半年营业的账本。

“连逸师兄，谢谢你的帮忙，下次请你吃饭，我还有一些事情需要处理，今天就先招待到这里了。”直到晋轩送走连逸，父母亲仍没有从刚才的话中反应过来。

“你为什么要这样做?”父亲首先冷静下来。

“我为什么这样做？那还不是拜您所赐。其实，前后五次半夜来砸我餐馆落地玻璃窗的人，就是您吧?”晋轩的话再次激起一阵涟漪。

“怎么可能是我？听你母亲说，你已经尝试过亲自蹲点，排查对象，请人吃饭化解矛盾，甚至请小混混帮忙，这些我都是事后才知道的，加上我一把年纪了，怎么可能三番四次躲过你们的计划？”父亲说得脸红耳赤。

“是呀，你怎么可能知道那么多呢？本来我也百思不得其解，但直到那天我宣布要转手餐馆时，小王问起我是不是在打赌中已经认输了，我才知道，您在我身边安插了‘无间道’，因为我从来没在员工面前提起我们的打赌，小王为何会知道？我终于知道我们的计划屡次失败的原因了。”晋轩讲得不慌不忙。小王则愧疚地看了晋轩父亲一眼后，低下了头。

“此外，如果我猜得没错的话，本来您是请小王砸窗的，但小王胆小怕事，应该没有答应，您决定亲自出马。加上那次我打电话回来时，妈说您出差了，时间上也吻合了。爸，我的推理没错吧？”晋轩由始至终都讲得心平气和。

“没错，是我做的，无论我怎么反对，你都不肯听劝，我只好用缓兵之计，跟你打赌，以半年为期，本以为你肯定挨不了几个月，只是抱着玩玩的心态。再怎么劝说，你都不会听了，我便打算吓退你。但你为什么要骗我们说你转手餐馆？”父亲无奈下只能承认了。

“我暂时不能拆穿小王，方剑抓到您的那天晚上，我很意外，我没想到您竟然会反对到这种地步。同时，我也深知，我贸然跑进去跟您讲道理肯定行不通，所以，我决定将计就计，顺从您的意愿，假装把餐馆转手出去。其实，我做那么多，都是为了向您证明，创业这条路并不比教师难走，只要我有决心，我可以做得更好！但是我更需要您的鼓励和支持呀。”晋轩用诚恳的眼神望着父亲。

父亲看着晋轩眼中的坚定，久久说不出一句话……

（获2010年肇庆市红段子之“爱我中华，我爱我的祖国”手机征文活动一等奖）

# 春 鸣

广播电视新闻学 2007级 梁泳华

夏日的天气就像孩子的脸，说变就变。刚刚还是倾盆大雨，现在太阳就露出了它的笑脸。在空旷的沥青公路上，一辆辆汽车飞奔着。树木闪电般从窗边经过，偶尔也有个路牌在窗边停留半秒，它们都在飞奔，像在追赶着什么。隔着窗玻璃的地面不断往后面延伸，一走神，便有晕晕的感觉。此时，杨国庆正托着腮，眼睁睁地望着山那边发射着炫目光线的太阳，慢慢地，双眼朦胧，他擦了擦，睁开眼睛，他发现在太阳的下面，有一群玩耍的孩子。

一个、两个、三个……共有六个，他们光着黝黑的上身，一条白色裤衩挂在屁股上，一只只小脚丫在水中清晰可见。晶莹的汗珠在短短的头发上一闪一闪的，汇在一起，杀开一条“水路”，从额头顺着挂着灿烂的笑容的脸往下流。他们当中有的拿着鱼叉，正往水中的鱼插去；有的双手浸在水中，一步一步地逼向小鱼，正当他快要捉住小鱼的时候，旁边有个小坏蛋向前冲，大声一喊“哈哈哈”，鱼儿顿时溜得无影无踪。最后，那坏蛋被伙伴们包围，集体向他泼水。求救声、笑声、泼水声同时在河边回旋。“哗啦啦”，多开心的小孩，多开心的傍晚啊！

突然，汽车来了个急刹车，杨国庆的身体往前一倾，那夕阳下的画面就消失了，脸上的笑意也随之消失。是的，那是消失了的童年，小坏蛋已变成了杨国庆——美国X企业的老总。昨天的他还在华尔街X分公司的办公室召开集体会议，以应对突如其来的金融危机，还用他那支用了二十多年的钢笔签了一笔大生意。凭着多年来在商界打滚的经验，金融危机对他的公司来说，只是一次小小的感冒，他能够应对自如。今年他已65岁，有一个美国老婆和一对女儿，过着令人羡慕的富裕生活。可是，在他的内心深处，始终有条线牵扯着他，那就是多年前在乡下的那个家。

1969年，他22岁，在广东省偏远的Y村教书。当时他有一个漂亮的老婆和一个两岁的儿子。Y村是一个贫穷的村落，共有25家瓦房。每逢下雨天屋顶就会漏水，水滴处就会形成一个小窝，日久了小窝就变成了大窝。好一点的家庭会在水滴处放上一个大瓷碗，水满后拿去倒掉，再继续装。屋子里面除了挂着一张毛主席头像外没有任何的饰物，白天很暗，晚上很黑。晚上唯一的光就是油灯，每逢过年前一段时间，油灯前一般会坐着妇女和孩子。妇女在做过年用的新衣裳，孩子则在油灯前面玩弄着庞大的影子。家中的男人会坐在门口，一边抽着水烟，一边听着村口唯一的那条大黄狗的叫声。特别静的时候还可以听见青蛙的“呱呱叫”。

那一段日子是杨国庆一生中最简单、最淳朴的日子。如果没有那些事情的发生，杨国庆的人生就不会出现美国、公司、老总等一些词语，他的一生又是另外一个版本。

一天，他在教室上课，来了几个凶神恶煞的露胳膊露腿的男人，他们一手抢过他手中的书本，一手把他拖出教室，扯到操场，用手按住他的肩膀，一脚踩在他膝盖的背后，杨国庆立刻跪在地上不能动弹，旁边是一群围着看热闹的人。“你是教书的，是知识分子，就是资产阶级分子，打倒资产阶级！”一个额头绑着写着“毛主席万岁”的白色长条，长着浓密胡须的男人大声喊，还不时地转过头来向周边的人示意。围着的人慢慢地也跟着喊！喊着喊着，杨国庆的头上便出现了一个个指指点点的手指，甚至一堆堆的口水。

从那天开始，村子的每一个角落都挂满了“毛主席万岁”、“打倒资产阶级”等横幅，知识分子成了当时批斗的对象，每天被批斗三四次是杨国庆的家常便饭。妻子每每看到衣冠不整、头发蓬松、满身淤青的他，都会一边抹眼泪一边帮他擦药。那时学校取消了班级建制和班主任制度，将师生统一按班、排、连、营建制编队，设立连队委员会、政治指导员，兴起“早请示、晚汇报”、“天天读”、“讲用会”、“活学活用毛主席著作”及“突出政治”等做法。学生每天出外劳动，劳动好坏决定学习的好坏。

想到这，杨国庆紧紧握住拳头，深深地吸了一口气，抬头望了望快要下山的太阳。同样是这样的一个下午，他再也忍受不了被批斗的痛苦，一气之下，用砖砸死了一个强壮的男人。就是这一冲动，他逃离家乡，漂泊异乡，妻离子散。

空中忽然响起了火车的鸣叫声，噢，前方火车站清晰可见。一列自远方而来的火车正在长鸣，准备靠站。那一年，也是长长的鸣叫声令他狂跳的心稍稍减速，那是离开的鸣叫声、远离是非的鸣叫声。当时四处逃离的他溜上了火车，在黑暗的杂物房一角蜷缩着，而他生怕被人发现，连呼吸也要小心翼翼，任凭老鼠在旁边上蹿下跳，叽叽喳喳。

前几天杨国庆只身回到广东，坐了一趟火车去探望一个老朋友。火车车身是红白相间的，车厢内穿着深蓝色工作服的工作人员在走动，带着淡淡的微笑。走道旁有蓝色的座位和乳白色的墙壁。座位上坐着各种旅客，有的谈笑风生哈哈大笑，有的仰天呼呼大睡，也有的津津有味地吃着桌上的食物。广播员甜蜜的声音在萦绕，偶尔也会响起轻快的歌曲。

“嘟……”突然间，汽车停了下来。杨国庆伸头一看，原来前面已经塞满了车。“怎么走了那么久还在城里面?”杨国庆心里埋怨。一辆辆的小汽车、公共汽车、货车整齐地一字排开，如果从高空往下看肯定像一条长龙。不远处就有雷克萨斯、一汽大众和宝马等汽车。最抢人眼球的要算杨国庆窗边的奥迪 tt 了，它有着银白色圆滑的车身和犹如女人身体的尾部曲面，美轮美奂的。坐在里面的是一个女车主，她穿着军绿色裤子，白色 T 恤，头带着黑色旅行帽，富有节奏感的音乐在跳动。

“看来现在城市人流行到农村旅游，回归自然啊!”杨国庆想。

车终于开了，路边高大挺拔的椰子树都站得像军人一样，一排一排地飞过车窗。树下长满开着花的经过精心裁剪的小树，艺术的气息随风飘荡；不远处有着各式的别墅，白的、红的、黄的，远远望去就像山上摆着一个个精致的火柴盒，设计师的才华真不简单……忽然，杨国庆旁边有人说，“宝贝，乖，不哭，快到家啦！”原来，一妈妈在哄使性子的小孩，还拿出手机让他玩。

“五星红旗迎风飘扬，胜利歌声多么响亮！歌唱我们亲爱的祖国，从今走向繁荣富强……”嘹亮的歌声顿时让车厢充满生气。杨国庆四处张望，原来是那小孩在用手机播放《歌唱祖国》，跟奥运会上的歌声一模一样。奥运会上，友善的微笑、甜蜜的歌声、真挚的情感，都是中国人心中永远珍藏的记忆。“小嘛小儿郎啊，背着那书包上学堂，不怕太阳晒也不怕那风儿刮，只怕先生骂我懒，没有学问无颜见爹娘。”一曲充满童稚的《读书郎》引得旁人哈哈大笑。

妈妈的脸上也洋溢着笑意，她的手在不断地运动——敲打键盘，显示器上“联想”二字清晰可见。车上，她打开电脑能干什么呢？杨国庆仔细一看，噢，屏幕上各式的衣服琳琅满目，夏装、秋装、冬装，外套、针织衫、衬衫、裤子、裙子，应有尽有。而那妈妈正开着对话框，在聊天。仔细一看，原来在跟人聊买卖呢。

“你是这家网站的经理吗？”

“不是，我只是一家小店的老板。”妈妈大方回答。

“这是你的兼职工作吗？”

“不是，这是我正式的工作。”

“生意多吗？”

“不多，但我得整天在网上待着，看着我的商品。”

他们的对话没有再进行下去，在小孩的引发下车内响起了各式的歌曲。流行的、非主流的、怀旧的……一支支歌曲就像一盘盘菜肴，令人赏心悦目，也“吃得”津津有味。那妈妈也满脸舒心地敲着键盘，这会儿她和朋友聊得正热。

“Y 村到了，请 Y 村的旅客下车。”售票员微笑着，温柔的声音过后，“噶”的一声，门开了。

杨国庆怔了怔。“Y 村，宝贝，我们到家啦!”那妈妈说完，杨国庆恍然大悟，真的到了！汽车走了，望着汽车远去的背影，杨国庆深深地呼了呼气。在贴满雪碧、天地一号等广告的五颜六色的汽车屁股后面，他看到了那熟悉的奥迪 tt，它穿过马路，开进了一栋房子。杨国庆笑了。

天已漆黑，半轮明月在空中高高挂着。Y 村名字依旧，只是今非昔比。此刻的它灯火通明，霓虹灯在街道上此起彼伏，街上车水马龙，街旁人们来来往往，嘻嘻哈哈，似乎，这才是夜的开始。现在不是春天，可杨国庆耳边响起“轰轰”的春鸣声。

（获 2010 年肇庆市红段子“爱我中华，创业广东”小说征文一等奖）

# 学 城

高级秘书班 2009 级 赖佳庆

“你疯了！真的从这里跳下去吗？我们在 200 层高的天台上呢。”安兰面露惧色。想跳楼的是她的男朋友东旭。他们读初三，正是十几岁的花样年华。旭前几天说要到学城最高的一层楼，说从那上面跳下来真是一种享受。兰只当是一次惊险又浪漫的约会，没想到他玩真的。

“骗子，这座城市，到处是欺骗，你不敢和我一起跳下去，难道你是他们派来的间谍？我们的爱情难道也是一场戏?”旭说着向楼层边缘又走了一步。

“旭哥，你怎么了？是我啊？你看清楚，我和你一样穿着学城的初中生校服，我和你一样是中学生，我不懂什么间谍，我和你一起快乐，我爱你，其他的我不知道，你这样我很担心你。”兰说着留下了委屈的泪。

“兰，我也爱你。哈哈。”旭神经质地笑笑，想靠近兰，帮她拭去泪珠，却又说：“他们正看着呢。”

“他们是谁？是谁恐吓你，不用怕，我们可以报警。”

“报警！警察就是他们的走狗，这座有着几千所大中小学的城市，住着几千万个大中小学生，却有卫星监控着，有着无数的摄像头，你的镜子、天花板、地板……都是。他们时刻看着我们。”

“旭哥，我们还是先回去吧，我们可以跟他们谈谈，他们不是坏人。”

“你太天真了，这个伤心的学城，就像一架巨大的精密的机器，一个人根本算不上一个零件，顶多只能算得上一个零件的一个分子，知道吗？零件总会生锈磨损的，但是这架精密的机器还是会继续运转下去。只有等到整个机器都腐朽了，这架机器才有可能停下来。我就是那一个腐朽的分子，兰，你不是，你应该是这架机器核心零件的最后继承者。你要好好活着。”

“天啊，旭儿，他真的要跳下去吗？”一个夫人说，某个会议室里，十几个人在召开某个重大的会议。他们目不转睛地盯着占满墙面的屏幕，屏幕上正是旭和兰。

“夫人，请您放一万个心，我们的急救队员早已各就各位，您的孩子绝对安全。”一个警察说，这话已经是第四次说了。这时，他的急救队员现身了，屏幕上，谈判专家已经开始对东旭进行开导，急救队员也早已潜伏在各处。

“夫人，根据目前掌握的数据，您的孩子不适合做科学家，更可能成为一个画家、音乐家、作家……”一个戴眼镜的白发专家说。

“够了，别说了。”夫人出身名门，教养极好，极少这样呵斥人，只是她的孩子正在生死边缘，别人却只关心一堆冷冰冰的数字，这难免叫她心烦意乱。如果他真的跳下去，那么，她将失去一切。她的丈夫苦于应试教育的弊端，试图推行新的教育模式，多方集资在中国建立了学城。

在学城，通过各种科技手段，包括监控摄像头、卫星等收集学生的相关数据，再通过专家分析，将准确地为学生的一生作出最科学的定位。然后提供一套完整的个性化的育人方法，包括学生每天吃啥喝啥、玩啥做啥。这不是简单的事，光专家团就有几百人，涉及的评价项目也上千上百，真正挖掘孩子的潜能，预测孩子最合适的职业。不再考试，分数已经退出，轻松学习，在玩耍游戏中获得知识。学城集团已经与世界五百强企业签订人才合同，毕业推荐学生就业，保证就业。

现在学城已投入运营一年了，被认为是应试教育的最好替代者。如果东旭跳下去，那将成为明天各大报纸的头条，学城的教育模式也将遭到质疑，投入的资金也将无法收回。夫人脆弱的神经绷得紧紧的。前阵子，旭儿认识了一个叫安兰的女孩，孩子早恋已经让她好几天没睡好觉，她的丈夫又刚好为学城的事情在国外出差。

“他跳了！”许多声音异口同声地说。

“夫人，根据最新数据，有个不好的结果，您的孩子存在严重的反人类倾向……”白发专家说。他是慌乱的人群中首先恢复了理智的人，记起了职责。

“够了，我要带我的孩子离开学城。”夫人悲痛地说。

“您会破产的。您的丈夫不会答应的。”学城的总裁说。

“我们的家事不是您担心的事情。”夫人说。

东旭和安兰都没有死，东旭却进了精神病院。他整天怀疑自己处于被人监控之下，即使是他母亲将他带出学城后，他也怀疑每个物品都是摄像头，他会疯狂地将它们打破。跳楼事件被各大报纸争先报道，关于学城的改革被提上议程，一个更加完美的教育制度正在神州大地酝酿。

也许东旭不是零件上的一个分子，至少不是零件上的一个生锈的分子。

（发表于《瞭望东方周刊》2011 年第 28 期）

# 玫瑰花的葬礼

汉语言文学　2009级1班　黄畅珍

男孩决定从此以后要一心一意对待女孩，但女孩不接受他的爱。女孩的好朋友悄悄告诉男孩，其实女孩在初一时就开始喜欢他了，但他的所作所为让女孩很伤心。女孩知道他喜欢自己也很高兴，却怕男孩只是玩玩而已。男孩听了后，眼睛红了，他很后悔。当晚回到家（家里没人），拿了一把水果刀，跪在阳台上，仰望着星空，说：他决心要一心一意爱女孩，绝对不会再花心，这辈子都不再变了。血顺着刀滴在了地上，男孩仿佛从血里看到了女孩在点头，男孩笑了。

## （一）

那天后，男孩变了，再也不和一大群女孩子打打闹闹了，也不用自行车搭别的女孩回家了。男孩乖了，总是默默地守在女孩身边，陪女孩写作业，送女孩回家。下雨了，女孩没带伞，男孩马上将伞递给了女孩，自己却抱头冲进雨幕中……终于，女孩慢慢地感动了，她相信了男孩的爱。一天，是男孩的生日，女孩和他们的好朋友去为男孩庆祝生日。那个公园是一个小岛，夜晚的河边特别的美丽、宁静。他们站在桥上，看远处桥上的霓虹灯倒映在水中起的泛泛波澜，沐浴着湿润的风，听小桥上的融雪滴滴答答，女孩忽然发现男孩不知何时已牵起了她的手，女孩满脸通红，下意识地缩了缩手。但男孩的手很有力，依然紧紧地握着，在寒冬中很温暖，很温暖……去那儿玩玩吧，男孩打破了沉默。好啊！我们去鬼屋玩！朋友们欢呼道。其实，他们都私下串通好了的，将男孩和女孩扔在后面，看看会发生什么。嘿嘿，鬼屋果然很恐怖，昏暗的灯光，反光的血字，时不时冲出的怪兽，女孩被吓得不轻，躲在男孩身后大叫。男孩拍了拍女孩的头，笑道："小傻瓜，有我在，谁都别想伤害你，别怕啊！"出了鬼屋，他们的朋友却不知道躲到哪儿去了，也正好，他们漫步在林间小道，女孩拉住男孩，说要给他一件礼物。女孩将一条围巾系在了男孩的脖子上。男孩顺势将女孩抱住，女孩不好意思地挣脱了。男孩不知道从哪变出了一束玫瑰花，明亮的月光下娇艳欲滴。我喜欢你。男孩表白了，女孩慌了也哭了。男孩轻轻地帮女孩擦去了泪水……朋友们不知道又从哪儿冒了出来，欢呼着向空中撒着玫瑰花瓣，明亮的月光在繁星的映衬下照耀在鲜红玫瑰花上，那是爱吗？也许吧，真的好美丽……

## （二）

女孩偎依在男孩的怀里，说，现在他只有 15 岁，她也只有 14 岁，他们还太小了，女孩不想过早地发生什么……女孩让男孩等她 10 年，如果 10 年之后男孩还爱她，她一定会嫁给男孩；但如果男孩爱上了别的女孩，请一定要告诉她，让她来说分手，她说她不想被别人甩了……男孩忙捂住了女孩的嘴，他一定会等女孩 10 年的，还说就算一辈子也愿意……女孩摇了摇头，叹了口气说，她不相信永远。后来，男孩和女孩一起考上了同一所高中，男孩依然爱着女孩，却发现女孩对自己越来越冷淡了。他很慌，他发现女孩和另一个男孩走得很近，他很烦，不知道该怎么办，也许女孩已经变心了，也许那个男孩真的很优秀，也许……朋友安慰他，说那个男孩没他好，女孩不会喜欢那个男孩子的，女孩真的只是把那个男孩当朋友。可他却怎么也不信。很巧，他与那个男孩同一天过生日，男孩约女孩下午 2：00 到 KFC 门口一起去玩，不见不散，女孩答应了。下午 1：50，男孩急匆匆地赶到 KFC 的门口等女孩。滴答滴答，指针转了一圈又一圈，天慢慢地黑了。7：00 了，女孩还是没有来……男孩绝望了，他好像看到了女孩在和那个男孩打闹，电闪过，雨飘落，男孩无动于衷。不见不散！哈哈！不见不散啊！泪水浑着雨水滑过了脸，男孩仰天大呼：Tell me why ？谁能回答他？谁会回答他？男孩在街上游荡，不小心被一辆救护车撞倒了，模糊中，他仿佛看到了女孩。

## （三）

男孩住进了医院，还好伤得不重，同学们都来看望男孩，男孩左顾右盼。无奈，还是没有找到女孩的身影……伤好后，男孩走了，悄悄地，谁也不知道。男孩说，离开这伤心的城市，也许他就不会再伤心……

白天，男孩用做不完的作业将时间填得满满的，他想麻痹自己，让自己忘了女孩，但还是失败了，每当夜深人静时，男孩总会靠着窗沿，看着月亮，抚着女孩曾经偎依过的肩膀欲哭已无泪。男孩真的很优秀，高大又帅气，成绩也好，其他的也好。有很多女孩想追他，男孩却说，他的心虽有四个腔却只装得下一个人。

时间飞逝，多少朝夕春秋。9 年后，男孩又要过生日了，他还记得 10 年前女孩的承诺，但这张写着誓言的空头支票又能在哪儿兑现？男孩回到了那座城市，那座写满了幸福的城市，寻找着他和她的足迹。城市和 10 年前基本没什么变化，不知不觉中，男孩又来到了那个公园。10 年前的景象又重现，牵手的那座铁索桥，漫步过的林间小道，和他曾经吻过女孩的地方……嗯？男孩发现了一座坟墓，无字碑后开满了玫瑰花，男孩很奇怪。这时，一个扫地的老大爷走了过来，男孩好奇地问起这座坟墓的来历，老人停了下来，无不叹息地说，9 年前，在另一座城市，这个女孩在一家 KFC 门前等人，可等了 4 个小时，那人还没来，正当女孩想离开时，被两个刚刚抢了银行的歹徒误伤了，更不幸的是，女孩在被送往医院的路中，救护车撞倒了一个男孩，浪费了不少时间。当送到医院后，女孩因失血过多而死了。女孩死前说一定要葬在这里，因为她相信有一个她深爱着的男孩会来向她求婚，到时她会答应的。是他让她相信了永远……哎，如果救护车没有撞到那个男孩，女孩一定能救活。男孩听完老人的话呆住了，他猛地想起来那座城那时有两家KFC，他没说在哪家，而男孩去的那家是刚刚开业没两天的新店。

男孩明白了……

啊！
天空又在下雨
滴滴飘落我心里
映出了你
多美丽
永世不能忘记
啊！
云又在哭泣
那是只为你流的泪
在一起
什么事
我都愿意……

**（完结篇）**

第二天早上，公园的管理人员发现了一具男尸，那个男人安详地躺在那座坟墓上，静静地依着无字碑后的花坛。手里还捧着99朵鲜红的玫瑰花……

与10年前同样的美丽夜晚，与10年前同样深爱着她的他，与10年前同样的明亮月光，与10年前同样的99朵玫瑰花。

（发表于《中文学子》2009年第11期浪花版）

# 散　文

# 幸福驿站

曾火娇

古有陶潜兴言："风雪之日罕人迹，最是闭门闲读时。"偶落于江南，稠绵细雨来相伴，听瓦楼雨吟，观手中爱书，悠然之意俱生。书是一个幸福的驿站，或诗情画意，或哲言明理，或针砭社会现实，或歌颂时代精神，每一站都可以让人流连忘返于其中，体验到阅读的幸福感。

书伴随着我们一生的成长，穿插在生命的每一个驿站。小时候，是图画勾起了我无限的想象，宛若驰骋于无边无际的大草原，尽情地追逐马儿飞奔的足迹。是"老夫子"的幽默，"大番薯"的无厘头；是《山海经》的神仙魔鬼；是《西游记》的稀奇，演绎着我童年的故事，带给我生命的第一次感知。读书抹去了我人生的第一道空白，渲染出各种的色彩。

少年懵懂的季节里，装一腔笑容与眼泪来抒写落在书上的青春年华。匆匆太匆匆，几度夕阳红；水云间，烟雨蒙蒙，庭院深深；窗外，人在天涯。琼瑶阿姨不会知道有这样的一个女孩，可以废寝忘食地挑灯夜读，只为赶在天明之时逃离她笔下的情爱世界；可以把头埋在课桌下面，一节课不抬头都不觉得累，可以在梦中一字不漏地说出她全部小说的名称。少年的我与许多花季少女一样痴迷于琼瑶的小说，在放学和课余的时间总喜欢不停地谈论书中精彩的情节，而这时就会有调皮的男孩讥笑我们为"小女子也"，于是惹得一身白眼相送。偶尔，父亲发现年少的我沉迷于言情小说，不认真上课，严厉地教育一番，遇上他心情不好的时候，还会遭遇被撕书之惨状，每每望着心爱的书在他手中惨遭蹂躏，心里甚是无奈与悲痛，把怜惜的眼泪滴落在书上的一瞬间，收获读书的喜乐哀愁。少年时期还喜欢读各种各样的故事书、武侠小说、科幻小说，虽然不能通晓其中的深意，但总会被书中精彩的情节所感动，时时流露着喜悦与悲伤。书伴随着我走过了懵懂的青春年华，教予我人生的道理、人情的唯美与人世的无奈。我时时游弋在书中，吸吮着幸福与甜蜜。

人生在四季的辗转中总会产生离心的作用，成长的岁月里我们会为身边的物是人非而感怀悲伤，或叹亲人的离去，或叹朋友的远去；唯有书，陪伴着我们走过人生的每一段轨迹，由始至终而不离不弃，于是在生活中学会了如何通过读书去记录生活的每一份精彩和人生的每一曲绝唱。长大的时候喜欢读曹雪芹的《红楼梦》，刚开始，时常被复杂的人物关系搅乱了思维，然而细细地品读，其中的意味便油然而生，收获一种感叹，感叹书中人物命运的悲凉与缥缈；感叹现实生活的残酷无奈，感叹曹雪芹无与伦比的才华。喜欢读巴金的《随想录》，这是一部用真心与忏悔的泪水铸成的巨作，喜欢心灵的丑恶在被一层一层地剥落时产生的痛快之感，以后真诚的心才会裸露在世人的面前，教予我们以无限的反思，反思曾被我们的谎言残害过的灵魂。喜欢读司马迁的《史记》，在自己的国度里勾勒那浩浩荡荡的历史画卷，灵魂穿越在历史的风流中领略“史家之绝唱，无韵之离骚”。喜欢玛格丽特·米切尔的《乱世佳人》，在飘忽不定的生命中寻找人生的支点。读书，在不停流动的岁月里成了一种幸福的享受，不断地填补着我人生知识的空白，警醒着我无知的灵魂。在书香的熏陶中，不断地成长，学会了用乐观的态度去面对生活中的苦难与世事的变迁；学会了积极地去开创自己的学业，才会收获成功的喜悦；学会了感悟人世间的唯美与丑恶，树立起正确的人生价值观。

“书卷多情似故人，晨昏忧乐每相亲。眼前直下三千字，胸次全无一点尘。”喜欢读书，阅读书卷每每就像偶遇自己曾相知的故人，怜惜之情娓娓道来，生活中的喜怒哀乐涌进书的情节中，悟尽沧海人生。还记得爷爷曾经告诉我，他的一生就是在不断地读书成长，在各种各样的书中学会了各种的道理，学会了精湛的中药医术，最后才有能力去帮助每一位需要帮助的病人。书使他不断进步，不断收获，最终成就了他的名誉。是的，现代社会的步履太匆忙了，只有不断地读书，吸取各种的知识与经验，才能很好地生活在我们的社会，并有所作为。

书是我生活中的朋友，教予我以明智，以思辨，以慎言。从童年的世界走向成熟，落在书上的年华让我明白着生命不同的意义，告知着无尽的人生百态。在生命的每一个驿站里，装饰着我的舞台，如灯塔般照亮着黑暗中匍匐前进的脚步。

（获2010年肇庆学院第四届读书节之“落在书上的年华”征文三等奖）

# 一片春愁

广播电视新闻学学　2007级　陈天鸣

每天醒来，望着窗外，看到的还是那灰蒙蒙的天，似乎永远都不会天亮。我差不多已经忘了有阳光照着的早晨是什么样子的了。一个多么沉闷的春天啊！与平常想象的鸟语花香、风和日丽的景象全然不同。生机盎然的形容词不应该用来描述这种季候，都不知道这样晦暗的天气还会持续多久。

自在飞花轻似梦，无边丝雨细如愁。

雨，是飞散的牛毛，朦朦胧胧地下着，千丝万缕，像一张无边的网，网住了飞鸟的翅膀，也网住了一颗颗自由的心，简直网住了整个春的世界。院里的玉兰花在烟雨凄迷中开了，竟开得那么恣意，那么放肆，像是对这种天气的一种抗拒。我看着它们盛放，霉湿的心并没有因此有所好转，相反，觉得它们实在无理取闹，白白糟蹋了阳光下绽放的美感。我心里突然涌起一股恶毒，想把它们统统踩在脚下——看你还开得这般邋遢！

然而，在这样压抑的烟雨中竟也有翩跹的蝴蝶，真是恶劣。只是看不见燕子，我有点失落。家乡的池塘边，公路旁，矗立着一根根笔直的电线杆，一条条黑色的蓝色的电线，绷紧，拉直，把电线杆连接起来。上面站着的便是一只只紫黑色的燕子，有人把它们比作五线谱上的音符，想想倒真觉得有点像。它们呆立在上面，出奇地安静，可以待很久，偶尔摇两下娇小可爱的头便又一动不动，静默着，很久了。突然，它们像发疯似地掠下来，其实根本没有什么值得惊徨的事情发生。

草，是绿了，树木是长叶了，绿翳翳的，但由于沉溺在烟雾里，显得毫无生气。远处的山，是阴翠的屏障，挡住了延伸的视线，只有白茫茫的水汽在那里不停地缓慢移动——根本就没有神仙。纵然在这样阴晦的日子里，也有人结婚，一辆辆白色的黑色的礼车穿街而过，也是迟缓的。雾一样的雨丝轻轻地打湿了棕黑色的车窗，看不见哪一对是新人，只看见车上贴着大红喜字和装饰的假花，红艳艳，一团团，一簇簇，一朵朵，俗气的华丽，终究是晦暗的。

室内永远是昏黄的色调，亮着惨白的台灯。倦怠的三色猫自顾自地打扮，一圈一圈地擦脸，还是那么仔细。可能是太久没晒太阳，它的毛发也显得色泽暗淡，失去了原有的光泽。这里是大城市的公寓，洁白的墙上除了点点潮湿的印迹外并没有乡下农家屋角的蛛网——“檐外蛛丝网落花，也要留春住”，多么富有诗情画意的画面。可惜，这里是看不到的，只有在记忆里追寻点儿踪迹。

晾在阳台上的衣服已经好多天了，没有丝毫要干的迹象。熨斗坏了，没办法，拿起吹风筒呼呼地吹了半天，干是干了，可完全没有那种自然干爽的清新气味。而堆积得久的衣物，有一种湿漉漉的霉味，软软的，绵绵的，一点劲道也没有。心里也是黑压压的一片，不敢奢望哪天会放晴。感觉身体好像不断地沉下去，沉下去，掉进了阴森森的地洞，永无天日。

没有风，有风的话还要好些，不会那么沉闷。有声音，是蚊子的歌声，没有一点旋律美可言。可恶的蚊子，趁着这种天气拼命地繁殖，连带滋生无数看不见的细菌。暗沉沉的夜里，吊着雪白的蚊帐，耳边响着嗡嗡的蚊叫，叫得那么得意忘形，却人心惶惶。点燃蚊香，一圈圈绿蓬蓬的香烟升腾起来，缥缈的，疑似身处一座古老的宅院。原以为一切都整理得很好，蚊香点了，蚊帐吊起来了，有空隙的地方也用夹子夹好了，没想到无孔不入的蚊子还是闯进你的禁地，搅得你鸡犬不宁，难以入眠。终于忍不住爬起来，“啪啪啪”地杀死几只，不一会又有来者要求血债血还。其时已经筋竭力疲，只得任由宰割。第二天一早醒来，看着手上脚上脸上的“满天星”，欲哭无泪，誓与蚊子不共戴天。

“雨横风狂三月暮，门掩黄昏，无计留春住。”倒真希望是雨横风狂，但并不想想出什么计来留春住。

在目前这样的季候，深蓝色的天空简直是不可思议的狂想。我实在无心再去诅咒什么，在辽阔的旷野的风到来之前，耐心地等待雨纷纷的清明过后，天公作美，还我们一个阳光灿烂的世界，干爽，清新，洁净。

（获2009年第二届“新视野”杯全国文学征文大赛三等奖，收录于《第二届“新视野”杯获奖作品选》）

# 踩瘪你的红气球

陈天鸣

在电影《东邪西毒》里，张国荣有一句很经典的台词：任何人都可以变得狠毒，只要你尝试过什么叫忌妒，我不会介意他人怎样看我，我只不过不想别人比我更开心。想当年，连才华横溢、雄姿英发的周瑜先生也悲叹着“既生瑜，何生亮”含恨而死，可见嫉妒是人很难克服的一个弱点。

而通常，人们以为小孩子是最天真无邪的，其实不然。比如获得法国金棕榈奖的短片《红气球》，里面的小男孩因为拥有一个神奇的红气球而获得无穷的快乐，其他孩子看见了，不能忍受他的快乐，拼命想抢走那个红气球。虽然小男孩竭尽全力去守护自己的快乐，但红气球最终还是躲不过那帮孩子的弹弓，泄气了，被蜂拥而来的孩子踩瘪了。

有些男人，看见人家住洋楼开宝马搂娇妻就眼红红；有些女人，看见人家丈夫有金有面孩子听话懂事就牙痒痒。这些人恨自己没那么好的运气，没能被天上掉下来的馅饼砸个正中。但当别人为梦想打拼得昏天暗地时，他们却优哉游哉地享受世界；当别人在与各种挫折奋争时，他们却好吃懒做，逍遥自在。

终于，人家守得云开见月明熬出头，他们就想享受同样的成功，享受不了就怨天尤人，怪死去的祖宗不开眼，怪自家房子的风水差，怨老天爷瞎了眼，怨世界不公平，总之能想到多少就怨多少，却从没想过很多亿万富翁在发家之前也曾是一穷二白的穷小子。这些人，总是吝惜自己的汗水想不劳而获——若天下间真有免费的午餐，他们肯定不怕头破血流地抢去了！

一心想踩红气球的人看不得别人过得比自己好，别人好他心里就不痛快，愤愤不平地暗骂：你过得比我好，就死得比我早！甚至千方百计不择手段地破坏别人的幸福，诅咒人家倒霉，要人家过得比他差，心理才算平衡，否则视为心头刺眼中钉。

有专家研究发现，穷人与穷人为邻，两者一般都不会感到有什么不舒服，但穷人一旦与富人为邻，心理落差就大了，幸福指数就降低了。善妒的人往往身在福中不知福，他们体会不到生活的快乐，因为他们的注意力都集中在别人的幸福上了，他们闷闷不乐，因为他们知道有人比他们更幸福。

佛家有句禅语：不是风动，不是幡动，而是心动。明智的人不会整天坐着让妒火中烧，而是暗暗发劲，将嫉妒转变为前进的动力，努力奋斗，争取有朝一日可以与对方并驾齐驱平起平坐，甚至更胜一筹。正如聪明的女人看见出轨的丈夫不会一哭二闹三上吊地上演悲情戏，而是不动声色地将自己精心打扮成一个魅力十足的狐狸精去把老公勾引回来——嫉妒让她如此美丽！

所以，如果你想自己过得快乐一点，就别老想着别人的红气球，而应该多花点精力在自己该做的事情上，这样，别说红气球，再多的蓝气球黄气球你同样也能拥有。当然，如果你觉得自己的幸福指数已经足够高的话，你就尽管一门心思想着怎样才能把人家的红气球踩瘪吧！

（发表于《世界报》2009 年 8 月 12 日）

# 炊烟深处

陈天鸣

虽然生活在城市，我却常常想起家乡的炊烟。

从农村里出来的人都熟悉，乡下的屋顶上那一蓬一蓬的炊烟。它时常飘进我的梦，提醒我来自何方，呼唤我踏上归家的路。

在那些梦想飞翔的季节里，我总是尽情地撒泼自己的孩子气，全然不顾及炊烟深处的母亲——她在那间低矮的厨房里不停地咳嗽。她辛辛苦苦地为我们做饭洗衣，我们却常常没心没肺地把她气得声音嘶哑。

在那些最贪玩的日子里，我总要游荡到落日熔金，夜暮降临。母亲拿着一根小棍子，吆喊着我的小名，挨家挨户地搜索。从昏暗的屋角或树丛里被揪出来，抬眼看到的是母亲那佯装的愠怒和她身后那缥缈的炊烟。那炊烟，总是伴着饭香慢腾腾、轻袅袅地从各家各户的烟囱里飘出来，一缕一缕，轻轻缓缓。

一晃20年过去，我们姐弟几个如炊烟般飘向天南地北，消失在母亲的视野外。所有关于成长的情节可以忽略，唯独不能忘记母亲在厨房里忙碌的身影和那炊烟。我们为自己将来的梦想、爱情忙碌着，根本无暇顾及炊烟深处的母亲。她总是叹息我们是有毛有翼的小鸟，飞了。家成了一个废弃的旧巢。

我知道母亲在家是孤独的，没有我们的嬉闹，家是冷清的。所以她很乐意帮邻居带小孩，并带回自家玩。她一如既往地惦记我们的冷暖，也惦记我们的饮食。而我们这些炊烟，一消散哪可收？

很多很多个夜晚，我梦见自己变成一缕轻盈无比的炊烟，被风轻轻地吹送回家。母亲从厨房深处跑出来，满眼都是泪水，不知道是因为喜悦还是被烟熏的。我知道一个人的成长有多艰难，但养育一个人的艰难又有多少人知道呢？母亲给了我们生命，给了我们爱，甚至连她最宝贵的青春也无私地奉献出来。我不敢回想母亲养育我们的含辛茹苦，也不忍心目睹岁月的霜花染白了她的双鬓。我们一直在她的爱里无忧无虑地长大，老去。无论用多少言语，也无法诠释她的爱。

也许有一天，我们的村庄也变老了，会从此消失。但我不会忘记那些曾经熏陶过我的炊烟——那饱含着生我养我的母亲的爱啊！它在我们仓促离去之际飘进我们的记忆里，永远也无法抹去。

多少个霞光满天的黄昏，想到母亲倚靠在门边，望眼欲穿地等待，身后是袅袅升腾的炊烟，我总禁不住潸然泪下。

在时光的深处行走，我是一条迷失在城市河流里的鱼，四处游荡。但有母亲恒久的爱，我永远不会感到寒冷。

（发表于《中国社会报》2009年3月27日）

# 谁是谁的树洞

陈天鸣

寓言里有个理发师，因为知道了国王长着驴耳朵的秘密，但又不能告诉别人，心里憋屈得厉害，最后不得不找个树洞将秘密倾诉出来才解脱。这个故事，给我们最浅显的一个启发是，别把什么都憋在心里，小心把自己憋坏了——即便没把自己憋死，也难保不会憋出病来。可生活又告诉我们，并不是谁都是你的树洞，能任由你不分巨细地把苦往里倒。

但凡一个正常人，没有会幸福到从不需要向人诉苦的。因为生活不可能一帆风顺，因为人生不如意事常八九，因为有太多太多的遗憾像讽刺，而人，又是那么不容易满足的动物。所以，我们每一个人，或多或少都向人诉过苦，只是，诉苦的多少和内容不同而已。你心里有苦，想倾诉一下，是人之常情，可以理解。但你总不能事无大小，不分场合对象，随时随地都诉个不停，要是这样，即使你不烦自己，人家也会烦你。像鲁迅先生笔下的祥林嫂，逢人就诉，不但让她的苦显得廉价，还让她整个人都显得廉价，以致后来，别人给她的同情大打折扣，甚至鄙视她。

很多时候，诉苦除了赚得几滴同情的眼泪之外，对于问题的解决是一点实效也没有的。说白点，与其哭丧着脸在人前诉苦，不如来点实际行动，说不定还没等你诉苦完毕，问题就解决了。

有的人，当你在他耳边哆哆嗦嗦地诉说个不停时，或许他半句也不想听，只是碍于颜面，只好假装感叹唏嘘一番，好言好语地安慰你一把，让你停止唠叨，心情舒畅地离开。这些人，表面上敷衍你，假惺惺地作同情状，其实内心对你的诉苦嗤之以鼻，瞧不起你，暗地里骂你没用、没骨气。

也有的人，虽然心里认为你那点鸡毛蒜皮的小事跟他的大灾大难比起来简直是小巫见大巫，不值一提，但他先没有说出来，等你说完了才拿出自己的与你的作比较，让你觉得自己那点小事连个屁都不如，甚至，来了个角色大转换，他反倒成了要同情的对象。再有的人，根本就不听你的诉苦，看见你要诉苦就跑了。这些人，都不是容你诉苦的树洞。只有疼惜你的人，才会为你欢喜为你忧，甘当你的树洞，你的诉苦或许才会让你得到一些真正安慰和帮助。

向人诉苦终究不是一件给自己脸上增光的事，你可以凭良心试想一下，对于一个整天愁眉苦脸地向人哭诉的人，你会不会觉得他特没用？我尤其敬重和佩服的人是，无论遇到多大的困难都一声不吭，一个人努力地扛着，从不在别人面前哭哭啼啼，把用来诉苦的时间和精力花在解决问题的行动上。

当然，我不是说一个人为了逞强，拒绝别人善意的帮助而把自己逼到牛角尖上去，不是这个意思，而是，他有那份直面苦难的勇气，不是把自己打成猪头扮有型，更不是靠诉苦博同情。如果你整天像个怨妇一样喋喋不休，动不动就有一大桶的苦水吐出来，别说与你非亲非故的人受不了，就连你身边最亲近的人，恐怕也会对你退避三舍。

家家都有一本难念的经，不是只有你的生活不容易，比你悲惨千百倍的大有人在，他们不会老把苦挂在口上，不是他们的承受能力特别强，而是他们知道，并不是谁都是谁的树洞，更不是将苦倒进一个树洞事情就可以解决。

再说，在这个紧张忙碌的时代，谁有那个时间那个心思那个义务去听你的诉苦？如果真是生活得那么不堪，还是努力去改变吧！

（发表于《爱人》2010 年 1 月号第 2 期总第 318 期）

# 用衣服说话

陈天鸣

在美国总统奥巴马盛大的就职典礼上，新第一夫人米歇尔·奥巴马以一袭单肩仿古希腊风格、多层次束胸的白色晚礼服隆重登场，一时成为时尚界的佳话。而随后她身穿一件红色丝绸礼服登上《时尚》杂志封面，又使其再度成为人们关注的焦点。有人说，米歇尔开始引领时尚界的潮流。作为美国的第一夫人，在时尚领域开拓出一条如此壮观的道路，应该是空前的吧。

如果说奥巴马之前是用精彩的演说征服国民而赢得总统的宝座，那么，米歇尔就是用衣服来说话为他赢得了更多的自信——有一个如此靓丽的妻子，能不自信吗？所以当晚他出场的第一句话就是：我的妻子漂亮吗？

张爱玲说，对于不会说话的人，衣服是一种言语，随身带着的一种袖珍戏剧。张爱玲是如此聪明透顶的女子，自知不善言谈，只好缀以出彩的衣服，发挥出了自己模特般的身材优势。参加社会活动时，她每一次出场无不是风华绝代、无人能及的。尽管她寡言少语，无法口齿伶俐、口若悬河地与人进行辩驳，甚至连表达自己的观点也不太流畅，但她仍然是最引起轰动的，不得不说这得益于她为自己量身定做的奇装异服。那些奇特的服装也正好对应其作品华丽独特的风格，是个人与作品的统一，是衣服在为她说话。

不要让你的观念还停留在原始社会，把衣服看作是蔽体的工具。我们不提倡完全不顾自己的身份和收入追求时髦、爱慕虚荣，更不鼓动女士们不加分寸打扮得过分抢眼而引起色狼注意，但求在最大程度上给周围的旁观者以最佳的视觉享受。

有些人喜欢让自己另类一些儿，披着睡衣招摇过市，穿着拖鞋满街跑，还自以为很光荣——真真正正地以此（耻）为荣！但其实这并不是衣着出众，而是行为出格。根本搞不懂哪些衣服该穿给老公看，哪些衣服该穿给老板看的女人又怎能套得牢男人的心呢?

聪明的女人都知道，要博得更多男人追求的目光，首先就要在衣服上下工夫。她不会做在家对不起丈夫（试问有哪个男人会喜欢跟一个总是蓬头垢面、衣着邋遢的女人生活在一起呢?）、出门对不起街坊，同时也让自己活得不够意思的事。因为她懂得，人靠衣装，佛靠金装，连马也得靠鞍。

在职场上，两个才貌相当的人，打扮得体的那个一般更易讨得上司的欢心；在情场上，穿着整洁时尚往往会令人底气十足。衣服，是一个制胜的法宝。

在这个竞争激烈的时代，假如你很遗憾地是个语不惊人貌不出众的人——没有天使般可爱的面孔，没有鹤立鸡群的魔鬼身材，也没有超人的雄辩之才，没关系，用衣服帮你说话吧！

（发表于《丽人坊》2009 年 6 月号第 12 期总第 94 期）

# 夏夜艾蒿香

陈天鸣

题记：艾蒿，不仅装饰了我们端午的门脸，也熏香了我们夏夜的美梦。

端午回乡，一进村庄便看见艾蒿。各家各户的门边，都斜插着长长的一束，暗绿的叶子微卷，露出银白色的叶背，好生熟悉，好生亲切。“游魂无迹任西东，装点柴门沐艾风”，据说艾蒿有辟邪的作用。

在我的家乡，人们把艾蒿叫作五月艾，初时我却听成了五月爱，后来虽然明白是自己理解错误，但潜意识里还是无法矫正过来。五月爱，多富有感情的名字呵！小时候在野外放牛，看见郁郁葱葱的艾蒿，总忍不住要采一束来把玩。

艾蒿与中国人的生活有着密切的关系。端午之际，家里有产妇的老妪到祠堂或神庙拜神时，总不忘把人家留下的艾蒿一束束地收集回家，给生了孩子的儿媳煎水洗澡用。开始我还以为这只是我们那里的一种地方风俗，及至看了医书方知艾蒿有调经止血、安胎止崩、散寒除湿的功效，所以产妇多用艾水洗澡或蒸熏。在诗经时代，艾蒿就已经是很重要的民生植物了。

艾蒿可作“艾叶茶”、“艾叶汤”、“艾叶粥”等食谱，以增强人体对疾病的抵抗能力。江浙一带还将艾蒿制作成青团子，一般在清明节食用，可祭祖。其制作方式也颇为特别，将嫩艾蒿放入大锅，加入石灰蒸烂，漂去石灰水，揉入糯米粉中，做成碧绿色的团子，团子内还可加芝麻等辅料。鲁迅先生在《故事新编·非攻》里描写了艾窝窝头的做法，墨子让耕柱子用水和着玉米粉，自己却取火石和艾绒打了火，点起枯枝来沸水。张爱玲笔下也有个苦命的小女佣叫小艾，真像野生野长的艾蒿，命也真是苦苦的。

艾蒿有一种浓烈的艾香，我非常爱闻，而且这特殊的香味具有驱蚊虫的功效。我们岭南地区气候湿热，每当春末夏初，蚊蝇就十分猖獗。一家大小在院子乘凉，蚊子肆无忌惮地前来骚扰，打之不尽，挥之不去，没多久就被咬得一身包。小孩子痒起来便撒娇啼哭，祖母摇着蒲扇走进柴房，在屋角一只陈旧的竹篮里找到一捆早已风干的艾蒿，像捧着神仙草般郑重地拿出来，在脚侧边点燃，瞬时升起腾腾烟雾，一家子都成了极乐世界里的神仙。我止住哭闹，趴在凉凉的竹床上，在艾香的氤氲中沉沉安睡，旁边的母亲还在不停地为我轻摇蒲扇。

后来我长大了，远走他乡，夏夜的梦呓中仍叨念着艾蒿。那挂在门边的艾蒿，在五月的阳光映照下，干成一把驱蚊的燃料，可是由于各种蚊香的出现，再也派不上用场了。年深月久，它变成了一缕乡愁，萦绕在思乡的梦里。

（发表于《西江日报》2009 年 8 月 17 日）

# 秋日风情画

陈天鸣

在我的住处不远，有一棵木瓜树。我不知道它为什么会生长在那个地方，它的旁边有一堵斑驳的墙，使它享受不到充足的阳光，贫瘠的泥土也不够肥沃，还时常有人把垃圾扔在附近，异味重重。可能它的出身就与垃圾有关，不知道谁家吃了木瓜，把籽儿随随便便丢在那里，于是，顽强的木瓜籽便不管不顾地发芽、长叶，将根牢牢地扎在本不容许它生长的土地上。

一开始，我很担心它活不成，每天站在窗旁远远地看它，风雨不改。落雨滴答，它只取一瓢饮；阳光晴好，它只取半日光；而身边，还有许许多多杂乱的野草和缠绕的蔓藤，与它争夺不多的肥料。木瓜树落寞地生长着，有时，我看见几只小鸟落在它身旁，叽叽喳喳地议论着，像是在嘲笑这株营养不良的小苗。然而，它竟慢慢地长了起来，从一株淡绿色的小苗，长成一棵团团如盖的大树。小鸟们还是叽叽喳喳的，这次，却是落在它高高的枝叶上了。我心里非常欣喜，为见证一株无人爱怜的小苗从弱小变为强大的全过程。

从小，我对木瓜便有一种特别的感情。虽然它没有雪梨、苹果的甜美可口，没有菠萝、芒果的芳香诱人，更没有樱桃、蜜枣的娇贵难栽，但它有一种朴实无华的美，在这座陌生的城市见到它，是那么熟悉，那么亲切，有一种他乡遇故知的感觉。它的价格不高，但营养价值不少，还可以美容。在农村，很多家庭的院子里，菜园中，或屋前屋后的空地，都种有这种生命力极强的植物。

童年时，家里买不起昂贵的水果，而龙眼、荔枝，一般只能在相应的季节才能吃得上。木瓜则不同，几乎一年到头都挂满枝头。小孩子淘气撒泼，大人便带我们来到木瓜树下，用一根长长的竹竿敲打那些熟透的木瓜。若碰到还没熟，也央着把生的敲下来，做成好吃的木瓜酸。在那些清贫的日子里，木瓜曾给了我们多少用钱也买不来的快乐啊！

长大后，每一次离家都越来越远，木瓜也在岁月的年轮里淡成一个剪影，偶尔在街市上看到摆在地摊上的木瓜，总是一脸欢喜地买几只回来，切成一瓣瓣，细细品尝，似乎又回到了如梦似幻的年少时光。

在这样的城市，木瓜树是很难见到的，所以当我第一次见到窗外的木瓜苗时，简直不敢相信自己的眼睛。平凡的木瓜就像乡村里走出来的孩子，偌大的一座城市也难有它的容身之处，这叫它的幼苗如何茁壮成长呢？但它居然活了下来，而且在瑟瑟的秋风中，在黄昏的斜阳里，站成一幅秋日风情画！

（发表于《肇庆都市报》2009年10月28日）

# 此君从今天上有

陈天鸣

Michael Jackson 死了，这段时间，各大媒体都以头版头条的方式来报道他的生前死后，铺天盖地地冲击我们的眼球。只要你随便翻翻报纸，或顺手点击一下鼠标，便可看到“一颗巨星陨落”之类的字眼，不用多说，就可以知道这位流行天王在全球范围内有多大的影响力了。

第一次知道 Michael 是在初中，班上有个男生会跳一种稀奇古怪的舞，名曰“太空漫步”。我孤陋寡闻地问他在哪跟谁学来如此怪异的招式，他却瞪大眼睛反问我怎么连 Michael 都不知道。我错愕地点点头，一脸求解的表情。

而后，我从他口中了解到他偶像 Michael 的一些情况。我的这个同学绝对称得上 Michael 的铁杆粉丝、忠实追随者，他疯狂地模仿 Michael 的各种舞步和唱腔，甚至衣着造型也散发出一股“Michael 味”，举手投足间就是一个活脱脱的翻版 Michael。

但 Michael 引不起我的兴趣。首先，他的模样我不敢恭维。最初看到他的照片，我便被他那人不像人鬼不像鬼的样子吓了一跳，心想，这个人怎么生得如此恐怖。夸张的造型，令人费解的癖好，神秘的私生活，都让我难以接受这位被誉为后无来者的天才。我把有他照片的海报拿回家给妹妹们看，她们都被吓得用手遮住眼睛，一副打死也不看第二眼的模样。

后来到了高中，我那个同学在一次学校文艺晚会上表演 Michael 的舞步，被全校师生“惊为天人”。当时，在我们那个落后的山区小城，那所相对闭塞的中学，听过 Michael 的人真的少之又少。

光荣与梦想一直伴随着 Michael，堕落与丑闻也和 Michael 形影不离。他举办过声势浩大的演唱会，获得过 26 项格莱美大奖和 77 项提名，8 项吉尼斯世界纪录，并热衷于公益慈善事业，获得过 2 次诺贝尔和平奖提名，是当之无愧的世界史上最成功的艺术家。然而，他也有整过容、离过婚、猥亵过男童等负面新闻。但是，当人人都可以对 Michael 说一讲二，无论是音乐还是绯闻时，Michael 生前接受媒体采访，却告诉世人，“做我自己，我很受伤”。

——这一句话足以让我触动万千！

所以，不管怎样都好，我想说，请允许 Michael 尘埃落定，让他用沉默埋葬过去吧。荣耀也好，丑闻也罢，一切都随着这颗巨星的陨落而结束了。也不管他的葬礼规模会不会超越 1997 年戴安娜王妃那场最豪华的世纪葬礼，当他踏上通往天国的阶梯时，让我们都衷心地说一声：Michael，一路走好！

（发表于《高要报》2009 年 8 月 12 日）

# 大写小写又一年

陈天鸣

年底。不知不觉又到了一年的尾声，又是总结的时候了。与很多写手的感受相同，为杂志写稿总觉得时间过得特别快，起草，修改，定稿，发给编辑，然后等初审、终审。杂志一期一期出，日子一天一天过，大写小写又一年。

以前，我总是一篙打死全船人地鄙视小报亭上卖的“垃圾杂志”，但现在，我觉得它们大多更贴近我们的生活，更真切地反映活生生的现实。也许通俗杂志没有纯文学杂志那样所谓的高品位，但是，它们一样也有自己独特的吸引力和文化价值，是真真正正的民间文学。所以，我为它们写稿。

杂志的稿费相对比较高，上稿自然难，多是满怀希望的等待。稿子发出去之后等初审，当编辑说过了初审就等终审，终于在他们的博客上看到公布的结果，常常有笑有泪。难过，希望一次又一次地落空；灰心，一次又一次地重拾信心，加油，继续写；一不小心上了稿，便激动得团团转。一年下来，写了很多，最终能变成铅字出现在杂志上的却数量寥寥。不过，因为有期待，因为有希望，心里还是欢喜的多，世事本就不尽如人意，快乐的，得到锻炼的，始终还是实实在在的过程。

每当看到编辑们的QQ亮着，知道他们在努力编稿，自己也不敢偷懒，拼命赶稿，有时忙起来还要挑灯夜赶，赶在截稿前把写好的稿子发到他们的邮箱。多么感激那些和气的编辑，如果不是他们指导，我不会知道自己的稿子存在的毛病，不会不断改进、不断提高，我的写作水平也不会不断进步。而他们一直以来的鼓励，使我从一个新写手变成一个半新不旧的写手，再变成现在勉强可以说是的老写手。

身边常有人开玩笑说我是作家，但我从不敢以此自居，感觉这个称号太沉重，自己充其量也只算是一个小小的写手罢了。之所以写，是因为我认为一个人没有必要将私人的东西当衣服一样拿到太阳底下晒，但自己又有话要说，于是，想通过文字为自己打开一扇窗，透过这扇窗，让自己的心房享受温暖的阳光。同时，让爱护我的朋友了解我的日常风景。然后，彼此会心地微笑，各自安稳地生活，用不同的方式为对方默默地祈祷、祝福。

（发表于《今日罗定》2009年12月29日）

# 毕业了……

戴福钿

盯着熟悉的大学校门，万千思绪涌上心头，又一年了！今年的天空和往年尤为不同，多了一份沉重，多了一份不舍。大学四年，在这片天空中，我们生活了四年，在这个尤为熟悉却不曾言珍惜的校园中留下了我们的点点滴滴，写下了我们人生四年的诗篇。转眼间，毕业了，要说再见了，不舍了。

踏在紫荆校道上，往事一幕幕涌上心头。

大一。带着好奇与陌生，踏着紫荆校道，走进学校。远离家乡融入陌生的环境的彷徨，令“同是天涯沦落人”的学子们，相识、相知。那时的我们，无数次携手从这里走过，一路的落花在空中飘零，那是一种怎样的美丽？在落花的包围中，天真的我们惊叹了、笑了。当瞥见校道尽头舞动着的扫把，幼稚的我们，沉默了，心痛了，埋怨了。那漫天的飞絮，那一地的繁花，终究还是会随着扫把的无情，消失殆尽。那年，脑海里常常残留着许多对大学的疑惑，常常为了两个实践分，频频穿梭于校园的各式各样的活动中。那年，第一次迟到，心慌了；第一次逃课，忐忑失眠；第一次考试，焦虑不安，那种紧张，不亚于高考。

可曾记得，大二那年，社团招新，错把师姐叫师妹，错将师兄当师弟，责怪、尴尬、委屈充斥心头；还记得因迟到而在这条校道上呼啸而过的狼狈吗？还记得那次活动成功了，雀跃而过留下爽朗的笑声吗？还记得那年、那天，因失败在这一片片花瓣上滴下的泪珠吗？那时的我们，是多喜欢被称作师姐，却又为生怕做不好这个角色而彷徨；那时的我们，是多么的雄心壮志，却又是如此的不甘于失败？是多么努力想得到大家的认同，却不懂为人处世的原则？那年，一起参加院运会，一同为运动健儿助威，喉咙喊痛了，手掌拍红了，我们却笑了。集体出游，嬉戏游玩，那么开心，那么幸福。那年和舍友们悄悄躲在被子下，进行着女生秘密式卧谈会：开心的、失落的、不忿的、幸福的，为大伙的喜悦笑靥逐开，因彼此的伤心悄然落泪。大二的我们，有太多的抱负，太多的激情，太多的辉煌，太多的辛酸和喜悦。

转眼，大三到了，这条大学分界线，开始紧压着我们。开始厌倦接踵而来的活动，开始不屑于参加讲座的几个实践分，开始注重社会上的实践，为实习而忙活。大三了，对时间、知识如饥似渴了，回到埋头苦读的状态，穿梭于课室、图书馆，回归三点一线的生活。学会收集各种各样的复习资料，归纳课程重点，不再为考试而彷徨；渐渐谙知社会、人生，慢慢学会矜持，不再留恋于紫荆校道飘舞的花瓣，不再为意料之外的事情失声呼喊。那年，我们安静了，成熟了，充实了，懂事了。

大四，课程似乎早已不再是我们每天的必修课。实习前的彷徨，实习后的沉稳；投简历时的焦虑与自信，面试时的激动和紧张；对未来的迷茫和期盼……这些，开始成了大四生活的全部。无法忘记那一天，那些人，那些事。那天，拍毕业照了。当宽松的学士服送到手上时，一种无法言喻的沉重感充斥心头：不舍、兴奋、郁重、追求。曾经的记忆、一张张囊括了大学四年的笑脸，在那一刻，定格在我永生难忘的毕业照上，那一刻，我知道，我毕业了，带着大学四年的回忆和人生的追求，毕业了。

大一的彷徨无助，大二的活跃疯狂，大三的沉着冷静，而如今取而代之的却是不舍和焦虑。当看着一个个不舍的眼神，当扛着一个个将要告别校园的同学的行李，一种无法言喻的情感，在心中纠结着，久久不能散去。此次别离，该是多少年后再见？挥手之间，伴随我四年的同学们，曾经一块儿为工作奋斗的伙伴们，曾经一同在被子下说悄悄话的舍友们，一个个无比熟悉的身影，天各一方。

是啊，毕业了，要走了，带着我们的记忆，带着我们的不舍，带着我们的追求，我们的梦想。离开伴随我四年的大学校园，告别陪伴我四年的同学。就这样，毕业了……

（发表于《茂名日报》2009 年 4 月）

## 春 晨

戴福钿

持续了几天的雨，终于停了。

地面仍是湿漉漉的，踩上去，地板会发出“吱吱”的声响，霎时，想起小时候捏空气球的情形，一股暖流悄悄流经全身经脉。

偌大的校园格外宁静，漫步其中，似乎整个世界只余脚步声。

教学楼前那棵大树刚抽新芽，娇嫩的叶子宛若少女的薄纱裙子，在微风中翩跹起舞，淡淡的绿在风中招展着，仿佛尘世的烟火已远离它们。几只小鸟在树上放声高歌，悦耳的声音在空中回荡，有如天籁之音，婉转如清泉叮咚声。树上不时飘落几瓣雏叶，在空中轻舞飞扬，尔后，从容投入大地的怀抱，亲吻着母亲的肌肤。

树旁的紫荆校道上，稀稀疏疏散布着粉色、白色的紫荆花。蓦地，我不得不佩服大自然的能力，竟能将两位如此清丽脱俗的"仙女"请到凡间。我弯下腰，小心翼翼地拾起一朵白花，移至鼻前，顿时，几丝淡淡的清香萦绕着我，令我心旷神怡。凝望这花，我仿佛看到一位穿着白纱衣裙的女子飘然而至，脸上带着羞涩的笑靥。此刻，我被她的一眸一笑吸引了，我伸直腰，手脚情不自禁地摆动起来，意欲与她一同起舞。无奈我手脚笨拙，未能自如表达其中的奥妙。

从紫荆道往外看，是一池湖水。湖上披着薄薄的雾气，氤氲缥缈。一缕雾气在湖面流动着，恰似天上淡薄的云。湖面煞是平静，或许，湖里面正是世外桃源。几尾鲫鱼不时调皮地溅出几滴水花，珍珠般坠入水中，水珠交融的瞬间，留下清脆音符，演奏着动听乐曲。

树上一粒果实迫不及待地挣脱母体，猛然扎入湖中，漾起湖中几瓣落花。半顷，果实消逝无踪。是它急于进入湖中的桃源，还是为博鲜花美人一舞而不惜殉身？倘若是前者，那么此时的鲜花舞动于它毫无意义；若是后者，它的殉身的确让人惊叹！

湖上空，一群鸽子正翱翔而过。不久，又折返湖上。看来，鸽子也抵挡不住这般美的诱惑！

雾气渐渐散去，湖面顿时明亮起来，宛若一面镜子。我不禁走上前去，想看看此时的我能否与大自然相融。举足之间，惊动池中休憩的鱼儿。刹那间，一圈圈涟漪由近及远扩散着，久久不能平静。看到此景，心中不免泛起阵阵悔意，深责不该破坏它们祥和的生活。我怯怯地收回脚步，唯恐再度犯错。

一会，丝丝雨点飘入湖中，又下雨了。雨丝像婀娜柳条垂向湖中，又若恬淡舞娘挥动的万千丝带，壮观雅静。

抬起双手，触碰雨滴的瞬间，我知晓，春天来了。

（获 2009 年肇庆学院湖畔文学社“庆国庆六十周年”征文一等奖）

# 璀璨六十

戴福钿

六十年前，鲜艳的五星红旗，在毛主席宽厚的手中，缓缓升起，带着华夏儿女的血与泪，带着中华民族几千年的兴衰荣辱，带着人民对未来的期望，毅然屹立于天安门前。中华人民共和国，在这一刻，开创了新的历史篇章。

回望历史的长河，无数先辈们用自己的赤胆忠诚捍卫着不屈的民族，用自己的血与泪谱写着中国的新篇章。从王昌龄的“黄沙百战穿金甲，不破楼兰终不还”，到陆游的“夜视太白收光芒，报国欲死无战场”；从孜孜建设民主主义中国的孙中山，到抗外敌、开创中国社会主义国家的毛泽东；从推动改革开放的邓小平，到实行“三个代表”的江泽民、贯彻八荣八耻的胡锦涛……一个个铿锵的名字，在东方大地上，留下了永垂的光芒！

六十年，我们走得并不容易：十年探索，十年“文革”，汲汲中华，处处碰壁。坚韧的中华儿女，用满是疮痍的手，凭着智慧和勤奋，以不屈的信念和对祖国的热爱，抵抗着探索路上的尘与土，凿开了一道道光明的八千里路；老人于南海边上的一画，唤醒了东方经济的巨龙，腾飞的喜悦，萦绕着艰涩的中华，气壮山河的新步伐开始迈开了；香港、澳门的回归，雪了国耻，树了国家的尊严，交接仪式牵动了多少儿女的热泪，洋溢着华夏大地何等的骄傲！仰望蓝天，“神舟飞船”巍然在太空穿梭；俯瞰大地，三峡工程，旷世神奇。看祖国崇高与巍峨，看祖国繁荣的霓虹灯日夜闪烁，灿若银河……

当六十周年国庆的钟声响起，当阅兵式上威武严肃的士兵从天安门前昂首踏过，我们是否想到了六十年来的热血奋战？当一列列先进的武器装备从眼前开过，你是否想到了手无寸铁的革命烈士用身体挡住了敌人对祖国的践踏？是否想到了人民群众发展军事技术的艰辛？当呼啸的阅兵飞机洒下飘逸多色的“彩带”，我们是否听到了可盖机鸣的欢呼声？是否看到了宛若彩虹般绚丽的中华大地，看到了六十年来洒下的光辉？当五十六个民族欢聚一堂，携手从天安门前走过，在世界人民前走过，不同的语言，不同的服饰，汇编着同一首爱国之歌，凝聚着相同的爱国情怀。我们的自豪，我们的激动，又岂能用言语表达？

“锦绣中华”三十四彩车方阵，它们载着中华民族的璀璨，徐徐开来，集中展示了全国各省、直辖市和港澳台地区的锦绣河山、风土人情与六十年来的地方成就。泱泱大国，巍峨延绵高峰，钟灵毓秀山水，莺飞草长；百花齐放，绚烂繁华的中国文化；飞黄腾达的民族工商业，尽收眼底。盛世中华，岱青海蓝；凤舞楚天，腾飞翱翔。一列列的彩车，载着人民的自豪，带着继往开来、振翅腾飞的发展态势和科学发展、富民强省的豪迈情怀，缓缓而过，宛若璀璨的明珠，壮美得令人惊叹！勾践卧薪尝胆后，立在姑苏台上的胜旗，秦始皇于中国大地上的称帝，唐玄宗统治时的“开元盛世”，也不及此刻来得令人沸腾，令人感叹。

“雄关漫道真如铁，而今迈步从头越。”六十年的沧桑，六十年的复兴，六十年的峥嵘，长路漫漫，透迤险阻，我们毅然扬着帆、破万重浪，终济沧海，筑就了中华民族 21 世纪的辉煌，让我们伟大的中华民族得以巍然挺立在世界之林，璀璨如世界明珠。

（发表于《湘黔广告》2008年9月22日）

# 永远的绿丝带

戴福钿

“啊…… 只要人人都献出一点爱，世界将变成美好的人间……”每当听到这旋律，心中的那份爱心，总被莫名地激起，或许，许多人都有同感吧。

“风雪无情，人间有情。”2008年春节前后，我们伟大的中国人民上演了一场场可歌可泣的抗灾史：无数灾民配合政府的安排，努力减少灾情带来的破坏；千百爱心者倾其所能，为抗灾提供帮助；抗战大队冒着生命危险，顽强抗战……

一幅幅感人的画面，一场场惊天动地的抗争，一位位无私奉献的民众，无不牵动着我们十三亿人的心，无不显露着中华民族可贵的精神品质。

在这场严峻的灾难面前，人民自觉地系上了绿丝带，勇敢地站在了志愿者的岗位上，为无数灾区人民带来了新的曙光：无数面临灾情的人乘坐志愿者的车逃离了危险；大部分地区得到了全国各地捐献的食品、棉被等生活必需品，解决了生活问题；更可敬的是，几个小生命在民众的帮助下，在冰天雪地中诞生了，这是中国的奇迹，中国的希望，同时，也为紧张的气氛带来了丝丝喜悦。

更令人感动的是，除夕当天，温家宝总理放弃了与家人欢聚的机会，赶到灾区和灾民们一同过节。有些公司派了人员，带着过节的用品，带着节日的祝福，踏上列车，赶往灾区。电工们舍弃了在家安逸地与亲人团聚的难得机会，毅然奋战在第一线，与狂风暴雪顽抗。电线断了，他们接上了；线路被冻结了，他们克服了，及时为灾民带来了光明，带来了新的曙光。

“大雪压青松，青松挺且直。”诚然，中国人民是不屈的，是敢于迎接挑战和保卫家园的。中国自古以来的爱国情结，在这一刻，表现得淋漓尽致，让世界人民为之动容。

“雪灾”！在这场百年一遇的特大灾难面前，很多中国人系上了那神圣的绿丝带，我们团结在一起，我们胜利了。那条系在人民心中永恒的绿丝带——一条将幸福带给别人的绿丝带，正迎风飘扬着……

（获 2009 年度肇庆学院文学院“三八”主题征文比赛三等奖）

# 红樱桃，绿芭蕉

汉语言文学　2006 级 3 班　纪晓纯

## 一

天空布满乌云，浮躁的气息让人忐忑不安，已经掉色的朱红金漆大门“吱呀”一声被推开了。几年过去了，墙壁上苍老肃穆的大古钟还在转动齿轮，发出“吱吱呜呜”的晃动声；几十年过去了，黑白相间的单调还是消磨不了它一如既往的精力，彩色世界也要黑白精神的支撑；几百年过去了，古钟的摇摆还是很有尺度地招摇着，午夜梦回的一声声巨响总是一次次把人从阴险凶残的噩梦拽拖回荒颓的现实之中，徒留一身惊诧虚脱的冷汗。

外婆躺下身子睡去了。睡了好，初冬时节离开被窝哪怕一分钟都是不明智的行为，能够在舒适的床榻上睡到自然醒就是一种幸福。

外婆在梦里说：清子，我想你。

外婆，只要能做梦，就还活着；活着，就不会让人迅速遗忘。

## 二

“同学少年都不贱，五陵裘马自轻肥。”晴空底下，四处飞奔的黄鹂搔首弄姿，殷勤的叫声无比窝心。坐在宽敞的大房子里，亮丽的阳光映射进来，梳妆台熠熠生辉。慢慢学会了画眼影，学会穿高跟鞋，学会琢磨混迹社会的伎俩。黑夜里没有电，千百支蜡烛的光芒也不能让我感到明媚曙光的慰藉。偶尔打电话回家跟爸爸妈妈报告行踪，打了麻醉剂的日子轻飘飘的，像远去的薄纱盖住一切，唯美而又暗涌丛生。

清子总那么水灵，讨外婆欢心。外婆笑时满嘴的镶金假牙都露出来，瘦小的颧骨特别突出，我和清子一致认为外婆的嘴角像条隧道，没有尽头。清子从小就跟我一起玩，大人们常说，要好好相处，要成为好朋友。每回出门，我跟清子都呆呆地坐在藤条椅上任外婆摆来弄去，打扮成洋娃娃的装束。外婆一定会趁清子不注意，悄悄在我耳边说，要保护清子。我从来不问为什么，不问我也知道。外婆说清子没有爸爸，不能受到伤害。

不就是没有爸爸嘛，有什么了不起？

嘘——将来长大你会明白的。

幼儿园的小朋友不喜欢清子，清子考试不及格时他们最喜欢唱起那首为清子精心打造的歌谣：如果回家要被爸爸骂，但愿爸爸永远不回来。一二三四五六七，这就是清子的末路。可悲的是，园长是个笨蛋，不会保护清子。又高又大的讲台轻易就挡住了她的身躯，她说话的分量也因此减弱了力度。我们不能因为别人没有什么就拿出来说，这样别人今天中午没有尿裤子，你也拿出来说吗？我讨厌园长这样，讨厌她拿不好笑的事情自以为是地开玩笑。谁都知道，每次老师们都趁大家睡着时，明目张胆地讨论谁的爸爸开宝马，谁的妈妈是白领……

清子，清子你还好吗？

我很好，不就是没有爸爸嘛，没关系。清子不哭。清子有妈妈就快乐，清子不哭。尽管清子看我时没有流泪，但我还是从她脸上未干的泪痕以及红肿的眼睛中看到了跟我不一样的清子。

没有爸爸，真的不一样。

## 三

天气凉了，空气和思路都有一些凝固。还是没有人愿意忍受我笨拙的舞姿陪我跳舞。等待的日子久了，开始滋生出与顽固做斗争的蛮劲儿。擦拭相框的姿态在无尽的寻觅中重复，循环，腻烦在每一个下午茶的静谧时光。

我和清子还是会到处溜达，又大又密的丛林就是我们撒泼游戏的乐土。躺在草地上，耳边听着蛐蛐的叫声，把最先捉到蛐蛐作为一种荣耀。真的，我到现在也想不通为什么大人们会受不了那么好听的声音，为什么他们一定要从我床底下搜出弹奏乐曲的“艺术大师”，为什么要肢解它们拿去做标本？

我们全身邋遢地回家后，从外婆沉重的叹息声里预知了未来。我和清子傻傻地站在院子里，齐刷刷看着妈妈手里那根比手臂还粗的枯树棍。

“我说过多少次了，不要乱跑，你怎么跟野孩子一样，又不是没人管。”大人们就爱这样，爱把上一代的陈年往事拿出来刺激孩子们幼小的心灵。颓圮的篱墙前，我看见清子轻抖着双肩，婆娑的泪眼里盛满止不住的忧伤。

妈妈，不要这样，不要伤害清子。我在心里喃喃呓语。要是那时我再长大一点就好了。再长大一点，我就有足够的勇气冲妈妈大声说：不要伤害清子。

妈妈拿着木棍像野兽般冲过来时，清子压抑不住的怒吼使一切可以预料的事情在瞬间掉转车头，戛然而止。

## 四

一只脚踩在紫罗兰上面，它却把香气留在鞋跟上，这就是宽恕的力量。

——马克·吐温

清子，清子等等我。声嘶力竭的叫喊声刺破耳膜，脚丫踢翻的小石子反弹向我的脚踝，无言的疼痛在心底流淌出来。

清子，清子。

给你，我们还是朋友。一朵紫罗兰轻轻地安睡在我被荆棘划破的手掌，淡淡的香气从中逸出。

我呆呆地站在那里，泪水扑簌扑簌不争气地流下来。我死命记住的，是两个离去的背影。大手和小手十指紧扣，一位母亲带着一个孩子再次踏上探索圆融生活的征途。那只大手，是清子的依靠；那只小手，是我的整个童年。

## 五

"要旋转，要旋转，舞蹈之王华尔兹应该舞出最美的回转。"幼儿园的老师还是喜欢歇斯底里，假装浪漫地教孩子们跳舞。只可惜，我不喜欢《最后的华尔兹》，那是离别时刻的舞蹈，即便舞出旋转也会被忧伤的色彩涂抹。

清子，那个我们一直研究脸皮是不是比墙壁还厚的胖子从老家回来了，那本你说圣诞老公公是坏蛋的小人书前天被外婆卖掉了，清子，你看外面的小猫为了逮老鼠跳得多高啊……

鱼书欲寄何由达？水远山长处处同。

清子，清子，你在哪里啊？

清子，清子，你什么时候回来啊？

……

回应我的，仍然是老钟滴答滴答的摇摆声，栖息在窗外梧桐树上的几只夜莺还在婉转歌喉，风情万种，叫声毫不留情地倾泻在我头脑里，砸出一大片一大片的过去，砸出窗外淅淅沥沥的雨声。

## 六

若干年后，窗前的仙人掌已经长到我的食指高度，结实的鲜绿让妈妈絮叨不已："乖乖，怎么长这么漂亮?"走在我和清子最后快乐过的丛林，已经听不到蛐蛐的窃窃私语，附近的男孩子把它们赶尽杀绝了。这儿变成了我和清子的受难地，在这，我失去了童话里那只伴我一生的青鸟。

每天傍晚，下班的车潮总是轻而易举就把我吞噬掉。被人群淹没的滋味多半透出点辛酸和无奈，像未熟的果实，也像结痂的伤口。

汹涌的车水马龙里，一双灰暗柔和的眼眸穿越长长的站台，从前方投射而来。

我回眼迎了上去。

清子。

命运竟然安排我们在没有交集点的地方相遇。

如水的过往被闪亮的眼神甜蜜地割伤，相隔的距离泛涌而过，刹那间剪辑起两个人纷乱平实的故事。

都过去了！

我们各自站在自己的轨道上，遥遥对望。

彼端轻轻颔首。

我回以相同的动作。

儒雅而有礼，我仿佛听见了素馨开败的呜咽声。

天涯流落思无穷，既相逢，又匆匆。终于，终于，我费尽最后一丝气力，拔出了心尖尖上的那根刺。

从今往后，不会再有交集。

## 七

舞会很快结束了/我该走了还是留下呢/乐队开始演奏最后的乐曲/我看见你经过我的身旁……

最后的华尔兹还没跳完，小儿子还在不依不饶地诉说着嫌弃夹在课本里那只标本书签的诸多借口。

不要就扔了吧！

哇，万岁！

欢呼声响亮而清脆地搁落在大理石地板上，锃亮锃亮的。我看见一抹静默的身影消失在眼角。消失的，还有我残缺的童年。我的青春还没有走完，就已经被秋天的落叶填满。相机的快门捉住的，是外婆在床上翻来覆去不时露出的灿烂笑容。

外婆，你的童年又回来了，姗姗来迟。

为你开心，外婆。

## 八

流光容易把人抛，红了樱桃，绿了芭蕉。

青鸟飞走了，连痕迹也没留下。暮春三月，它收拢翅膀，瑟瑟发抖。也许，它的嘴角叼着紫罗兰，奔向未知的远方。

滴答、滴答……

（获第一届甘肃省“同桌杯”大学生征文优秀奖，肇庆学院第二届校园文学创作大赛二等奖）

# 寻砚

汉语言文学　2007级1班　吴金光

中国古代，能工巧匠生活潦倒，居于生活底层，在“学而优则仕”的学子文人看来是无足观的。但事情又是十分的怪异，一双巧手雕刻出来的墨砚，竟能以天地万物为背景，镌刻山河，描花绘草，雕镂人心，令无数文人倾倒，视若至宝，费尽心思收集珍藏。文人对这端砚的喜爱可见诸诗词之间：“样如金蹙小能轻，微润将融紫石英。石墨一砚为凤尾，寒泉半勺是龙睛。”“远向端溪得，皆因郢城成。凿山青霭断，琢石紫花轻。散墨松香起，濡毫藻句清。”

我曾有缘，在暖风轻拂的日子里，到了以生产端砚闻名的白石村，得睹这令文人为之倾倒的端砚的制作过程。我们一行来自五湖四海，大多对端砚闻名已久，在绝大多数人的心头，都有一窥究竟的冲动。端砚在史上久负盛名，稳居四大名砚之首，不能不令人对它产生好奇。人们来这里，不仅寻砚，更是寻史，寻找能解开心中疑窦的答案。这些砚台在各地都能见到，但要寻找它的根、它的历史，还得到这里来。这座有着悠久历史的古城似乎为这小小的砚台负上了一笔宿债，只要提到这城市，人们首先想到的就是这砚台，如影随形，怎么也无法脱离开来。居住在古城的人，无论是初到的还是久居的，倘若遇上稍有学识的亲朋好友，常会被问及端砚，轻言不知是会被取笑的。一旦有了机会，便会亲自到实地踏访，为历史，为一些无法言传的原因。这小小的砚台，竟有着如许的魔力，使得这偌大一个世界的小小角落成了天下闻名的地方。

在这西江边的古城里生活了近两年，到过不少地方，我的身影曾出现在黑色瓦屋连成的里弄小巷，也曾出现在人流如潮的大街和摆设着具有乡土特色小吃的老街道，还有茅草低垂的河滩，芳草萋萋至今已经忘记在哪个方位的生僻角落。我对它的了解是如此的有限，试图用短短两年的时光去测量千年的历史是远远不够的。我对它的印象主要是来自对石头的认识，以前是这样，现在是这样，将来想必还是这样。这城市里满是石头，山是石山，水里有山，只要你到各著名的景点走走，随处可见各种石像、摩崖石刻、石碑、石碣、石像题记等，密密麻麻或者简简单单地记载着这城市消逝了的光阴。李北海、包拯等就将他们的足迹嵌进了石刻之中。石头几乎承载了这城市的所有，包括人文历史与自然灵心。

有几次，我爬上高处，踏着坚硬的石头，俯瞰这城市，不禁神驰，这石头已经是这里每个人记忆里的一部分，当一切随着时间褪为模糊的影子以后，石头却顽固地无休止地纠缠着记忆的思绪。这些记忆也是人们精神上的折射，人们的日常生活和思维习惯都离不开石头潜在的暗示，人们身上沾染了石头的灵气、坚毅，甚至顽固的气息。当远方山肩头，夕阳映红碧江，最后一抹光线如同沉寂的过往在山头，匿迹于永夜。当淡淡的月光流水似地一泻千里，辉映山河，像纯白的乳汁一样渗透在这城市的每一个角落。人们踏着脚下的石板或用手轻轻地抚摸着一块在天地之间孤独了千万年的石头时，像这石头般接受日光和月光日复一日的照耀时，对着接受了同样的天地灵气的脚下或者手中之物，是否会有血肉相连的感觉？石品即人品，有的棱角分明，坚硬如铁；有的棱角虽损，坚毅不失；有的圆滑平顺，温顺如水。

用来制作端砚的石头属于上乘，似柔实刚，藏而不露，温和，如同一位得道已久的高人，利于万物而不争。这些石头似乎生来就是“天生丽质”，如同一批天成的奇珍被嵌进了坚石巨岩之中，经历了千百年寂寞的等待，等待着人们为其卸下身上掩饰光华的外衣。终于，有一天它们重见天日，有的闪烁着数以百计的眼睛，有的似蛟龙在碧空上吞云吐雾，有的似七星齐落星湖。它们是苏醒了，也被陈列在玻璃底下，供人观赏，接受着众多的称赞以及无数炽热的目光，但它们还是如同当初一样，没有对这陌生的世界感到惊奇，只是平静地注视着周围的一切。它们并不清楚频频观赏它们的都是一些什么人，或许称赞的人太多了，感叹的人太多了，已经疲惫了，不再关注这些，又或者它们根本不屑于仰视那些炽热的目光。观赏的人或许不知道它们是怎样重见天日的，但它们忘不了。

当初它们在常年积水的地底之下，陪伴着黑暗不知度过了多少岁月，积水升了又降，降了又升。它们就这样等待着。有一天，寂寞终于被打破了，一队人爬进了又窄又深又黑的砚坑中。这些人拉着绳子，三步一人，像接力般把水一桶一桶地递了出去，外面的世界亮了又黑，黑了又亮，如此往复几十次，积水终于被排干了。接着，人被分作两人一组，一人照明，一人弯着腰，用手抚摸着石头的纹路，然后拿起工具艰难地开始采石，很小心的样子，生怕一不小心便损毁了天然的奇珍。这时，人与它们是平视的，它们真切地感觉到了面前那粗重的呼吸，还有那滴落在它们身上的汗滴的热度。

它们被开采出来，几经辗转到了一位老匠人的手中。老人按捺不住心中的激动，欢呼起来，洒着热泪，用颤抖的手将它们高高捧起，那是它们第一次或许也是最后一次得以用俯视的眼光看着这狂热的人类。那是怎样的一种目光啊，那焦渴，那炽热，简直是对失落了已久的故乡的回归，是与离散多年的亲人的重逢。接着的几天，老人如痴如醉地凝视着石头，他要还它们本来的面目，但时光已经消逝得太多了，连时光的面目也开始变得模糊了，何况那些被埋藏了几千万年的石头？难道造物主的鬼斧神工就这样永远被湮没了？这是多么悲哀的事啊，几乎是触手可及又似乎是遥不可及。老人的眼睛开始出现了血丝，但那光芒却没有丝毫的减弱。有几次，老人已经拿起了刻刀，就要开始雕镂，但当再次凝视石头时，总是轻轻地叹了叹气，收了手。终于，在一个清晨，当东方露出第一丝光亮时，老人喝了一口酒，开始了他的工作。它们终于得以重见天日。

已经是午后，我们在白石村的作坊转了一圈后，出现在一家专门收藏砚台的店中。懒洋洋的阳光淡淡地洒在我们身上。我环顾四周，看着这些被人视若珍奇的端砚，思忖良久，思绪渐至于拙朴，开始为端砚的未来忧虑起来了。是的，端砚有它的历史，有它的辉煌，有它的价值，但它的处境却要比这一切苍凉得多。即使再温暖的阳光洒落在它们身上，也无法消除这苍凉的一丝一毫。到了一定的时候，越发繁荣的市场上总要出现铺天盖地的端砚，并且有人拿着高音喇叭在大声叫嚷：“行过，路过，不要错过，多好的饰品，上等的端砚。”当利润取代了鉴赏，赝品大行其道时，真正的端砚将向何处哭泣呢？也许是舍弃一切也不能证明自己的存在，那就只能对不起自己，对不起自己的历史，对不起昔日的辉煌，乖乖地给席卷而来的商潮大军腾出地盘来。

也许它们本来就属于历史。在追风逐影、朝晖夕阴、龙争虎斗的21世纪，妄想要建造或者延续一点可称作文化的东西，只能到古战场或者废墟遗址去寻找了。端砚，注定是要被推上市场的，这就是潮流？

我不会品鉴珍奇，我也不懂珍藏，只是对这之中的文化还有一些化不开的喜爱之情，只想去寻找关于它们的一些东西。仅此而已，别无他求，也仅能如此，别无他能。现在的我不是在寻找吗？以后呢？

好像在寻找的人一直不少。

（获2009年“端州区文学艺术创作年”原创作品大赛银奖）

# 令人难受的爱情

吴金光

梁羽生开创了新派武侠小说之风，他还是位高产作家，30 年间共创作武侠小说 35 部，160 册，1 000 万字。其文学功底深厚，小说中所撰之诗词令人叫绝。然而，十余年来每读梁派小说，总觉梁老先生将爱情视同无物，无物倒也不错，除了受些轻蔑的眼神以外，尚不至于“人为刀俎，我为鱼肉”。天知道，梁老先生是否自诩为刽子手，爱情则是其刀下冤魂？如此，爱情实已沦落到无以复加的凄凉境地。

倘若一时来了兴致，翻几页梁派小说，譬如《七剑下天山》、《白发魔女传》、《云海玉弓缘》等，则非要从心痒痒读到恨痒痒不可。试观《白发魔女传》中卓一航与练霓裳之间那段可歌可泣的爱情故事，其相遇、相知、相惜、相爱过程之唯美浪漫足以叫普天下之少女为之向往，心里怪痒痒的。继而，看似顺其自然地，因为正邪不两立、门户不合等说法，有情人难成眷属，至此，除了为之惋惜外倒不曾有其他情感。后卓一航为与练霓裳再续前缘，追至天山脚下，竟因为一个不可思议的误会而双双悔恨终身，至此，已对梁老先生之所为深感不满。然而，悲剧尚不止于此，后来，两个恩爱的人竟在《塞外奇侠》、《七剑下天山》两书中互相争斗，至死方休，这时，在不满之外又多了几许怨愤。其他小说中的金世遗与谷之华、凌未风与刘郁芳莫不如此。倘如同古龙那样，“男人眼里的女人只有两种，有好感与没好感的，对于有好感的，男人绝不愿意只止于朋友关系”，压根儿不相信爱情，要么女人将男人玩弄于股掌之上，要么男人将女人玩弄于股掌之上，双方各凭武功智慧；或者像金庸将一切归于“冥冥之中自有安排”、“性情使然”，自己乐得逍遥，倒不致有此嫌疑。然而，梁老先生偏要独树一帜，每次总是让人对其笔下之爱情充满希望，继而大失所望，最终绝望。恰如一秀丽的年轻女郎为你剥了一枚鸡蛋，光溜溜的极为诱人，怎料那女郎突然大怒将整枚鸡蛋塞进你嘴里，让你哭笑不得，有苦说不出，只听到一阵阵模糊的“呜……呜……”声。梁老先生写得痛快，我们读得痛苦。有时便不禁想道：“幸而卓一航、凌未风、练霓裳只能仰老先生之鼻息赖活于其笔下，否则怕要为取得一朝的爱情自由而擎起游龙宝剑，施展天山剑法，剑气纵横地向老先生扑去。”

或许，梁老先生只志在刻画侠客英雄人物，宣扬独来独往的侠客精神。因而，爱情只能作为主人公尚未练就绝世武功，初闯江湖时的一些点缀，一旦绝世武功练成，爱情就会成为英雄侠客的羁绊，非挥慧剑斩情丝不可。这等英雄侠客当得也真凄凉，我想只要是脑子稍微清醒的男人都不愿意充当这等大英雄。诚然，锄强扶弱、匡扶正义本无可厚非，但放弃自身幸福，提着一把破剑到处飘荡，我实在想不出与捧着破碗看人脸色、以乞食为生的流浪汉有何根本的区别，唯一不同的大概是侠客向来只会救济别人而不会受人救济，必要时还可扛起“劫富济贫”的大旗“打家劫舍”。“落魄江湖载酒行”的杜牧尚知“楚腰肠断掌中轻”，我们的侠客则只能永远享受“十步杀一人，千里不留行。事了拂衣去，深藏身与名”的快感。最令人为之气结的是除了男女主人公外，其他人多能得结良缘，如《七剑下天山》中的冒浣莲与桂仲明，唯独我们的英雄孑然一身于天地之间，很有西方先哲所说的“真正的英雄总免不了悲剧的结局”的意味，很值得玩味。

梁派小说中，令英雄侠女最痛苦也最令我们“拍案叫绝”的莫过于第三者的设置与其故事安排。死是第三者永远也逃避不了的宿命，非如此不足以令男女主人公一生相对而不得不抱憾终身。厉胜男与韩志邦的死就是最好的例子。死者已矣，哪能时常顾及生者的事？这时，人则可“起死回生”对青年男女的爱情大加干预，稍有不如其所愿则又复死去，且死不瞑目。不过，这次来的不是情人而是“丈人”，虽少了很多钩心斗角与争风吃醋却又多了这许多不能违背的威严。尽管是英雄也只能将苦水往心里咽，心里暗暗骂道：“这老头子怎么活起来了？”“情人易哄，丈人难伺。”《萍踪侠影录》中的云澄就曾以死而复生的身份干预张丹枫与云蕾的感情，尽管两人最终能厮守到老，但那是以张丹枫父亲的性命换来的。“莫道萍踪随逝水，永存侠影在心中”，萍踪可留，侠影亦能存，爱情却难求，总得有这许多伤痛（不过，在梁派小说中我所见也仅此一例而已）。

“已惯江湖作浪游，且将恩怨说从头，如潮爱恨总难休。瀚海云烟迷望眼，天山剑气荡寒秋，峨眉绝塞有人愁。”浪游的侠客大概总是爱恨难休的人，或许这就是梁老先生心目中的侠客。

读梁羽生小说十余年，唯独对他笔下的爱情故事难以释然，姑且当作一番牢骚，发过即可。

（发表于《西江读书》）

# 初恋遗忘在心坎上

汉语言文学　2007级1班　廖广莲

一个容易被怀旧触动灵魂的人，是不是注定难以释怀一段已成往事的爱情？刻骨铭心的初恋，在分手那一刻，乘着隐形的翅膀远离我的世界。已说好要把你遗忘在记忆的角落，为何却常常把你忆起？

在一个人的空间里默默地想你。翩然而至的夜，于书桌前的明灯下，泡上一杯清茶，意犹未尽地想起你，以及有关你的所有。在带着淡淡忧伤的旋律里，寻找记忆的足迹。

翻开那本寒假里你我用飞信记下的20多万字的聊天记录，在那个50年一遇的寒冬里，在只有我一个人留下实习的宿舍里，远方的你的丝丝关心让我寻找到坚持的勇气，让我忘记了自己还会孤单。

在校园漫步时手牵手，你在我耳边唱《月半弯》的幸福还在记忆里盘旋，还记得吗？我总喜欢故意拖沓脚步，问你可不可以赖着不走？为何幸福的小路总是那么短，我多想我们就这样一直地走下去，直到我们都老了，再背靠背，席地而坐，细数一路走来的点点滴滴……

喜欢你为我买我喜欢的奶茶，那一丝丝香味，总留在心底难以忘记。喜欢你轻轻的拥抱，那一种幸福，在心田流淌，无法拒绝。

于是，在我的日记里，开始记录我们每一次愉快相处的跳动着温馨的爱的画面。每一次单独和你在一起回来后，无论多晚，我都会在灯光下用属于自己的文字把体会的一切写下来。我想，这本日记一定要写得很厚很厚，等到我们老了的时候，我会一字一句把我当年的心情和你细细诉说，我要看到你有了皱纹的脸上绽放出的笑容。

我一直在努力，因为我一直记得你说过的：我们是世界上最幸福的，我们谁也不“借”。我相信，珍惜点滴幸福，终会汇成爱的海洋。我不羡慕朋友们那些奢侈的爱情，平平淡淡才是真，我说过，我只要简单的快乐，对我而言，这已足够。可是，也许最简单的事情才是最难做好的事情，也许是自己单纯地想要把这份爱握在掌心，正如试着去抓一把沙子，握得越紧，留在手中的沙子就越少。

爱情亦然。

于是，我说出了心中最不愿触及的“分手”二字。

那一晚，也是周日晚，如果真的要结束，那就在同一个时间、同一个地点吧，似乎从来没发生过，似乎可以很完美。像做了一场青春的梦，梦醒了，一切回归原本的状态。

可是，为什么心很难受，一直一直很难受。

我开始忐忑不安……

我知道，只要你一开口，我那简单的快乐就会消失。

爱情像拔河，一方放手，另一方就会伤得很重。可最终，要伤的还是要伤，你的无奈，我要懂得。

我们都对了还是错了，我们都爱了但是都忘了。

每天晚上，强忍着啜泣，躺在漆黑的床上，任眼泪把自己埋葬，舍友和男朋友甜蜜的笑声在耳边回荡。我真想让自己画上句号，那已魂不附体的躯壳，已经找不到坚持的勇气了。可是，太阳每天依旧升起，天还是要亮的。睡眼蒙眬，醒来了一切得照常，脚步依旧在许多承担的工作中匆忙来回，脸上也要伪装更多的微笑，似乎真的可以当作什么也没发生过吗？可为什么那在心底滴着的血，很痛很痛，有谁可以体会，又有谁会再同情，又有谁会察觉，又有谁会在乎？

年轻那绵柔细腻的心情在现实的逼迫中垂死挣扎，我在惶惶不可终日中等待幸福的泅渡。我唯一的愿望就是能牵着你的手一直走下去。可是，希望早已变为奢望，我的心也早已装上满满的忧伤。

夜已很深很深了，我依旧毫无睡意。

我不断问自己，为什么还是无法释怀？荷尔德林说："我们每人走向和到达/我们所能到达的地方。"既然我们到达不了我们心底想要去的地方，放手会不会更好？说好要埋葬的记忆、要遗忘的爱情，却终究抵不过记忆的对抗，曾经的幸福，属于你我的曾经，在时间的流沙里变成了淡淡的追忆。在每一个夜阑人静、只听见自己呼吸的夜晚，遗忘却演变成了铭记。

因为习惯已成为习惯。习惯睡前和你发短信的那种兴奋和期待；习惯了在川流不息的人流中寻觅你的身影；习惯了手心有你买的奶茶；习惯了靠在你的肩膀上幻想未来；习惯了你和我分享生活的点滴，人生、梦想、烦恼、快乐……

当这种习惯已经根深蒂固，却要转换成另一种习惯时，真想问问，忘记一个人要多久。如果下辈子我还记得你呢？

我已经熟悉了你的体香、你的温存，人生兜兜转转，有几次峰回路转，有几次柳暗花明。而我在这里，遇见了你，下一次，我又会遇见谁，又会有怎样的对白？

在我的世界里，有人进，有人出，匆匆的过客，留下一些事，铭记一段情。

舍友说，春天是思念的季节，我却说，那是失恋的季节。在充满希望的季节却要告诉自己学会接受“春天分手，秋天会习惯”的心淡，何其不是一种悲哀呢？

可是，我再也无能为力了。

又想起那一段话：爱一个人，如果不能相守，不如就让这片爱留在心里，停在某处，在某个寂静的夜里，为自己冲一杯醇香的咖啡，或泡一杯清淡的茶，细细品味曾经一起走过的路；站在远方，静静地看着彼此，静静地看着对方幸福快乐地生活，其实爱，就是要为对方着想，不要单纯地想要把这份爱拘在掌心。

朋友说，当我们能站在对方的角度去感受、去思考，完全地相互理解，并接受这一切时，我们才算真正意义上的长大与成熟，而当我们真诚地接受过去，向自己妥协的时候，也许就是离幸福最近的时刻。

我默然。

我只想，在一个只属于我的空间里，肆意、张牙舞爪般让我的思绪天马行空。用属于我的笔，写下属于我的文字，来纪念曾经属于我的爱情，仅此而已。

每天的心情，就像一本成长的记录集。让这些跳动着青春时代特有的气息的文字，来填补心中曾经的幸福。相信，这也会是一种安慰，一种回忆的凄美。

那一段逝去的爱情，还遗忘在心坎上。

（获肇庆学院湖畔文学社 2008 年度“遗忘”主题征文一等奖）

# 四季人生

## ——给学生们的祝福

廖广莲

人生如歌，很多人常常做如此的比喻，而我更喜欢把“四季人生”送给他们，送给我的学生，我的孩子们。

春，固然是美的，春暖花开，鸟语花香，一个人走在长长的校道里，满眼是让人感动的绿，播种希望的信念也开始在血液里翻滚。我们着手制定一系列的梦想，并开始幻想秋季的累累硕果。但没完没了的雨，永远搞不清是干还是湿的衣服，如此拖沓的湿气或许让人在喜欢春天的同时多了那么一点点讨厌的情绪。而我，最喜欢在春天的早晨，在柔和的阳光还掺杂着丝丝凉意的怀抱中，约上三五知已，来一场简单的篮球赛。

汗水，欢笑，喜悦，在有点累的感觉中夹杂着幸福，这是我赋予春天的味道，像梦想出发前的样子。

夏的灿烂，带来澎湃的激情，也带来了慵懒的逃离。对酷爱夏天的人们而言，“我的热情，好像一把火，燃烧着整个沙漠”是最好的写照，他们怀着貌似漂流时那股一泻千里的激情，向着梦想的方向奋不顾身。而对阳光敬而远之的人们而言，一想起那需要涂着厚厚的防晒霜，撑着伞，才能“对抗”太阳公公的热情时，就直摇头。他们喜欢躲在自我的空间里，一个人，泡一壶茶，听着音乐，然后在键盘上来回转动，敲出喜欢的文字，像是深山隐居的高人。我最钟爱的，是在夏天去看海。在宽阔无边的大海面前，尽情地放飞梦想的翅膀，自由而快乐地翱翔。

阳光，奔跑，梦想。我想，这本应该是年轻的样子吧，没有年轻的奔跑，哪来秋季的丰收呢？

一场秋雨洒脱而落，炎热的夏天慢慢退场，伴随着若有若无的凉爽，秋天悄然而至。自古以来，秋，是最能触动人们那颗敏感而忧伤的心的，那股莫名的感伤若即若离，没有预兆，自然而生。然而，丰收的喜悦还是能在此时占据某些人的心灵的，没有丝毫的感伤，他们忙碌是为今年的冬天储存最好的。在我眼中，秋最美。秋高气爽，单这四个字，就是一种无言的境界。秋，应该是一种宠辱不惊、气定神闲的度量。经历了夏的热情澎湃，奋不顾身地付出后，不管你是在秋季收获生命的喜悦，还是在萧瑟的秋风中为自己的一无所获而黯然神伤，你必须做的，是向前看，镇定而沉着地迎接冬天。否则，在那寒风凛冽的日子里，冬天虽已到，春天还很遥远。

冬，那无法抵御的丝丝入骨的严寒带给人们慵懒。希望永远窝在被窝里，似乎在厚厚的棉花里有说不尽的秘密；渴望暖暖的热水，害怕感冒的病毒在体内肆无忌惮地横冲直撞；期盼阳光，因为，在冬季，能沐浴上阳光，是一种幸福得想哭的感觉。然而，冬天，是最能让人“清醒”的，也只有在这样残酷的环境里，我们才会怀念春天的温暖，才会后悔原来自己没有好好为“过冬”而准备些什么。

日复一日，地球安静地沿着自己的轨道运行着，春夏秋冬的更迭，大自然呈现出不一样的面貌。每一个季节，总有属于它的风景，有属于它的故事，有属于它的心情。

在这个秋高气爽、鸣蝉将息的季节里，我以一个实习老师，一副陌生面孔，第一次走进那散发着陌生气息的高一（1）班。掌声、好奇、微笑。没有想象中的恐惧与陌生，在一双双明亮的眼睛中，我看到曾经岁月的流淌，感受到贴心的温暖。

站在高高的教学楼上，眺望远方。习习秋风拂过，有种说不出的惬意。转身俯视，下面起伏着一片浓郁的绿。曾经，害怕在熟悉的校园里，遇见尴尬的陌生。现在，我知道，我错了，在凉风习习的秋季里，我收获了春天的美好。这是人生中一段值得珍藏的美好时光。

台湾女作家杏林子形容过时光：生命于我恰似一枚初熟的果子，经历了雪雨风霜，已经开始尝到甜味，却仍保持它的新鲜和清脆。我想，正处在高中一年级的你们，也应该是一枚这样新鲜而清脆的果子吧，你们正背上行囊，朝着梦想的方向出发。你们拥有的是初生牛犊不怕虎的勇气，是不能估量的力量。但在这个过程中，你们或许会遇到夏天刺眼的阳光，会想过躲起来，在自己的空间里天马行空；或许会遇到秋季的萧瑟，满满的忧伤占据着你的心灵；又深知遭遇冬天残酷的打击而一蹶不振，无论生活的形态如何，请相信前方是美好的春天，好吗？

成长的道路，就像大自然的四季，总会有自己欢喜的风景，也会遭遇不愉快的心情。用一颗平常心看花开花落，宠辱不惊，搁浅过往，向未来眺望，才能真正驾驭自己的人生。

四季人生，人生四季。

某个夜晚，枕着遥远的祝福，我希望你找到你的梦里水乡。

（发表于《高要报》2009 年 11 月 11 日）

# 遗失的童真

廖广莲

依稀记得，小时候，家里管教甚严，所以总是日盼夜盼盼自己快快长大，好“逃离”家人的管束，拥有自由的生活。可现在，长大了，负笈他乡，有了自己独立的生存空间，反而总是留恋那逝去的童年，怀念那些像鲜花般灿烂的往事，还有那一串串散落在风中的小快乐。

我是家中的长女，当还是刚刚懂事的小孩子的时候，领着简直可以组成一个小游击队的堂弟堂妹、表弟表妹，再加上自己的三个弟弟，一起玩耍，村前庄后，捕鱼捉虾，玩得不亦乐乎。

印象最深的是一起烤番薯。那时候，自家田地里种了好多番薯，堆在家里都吃不完，于是我们就自行组织到离村子不远的小山上烧烤。一连挖上好几个坑，用一块块较硬的泥土堆砌成窑形，然后上山捡些干枯的树枝做“燃料”。我们十几个小孩子，蹦蹦跳跳，整座小山都回荡着我们的欢声笑语，连在半山腰吃草的老黄牛也向我们投来羡慕的眼光。风风火火地捡完树枝回来，为方便放进去，不至于把用小泥块搭好的窑坑弄倒，我们齐心协力地把它一一折成小段。我们一起生火，那跳动的火焰，袅袅上升的炊烟，把我们弄得鼻涕眼泪“双管齐下”，我们的脸也“烧”得红彤彤的。番薯新鲜出炉时，香气诱人，令人垂涎三尺。

每到收割的季节，学校总是要放假的。于是，我每天都要在烈日下，弯着腰，和父母一起收割稻谷，捆好，挑到平坦的地方，脱粒，包装好再搬回家。到家，但并不意味着可以“解放”，当那一群群唱着空城计的鸡鸭一涌而来，你得放下所有的疲惫和饥饿，先满足它们的需求。等忙完所有的一切，已经是八点多了，这时才能吃晚饭。伴着昏暗的灯光，嚼着自家地里种的蔬菜，有时实在没钱买肉，只能煮萝卜饭充饥，配上一些花生也别有风味。虽然很清贫，但是一家人坐在一起，有说有笑，我觉得比吃山珍海味还香！

童年，虽然是从艰难中一步步走过来的，但是那些在艰难岁月中发生的一切往事，是如此难以忘记。现在，一个人在异乡求学，去追寻自己的梦想的时候，总是在不经意间触碰到那些往事。特别是面对着一次次打击和挫折的时候，心底总在呼喊：回到过去，回到那虽艰苦却温馨的岁月去。

时过境迁，如今已物是人非。那些童年里一起玩耍的伙伴，现在已经成家立室或者是在异乡为着那最基本的生活而苦苦挣扎着。

童年，是否真的一去不复返？那些散落在风中的小快乐，是否再也不回来了？有人说，在时间的无涯原野里，我们所有人都只能默默地前进，却总是希望自己是一棵树，单纯地留在原地，看着岁月缓缓流去……

如果可以，我愿意做那一棵树。

（发表于《西江日报》2008 年 6 月 23 日）

# 那一片蔚蓝　永生难忘

汉语言文学　2007 级 3 班　全秋蓉

都说离开家到异地他乡去才会激起那份藏在骨子里的乡恋，然而我却是在故里油然而生最真切的乡恋。从来不知道自己也是个热爱家乡的人，从来不知道自己对这片养育我的红土地、蔚蓝的大海有着这般特殊的情愫。原来它一直刻在灵魂深处，只等待一次唤醒，而这个暑假我做到了。

那片蔚蓝带给我的震撼，永生难忘。

7 月 20 日，并不特殊的日子，只是天气晴好，我们全家便临时决定外出走走（当然只是在湛江范围内）。最简单的旅行：一把遮阳伞，一顶太阳帽，目标只有一个，看海。在沿海城市长大，我还没见过真正的大海，只在浅浅的海湾短暂游玩过，这次算是弥补之前的遗憾。

还未靠近码头就能闻到海的味道，也许是附近有大型鱼虾交易市场的缘故，到处弥漫着一种腥腥的气味，但并不讨厌，是活蹦乱跳的生猛海鲜的味道。慢慢走近，上了游船后却是另一种感受：湿湿的海风轻拂而过，轻吻每一寸肌肤。你怎会在这样的环境之中还念念不忘要涂抹防晒霜？不会了，你宁愿醉心于它的包围，用古铜色的肌肤去享受它最原始最真切的温柔。站在甲板上或靠在舷边，忘情地呼吸湿润的空气，心情也会变得愉悦。忘掉钢筋水泥森林中的局促不安和拥挤，这一刻与世无争，除了你便只剩大海，最返璞归真。还有眼前这真正的一望无际，蔚蓝得如此真实，辽阔得如此惊人，由视觉到心灵，让人心悦诚服。人会越来越渺小，直至你可以忽略自己的存在。就是这么奇妙。郁闷的时候去看看海吧！让所有变得渺小，便无所谓烦恼，无所谓郁闷了。

这个时候还是休渔期，渔民很是悠闲。经过一片浅海养鱼区，看到很多渔民在鱼排上或坐或卧，尽情享受阳光海风，更多的是在修补渔网，为下一次出海做准备。他们安静地干着手里的活，是否已经看到了满载而归的喜悦？依山吃山，伴水吃水，这里的渔民世世代代靠海而生。也许现在捕鱼已成了生命的一部分，不再过分计较钱的多少，只是享受每一次出航、归航与大海的亲密接触，成了离不了的习惯。这也是做海的子女的最高境界吧！

那天的海还算风平浪静，阳光照耀下，可以感受到所有书本中描写大海的优美句子，一切的一切都真切地呈现在眼前。粼粼的波光，耀眼的；轻轻的海浪，柔柔的；干净的海水，凉凉的……不过于我却无法找到适当的文字对它加以赞扬。苍白的文字永远无法准确记录丰富的思绪。那就用心去感受吧！正如现在的自己，因为看海唤起了灵魂深处的乡恋：原来家乡一直在守护着自己，等待着自己，无论我们走了多远、走了多久。只要你愿意回来，她的怀抱永远敞开，等待我们的依旧是永恒不变的关怀与呵护，给我们以最大的慰藉。

真正意义上的灵魂觉醒，在故里，我头一次强烈地感受到我与我的家乡是血脉相连的，头一次对自己、对别人承认我是如此地热爱与依恋我的家乡。

（发表于《湛江日报》2008 年 7 月 27 日百花荟萃版）

# 破　碎

全秋蓉

“哐啷”，当玻璃落地的那一刹那，周围的空气也为这一场悲情的破碎而停止。不管那一声有多么的清脆，不管那被折射的光芒有多么绚烂，都抵不过破碎的残忍。所以我才会那么难过，因为再怎么好，那梦始终是破碎了。

## (一)

我曾经是深爱着童话的女孩，曾经那么执着地向往那些完美的童话世界。直到那些完美在眼前消失，在心里破碎，才让我打心里与那些虚幻的东西划清界限。

深爱着窗外那棵壮硕的玉兰花树，深爱着我那和蔼的外婆。外婆在我很小的时候是我的依靠，每天，每天的每天，我都是和外婆待在一起，半步也不会离开。外婆她说过，等我长大一点后就在那棵树上给我搭个“窝”，让我也可以当一回花仙子。我以为这会变成真的，于是每天都屁颠屁颠地去跟那树比高，于是每天在充满期待中度过。但是生活不是这样的，它不可能让你事事顺利，它会让你在最幸福的时候摔跟头，然后让你万般痛苦。就在那个寒风凛冽的晚上，外婆带着她没有实现的诺言走了。我站在那棵依然壮硕的树前撕心裂肺地哭了，与周遭的死寂那么格格不入。从那时起，小小的我不再相信童话，不再幻想那些所谓的完美和幸福。

外婆的走对我而言是莫大的打击，而这一次梦的破碎在心里的疼痛更是无以名状。

## （二）

曾经我疯狂地喜爱上海，因为那里有复旦大学；而现在我疯狂地恨上海，因为我无法到达复旦大学。

我是一个所谓的好孩子、乖孩子。从小到大，我就特安分，不存在任何叛逆的行为，所以，好好地读书是我懂事以来唯一的“工作”。邻居的大哥哥是我的榜样，是我努力的目标，他的成就让小区里所有人都竖起大拇指，包括他考上的复旦大学也是大家心中的最好。很自然地，复旦大学也就成了我的所谓“梦想”，成了所谓的最高目标。（很好笑的理由吧，但这是真的，复旦就这样在我的生命里出现，就这样邂逅了我的梦。）

我开始努力学习，一步步接近那个遥远的地方。我以为我行的，我以为我会成为小区里第二个让大家都竖起大拇指的人，是的，我真的这样认为，一直，一直……小学，我走过了；初中，我也走过了；高中，我却倒下了，很狼狈地。

在那个阳光明媚的日子我迎来了我的第一次成长——高考。我的心却不是那么明媚，因为在高考之前我就知道我到不了我梦的地方，我就知道我会再一次看到梦想破碎的悲哀。但是我这样熬过了，顶着那焦灼的烈日，我头一次有种昏厥的感觉，甚至是种快要灰飞烟灭的感觉。身边是一片嘈杂声，或欢笑，或叹气，或哭泣，或抱怨，面对这样的场面，我似乎显得无动于衷，可是要原谅我，因为我在接受着煎熬，梦想破碎的煎熬。

果然，我败在了高考这道坎前，不要说复旦，就是它的边我都碰不到。我很难过，真的很难过，但是我不再是小时候的我，面对这样的结果，我没有流一滴泪，但我切切实实接受着它的折磨。我这样安慰自己：认了吧，不管它是多么的让你难过。

梦碎了，我除了无限的心痛还得到了什么？还应该懂得些什么？

（三）

两次梦碎的经历，两次尖锐的疼痛，像不像破茧成蝶前的酝酿，像不像在积蓄着足够的力量等待着蜕变？我信了，我就是这样认为。我在等待着属于我的华丽蜕变，我在期待属于我的华丽转身，刹那间一切似乎又变得充满希望，刹那间世界似乎又掌握在我的手中。

期待着我挥舞着美丽的翅膀划出优美弧线的那一刻，期待着我被万花拥簇的高傲姿态，期待着不再梦碎的日子。

（发表于《长安报》2008 年 3 月 11 日海平面版）

# 九月来风

## ——《九降风》的青春

广播电视新闻学 2008 级 李思杰

总喜欢挑选一个纪念日用作缅怀惜别，九月，青春在上面画下了不深不浅的印记。

刚刚还在挥手泪别青葱的过去，却不容沉沦幽怨，从不舍中转身，就要翘首期待。时间情不自禁被括弧截取出一小段：九月前，我们写下了青春纪念册；九月后，册上的人儿永远地定格。是懵懵懂懂的年少轻狂在作祟，还是时间根本没有等我们？虽说九月不起狂风，然而，风轻轻一吹，就轻易地把花粉吹散落地。也许，拍毕业照的时候就有预言，当相机“咔嚓”响后，我们彼此都作了鸟兽散。

电影《九降风》，用温热的触角伸向青春尚存的我们，不管现实同样以粗大的蔓条迂迂回回地从我们的脚向上爬伸，当全身都被包裹束紧时，我们还会从缝隙里感到风里飘扬的青春。

## 如果是陌路人

九月来风，吹散了从前。

我用双手捧起回忆的碎纸屑，站在九月的风里。风吹过，纸扬起，一片片随着风的轨迹散去，终究也抵挡不住地心引力，飞不了多远。这于我，是全新的，人是新的，环境是新的，言语也是新的，可以用地球大的空间练习打招呼。

独行可以么？独处是安静么？那么如何安放我的青春？

电影中，七个男生，俨然是一个小团体，在灿烂阳光中刻下叛逆的倒影。没有上演不良学生的恶习，当然也不会有装作三好学生的楷模行为，有的只是我行我素，骨子里透出的只是飞扬跋扈的年少青春。或许叛逆需要一个平台，那个平台不能叫做独行。

如果当初还是新生的谢志升和黄正翰积极参加管乐队活动，他们就会成为大家眼中的好好学生，也能够抵消被记录的大过，毕业也就顺理成章。如果当初七个意气风发的少年没有对职业棒球赛产生共鸣，没有聚在天台，没有闲来无聊就去榕树头，大家就不会有情谊，以后也不用对所谓的情谊负任何责任。

如果当初没有遇见你，你是你，我是我。一开始就是陌路人，从来不会出现交集。可以吗？

我们可以一个人吃饭，一个人逛街，一个人唱歌，一个人哭泣。一个人的青春，只有一个人的疯狂，属于一个人的叛逆，然后呢，然后就成了名副其实的“自闭”，不在沉默中爆发，就在沉默中死亡。按捺不住的青春总是不约而同地聚拢，然后肆意挥洒身上的磁性，形成巨大的磁场，就像未曾开封的时尚杂志，油亮的封面总是蛊惑着读者沾上第一手指纹。

## 兄弟

九月来风，聚拢在有情天。

好像有这么一株狗尾草在我们的颈旁撩动，敏感的皮肤被刺激得痒痒的，却丝毫没有躲避的意思。屈起膝盖坐在葱茏的草地上，双手随便向后撑着，闭上眼睛。风，漫山遍野地吹，偶尔会有一两根散在额上的头发在风中轻轻地摇曳；狗尾草，仍然自娱自乐地左右摆动。那种熟悉的感觉，叫“情”，那种痒痒的触觉，叫“摆脱不了的友情”。静谧的青春在风中搔痒着，我们，挣扎着。

天时、地利、人和。友情也有刻骨铭心的渊源。

特殊的九月，容易地把新人分成同类项，七个少年身上都贴有“不羁”的标签。

九月的学校，轻易地派生出一群兄弟。

学校的少年，狂妄地把志趣相投，用力挥棒，打出全场欢呼的全垒打。

少年做的事，他们都做了；少年不敢闯的事，他们一一参与了。无论是看职业棒球赛不满裁判决定，率先向赛场扔下一块大面包，还是夜里偷偷翻越围墙，一丝不挂在游泳池肆意畅游；无论是在撞球店里无端遭打，凭“大义”替兄弟顶起错误，还是愤懑地用软包装冬瓜茶砸教官的座驾，都是出自青春的本能，用玩世不恭的态度映照自我的苍白。

也许，青春总有一个阴暗面，隐藏在心中的另一个自己不禁被“坏”行为触动，焕发内在的青春本色。如果身边总有这么群人称兄道弟，就像那株带着灰黑颜色的九尾草，撩动我们过往的青春，怎样？一如既往地独奏组曲，还是合唱情歌？

## 人生若只如初见

九月来风，一扫而空。

烟花沉默升腾，瞬间绚烂，顿然死寂，莫非都是儿戏？青春也会稍纵即逝？就像烟花的结局，所有的青春事情都会写成悲伤文学，青春总得伤痕累累才动人。

意外，命中注定跑出来捣蛋。团队里的灵魂人物即将失去灵魂。楼道，榕树头，游泳池，棒球赛场，已经物是人非事事休。以往的兄弟情如同昙花一现，个人的私欲，道义的惩罚，迫不及待给萌动的青春添上浓墨。

青春的宣言，总是如此苍白无力？

“一样的学校/一样的走道/一样的吵闹/不一样的我”

“一群蓝色的蝴蝶/绕着花儿不停歇/随微风翩翩地飞/那画面好美”

可惜，曾经的画面，不复存在。

“人生若只如初见，何事秋风悲画扇。”

青春映画，用青春的片尾曲作尾：

“我期待/有一天我会回来/回到我最初的爱/回到童贞的神采
我期待/有一天我会明白/明白人世的至爱/明白原始的情怀
我情愿/分合的无奈/能换来春夜的天籁
我情愿/现在与未来/能充满秋凉的爽快
前前后后/迂迂回回地试探/昂首阔步/不留一丝遗憾
Say goodbye”

一切，随风。

（发表于《肇庆都市报》2009 年 7 月 12 日）

# 在雨中找到自己

汉语言文学　2007 级 2 班　叶梦洁

奥运柔道冠军冼东妹来我校作“足迹报告”演讲的那天晚上，

是个下雨天。报告会结束后，千丝万缕的银线，还在密密麻麻地在天地间不停地织着，纵横交错，纷纷扬扬。撑开雨伞，滴滴答答的旋律，把我的心潮掀动得更涌！是触动？还是兴奋？我也说不清，只有一种莫名其妙的情愫，引我陷入了思考……

人生旅途，孰能无忧？生活在复杂的社会中，难以一帆风顺。在挫折面前，我也曾埋怨上天的不公、命运的坎坷，但听了奥运冠军冼东妹的足迹报告会之后，让我得到了莫大的安慰，原来成功的她，也曾迷茫过。

冼大姐在 1992 年就获得“全国青年赛”的冠军，但优异的成绩没有受到国家队的重视，一连错过两次参加奥运会的机会。千里马的她没遇到伯乐，她也没有放弃，“留得五湖明月在，何愁没处下金钩”的自信，一直把她推上了雅典奥运会的最高领奖台！成功之后，她也坦然自信地说：“我不是一匹黑马，是我相信自己，勇于挑战自己，超越自己！”当北京奥运会来临之际，国家邀她重回赛场。身为妈妈的她，怎舍得才五个多月大的女儿呢？但是冼大姐还是果断地作出决定，舍小家顾大家！

从冼大姐身上，我找到了人生强者的秘诀，那就是战胜自己的私心杂念。老子云“胜己者强”。冼大姐的事迹告诉我们：人生的强者就是首先能够战胜自己的人。我想，作为刚迈入社会的我们，恰是对未来生活树立信心的时候，更应该有挑战自己、战胜自己头脑中私心杂念的理念。苏联著名诗人莱蒙托夫说过：“一个头脑里只装着自己的人，这种人正是那种空虚的人。”是的，如果冼大姐只想着女儿带给她的天伦之乐，走不出“自我”，恐怕她不可能再一次站在领奖台上。这也告诉我们如果一个人的信心建立在个人利益上，是不可能成功的。

如果我们都可以从“自我”的小圈子跳出来，就会有永无止境的追求，自信心变得更加坚定，前进的路，即使曲折也会变得平坦，因为我们已经战胜了自己。失败、挫折，都会黯然失色。

雨还在下，路还要继续走，从冼大姐的身上，看到了我自己，正年少潇洒的我，有足够的理由去憧憬未来，我也该有足够的勇气继续下一个行程，只要敢挑战自己，超越自己，追求的目标就一定能够实现。风霜雪雨，将会换来沉甸甸的收成！

声声雨滴催我刻不容缓，平复心潮涌动，沿着希望的路标，经过书山学海，去寻找自己的殿堂！相信自己，挑战自己，超越自己！

（发表于《肇庆学院报》2008 年第 248 期）

# 活读运心智，甘为书奴仆

叶梦洁

有人说：“年年岁岁笑书奴。”我却说：“岁岁甘愿为书奴。”

自从六岁进入学堂之后，书就与我晨昏相伴，有似于明代的于谦所说的“书卷多情似故人，晨昏忧乐每相亲”。书，似与我深深系结了数不尽的游丝。每当际遇面临深渊，都是由这样平素虽未察觉却悠然存在的无数游丝，迅即组成了安全的救生网络，使我一时失智的灵魂免于走向绝路。

在十三年的读书生涯中，这被文化赋形后的书，从未止息过与我的心灵进行交流。与书情思的对话、智慧的互激中，悄然无声地凿开了我的视野，激活了我的大脑神经。从它的证词里，我看到了历史的沧桑巨变，听到了心灵的钟声，触摸到了那古老宇宙所播下的神秘的物种。

可能在所谓的识时务者的眼中，只有面包米饭才是粮食，只有钞票金子才是财富。而我这个顽固分子却不以为然，认为书才是真正的美味佳肴，才是真正的财富。莎翁曾说，“书，是世界上最好的营养品”。约翰·罗斯金也说，“书中的词语就是含金的矿石”。这两句话支持着我的观点，也成了我继续顽固下去的支柱！

人们的生活随着时间的推移而不断地改善，现在想要有大观园上那样的一桌美味佳肴，可以说是轻而易举的事。但肠肥未必脑满，终不能说是健康的躯体。饕餮者的“胃下垂”，救不了空虚的脑袋。宋代黄庭坚曾说：“三日不读书，则义理不交于胸中，对镜，觉面目不憎，语言无味。”这就道出了只有物质的膳食营养满足不了健康的人生，还得加上精神美食的补给。而书就是最好的美食，就像苏轼所说“诗书于我为麴糵（美酒）”，或如袁枚所说“纵难读尽在须臾，但观大略亦足娱。有如饿腹餐天厨，朵颐未动口欲呿”。

在读书的过程中，我深切地体验到了“善读可以医愚”的精益。曾经几时，由于被知识的欲望和身体的需要所纠缠在一个书摊面前，回首几度窝在书城不知昼夜，由此就常有人笑我是个“书奴”。呵呵，“任其蓬雀乱邪啾”吧，但丁说得好：“走自己的路，让别人说去吧！”甘愿做个“书奴”，宁可忍受生理的饥饿，也不愿亏待精神的胃口。我想书若有灵，也不枉品书十几年。

品书十几年，发现自己的人生越来越明晰，随时让我寻到自己所处的社会伦理环境。比如说，当别人感受到我的躯体还存活着的时候，我可能不存在了，消失了，消失了灵魂，摒弃了信念，失落低沉笼罩着自己。但是，书这盏明灯很快就照亮了我，照着我去寻找，去重新塑造我的灵魂和信念。透过这盏灯，看到历史的星空里有无数个被照亮的星星，有“乌台诗案”后“昂然挺立，捋须而笑”的东坡星，有“仕途不济”后“人生在世不称意，明朝散发弄扁舟”的太白金星……这些星辰，让我明智，让我不甘消沉，不肯自暴自弃，我的躯体更不是虚壳，而是让生命变得更加美丽。

活读运心智，甘为书奴仆。坚守自己的思想与崇高的孤城，做个在理性昏睡之夜不畏风寒的更夫，永不改变这个苍然、古毅的梦——读书。

（发表于《肇庆学院报》2008 年第 249 期）

# 影落湖心

叶梦洁

肇庆学院，印在我心中的是一番独特的印象。要我用一句话来概括它，那就是：肇庆学院是水做的。因为水，它有了生命；因为水，它有了灵魂；因为水，它有了如诗如画的意境。没有水，学院楼阁再千姿百态，也会顿时黯然失色。因为水，肇庆学院不需要浓妆，霓裳羽衣，倩影迷人，蓬莱仙境。这里我所说的水，也就是校园里的人工湖，学生爱称它为“情人湖”。

情人湖是绿。水是绿的精髓，是校园流动的绿汁，就连那绵延三百里的北岭山，也被滋润着。

情人湖是歌。她日夜发出悦耳的声音，既有“美声”，又有“仙乐”，还有“天籁”，充满了梦幻和变幻。一会，阳光暖暖，波光粼粼蜻蜓点水；一会，雨雾蒙蒙，大珠小珠落玉盘；风起时，细听学子们的书声，在历史与现实的混合空间盘旋；云散后，三五成群，说说论论，小林间，草丛中，腾起朵朵新生的白云。这歌，是属于寻涯人的。风会催人奋进，云唱响青春，而情人湖，就始终睁着透亮的眼眸，看着学子们在这里寻求未来，永远是希望的春天。

情人湖是诗，首首弥漫着青草的气息、泥土的芬芳。水是诗的灵魂，而饮水的垂柳就是世上最有文采的诗人。“杨柳青青江水平，闻郎江上唱歌声。”漫步在如诗的湖边小道，细细品味沿途石板上遗留的情诗，我心头涌动一股情意绵绵的爱意。这美妙的大自然，这多情的湖泊，不就是我梦中的情人吗？每一滴湖水，简直就是在用心品读一段绝妙的好诗。我们每一个步伐就是动人的音节，意境如飘飘忽忽的水雾般朦胧，而惠风掠过时拨动水弦的声音，是神奇的韵脚。

情人湖是梦。这梦我做了好多年，从小到大，从知道大学这个概念的那一天起，我就常常做着去大学的梦。梦中的大学留给我的是瞬间的朦胧，是更热烈的向往。情人湖里浓浓的书意，让我的梦在现实中走了一回。

在情人湖这里，我们不经意间上演了一场诗情画意。行走在垂柳小道之间，我贪婪吞吸这里所有的气息、花草的气息、泥土的气息、诗的气息、水的气息。放过书本的石凳上，遗留下来的墨，又是一番舒心的气息。

老子在《道德经》里曾说道："真水无香，真人，无智，无德，无功，亦无名。"同它相对应的四个字是"大象无形"。所谓"大象无形，真水无香"，指的是那些真正大智大慧、超凡脱俗的人，却如同纯净的水，是没有香气的，默默无闻的。肇庆学院的水是没有香气的，而在这里寻涯的人也是没有香气的，但却远近闻香。

置身于自然人文图画下，吮吸那美的元素，游离在碧玉的意象下，是如此亲近温暖。

沉浸在金黄的夕阳下，沉浸在书海的欣喜中。微见小小的麻雀在花丛里跳动，亦隐约送出质朴的歌唱，给恰似安详的一角倾注不平凡的旋律。低头专注的人儿，旁若无人的湖，斜阳，垂柳，描绘出和谐的油画，似历尽沧桑却恬淡安详。久久萦回，不知该感叹这湖，还是寻涯人的执着！

（发表于《肇庆学院报》2009 年第 255 期）

## 一掬灯光启我思

叶梦洁

一掬灯光，一支笔，一沓稿纸，成了我最好的夜宵。黑夜的灯光，温暖着我的心田。静静的夜，开启了我的写作思绪，一种莫名其妙的情愫触动我写点什么。

来到肇庆学院已有半年之多，处处都可以感受到温暖的气息。学校在“以生为本，以质立校，学术并举，崇术为上”的办学理念指导下，每天都在进步，身为其中的一分子，也有得意之心，同时又想趁着解放思想之风，说说自己的内心所想，望能加快落实科学发展观。

**一、择其善者而从之**

人类在实践过程中，发现大凡成功者大多善于从同伴那里汲取智慧，从同行者那里获得前进的动力。办学也一样，不同学校在办学方面肯定是各有所长，那我们应该从中汲取精华。前进不仅需要自身的精进，而且需要高度的集结，即便是创造性智慧的迸发，也需要吸万物之灵。也许大家都见过在蓝天中排成行的雁群，都会被那惊人的位移赞叹不已，可有没有想过它们为什么会有这样惊人的本领呢？原来雁群飞行时，后一只大雁的一翼，借助了前一只大雁鼓翅所产生的空气动力，使得飞行省力。

这令人叹服的群体“智慧”，不得不让人信服：靠单枪匹马的奋斗，是难以奏效的。只有被触发和选择多角度，才能快步前进。

**二、弃其糟粕辟新径**

学校要落实科学发展观最重要的是如何把智力转化为创新的辅助力。如果能让每个人的思维都活跃似莽原奔鹿，敏捷胜森林灵猿，善于开辟新的境界，那么就能采掘到前进的动力了。

要想创新，固然需要多方面的素质和条件，这就要强调学生自立能力的培养和切忌迷信的重要性。正确指引学生树立人生观和价值观，在学习和事业中摆脱平庸，有所创新，让他们的智力水平得到尽可能的发挥，不断增进开拓新领域的信心和勇气。

**三、忌“好高骛远”**

学校要跟上现代科学领域的高层次，就凭我们目前的羽翼去一一赶上，我想即使折断了翅膀，直到冠羽脱尽也难以做到。我们既不要被现代科学领域中的奇景异彩迷乱了视线，又要善于在考虑自身条件的基础上，不断地能动地调节每个阶段的具体途径和目标，勇敢地接受事实的选择，注意倾听社会的呼声，力求取社会智力环境（师资力量）的助力，扬长避短，让我们智慧的羽翼变得更加丰满。

**四、莫临高峰半毁途**

凡是有志者，想攀上成功之巅，都会遭遇绝壁林立、险情丛生的煎熬。古人说，“人事之有阻力，如行路之有绝崖”。探索途中，会因为这样那样而中道而止。目前来说，我们的学校，与那些名牌学校相比，还有很大的距离。教学设备有待改善，师资力量不够雄厚，但这些并不能一蹴而就。所以莫叹途穷，前进的航标应对准峰顶，带着高瞻远望的气魄，择计而上进，会当凌绝顶，望早日喜见柳暗花明之洲。

（发表于《肇庆学院报》2008 年第 245 期）

# 盈纱挥舞　醉意难醒

叶梦洁

杜鹃簇开，如絮迷迷，如雾蒙蒙。东风劲起时，落英缤纷，若“何似在人间”之错觉。情人叹嗟只因其夺人惹目之艳，我否之，为其意。

杜鹃花一身灿灿的、艳艳的俏立在“小岛”上泛出新绿的垂柳之间，那种深沉的绿相间着鲜艳的红，竟或是一袭青衿携着一脸阳光的少女在春风里徜徉。偶尔有小麻雀飞来，有似于“池塘生春草，园柳变鸣禽”的趣味。

此情此景，与世间红尘隔离，与自然风光相依，伴之朗朗书声，真是“造化钟神秀”的一方宝地。地灵自当人杰，在这情人湖畔，历届名人辈出，时至三十多年。

走在湖边小道，盖地的绿便撞了我一个满怀，这浓浓的绿，一不小心，便灼伤人的眼睛。我脚步踉跄，直迎着这花丛中的风当面端过来的一杯“浓酒”，“酒”未入口，人已微酣。这浓浓的“酒香”有些熏人，熏得我只能先闭上眼睛，再小心地睁开一条缝，微眯着眼睛瞧它。可它转眼又幻化成风姿绰约的仙子，罩在一层迷蒙的光华中，令俗世的眼光不敢亵渎。迎风呼吸，胸臆间真气充盈，春风拂面，足以畅怀忘忧，衣带当风，飘然若仙。

我静立在垂柳旁，理一理纷乱的思绪，抚一抚激动的心情。那种感觉竟像一个游子回到了久别的故乡，擦一擦朦胧的双眼，再向小岛走去——这里竟或是我心灵的栖息地、精神的故园。

脚下绿草如茵，眼前繁花似锦。沿着石块拾径而上，惠风和畅，湖水盈盈，石凳尘净，野芳幽香，嘉木葱茏，好鸟相鸣，令人心旷神怡。

石凳尘净，我盘腿而坐，闭目养神。耳中却听得声涛阵阵，如千军万马的战场，似雷声隐隐的云天。细看周围，原来是惠风在戏弄湖边的垂柳。但见一棵棵形象清癯，风姿隽爽，俊朗萧疏，湛然若神，崇敬之情便油然而生。唐朝诗人贺知章的《咏柳》中“不知细叶谁裁出，二月春风似剪刀”，可见是对它的推崇吧。置身其间，心灵能不受到涤荡，精神能不得到陶冶吗？

极目远眺，雾气蒸腾，影影绰绰，似真似幻；旁边的教工公寓，薄烟轻笼，与此处相应，更显一方的安宁。水渠若带，交错潆洄，湖水的滋养，使周围被大片大片的绿主宰着，向校园蔓延铺陈；丽日生辉，满目春色，使得到处是生机勃勃的景象。

思绪随风激荡。这里越过了一个又一个春秋，也走过了一个又一个沧桑，走成了一部厚重的校园历史。浩瀚书海中也孕育了一代代才子佳人，传承着人类精神的内蕴。“天地有大美而不言”，情人湖在这喧嚣的校园中闹里取静，独守一方安宁，审视着人间的浮躁与喧嚣。它沉默，沉默在辛勤寻涯者的雕琢和天地灵气的浸润中；它等待，等待那些在学海中疲倦了的心灵来寻找一份久违的慰藉。

我常常迷惑于奋斗的渺茫，忿慨于真诚被践踏，但这里却可以让我以高贵的沉默傲立在惠风之中，以秀丽绝伦的风姿避居一隅默默地承受着风尘热浪。

清风徐徐，柳絮相迎，花枝招手。

吐纳清晨的气息，染一身惠风带来的灵气，我往教室走去，在茫茫的学海中，我不会忘掉这一片精神的家园。

料想在某一个月白风清的黄昏，当我走出校园时，悄立院落，昂首回望时，你的倩影定会映入我的眼帘。

料想在某一个星斗满天的夜晚，伏案之余，放下笔，凭窗遥思，让我魂牵的你一定等待着进入我的酣梦。

（发表于《肇庆学院报》2009 年第 252 期）

# 永远的“红色”心结

叶梦洁

我出生在和平的时代，长在富强的时期。抗战于我，只是长辈口中的遥远故事。而能填补我对那段岁月的记忆的，莫过于那些震撼人心的红色经典了。

我时常闲坐一角，捧书漫读。十几年的读书生涯，算是有不少的名篇佳作，在我眼底走过。对于红色经典，不能说是情有独钟，但每每读完，书中描述的那一场场惊天动地的救国救民的战争，或是主人公表现出顽强的战斗力，这幅波澜壮阔的烽火岁月的生活画面，就会在眼前浮现。

时间在静止中流逝，时间在波动中凝固。历史之门嘎嘎开启，每一次走进“红色经典”的大家庭，就是一次刻骨铭心的心灵洗礼，一次脱胎换骨的精神涅槃，一个真正的民族由此获得新生。在一部部的红色经典中，我看见了战争裸露的原生状态，触目惊心的弹坑几乎削平整座山头，炸塌和烧焦的地堡龇牙咧嘴，生命力顽强的松树上嵌满锈蚀的炮弹皮，乃至那一种来自岁月河流深处的战争血腥气息和壮烈呐喊扑面而来……“忆往昔峥嵘岁月稠”，往事不堪回首。从《红岩》、《红日》、《红旗谱》、《创业史》、《山乡巨变》、《青春之歌》、《保卫延安》、《林海雪原》等文学作品中，我知道那传教洋人曾昂首阔步于中国街头，上海法国公园门口曾挂出“华人与狗不得入内”的牌子，傲慢的洋大人的文明杖曾在黄色车夫身上挥舞，外国兵舰曾横行于中国内河……一幕幕如刀刺心，我接着陷入深思：中国人的自由，中国人的尊严，中国的主权与领土……“东亚病夫”，外敌眼中偌大的中国，有着五千年文明的中国，是这样难以洗去的耻辱！但一些中华儿女身上也洋溢出可贵的坚强与不屈的精神。

时光荏苒，半个多世纪以前惊天动地的多场战争已经淹没在历史暗夜之中，从抗战硝烟中走出来的老一辈作家大多已离开我们，但是岁月的久远并不意味着抗战余留的星火就此终结。然而，90年代以来，红色经典可以说是画上了历史的句号。不管是书籍，还是电影，乃至红色歌曲，已经开始慢慢离我们而去。即使有“红星”在闪，那也只是凤毛麟角。

无奈嗟叹，虽是寒冬时节，但一切还是欣欣然。碧玉柳姿，水涨日圆，山润天湛。有时皓月当空，影随人形；又有时，无月无星，独自穿梭在漆黑巷道，不会惧悚，不会害怕。我的寂寞是一条蛇，静静地躺在深夜中，哼着别样的老歌，伤感的红色经典——《草原之夜》、《英雄赞歌》、《南泥湾》等等，要么抱着电脑，用电影填补对那段历史的空虚，《中华儿女》、《铁道游击队》、《烈火中永生》、《红色娘子军》、《英雄儿女》、《闪闪的红星》、《开国大典》……怀旧是病，我却无法治愈，那是莫大的哀伤。

生活是文学的沃土，苏联卫国战争只有四年，但是反映那个历史时代的文学作品却宛如繁星灿烂争相辉映，即使在这个绚丽多彩的当今社会，也足让人触动灵魂，可见那场战争对一个国家和民族的精神、文化和心理的影响是如何深刻重大！相比之下，中国从1931年“九一八”东北沦陷算起，到“文革”结束，不管是死亡人数，还是心灵受伤者，都远远超过苏联卫国战争所带来的伤害。这一段斑斓沧桑的岁月对中华民族的影响是意义深远和不可估量的。生长在和谐社会的我们，应该庆幸有机会感受前辈们用生命烛光点亮的一支支照耀黑暗隧道的历史火炬。我们也应该不辱使命勇敢前行。

烽火岁月，难免让我叹息呜咽于夜阑，钟情于红色经典。新生一代的我们，应该汲血管喷涌之炎黄浓血为墨，终生修补这片本不该塌陷的历史天空，并以昂扬的姿态，亦步亦趋踽踽而行，直至生命尽头……无悔的心，驾驭着顽强，相信在地平线尽头看到的不仅是日出日落，还有希望的曙光。

（发表于《西江读书》2009年11月23日第33期）

# 消逝了的……

汉语言文学 2008级2班 李泽敏

那些落在地面上的雨干了，那些弥漫在空气中的阴雾消散了，那个躲在重云后的太阳又出来了……阴霾是预警，严寒是先言！

那些从海边带来的梦中剪不断的是思家之病，午夜总在似有似无的海浪声中梦回，海浪慢慢舔舐沙滩，心慢慢充满了无奈的窒息。梦在那里，醒在这里，没什么不一样，只是灵魂偏要从梦里抽离出来，只能生痛，独饮海味咸苦！窒息的味觉压倒海腥味，还要背负着辛辣日夜追寻，恍若凄迷！

重归是更深沉的无奈！但这些终归幼嫩的不成熟，暗夜里涌动的是另外一种拉扯长大的不祥，不安，不明……是要顺从，由它牵引走向另一方，还是要继续沉沦无谓彷徨。

不可能是无谓，太过深刻的话是早就埋在了心里，茁壮，从那孩童的时候开始，却消逝了……最后也只能是想念引发的执拗。天一会下雨，之后又是放晴，彩虹依旧高高挂起，嘲笑你走后我们的身影在雨中的啜泣。无奈是这一刻将心脏活埋的东西，挣扎是武器，迷茫是结局，还是另一片云淡风轻？

赖以生存的东西半死而去，一起长大的某个人在某一天从此从生命中抽离。有一些东西消散了，心不安，神不宁，要被什么埋葬了，听说过去的事回不来，所以我骂了好多句“该死”，所以，我连呼吸都觉得沉重。听了那些事，想起那张脸，差点让我在灿烂时死去，听见心被捏成一团萎缩的声音，有点想放掉一切，极想念那些笑声，想念你，想念我们笑着的身影！

那些消逝了的时光，回得来吗？我们五个人有过的东西，都回不来！首先是分离，接下来是陌生，现在都不见了踪迹，不晓得你沮丧的身影在哪个角落彷徨，你是感性的人，我该用什么祭奠？是你把我们带到海边田垠，开始我们秘密的童年另一种疯狂的回忆，往后我们便在你不在时在那里继续快乐，继续我们有过的疯狂，我们依旧选择欢笑，选择狂欢，只是偶尔安静下来时，有一种东西又疯狂弥漫，要把人淹死，活活埋在回忆之中！

那些消逝了的令人心慌，希望你去的不是不见光明的地狱，希望你可以回来！回来请别忘记那些笑声，请别忘记我们一起放过的纸船，半夜一两点你却跑去打捞——征得我们的同意，只为找回曾经属于你的甜蜜——你奢望的秘密不在那里，我们的友谊，似乎其中的你们把它纠结成了爱情，似乎这是我们尴尬悲剧的序曲，然后，我们开始慢慢远离，再也回不到不见了的无数个日子里……直到发生了你的悲剧……

我要不要为你哭，却怕你在不见光的角落，抱着自己的双膝，让你难得的泪滴下两滴，哪怕一滴！我不能为你献出生命，因为我们都属于别人，也属于自己，却不能死于这种情况！那时，只能为你祈祷一切回归安详！而你，还要笑得出来！

那些消逝的，我要把它们找回，绝不忍心只让你一个被黑暗吞噬！

我们会照你说的好好过，你也要照我们说的，好好地活，不要拒绝阳光照进你的左心房！请答应!！不管你是否听得到?!!

（发表于湖畔文学社三十年纪念特刊，获第一届“首先杯”全国诗散文比赛优秀奖）

# 你可一切安好，文学?

李泽敏

文学：

角落里的文学，嗨！你可一切安好?

我听说最近你病得很重——大家都在传言你“死了”，这是真的吗?为了确定你是否安好，所以，提起这不重的笔，想套问你的健壮——这不可能!

尽管我知道你最近是被尘封，尘封在光怪陆离的繁华之外，尘封在已离你远去的荣耀之外，尘封在某个清明或无奈的角落之中，但浑厚如你，渊博如你，婀娜如你，我不信现世尘埃能掩住你一切的光芒，也不信这点嘈杂真能置你于死地，当然，我更不信，你会因暂时的不被注视而散了你的本色，消了你的本性!

但文学呵，你虽清高，世间却更肆意将你篡改，将你镀上了一层伪善的色彩——却是最暗淡、最不讨人喜的颜色！这样的你，便被人“拉”去了“卖身”！你可能不知道，当我知道你沦落到了这样的境地，我还以为你真的可以将你几千年来的“积蓄”全部挥霍掉……还以为你过了几千年还是为名为利，竟穿上了这样一种“妓衣”，倚着网络卖笑……

还好，文学，你就是你！我怎么可以因为一时“金光”晃眼，便以为那些“伪文学”是你。我真懊恼，与你相伴如此之久，你那样的透彻懂我，但我还会误解你！我该知，本质非你，不管多像，都不是你!

嗨，真实的文学，我知你一切安好！我想你一定是看破了红尘，知道你暂时不能在红尘中打滚，知道你此时此刻不管如何撕扯喉咙，还是不可能将那些人导入你特有的空遁。那些人啊，我猜你会说他们的心不静，又不想平静，不想空灵，所以一定容不下你，所以你知道了自己的境界，想要隐他一隐！

但我始终想不明白，你明明还有数之不尽的精神食粮，还有不尽数的颜如玉、黄金屋，甚至苏老先生还为你献吟上了“东坡肉”，你怎么说病就病、说死就死了呢？

莫不是你想测测众人不见了你是否痛心？想借他们的痛心疾呼，叫醒纸醉金迷的大地？不、不会吧？你那么深悉几千年来历史沧桑的变化，甚至将他们深深雕在心室上、骨髓旁，你怎会不理解这样一种于事无补的规律——这样，你就真成功了？

嗨，那么绵远的文学，我又突然想到，这有可能！不管你真病还是假病，你明白这世间有真正懂你、疼你的人，这些对你剐心相交，剜肺相晓，或对你顶礼膜拜的人，怎么样，也要为你啼哭，惊动不了九州，却惊动了历史！你那么知晓老子——他还要借助你，才能明白他自己，让世人明白《道德经》，你怎么可能不懂无为而无所不为呢？我猜，你的苦肉计会让你和众人的心痛得破出一个黑洞——如果那真的是一出苦肉计！

文学，你可一切安好？

我自然坚信你仍安详地咀嚼躺在先秦、汉唐清的诗词散文赋和琴棋书画里的奥妙；也确信你的“积蓄”足以让你在这个人间，站到最高、最雄伟的山脉上，看人世浮沉，浮云舒展，也笃信你能得到永生，历史只能让你更丰满，更多姿，更深远，也更有生命……你拥有这么多，你怎么可能会“死”？真是无稽之谈！

但文学呵，我突然心痛，不得不扪着肺腑问你，如果再没有谁去亲近你，去学你，去爱你，去传承你，去创新你，去懂你悟你……你会不会有一天就真的离我们远去？

那可怎么办呢？想到若有一天你会死去，胃在纠结，但周围那一定不会离你远去的伙伴，却只是用坚定的眼神，说会与你同在，要学你，懂你……

呵，我心中的文学，你说有我们对你的最如婴儿的爱，你可否也答应一声——你真的一切安好？

我想我可以听到你的答案，但时间已经不多，但我也只能这样道别！

别了，愿安好！

你不远的守卫者

（获肇庆市作协—湖畔文学社第一届现场文学创作大赛优秀奖）

# 那些人，那些事，那些花儿

## ——献给我终有一天会老去的记忆

李泽敏

六月未到，校园的紫荆花未开，纹理细致的杜鹃花已谢，那些三四年朝夕相对的或久久见一次的面孔就要分别，见面，可能是遥遥无期，也可能就是咫尺天涯。想象站在大学的尾巴上，我能看到的也只有挽歌，给你，也给我。

那些人，那些事，那些四年以来的记忆，回忆起来，必定短暂，却朴素得华丽。这一刻，不去想毕业事业失业，就单单想再站在这一块土地，好好怀念，那些即将成为过往的东西！想想四年以来不断擦肩而过的，再走走来回穿行的八栋、九栋教学楼，再听听鸟叫声或情人湖畔的读书声也好，最好是，再看看清晨图书馆楼顶扑腾而过的鸽子，听听翅膀搅着气流的声音，再看看你！

那些人，在四年的时光里，各是沧海桑田走一回，剩下的是一脸用稚嫩换来的成熟。我看过你稚气未脱的脸，笑起来不带尘埃的容颜，青春怎么样也会在这四年里慢慢转动自己的年轮，然后给你成熟刚毅也好，旖旎也好，你，是长大了。“等过完了这四年”，你说，“也就是长大了，羽毛该足够让自己试着去展翅高飞了”。这四年，我们笑得很灿烂，女生也能在笑声中醉成小疯狂，然后在醉里想起我们的努力付出，想起家乡，想起未知的未来，接着流下了眼泪。泪水流进嘴里以后，就变成甜的！什么时候，可以再一次一群人衣食无忧地一起哭呢?

那些表情永远不愿意变成一种生硬，我们知道现实有过度长的时间将我们“和谐”，这时候，我们只管在彼此面前放肆地笑。男生你接着你的，挥汗，在你的球场上和你的战友尽情地挥汗淋漓，你会懂得战友之间的友情，你明白到了明天这样的场景只会更加珍惜，然后我们可以一起高歌一曲，葬掉有关明天的离别愁绪，男生，我们学会了比以往更加顶天立地，却仍在夜里分享心事。

不会忘记一起努力过的事，也许我们的努力并不总是有相应的回报，也许我们并不总是一路顺风，我们可以一起挨批，可以一起为了学生工作忙个通宵，忘记吃饭，那个叫废寝忘食，不过我们不敢妄用，我们说要努力学习谦虚，最后我们却高调地哭成了一团。我们以女生的身份，做我们想要做的野孩子，在大雨磅礴的雨天在积水不浅的篮球场上，一起驰骋，最后一起潇洒地生病感冒！

最最不想忘记星湖的静谧，时过境迁，那里终究保存不了我完整的回忆，唤不回曾经有过的安宁。我却无从解释为什么我不敢在远离这里之前，再去看看那里，再去那里寻找记忆，只能看着相机记录下来的残酷！就像那年的六月重新上演，只是我在这里没有找到木棉，就像我找不回星湖，也找不回再一次四年，然后，只能一直走，一直走。

等走到我的脚步变成了歌声，等走到我们的青丝变成白雪，等走到这一段经历成为沧海桑田的一部分，然后我们都老了，就一起记住那年紫荆校道上落不尽的花瓣吧！

（发表于《肇庆学院报》2011 年）

# 亚运情怀之——我与农民工朋友的约定

广播电视新闻学　2008 级　白国颖

小时候，本来在农村生活的我，随着父母工作的外调，迁到城里生活。广阔的田野不见了，满山的野果没有了，潺潺的溪流声、屋外的虫鸣鸟叫再也听不到了。换来的是马路上忙碌的身影、嘈杂的人群，还有那浑浊的空气和闭门不理家外事的邻居。

因为不适应那样繁华的城市生活，不谙世事的我曾经哭闹地吵着要回农村生活。每当我这样吵闹的时候，父母总是摸着我的头，意味深长地跟我说："这是城市啊，乖，你以后会懂的。"

新的家，在城市的中心。那时候的城市还是处于快速发展的阶段，到处都是工厂和日夜施工的建筑工地。自然的，还有那一大群涌到城市里寻找更好生存机会的农民工。那些本来在农村面朝黄土背朝天的农民工，到了城市里工作，依旧是那样的默默无闻。在这个陌生的城市里，他们找不到宣泄的地方，就连偶尔的大声吆喝或者是几个老乡聚在一起凑个热闹，都会被贴上"野蛮、粗鲁、没礼貌"等"坏人"标签。

刚搬家后的连续几天晚上，家门口都会有几个农民工探头探脑地往厅里的电视张望，眼神有点怯怯的。当我们关上电视准备睡觉的时候，他们才自动地离开。后来的某个晚上，我爸走出去询问他们的时候才知道，原来他们住的地方都没有电视，这附近的几家人一看到他们都关上门窗不让他们看电视，就连街口转角的小卖部也因为他们只是看电视而不买东西拒绝让他们待在小卖部。从那天起，每个晚上，家门口总会出现那几个身影，他们到来的时候都非常礼貌和友善地征求我们的意见，得到我们的允许后才带着凳子安静地坐下。再后来，无论在哪个地方遇见他们，都会听到他们响亮的招呼声，看到他们真诚而干净的微笑。遇上他们的喜事或是节日，家里总会收到他们的喜糖喜饼，还经常受邀赴宴，并得到很好的礼遇。

不经意间，岁月的年轮不知疲倦地碾过十多个春秋。城里的农民工换了一批又一批，那些面孔，从陌生到熟悉再回归陌生，不变的似乎只有社会上对农民工的偏见与歧视。农民工对城市的作用，早已成为不争的事实。然而，很多人还是不愿意去相信，那些衣着不甚光鲜、土里土气，但心地善良、朴实而且有礼貌的农民工。

上一年的国庆假期，我是在家住番禺的舅舅那儿度过的。经常到番禺的我，喜欢带着相机，走在大街小巷里拍照。一天傍晚，我一边看着相机里面今天拍的照片，一边拐过那一条条熟悉的小巷。在那个不知名的转角，我遇到了万千到广州找工作的农民工之一。他推着自行车，后座上绑着长着斑驳铁锈的泥铲，打着赤膊，一件短袖衬衫不知道本来就是泥黄色还是染上了一天的汗水和尘土，显得旧旧的，搭在自行车的车头，哼着听不明白的小调，脸上挂着浅浅的满意的微笑，低头走着。端起相机，在他抬头的瞬间按下快门，相机里留下的他，脸上的微笑多了点不知所措的憨笑。

拍完照，跟他一道，推着车子走在窄窄的小巷里，两旁的旧屋上长着点点青苔。一路闲谈中得知他的名字，还有他的工作——广州迎亚运工程的一名农民工。比我年纪还小的他，初中毕业后就跟着老乡随着民工潮开始在广州打工，稚嫩的脸上徒添了几分沧桑。在他回家的那段路上，他告诉我，在一个大城市里生活工作，不是一件简单的事情，特别是对于他们这样的农民工。一开始的时候，这里的本地人都很排斥他们。在很长的一段时间里，他们的生活圈子都只是那几个一起来打工的老乡。这两年来，随着准备亚运的各项工作不断落实，广大的广州市民更加清晰地认识到自己面临的不仅仅是广州当地，还必须抓住亚运带来的各种对外性的机遇。广州亚运会，通过全民运动、亚运城市工程等项目，让当地人明白了中华文化的大同含义。局限在广州这个地方，已经远远不能满足当前的需要。所以，伴随着各种硬件设备的更新和完善，广州政府也着手大力进行对亚运精神以及中华文化的宣传。他每天的工作基本上都是在不同的地方，进行大同小异的城市建设工作。不管刮风下雨，还是烈日炎炎，仍然要坚守在工作岗位上，因为他们正在做的事情，并不只是简单的建设工作，而是直接关系到亚运会的硬件准备。每当想起自己是为2010年11月的广州亚运会工作的时候，他总是有数不尽的骄傲。正如他所说的那样，连每次打电话回家的时候，他都会首先向家里报告自己这段时间为亚运做了些什么。每次津津乐道过后，都会得到家人的称赞和支持。作为一个农民工，相对很多广州人来说，他的待遇很差，但他一如既往地认为，为亚运多付出点汗水，不单单是广州人的问题，而是一个中国人理所当然的职责。

舅舅的家就快到了，我停下来问他："你的家在哪儿呢？我快到了。"他搔着理着整齐短发的头说："我的家已经过了，只不过觉得跟你聊得来，就想多走点路，送你回来罢了。"我看着他，一时间不知道该说些什么。他不好意思地稍微扭过头去，说："是不是你到家了？那我们再见吧。"说完，就推着自行车，往反方向走去。没走几步，他转过头，脸上还是带着那朴实的笑容，小声地问："你不是学生吗？明年亚运会之前如果你再回到这里，可以教我几句英语吗？""你学这干什么呢？"我有点疑惑。"没事，就怕到时候遇上老外，丢了中国人的脸而已。"这一刻，我感触良多，只是难以言全。是小人物，大志向？还是自己太渺小了呢？"好的，没问题，有机会我们再去看看亚运，感受你建设亚运的成果。"我大声地喊道。"好啊！我们就这样约定了，明年亚运，我们再见。"不熟悉的调子又断断续续地响起，轻轻地飘散在属于广州的天空，调子里，我看到了一个个默默耕耘的平凡农民工的简单世界。

转眼间，2010年早已来临，亚运会在亿万人的翘盼中如期而至，而我身在一百多千米外的肇庆，牵挂着的不仅仅是亚运会上的每一件事，还有那个带着我们之间的约定离去的背影，就是这样的无数个背影，撑起了广州亚运的各项准备工作，也连接了十三亿中国人民的亚运心。可惜，不算繁忙的学习，却因为各种说不清的原因，我总是抽不出时间，带着当初许下承诺的心情，回到广州，找寻我的农民工朋友，实现我们之间的约定。当失意爬满心头，懊悔现实的不如意的时候，那个属于农民工的朴素而自然的微笑，总是淡淡地散发着暖人的光芒。我相信，那个如今不知道身在何方的农民工朋友，依旧会用浅浅的憨笑，原谅我的不能如约。

（获2010年肇庆学院“激情亚运·创业年华”文学创作大赛专业组一等奖、2010年“南粤杯”广东省大学生网上征文二等奖）

# 一个人

白国颖

他，一个人游走在偌大的城市里，找寻自己的归宿，却至今也没有找到那个属于他的地方。

大学四年读完，被就业的他，曾经满怀雄心壮志地要用自己寒窗十几年学到的东西开创自己的天地。第一次挤入求职市场时，才发现自己之于现实是多么的可笑。二流本科的文凭，一大堆的荣誉证书，在这个洗碗也要大学生的年代，并不是那样的惹人注意。那一群拿着重点大学毕业证的人儿，还在因为没有工作经验而奔波。他望着那群像趴在腐肉上的苍蝇似的求职人员，又一次带着疲惫的心、满身汗水地低头走出招聘会场。

会场外面的天阴沉沉的，有着六月的天不应该有的忧郁。不大的会场停车场，几排气派的宝马、奔驰名车张扬地停着。身边走过一个穿着性感、高跟低胸丝袜的美女，挽着一个挺着大肚子、夹着公文包的“成功人士”，擦肩而过的时候，飘来蔑视和同情的眼光。看着他们关上白色的宝马 X6 车门，扬长而去。天上飘落几滴小雨，似乎在嘲笑像他一样的失败者。

在停车场的角落找到他的那辆五百块买来的报废本田摩托，插上钥匙，用力地踩着启动器打火。引擎闷闷地响着，放开离合，白色难闻的尾气在行驶的路上乖巧地如影而随。雨点不大不小地打在没有戴头盔的脸上。一路上，他静静地开着车，身边往后拉扯的风景，他是从来不会注意的，因为他觉得那跟他一点关系都没有。拐过城中村里一个又一个混乱的角落，他停下车，推着走进一个嘈杂的大院。看门的大爷叼着自己卷的烟，大口大口地吐着劣质烟丝的味道，斜着眼丢来打招呼的眼神。他尽量堆起笑容点了点头，把车停好，慢慢地走上那白天却像夜晚一样的楼梯。走进那个一个月两百块月租的房间，随手丢下那些求职材料，瘫倒在混乱的床上。床头放着不知道什么时候吃过的泡面盒，褐色的水上飘着几点发了霉的油污，不知名的小说在唯一一个窗户边随风翻着。抬头望着屋外摇曳的树枝，不知不觉睡着了。他做了一个梦——在一家公司里过着朝九晚五的生活，公司里每个人都是面无表情的，但是他一点都不在意，笑着准时上下班。突然，敲门声打碎了那目前不可实现的白日梦。翻起身，打开门，门外的房东告诉他家里来电话了，叫他过去听。他连忙摆手，托房东回去告诉家人，他不在，晚些再回电话。房东踢着她那对大号的拖鞋，不解地转身回去。他借着昏黄的楼梯灯光，看了看手表，晚上 7 点 40 分。他往楼下走去，决定先去街口的小摊吃碗两元钱的酸辣粉，再去网吧查收邮件，看看是否有求职回应。

卖酸辣粉的是老少的两个女人，老的胖得远处看过去就像一个穿着衣服的雪人，一双手总是戴着脏兮兮的长手袖，腰间绑着本来是白色、看上去铺着一层油黄的围裙。年轻的倒是这个摊上的一道亮丽风景，身材姣好，白皙的脸被摊里的热气弄得通红，煞是好看。在这北方口味却开在南方的摊上，坐着像他一样生活潦倒的人群，或是城市里的农民工，或是那些以打散工为生的低收入人员。一大碗的酸辣粉，红红绿绿的，汤上面浮着地沟油般的辣椒油，晚上还没吃东西的胃翻着胃酸。大口大口地吃完，放下两元钱，向前几条街的小巷网吧走去。推门进去，小小的屋里拥挤地摆着几十台破旧的电脑，走到前台办卡处，丢出两元钱。那收钱的女孩眼都不抬地说："身份证。""没带出来。"她稍稍地瞄了他一眼，熟练地拿出一张登录卡给他，"密码 123456"。他面无表情地瞟了她一眼，转身去找空的位置。拉开凳子坐下，打开电脑，在等待开机的同时，他看着电脑台上烟头烫的一个个焦黑的点发呆。关掉电脑右下角的漏洞提示，登录邮箱。收到的几十封邮件，一半是前几天发求职简历的自动回复，剩下的大半是垃圾广告邮件，仅剩的几封都是那些比较有礼貌的求职单位的婉转拒绝回信。他失望地想关机回去，但看看时间，两元钱 1 个小时的上网时间还有大半，现在去退钱离开，肯定又会招那收钱女孩的白眼。想了想，他隐身登录了很久没上的 QQ，一大堆的离线消息他看也不看地关掉。等了几分钟，QQ 依旧像夜晚的天空一样沉静，他开始无比怀念，QQ 信息的提示声音。网吧里的人，疯狂地玩着游戏，聊天声音让他感到非常讨厌。他招手让一直站在旁边的一个只有 10 岁左右的小孩坐在他的位置，自己起身离开。

走出网吧，虽是夜晚却依旧酷热的风让他后悔没在里面多待点时间。回到他那鸽子笼般大小的房间，寂寞像是被狭小的空间挤压过那般迅速肆虐，打开窗把头探出窗外，深深地吸了一口气，把即将喷涌而出的寂寞咽下，再慢慢地呼气。他想，如果抽烟真的像别人说的那样，可以把心中的寂寞带走，那该多好啊。他点起了一支烟，接着又把它捏熄在窗台上——他还是不习惯烟的味道。无力地躺在床上，把脸埋在枕头里，继续做着熟悉而又不一样的梦。

睡吧，还有明天呢。

（获 2012 年首届"广东高校校园作家杯征文大赛"三等奖）

# 最无道理可讲的爱

## ——读《来吧，孩子》有感

汉语言文学　2007 级 1 班　梁嘉华

“世上有一种爱，最是没有道理可讲，这便是母爱。女人一旦做了母亲，便有不顾一切保护幼子的使命感在血液里顽强地生着，发着，汹涌而澎湃，凭任何语言都无法描述还原。”

——引自亦莉《来吧，孩子》

随着“呱呱”的哭喊声，一个毛茸茸的瘦弱的小家伙顺利地来到了这个世界。顺利地通过了生产重生般考验的女人，一下子脱胎换骨，变成了世界上最不平凡的人——母亲。当医生把小家伙捧到她的面前时，兴奋、幸福、骄傲的感觉汹涌而来，淹没了母亲的整个世界。

亦莉用她手中的笔，真实地记录着她身为人母的点点滴滴。来吧，让我们一起来领略那份最无道理可讲的爱。

母爱是盲目但又理智的，天下所有的母亲都自信到几乎霸道的地步，她们无一不认为自己身怀爱的绝技，她们深信孩子只有在她们的怀里才能健康快乐地成长，亦莉亦如此。自从孩子出生以后，喂养、洗浴、换衣、换尿布、住院挂水和注射各种疫苗……多少个日日夜夜的担忧、辛苦和劳累，她都一一接受。她一个高龄初产妇，在无人帮助的情况下，凭着一位母亲的柔韧，用春泥般的爱哺育她的孩子。她始终坚信，她的孩子只能让她来带，老人的育儿经验和保姆的全职照料都无法代替母亲的爱。凭借着母亲的直觉，她在笑容中获得了小家伙完全的信赖。

“我要怎么做才能让我的孩子从她生命的第一天开始到她长大

成人，都是身心健康快乐幸福的呢?”“如果她的盛开需要肥沃的土壤，那么我情愿腐朽在她的根下。”孩子一辈子的幸福，从她出生的那一刻就开始了，而母亲的一颗心也在孩子从她的腹中游离的那一刻起被剖成了两半，一半留在自己的胸腔里，一半附在孩子的身上。亦莉和天下所有的母亲一样，为了孩子是连自己的血和肉都肯奉献出来的。为了孩子，她洗尽铅华，放下优雅，一把锅铲，油盐酱醋茶，一手一脚地料理着孩子的生活。孩子的成长是以母亲的青春为代价的，当孩子从牙牙学语的小家伙长成亭亭玉立的少女时，岁月也在母亲的脸上刻下了人生的印记。女人向来以爱美出名，但是为了孩子，她心甘“新妇熬成婆”。这就是母爱，不求回报又勇往直前，无私到让人心疼的地步。

母爱的潜力是无穷无尽的，母亲的能力又是不可估量的。当亦莉沉浸在吾家有女初长成的喜悦中的时候，孩子的教育问题又让她面临严峻的选择。亦莉清楚地看到，中国现代急功近利的应试教育扭曲和扼杀着孩子的身心健康。当身边的人几乎每个都逼迫自己的孩子学习，用大量的课本知识全部侵吞孩子自然生长的生命知识和快乐的时候，亦莉深切地为孩子的健康成长而担忧。在社会的大浪潮中，不进则退。她该如何抉择才能让她的孩子健康快乐地接近成功呢?亦莉的孩子从小就酷爱大自然，每天一睁开眼就巴不得奔向户外。看着自己孩子如花的笑脸，对比那些受逼迫的小孩呆滞的脸，亦莉毅然地采取了与应试教育相反的教育方式。她顶着沉重的外界压力固执地捍卫着孩子的快乐，坚持陪着孩子在快乐中学习。她的孩子也一直以杰出的成绩和幸福的笑脸支持和回报着母亲。

不得不让人惊叹，母爱是这个世界上最无道理可讲的爱，它拥有神奇的力量，它柔韧似水，又坚强如铁。

（发表于《西江读书》2010 年 10 月 23 日）

# 别让心痛成为习惯

汉语言文学 2007级1班 许伟生

一个人最大的敌人是自己，最难战胜的也是自己。然而，我们无法战胜自己往往是源于一种惰性——习惯。一如我们的心痛，也会成为一种习惯。

现实生活中，我们不难从这些事中发现自己的影子：很多时候，你不想睡懒觉，为睡懒觉浪费时间和生命而心痛，但当看到其他人都在蒙头大睡时，你又心安理得地继续睡下去；很多时候，你不想整天上网，为上网牺牲时间和金钱而心痛，但当你重新坐在电脑屏幕前自娱自乐时，心中的负罪感已荡然无存，以为这样理所当然；很多时候，你不想碌碌无为，为无所作为地虚度光阴而痛心疾首，但当你看到周围的人都在慢吞吞地生活时，你也安于过着浑浑噩噩的生活……是的，当内心的伤痛变成一种习惯后，所有的一切对于我们来说都会变得毫无所谓。

写下这些话的同时，我不禁想到了自己——

当看到朋友的文章变成铅字发表在一份国家级的报刊上时，我恨不得找个地洞钻进去。作为一个中文系的学生，我至今还没有在校内刊物发表什么文章，更不用说在国家级刊物上发表。一番思想斗争过后，我告诉自己：从这一刻起，我要多读书，多思考，多动笔写文章……可是，伤痛只持续了一个下午，当天晚上我又恢复了昔日“本色”——待在宿舍畅游网络世界，时而谈天说地，时而高声歌唱……

当知道自己第二次参加的计算机考试差四分没有通过时，心里有一种莫名的难受，眼前掠过一幕幕景象：课堂上不认真听课，手机上网，聊天，甚至伏桌睡觉；课后，书本束之高阁，寻找所谓

"生活乐趣"……当下我痛定思痛，下决心改过自新。然而，坚持了一段时间的"好学生"角色，我最终还原了自己的本性……

想到自己的屡次食言，我感到内心的剧痛：难道我的心痛已变成了一种习惯？古人告诫世人曰："知耻而后勇。"面对人生的耻辱，我们应该化压力为动力，变得更坚强，更勇敢。习惯了心痛的我却是"知耻而后忘"，是为大耻也。确实，真正的耻辱怎能轻易忘记呢？"苦心人，天不负；破釜沉舟，百二秦关终属楚；有志者，事竟成；卧薪尝胆，三千越甲可吞吴。"想到楚霸王项羽和越王勾践的故事，我告诫自己：别让心痛成为习惯！

（发表于《广东建设报》2009 年 10 月 23 日）

# 让我告诉你：读书为什么

汉语言文学 2007 级 1 班　林　娴

我本来是重点高中的一名理科生，学的是化学。当时对于高考志愿，我不知所措，从不知道它具体为何物，听多了，越加迷惑。它，让我觉得抓捏不住，就像在一片浩瀚大海中寻找一支美丽的珊瑚。要知道当你拿起这一支时，也许更美丽的在彼岸，永远也比不了谁是最美丽的那一个。但是，在一次偶然的机会，我看到了汉语言文学专业的简介：汉语言文学开设现代汉语、古代汉语、古代文学、近代文学、现代文学、当代文学、外国文学、文学概论、美学、中国通史、中国文学批判史、写作、语文教学法等 15 门专业必修课，另设"文学理论与批评"、"文秘与写作"、"汉语言文学研究"、"文学作品鉴赏"四个系列共 40 门选修课。它让我怦然心动，让我在一瞬间明确了前进的方向。

我自认是一个执着的女孩，在高考的志愿表上，不管哪一栏：

一批，二A（除非我喜欢的那所高校没有这个专业），汉语言文学都会成为我的首选。同学们很吃惊，纷纷跑来劝我说还是改成理科专业吧，读文科专业没什么出路的，去年文科毕业生就业率最低就是一个很好的证明。当时我只是笑笑，因为只有我自己知道我的选择是一种投资，一种细水长流的投资。

也许我的同学说得对，在如今竞争如此激烈的社会上，学理科的同学有的是技术，更有一般人没有的理性头脑和逻辑思维方式。他们能在竞争的洪流中随波前进，越攀越高，站在时代最高处俯视我们。但是他们选择理科与其说是顺应时代潮流，不如说是为了一颗功利心。也许在高考这个分叉点上，我们将来走的是截然不同的两条路，他们会被卷入世俗中，在竞争的巨流下偏离他们最初的梦想。说实在的，我当时填报志愿并没有想过四年后会有什么发展，怎样的出路，只是很明确我在为我的人生投资，在物欲横流的时代保持自己的那份恬静，对自己负责。我要的是学到什么，塑造了什么，将来拿得出的又是什么。

庞大的阅读量令我深深地觉得汉语言文学专业会由内而外地改变着我，在四年里，我的血液一定会带着一股浓郁的书的芳香，那便是我未涉世积累下的资本，一种从骨子内透露出来的气质与修养。

读书，让我深深震撼!

正如《读者珍藏本——点滴人生》第212页的一篇文章《少年书滋味》里谈到的，一位作家说:“写作，要给人以高贵，是的，给人以高贵的作品，需要作者高贵的品格，这样创作的作品才是美妙的精神食品。真正的书籍不仅仅给人以知识，还应该给人以尊严、自信、爱心、勇气，给人以我们人类最美好崇高的禀性。书籍是一个崭新、丰富无比的精神天体，人类文明在它那里休养生息。”

无论什么书籍，只要是健康向上的，我们都会潜移默化地受它的影响。一位愿意接受书本洗礼的人，他（她）的人生必定是坦荡荡的，他（她）的灵魂也必定是洁净清白的，他（她）的自信，他（她）的尊严，他（她）的气质风度，都可以为他（她）争得出众的个人魅力。他（她）走到哪里，引来的不仅仅是别人羡慕的目光和敬重的眼神。他（她）还学会了感恩，在书的渗透中逐渐发觉自己肩上的责任变得沉重。他明确自己作为一个使命者要付出，要贡献。

也许对出生在革命时代的老一辈人来说，拥有的书籍很少很少，只有当时流行的连环画或小人书，甚至，他们中有的人连书都看不上。君子在忍受不了这样煎熬的时候，往往会按捺不住心中那股无名却又强烈的冲动，那是一种求知的渴望，那是一种驱使，那是一种灵魂的祈求。这种越来越激烈的欲望满足不了时，便无奈作了一两回“窃书贼”。

《读者珍藏本——点滴人生》第64页白玲玲的《书是一条河》中描述，在“文革”时期，读书成了地下工作，对那些一直有书本伴随成长的人来说，没有书本，生活简直没法过下去。看书犹如吸鸦片，越看越上瘾，没有书读，精神空虚了，灵魂飘浮了，甚至肩上的责任也显得有些无力。怎么办？偷书呗。虽然他们都清楚明白教人“偷”这种行为在书上是不会有的，“偷”不是一个读书人应该去做的事，但“没有书，怎么活呢？谁来替我们讲清人世间道理，解除生活困惑？谁来帮助我们了解自己认清他人，教我们去爱去恨呢？”作者如是说。他们怀着不安的心情充满负罪感，用来之不易的精神食粮为自己充电，为自己解愁。啃着分分秒秒，狂风也休想阻断他们前进的征程。书在那时便是他们的整个世界。

然而，书籍本身就如线球一般，如果你顺时针缠绕，你就会被毛线缠绕而被束缚，在束缚中只会无时无刻感到迷惑与无知。正如一位哲人说过的话，书读得越多，你会越来越觉得自己很无知。可又有什么办法呢？就算算上我们的一生，在那巨人般的书的面前，我们仍然是沧海一粟。世上没有两片完全相同的叶子，世上也不会有两个完全相同的人，更不会有两条完全相同的人生轨迹。我们一生不可能经历千千万万种别样的人生模式，但书籍可以，它承载了万千世界，记载了万万人生中的每一个瞬间。书的庞大犹如时间的力量不可扭转。它的吸引促使我们无意识地自愿掉入它的漩涡中。我们拼命用知识填充自己，妄想能从漩涡中跳出来。可谁知漩涡中另有漩涡，像一朵含苞的花朵，想见其花蕊，必须一层一层地解开花瓣；又像一个人走在立体错杂的迷宫里，当你以为找到出口而暗中窃喜时却发现自己已身陷另一处谜团。也许经历九九八十一难后我们会见到新生的阳光，但其间我们演绎了多少出人生戏剧？对比书籍中的人生，我们是否会受其影响而在我们人生的十字路口处偏离我们的初衷而走向另一种人生？

此时的我除了迷惑还是迷惑。

书教会我们选择的同时也使我们徘徊。可幸的是，迷惑必定会挣扎，挣扎中必会擦出思考后的火花，那便是人生智慧。

书，是我们的良师益友，它告诉我们怎样去生活，怎样去面对现实与挫折，怎样去提高自己的素养与品质。书，是一面镜子，你看到别人优劣的同时，同样反射出你自己。也许你与别人是平行的，那便是一种自我风格、一种个性，但在书中，你会找到彼此相交的一点，那便是共鸣，是人类生存的共性，是人性使然。书，是桥梁，是纽带，它可以穿越时空，让我们体验古代、体验国外，它带给我们的是整个世界、整部历史，给我们铺就的便是一条条通往光明的康庄大道。

“宝剑锋从磨砺出，梅花香自苦寒来。”书以它特有的方式，磨去了多少人的棱角，练就了多少铮铮铁骨，塑造了多少为革命流汗献血的英雄豪杰，锻炼了多少赤子之心？

也许我们现在不能拍着胸脯高声大呼如周恩来总理“为中华民族的崛起而读书”的雄心壮志，但我们至少应该要有苏东坡学士“穷则独善其身”的信念，时时学习，终身学习，在知识的彼岸，在丰收的时刻兼济天下。“书中自有黄金屋，书中自有颜如玉。”看，成才的道路四面八方，哪条路上没有留下书的印迹？

（获肇庆学院“第三届读书活动节”征文比赛三等奖）

# 百善孝当先

叶梦洁

作为一种“道”，“孝”是浩瀚的文明历史留给我们的一个特别的传统。翻开泛黄的文字，谈忠论孝比比皆是，忠臣孝子成为举国人民向往的英烈之士，与之相悖的自然是奸臣逆子，成为千夫所指的豺狼之徒。

何为孝也？儒家学派认为“孝”就是“养亲”、“尊亲”。《论语·为政》上说：“今之孝者，是谓能养”，“弟子入则孝，出则弟，谨而信，泛爱众”，“老吾老以及人之老，幼吾幼以及人之幼”，“人人亲其亲，长其长，而天下平”；《孟子·万章上》说：“孝子之至，莫大乎尊亲。”

墨家又将“孝”的内涵进一步延伸，墨子认为，凡一切有利于父母赡养的行为皆是孝。

法家韩非认为孝是“家贫则富之，父苦则乐之”，意即蜕穷貌换为富贵，让父母无忧无虑，不用为生存所逼迫，就是孝。

在我国古代，“孝”是踏入仕途的第一块“敲门砖”。在汉武帝时，把“孝”列入察举考试一科，就是举孝廉，孝廉指孝顺父母、办事廉正。孝廉是察举制常科中最主要、最重要的科目。汉武帝采纳儒学家董仲舒的建议，于元光元年（前 134 年）下诏郡国每年察举孝者、廉者各一人。不久，这种察举就通称为举孝廉，并成为汉代察举制中最为重要的岁举科目。“名公巨卿多出之”，是汉代政府官员的重要来源。“老骥伏枥，志在千里。烈士暮年，壮心不已”的一代枭雄曹操，也是因举孝廉而入仕的。

“百善孝为先”，这是中国先哲推颂的以“孝”治天下的道德观念。“孝”主要体现在对老人的“精神尊重”与“人性关怀”两方面，并符合社会和谐安定这一历史发展的原则。然而这一承载着人类道德文明的理念，在历经千年传承中，却忽略了“精神尊重”与“人性关怀”的内核，逐渐演变成了对家族长辈的“绝对服从”，从而沦为封建礼教的工具。因此，曾在相当长的一段时期，我们谈孝色变。其实这是对历史和现实的扭曲。

近年来中国人逐渐开始关注曾经被当作封建糟粕的传统道德文化宣传，继于丹的《论语心得》之后，解读儒家文化在《百家讲坛》可谓百花齐放。《三字经》作为旧时儿童的启蒙教材，其中有一句是“首孝悌，次见闻”，孝悌是道德，见闻则代表学问。可见中国古代的教育，也是以德育为先。百善孝为先，中国人把“孝”当作个人修养的最高标准，所以《三字经》里面才有“首孝悌，次见闻”的提法。

人类之所以能够从愚昧走向文明，道德与伦理是不可或缺的关键因素，而孝道则是人之大伦。“贤父之于子也，慈惠以生之，教诲以成之，养其义，藏其伪，时其节，慎其施”，其意思是父亲是用慈爱和恩惠来养育子女，用教诲使他成人，培养他的行为合乎规矩，积蓄他后天的才能，对他的节操适时培养，使他的作为小心谨慎。因此，作为子女，对待父母也要“发言陈辞应对不悖乎耳；趣走进退容貌不悖乎目；卑体贱身不悖乎心”，意为：说话发言、回答问题，不能使双亲感到难听；趋走进退、容色行为，不能使双亲看着不顺眼；宁可使自己身受屈辱，也不能使双亲的心里不高兴。总而言之，作为一个道德高尚的人，要通过侍奉双亲来加强自己的道德修养。这是人之所以为人，有别于其他动物的根本所在。

综观历史，历朝历代在“国”与“家”的关系上若协调得好，则天下治，反之则乱。社会是由小家组成的，因而，忠孝两者相较，孝比忠更基本。我们时常可以看到一些男儿在立身处世的事业之旅中发出“忠孝不能两全”的惋叹：“孤凄老母望穿眸，戎马燕山远骋秋。愿可分身居两地，樽前莫使饮悲愁。”

虽说忠孝不可两全，但不孝之人绝不会忠，孝是基础，忠是升华，两者不仅不悖逆，且一脉相承。孝敬父母，尊老爱幼，是社会文明与进步的道德规范，也是维系社会发展的法制规范。在这经济飞速发展的社会，人们的思想道德观念也遇到前所未有的挑战。

我国现阶段乃至很长很长的时期，社会的基本结构仍是以家庭为单位，仍要靠孝道这一绵延不断的亲情来维持。目前社会老龄化现象普遍，加上当前福利保障制度尚不完善等诸多因素，家庭依旧是人们的港湾。绝大多数的老人，尤其是农村的老人，依旧要靠儿女奉养和孝敬，这是不争的事实。既必要又必须，而且迫在眉睫，我们应该大力在全社会弘扬孝道，孝道不能在人的心灵中泯灭，而要将孝文化这个我们中华传统文化之根，在新的历史条件下进一步发扬光大。

其实孝不需要你千金散尽，更不指望你有骏马狐裘。它只要你懂得珍惜和父母厮守的时光，让他们为你的健康和年轻自豪，把你微不足道的成就引为骄傲，这样就已经足够了。能做到这样，即使在父母身后鼓盆而歌，又怎会愧于生养自己的亲人？

孝不在经里，不在牌匾上，不在口口相传的故事中，更不在锣鼓喧天排场盛大的葬礼上，只在你和父母自己的心里：在他们生命的最后时光，握着长大了的孩子的手，那满足的会心一笑里，就饱含着儿女们深深的孝。

（发表于《西江读书》2009 年 12 月 23 日第 34 期）

# 谈“孝”

广播电视新闻学 2009级 徐乐乐

孝，作为中华民族核心文化因素之一，在我们华夏民族的文明史上烙下了鲜明深刻的印迹。可以说，孝文化的传承和发展构成了华夏文明有别于其他文明的重要标志之一。孝，不仅塑造了华夏儿女的性格，也被新时代赋予了新的要求。

时代在不断向前，物质文明和精神文明的发展也如影随形。因此，孝文化也随着时代的发展而有所变化。最近，湖北一些地区发现的“弃老洞”以及关于弃老的传说，向传统的孝文化提出了质疑。这不禁让我们重新去认识孝文化和反思现实。

《孝经》将“孝”分为天子之孝、诸侯之孝、御大夫之孝、士之孝、庶人之孝等不同阶层的孝。而随着社会的发展，对父母长辈的孝已逐渐成为孝的核心和主要内容。从现代人的角度看，古代的孝内容带有极强的等级观念。“夫孝，始于事亲，中于事君，终于立身”，这种孝观念具有浓厚的家庭本位思想和君主本位思想。从某种意义上说，它把孝作为一种道德律令以达到统治社会的目的。但是，这绝不能说孝文化是错误的，只是古代的孝文化的某些内容被封建思想所利用，被嫁接了一些落后因素。而孝文化本身是先进的、文明的。鸦有反哺之情，羊有跪乳之恩。孝是建立在血缘关系上的人伦道德，同时也是一种优秀文化传统。孝道集中反映了人善良、懂得感恩的本性。孝顺父母长辈是人性的体现，也是道德文明的风向标。

现代社会下，不孝敬老人甚至虐待老人的事件时有发生，老人空巢化现象也逐渐成为我国突出的社会问题之一。老人生活上无保障、精神上无依靠，这都需要我们进行反思。国家在不断改善社会保障体制的同时，子女更应该担负起孝敬父母的责任。诚然，老人空巢化也受到现实社会的客观影响。家庭关系网的变化，就业地域和方式的制约，以及传统观念的淡化，这些都导致子女与父母有关系淡化的倾向。并不是将父母送进养老院或者给父母充足的生活费就代表着孝顺，父母更需要的是子女给其精神上的慰藉。当今时代，孝文化在方式上已经动摇甚至解体，但孝文化的内容和精神不能丢失。孝顺父母的方式有很多，有养，无违，有敬，顺者为孝，都是孝的体现。也许只是多和父母交流沟通，看似简单，但已体现了孝文化的具体内涵。我们失掉孝文化传统是可怕的。试想，一个亲情关系淡薄的社会又怎能去实现和谐？一个连自己父母都不懂得爱的人又怎能去关爱他人？

董永卖身葬父，《二十四孝图》里的孝人物典范，这些至今让我们感动，时代赋予了他们新的内涵。文明发展史告诉我们，世界上任何一个民族在其生产力极其低下的年代里都曾经或长或短地存在“弃老”行为，由野蛮状态到孝道的转变，是人类文明一次质的飞跃，是一种人性的觉醒。那么，如果孝文化在当代社会下缺失，岂不是社会的一种倒退？教民亲爱，莫善于孝。孝，乃德之本也，天之经也，地之义也。让孝文化不断传承，并不断发扬光大，人间才会充满温情，社会才会更加和谐，我们的华夏文化才会更加富有独特的灿烂色彩。

（发表于《西江读书》2009 年 12 月 23 日第 34 期）

# 文学为我们而活

徐乐乐

一百多年前，一个疯子突然宣布：上帝死了！所有人皆不屑。

在科学万能的真理下，上帝真的死了。以后的时代乃至今天，人们发现在科学带来巨大的财富后自己却茫然不知所措。人们纷纷发问：上帝死了，我们怎么办？

时代证明了这个疯子的“诳语”，这个疯子就是尼采。今天，我们所面对的将是一个严肃的问题，尼采给我们的启示，我们要从现实中寻找，寻找一个真实的自我，给予我们这片土地的，不是尼采，而是文学。

## 篇一　自我衰竭

宇宙所赐予我们的绝非只是一个肉体，还有一个掌控肉体的东西——灵魂。

我们被无止境的物质大潮卷入，科学又以其爆炸式的速度给这个漩涡增加能量，我们是大潮中的浮萍，被卷得晕头转向。高楼大厦下，纸醉金迷中，我们显得太过渺小，因为那些我们不曾有过的东西时刻刺激着我们的神经。我们还没准备好如何看待这些时，世界又一次翻新。我们没有时间去思考我是谁、我去干什么。我们逃离宁静的地方，走向繁华的城市。我们的灵魂缩小，我们的生命在衰竭。若非如此，为何那些带着光环的人白天精神焕发而夜晚却独自哭泣？若非如此，为何那些满足无限物欲后的人却一次次嘶喊着快乐？若非如此，为何我们的青年日夜行走在虚拟的网络而少了激情与沟通？若非如此，为何我们把生命、青春、快乐去当赌注而扛着压力去追寻房子、车子、金钱、地位？我们到底寻找的是什么？难道不是快乐幸福和一个安定的家吗？但当我们去看看楼市、股票的叫骂，去看看隐藏在私下的金钱争斗，去看看文学界学术界的浮躁，就可证明我们追求的不是幸福，但那又是什么呢？我们又都哑言。人的欲望随物质的膨胀而膨胀，我们有理由肯定科学给我们带来的条件与成果，但我们有理由肯定我们的精神的衰竭吗？苏格拉底，这个被称为人类最智慧的人，称赞了我们的理性。尼采，这个扼杀了上帝的诗人，呼吁我们寻找“自我”。我们何时关注过我们的灵魂？我们何时停下过我们的脚步去写下我们的心灵？我们不再激情，我们不再发自内心地去爱每一个生命，我们不再去倾听内心。我们无比灿烂的灵魂之花，似乎正在褪色。

## 篇二　自我拯救

任何东西都对我们的灵魂无能为力，只有我们自己才能救赎我们的灵魂。

聚集了众多灵魂的地方是尚有天地的文学。你若问我：文学死了吗？我回答你：文学是死的，人是活的，灵魂若是死了，何来文学？文学为灵魂而治，文学因为我们才有另一种生命。文学上承载的，不是枯燥的文字，而是赋有生命的精神。你若问我：怎样救文学？我回答你：所救的不是文学，而是我们自己。中国的古代和西方的中世纪是宗教、是上帝在救人们，世界的近代是科技、是物质在救人们，现在以及未来，是我们来救自己。我们已经不再为饥饿寒冷而忧愁，我们需要摆脱浮躁、空虚、寂寞，当然还有麻木，我们需要温暖的亲情、真诚的友谊、安定的社会、轻松的环境，我们需要美好的理想，奋斗的激情，以及来自我们原动力的渴望，我们需要欢愉的文字、高尚的人格、宁静欢快的文学，我们需要认识自己，抚慰我们的灵魂，知道我们是谁，我们想追求什么。若爱文学，请不要为金钱名声而写作；若爱文学，请为自己写作，因为写作是自我的升华，自我的发现；若爱文学，请为每一个真正热爱文字的灵魂写作，这些灵魂有的来自远古，也有的来自未来，也一定包括你。

现在，请不要问文学是否已死，我们应该问我们的灵魂是否鲜活。因为，文学为我们而活。请不要蔑视我的不现实，因为，我们自己就是现实。

（获2010年湖畔文学社第一届现场创作大赛一等奖、最具潜力奖）

# 人性与心灵

## ——文明诚信熔铸着、包裹着

汉语言文学 2007级1班 郭宝珍

真正的文明是所有人种植幸福的结果。切勿丢掉诚信，当你回过头再去捡它的时候，它已失去了原有的色彩！

——题记

上溯千年之远，在孔子时代，就已经倡导“礼”，这是文明的端倪；时至今日，文明的足迹已遍布古今之领域。中国是泱泱大国，礼仪之邦，“文明、诚信”之呼吁传遍大江南北，然而，扪心自问，能力行者有谁？

从社会角度看，人自从母体中分解出来，已是社会中一员，为社会法则所约束。孩儿的天性总是纯真的，无所谓罪恶与违法，然而，人性可变，那么，随着年龄的增长，思想慢慢变得腐化，成为社会道德败坏的一个渣滓。

那么，“文明自律”这个多么有意义的口号，应该让它成为你的伴侣，让它伴随你走过一生，让它在自己美丽的心灵世界中深深扎根！

从家庭角度看，个人是组成家庭的一分子，每个人都是维系亲情的一段纽带，而文明自律是熔铸在这段纽带上的分子。假若没有文明自律的凝结，那么这根纽带便零散不堪，以至不能维持一个家庭的正常秩序。虽然同为一家人，在家中朝夕相见，但家庭文明也要讲究。家庭环境对孩子的影响比较大，文明家庭才能培养出文明的个体，在家庭养成文明良好习惯，那么走进社会这个大集体里面也会以一种文明的态度处世。因而，家庭中应注意培养人的文明之举。父母应是子女的榜样，讲究诚信，讲究文明，那么，作为儿女的我们，应效法父母的优秀品质。

人无信则不立，如果一个人不讲诚信，常常用谎言遮掩自己的良心，把谎言当作行为的指南，终有一日会被自己的谎言所吞没！自古以来，“诚实守信”作为中华文明传统美德的重要内容，时常督促着中华民族子孙的行为举止。古人云：言必信，行必果。确实，做人要讲究诚信，要兑现许下的诺言，才会有好的结果。试问，倘若一个人只会满口仁义道德，但没有实际行动，那么，他的话只是个空壳，其人只会成为社会的“害虫”。

在学校里，学生是行为的主体，是国家未来的希望，他们的成长关系到千家万户，关系到国家的前途。因而，学生不仅要汲取大量的知识，更要培养自己文明自律、诚实守信的优秀品质，坚决抵制社会不良因素的侵蚀。即使其拥有惊人的知识与能力，但若道德素质败坏，远不如能力平常而道德水平高的人。能力可以提高，但是道德一旦被罪恶所侵蚀，那将会走向地狱的深渊！

文明、诚信乃做人之根本，犹如大树扎根的土壤。如果没有土壤，它又如何能生长，人亦如此，如果没有道德的涵养，那人必是为社会所唾弃之人。人为有生命之物，孰能无情？情感亦需要文明诚信来支撑，一个有丰富情感的人，必会以文明诚信来自我规范、自我约束，使情感不混杂任何非文明杂质。

“文明自律，诚信守信”这个极其有意义的呼吁应渗进我们的心间，我们不应被丑恶的行为践踏，就让“文明与诚信”来熔铸、包裹我们的心灵与人性吧！

（获2009年学校自律征文二等奖，肇庆学院“投身科学发展增创竞争优势”征文比赛三等奖）

# 一路紫荆花

汉语言文学　2009 级 1 班　黄　清

行走在校道上，我习惯抬头去看那盛开的满树紫荆花，粉红的花瓣守护着中间那幼小的花蕊，满满的一树。过去，我总是羡慕别人校园里大片大片的樱花，觉得那才是真正的浪漫，现在的我，已在不知不觉中被这紫荆花所深深吸引，是这紫荆花留给我太多的感动吗？是这紫荆花留给我太多的思考吗？每天上下课，行走在这落花铺满的紫荆花路上，感受着学院的氛围，触摸着它的变化。如果说这是母校成长的足迹之路，那么现在的我便踏在这路上，一路紫荆花铺满的学子之路！

紫荆花，每天毫不吝啬地向行色匆匆的学子们绽放那大片的粉红色。每天，在遨游那浩瀚书海的空隙，我喜欢站在窗边看着它们。

初到大学，第一次离家，对这陌生的城市、陌生的校园、陌生的同学感到的是许多的不适应。开始自己生活了，自小到大未过过宿舍生活的我，要学会去了解外面。在后来的日子里，我为自己庆幸，结识了来自各地的同学，在充满温情的组织里试用，结识其他学院的学子，一起投身到学习、工作的忙碌中，品尝着忙碌后收获的喜悦。在生病时，舍友的一句问候，放在书桌上那包不知道是谁特意留下的小柴胡，同学们一句句“注意多喝水”的叮嘱，总是让我感动。尽管在外，我却不孤单，你，他，她，都是我的亲人。作为男生，我不能在人前撒娇，亦不会去直接表露自己的感动，可是我们这“一家子”的温情却总是那么满溢。喜欢拉上三五好友，一起在紫荆花校道上畅聊，一边漫步，站立在我们身边的紫荆花树们，定是知道我很快乐，要不然怎么每天都展开笑脸向着我呢？我更愿意把身边的人们比作那朵朵紫荆花上的花瓣，守护在我身边，有你们才有今天这无虑、喜欢傻笑的我！出门在外靠朋友，我出门在外靠的是你们，我身边的这一家子，带给我亲情温暖的一家子！

春去冬来，昔日许多坑坑洼洼的校道，现已被那漆黑的沥青所覆盖，平坦多了，前往课室的路也走得更轻快了。见证了学校、学子足迹的水泥路，换了新装，定是和满树的紫荆花一起来继续见证着我们的步伐。早上步行上学时，看着那散落一地的紫荆花，又是一路。这一路走来，浓缩在花开花落身上的是多少母校领导的汗水，我不得而知，可是没人能否认这是一笔永远无法估量的重。回想起大一，校长的那次讲座，有一句话，我是记住了—— 一百年以后，说不准，我们学校便是家喻户晓的名校，那一树树的紫荆花，也在这个喜庆的日子，向你传达着家业兴旺的信号，微风吹拂下的紫荆花，摇曳着笑脸，一年年来临这片土地，为的是见证你的成长吧？我想，是的，后来的学子们踏上你们铺就的花路继续前行。

见证着母校成长的你，总在我感到疲惫、失去方向的时候，给我一个提醒，伴着我度过这四年的青葱岁月。

与众多学子一样，害怕自己荒废了学业，虚度了这珍贵的四年，抬头看看树上摇曳的紫荆花，我也会低下头来看一下已经落到地上，承载着我们足迹，甚至已被踏扁的紫荆花，那一句古诗——“零落成泥辗作尘，只有香如故”便总被我回想起来。紫荆花的香气很淡，在深深地呼吸一口气后，才能依稀嗅到，淡淡的，让人备觉清新。你的飘落在告诫我别糟蹋青春，你的余香在劝勉我去创造属于自己的价值。

紫荆花，我在你身上看到了身边这一家子的温情，寄托了对脚下这片校园的美好祝愿，知觉了我那浓缩的青葱岁月！古往今来人们喜欢把你喻做亲情、和睦、家业兴旺的象征，到了今天，我也不例外！

我又在一个窗外满是紫荆花树的窗边坐下，喝着舍友特意给我留的那包小柴胡冲剂，耳边是同学的讨论声，我转过头去看窗外树上开得正盛的紫荆、沥青路上的落花，心里在想，一路紫荆花，一生学子路，这大学会让我永不忘怀！这一路紫荆花会让我铭记于心！

（获端州区和湖畔文学社“40周年校庆”征文比赛优秀奖）

## 历史流淌，辉煌肇庆

黄 清

大一出游，我们便是去了人尽皆知的阅江楼。站在阅江楼牌匾下向外张望，那浩渺的西江，每天接送来自各方的友人。昔日，这里诞生了永留青史的叶挺独立团，树起了革命的旗帜，今日，肇庆也继续站在独立团的光环下，绽放着夺目的光芒！

还记得摆放在阅江楼里面的那种种文物，看着先烈们使用过的物件，它们确实简陋。在穷困的旧中国，独立团的战士就是用它们取得了一场场的胜利。看着记录团史的条幅，我不禁向外张望，窗外仿佛响起了战士们操练的叫喊声，震耳欲聋，响彻云霄。木结构的阅江楼，站在西江边，与你我一起见证着肇庆这一片热土的点点滴滴！

看见了吗？

那一辆辆各地来肇庆观光的大巴，那一批批笑逐颜开的旅客。无论我们是行走在七星岩、鼎湖山的路上，还是出去逛街，我们总能发现他们。一路走来，肇庆对来自各方的宾客张开了双手，欢迎大家来到这个历史文化名城。每次坐车经过潮流站，我总会向那宋城墙望去，历史的沧桑，时代的变迁，在独立团的光辉照耀下，不再显得那么悲凉，城墙在见证独立团的成长，也见证了今日肇庆的发展！流淌在肇庆人民身上的那股拼劲焕发出新的生机，肇庆这张旅游文化名城的名片越来越响亮了。肇庆在发展，以经济的腾飞为祖国母亲献上自己又一份心意，立志延续独立团的辉煌！

看见了吗？

那一栋栋如雨后春笋般拔地而起的楼房，遍地开花，络绎不绝的游客，爱上了这里的发展前景，更爱上了这里的青山绿水，闲暇时，可以去逛逛仙女降临的仙女湖，可以去形如北斗七星的七星岩散心，更可以去生态氧吧——鼎湖山呼吸呼吸清新空气，暂时远离城市的喧嚣，回归自然的怀抱！这又是那么的惬意。保护这里的山水，保护着宋城墙，保护着阅江楼，保护着独立团的历史记忆，这里的人们都在努力！为的是什么？想必就是不愿意让这份荣誉感、这份责任感丢失！

看见了吗？

亚运火炬肇庆传递站的现场，那把亚运圣火传递道路两旁围得水泄不通的肇庆市民，手上挥舞着亚运旗帜，成了旗帜的海洋，高喊着亚运加油的口号，那股热情随亚运火炬的出现到达了沸点，声音震耳欲聋，作为火炬传递志愿者的我在脑海中印下了这一幕！关心国家大事的使命感早已融入了肇庆人民的血液里，叶挺将军扛起的铁军——独立团，为灾难的旧中国带去一缕星火，虽然微小，却充满了国家未来的共同信念。到了经济快速发展的今天，踏上了和平生活道路的肇庆市民，不用再去拿自己的生命去换取未来，而那份对国家的责任感，对国家点滴的关心，总能发现，并不会因时代的改变而消退分毫！

转眼，叶挺独立团成立 85 周年的日子到了，我再次来到承载革命信条、燃烧革命热情的阅江楼，楼外仍是那忙碌不息的西江水，楼内仍是让我回想过去的历史记忆，生活在独立团光辉下的肇庆人民，仍旧挥洒着汗水，耕耘着这一片热土，再次绽放花朵！

新的牌坊广场建成了，绚丽的彩色音乐喷泉展示着水的灵气，绚丽的七彩烟花把夜空照亮，流淌着历史的长河依然川流不息，肇庆的辉煌仍在继续!

(获叶挺独立团85周年纪念征文比赛二等奖，发表于《西江日报》2010年1月)

## 无 悔

汉语言文学 2009级1班 邵学宽

眼前的红旗翻涌，耳边的歌声嘹亮，所有的气息都是那么令人热血沸腾、振奋不已。彩车正徐徐驶过天安门。台湾商人代表陈司凌站在彩车的前头，随着音乐哼着《爱我中华》，过去的无数画面如雪花片般在脑海里翻现出来，使他更加坚信当初力排众议的决定是正确的，他无悔!

时光回到30年前的一个夜晚。随着“劈啪”的声响，一道闪电划过，将整个黑夜带回到白昼。豆粒般的雨珠打在地面上，“沙沙”直响，树木也被吹得东倒西歪，这外边真是不平静。一间屋子的灯还亮着，屋内的装饰全是荷兰殖民时代的模样，虽然被日本侵略者无情地糟蹋过，但还是修缮回原来的模样了。陈司凌靠在曾经被日本侵略者坐过的椅子上，抽着闷烟，吐出的烟团在空中停了一下，弥漫开去。旁边的行李箱正静静地待在那里。如果不是这场台风，他可能已经在去海峡对面的船上了。

想起小时候刮台风，爷爷抱着小司凌，看着窗外被风刮得东倒西歪的树木，说道：“那是我们祖国的写照啊。”语气中含着深深的悲伤。小司凌歪着头，似懂非懂地听着，仍然看着屋外的景象，无数的树叶在空中飞舞，像成群的蜜蜂环绕着，时不时还看见树枝被折断，雨点打在窗上“啪啪”直响，像幽灵敲门。小司凌看得心里害怕，扑到爷爷的怀中。爷爷轻轻地抚摸着他，将他揽在怀中，眼中满含泪水地吟着他听不懂的诗句：“辛苦遭逢起一经，干戈寥落四周星。山河破碎风飘絮，身世浮沉雨打萍。惶恐滩头说惶恐，零丁洋里叹零丁。人生自古谁无死，留取丹心照汗青。”小司凌不明白爷爷为什么总爱念这些诗，生活得这么富裕，也不流离失所的，怎么爷爷就偏喜欢这些让人听了不愉快的诗呢？

爷爷是个有抱负的爱国商人。他经历过抗日战争，经历过饥荒，他用他的钱救国救民。在新中国成立前夕，被蒋介石集团强带到台湾，心里总有一个不解的情结——回大陆！爷爷在弥留之际，不停地叮嘱子孙：“要回到大陆，要回到大陆，那是你们的根，你们的根，你们的前途在那里……”陈司凌听着，心里怎么不会烙下烙印？陈司凌想起小时候爷爷常常讲起大陆的事情，讲到妙处总会大声叫好，那种神情像是一个年轻小伙子娶媳妇一样。爷爷很崇拜周恩来，说他是一个真正伟大的政治家。爷爷还会说起奶奶，说起那些和奶奶在一起的幸福日子时，常常掉眼泪——奶奶在去台湾的途中走失了。爷爷还经常托大陆的朋友帮忙找，可是一直没有消息。小司凌看着爷爷，说：“等我长大了，我去大陆帮爷爷找奶奶。”天真的小脸是那么认真。“等你长大了，奶奶可能不在了。”爷爷被逗乐了。“在的，在的，奶奶一定在等我们的。”语气坚定而认真。

世界风云莫测，现在的形势怎么会不吸引台湾的爱国商人呢？现在已经有许多人开始启动了。陈司凌仍然在抽着闷烟，想起前两天的一个讨论会，那是一个没有结果的会议，他们都不否认现在的大陆到处是机会，到处是黄金。可是怎么回去呢？这是一个难以解决的难题。

1971 年，新政府取得了联合国的合法席位。1972 年，共产党领导的新政府与美国开始了正常的邦交活动，在 1979 年也就是今年元旦正式建交，大陆宣布停止炮击金门的命令，紧接着是共产党的十一届三中全会成功召开，开始施行改革开放政策……各种各样的信息集成一个结论：中国的崛起，在大陆。这绝对是一个千年难遇的机会。作为一个商人，就应该通货富民，不能回去也要回去。他已经下定决心。即使面对这么多人的反对，包括自己最亲近的朋友、自己的家人，他们都觉得不该去大陆，虽然现在大陆那方面的许多条件都有所改善，但是不可以通航，飞机要转几次才能到达。但是他已经决定了，更有一些疯狂想法在他的脑海里闪现，“游泳也要游过去”。

上天还是帮忙的，有艘渔船要过海捕鱼。陈司凌像抓住了生命的最后一根稻草一样欢喜，立即找人帮忙把事情弄好。终于可以乘这艘渔船偷渡过去了。过了几天，终于风平浪静了，他带着简单的行李来到登船的地方。虽然有心理准备，但还是吃了一惊！那船锈迹斑驳的，真令人心凉。同船的人，除了几个船员外，还有十几个同行的人，他们破旧的衣服上布满了补丁，像草原中间的沙漠。陈司凌脑海中翻涌着。怎么会这样？几天前，他还坐在宽大的凯迪拉克里与生意伙伴谈着生意；几个月前，他还坐在舒适的客机上去参加商业交易会……怎么会如此不同。看着风尘仆仆的同行人，不禁想起不久前看的一部电影，不知道里面的偷渡场景是从这里学的，还是这里的人们学电影里的？他又想到英国的黑奴贸易……不由得脊背发凉了，不敢再继续想下去，想得太多反而让自己不安。他此时想后悔还来得及，但他依然伫立在那里，像一尊勇往直前的雕像。

一群人进了船舱，门一下子就关上了，本来就狭小的船舱愈发拥挤了。舱内的温度越来越高，舱内的人们越来越坐不住了，不断骚动起来。陈司凌强忍着闷热，提起十分的精神，保护好那个包——那是他到内地做生意的全部成本。此行的失败就意味着陈氏家族与他没有什么关系了，他已经把整个家族的人都得罪了。他想起了荆轲，“风萧萧兮易水寒，壮士一去兮不复返”，这不正像他此时的心情吗？但是不管怎么样，他正在完成爷爷的夙愿。

船在一望无垠的海面上漂泊着，像一片落叶漂着。这么一道浅浅的海峡怎么就变成了隔天隔水的天堑了呢？摇摇摆摆的船像摇荡的秋千，船舱里的人们也像筛子上的豆一样摇着，相互冲撞着，咒骂的声音似乎能冲破船舱！陈司凌紧紧地抱着那个包，任由他人咒骂，任由他人冲撞，任由船不停地颠簸。可怜的是舱里的几个女人，总是不断地被别人占便宜。在开始时还会愤怒地骂两声，渐渐地，似乎习惯了，似乎学会了宽容。舱内本来就不是特别干净，现在又有这么多的人，而且是封闭的，气味在小小的空间内游荡，不断地涌入人们的嗅觉器官，令人昏眩得站不住。舱里的食物都是从那个小小的窗口扔进来的，饿得发慌的人们像一只只恶狼扑向猎物一样。陈司凌没能抢到多少“猎物”，他更关心的是那个包。他的包里有好心的妻子放进去的面包，虽然他得罪了这么多人，但是妻子的一点点好意也使他感到一些安慰。有了面包可以勉强果腹，他坚强地忍受着……

不知过了多少天，是一个星期，还是一个月，还是更长的时间，狭窄的空间总是让人觉得时间漫长。那个令人无限向往的舱门终于打开了，闷得受不了的人们像一群出勤的蜜蜂涌出来，人人都恨不得将那个舱门撕得更大些，陈司凌好不容易地爬出舱口。吸到第一口清新的空气，才发现回到自然是那么亲切无比。那布满血丝的眼中立刻有了光亮。赶忙问船主，这是什么地方，可是船主摇了摇头。抬头看看眼前的环境，小小的海滩那边有一条应该是通向哪个渔村的小道。陈司凌拖着虚弱的身子，强提精神向那条小道走去，见到人就问：“这是什么地方？”可是没有几个人可以听得懂他的台湾腔国语。过了好半天，终于有一个可以勉强说几句普通话的大叔说出几个令他兴奋的字眼，“广东”、“深圳”。他充满血丝的眼里冒出火花，大喊：“我的事业的地方到了！”似乎是在向世界宣布。顿时，紧张的神经一下子放松了，晕了过去……

彩车上的陈司凌老泪纵横，回想起过去三十年的甜酸苦辣，岂是几句话就可以说得清的？一个通过不法手段从台湾到大陆来的商人，应该怎么起步呢？三十年来，从一个满怀壮志的年轻商人到现在一个步入花甲的老人。他真的要感谢许多人，甚至是那天指路的大叔，还有在台湾的亲人们，即使当初他们是多么地反对自己，对那些愿意和自己合作的同伙们更是要致以最衷心的感谢。突然他隐隐约约地听见有人在叫自己的名字，寻声望去，那是同样来自台湾的同行们，他们和他一样，怀着同样的激情来到大陆，为初醒的祖国母亲献出自己的一份力量。此时，似乎有一股热血涌上喉咙，他大声呐喊："祖国万岁！"

（获肇庆市红段子之"爱我中华，我爱我的祖国"手机征文活动一等奖）

# 不如吃茶去

汉语言文学　2009 级 1 班　陈宗银

古人有言："茶，性味凉。"然茶有何异而分类乎？盖其产地、焙制之不同耳。虽四季之变，体性之恙，无碍吃茶去。就丝竹之鸾音，鞠雪水之甘甜，置甑炉上，足以品味世间沧浪之清浊。

在微冷的夜晚，聆听着寂静的世界。没有茶壶，将且就用饮水机里的山泉水，白柱倾泻，冲开杯中聚拢的毛尖茶叶。看茶叶白毫展开，在泛黄的水中浮沉，于是，心也跟着浮沉。虽是普通山泉水，诚不如《茶经》中的十大名水有味道，但在此时此刻，喝的是人的心境，而不是水的甘淡，品的也是茶的烘焙、揉捻以及杀青所蕴涵的文化。有时思绪随一缕缕香气，混着那蒸蒸的雾气，扑面而来，自己已然醉倒其中，两腋习习而生风了。

盖茶之文化深灏而无止焉。唐有顾诸紫笋、径山、阳羡；宋有龙团胜雪、龙井、武夷；明有西湖龙井、黄山云雾，云南普洱；延清则有安徽铁观音、白毫银针、六安瓜片、庐山云雾、信阳毛尖、恩施玉露，其种类真可谓数不胜数也。于此浮尘世，人莫不倾吞可乐，快餐生活，诚不如吃茶去。于闲时，蒸水煮茶，得一缕之甘淡，卸一担承祈，快矣！

如果可以，找一处幽幽的院子，不求大，只求静。看阳光丝绦般垂泻，飞卷着晶透毛躁的尘埃，感觉微凉的暖意，然后打一个麻酥酥的寒战。在阳光下品着澄黄回甘的铁观音，暗叹造物者的神奇，暂时将自我回归，释放那遗落墙角的青春，乘风飞到那比喜马拉雅山还高的地方，感受灵灯扶风的痛快。

茶，唯品其意耳。含口干津，清洗微尘，尘世遂消，凄然屋外，为是心也。盖子弟处于乱耳之丝竹，临于劳形之案牍，每每缧绁自缚，精疲力竭，不如吃茶去。茶者，心也，道也，非处其中不能知其味也。

一杯清茶，连接了古往今来多少事？这条黄金甘甜的茶马古道，又承载了多少人的梦想和历史的沧桑？真正善于喝茶的人，不多。看人喝茶如牛饮，心中只得苍凉一叹，古往今来，又有多少人可以品出茶的味道呢？

无怪乎唐朝姚合亦作诗道：“嫩绿微黄碧涧春，采时闻道断荤辛。不将钱买将诗乞，借问山翁有几人？”

不将钱买将诗乞。

借问山翁有几人？

（发表于《荟萃》2011 年 6 月）

# 青春缱绻

高级秘书班 2009 级 林鸿展

走在厚实的土地上，看那一片绿缠绕我的过往。向前走去，带着永不停歇的青春向前漫溯。

——题记

喜欢走在各条林荫小道，喜欢每一寸绿色的大地，呼吸着那一株株青绿色的小草传来的气息，我的心从来没有一刻像这样平静，我静静地倾听着它们的倾诉，告诉我什么是青春。

青春是什么？

是少年听雨高楼上，红烛昏罗帐？还是少年不识愁滋味，爱上层楼，为赋新词强说愁？

不知道从什么时候起，我们开始喜欢把这个词缠绕在我们的嘴边。青春、青春、青春。我们把一切属于年轻时代的东西都打上了青春的印记。青春的身体，青春的容颜，青春的活力，青春的心，这一切一切听起来是如此的美好。

从来没有人怀疑过这两个字的分量，也从来没有其他的词汇能比这两个字更震撼人心。青春，只不过是时间、生命中的一段小小的插曲，我却毫不怀疑地认为，这两个字足以与生命、与时间比肩。

一寸光阴一寸金，寸金难买寸光阴。时间的难以收买是因为它总是难以被抓住。古往今来，多少帝王将相，寻仙药炼长生，但是总在青丝白发之间哀叹，伴随着一捧黄土，悄悄地被时间淹没。总是在最后才感慨为什么我不趁这些时间去做一些我未竟之事。

人生迟暮，曾经那颗锋芒毕露的心被时间打磨得只剩下安身知命。或许有人说这是一种逍遥物外的隐士追求，但是我们从另一个角度想，又何尝不是一种英雄气短的无奈呢？

青春，之所以可以与生命、与时间比肩，只是因为两个字：信念。或许从青春的客观本质来看，它不过是生命、时间这一条长线中间那并不长的一条线段，这么渺小或许不容易被时间记忆。但是如果把信念作为青春的注脚，那么一切看起来就会变得与众不同。我们可以这么说：青春本来就是一种信念。

没错，青春是一种信念。不需要怀疑一种信念的力量有多大，因为有了信念这么一种力量，虽然是小小的一段，却有了无限延伸的可能。青春的神奇魔力，不如说是来自心灵的那一份信念的力量。没有信念注入存在的时间，如果也可以称为青春的话，那么这或许就是那已经被遗忘了的那两点，或者只是一具没有灵魂的空壳。

青春如歌，是交错在我们灵魂深处的那一抹最艳丽的悸动。交织的是一幅最美丽的画，回响的是一首最震撼人心的灵魂圣曲。

青春的信念是探险家的脚步，在风雨之中依旧无怨无悔；是横穿大海，波澜不能使其惊的豪迈；更是勇攀高峰，崎岖不能使其变、迎风长啸的洒脱。青春是那一颗不怕失败的心，我们敢于用青春去赌明天，敢于用青春去创造未来，把那些不可想象的事情在我们眼前一一实现。

青春的信念是科学家的执着，在重重谜团之中，冷静地找出那未知的希望之光。在未来的路途上播下希望的种子默默耕耘，然后在汗水中微笑收获。青春，是播种下希望的那一份坚持、在千头万绪的缠绕，勇敢破开束缚的梦幻力量。

人生的目标，就像是撒哈拉沙漠的曲折回环深处的深邃，那仿佛近在眼前却又远在天边的无奈。青春足以让我们像田径赛场上的运动健儿们，在迂回曲折中找到属于自己的那条道路，然后不顾一切地向前冲。抛开时间、空间的束缚，只有呼啸的风显示着我们勇往直前的雄心壮志。

挥霍着时间，看着它在身上留下的那些痕迹。年少的我们总是说，我的青春已经慢慢从我的身体离开，我们已经不再青春。没有了信念的呼喊，随着风消散在空气中，那一身皮囊只能作为大地中那微不足道的一份养分。

青春的印记，如果可以找一个形象来代言的话，我会毫不犹豫地把我的选票投在那微不足道的青草身上。不要问我为什么，如果非要问的话就请记住它们那并不算漫长却壮烈的一生。穿过冰冷的封锁，在所有能够生长的地方，不断朝着有光的地方生长，风不能折其腰，火不能断其根。在生命将尽的时候把信念蕴藏在种子里，在春风里再次延续。这就是我们寻找的青春的最好展现，尽管平凡但却伟大，不悔一生。

青春并没有界限，它并不属于任何一人独有的藏品，也不是时间的专有名词，只要想要你就能够把它永恒收藏在属于自己的灵魂深处。即使在我们化为风中的某颗尘埃的时候，我们也依旧在某一方翠绿中找到自己的另一份延续。

（获广东省“自然涂鸦杯”二等奖）

# 属于她们的季节

高级秘书班　2009 级　谢丽丽

时光困于历史的围城，辗转之间，霓裳舞出绝代风华。罗袖悠扬，丝质的碎花淌着火焰。于是，有光阴的碎片顺流而下，春夏秋冬，向我们呈现每一个灿烂的季节。

## 朱淑真·春

楼外垂杨千万缕，欲系青春，少住春还在。犹自风前飘柳絮，随春且看春何处，绿满山川闻杜宇，便做无情，莫也愁人苦。把酒送春春不语，黄昏却下潇潇雨。

轻风拂面不留痕，于她，却是又一年春残花落时。那楼外垂柳的千丝万缕，也难抵她此时独倚江楼内心的千愁万绪。潇潇雨打湿了她的窗台，如流不尽的愁情，淹没了她心中暂时浮现的一片绿。她不知道要向谁倾诉，借酒消愁愁更愁，春日黄昏下的“红艳诗人”和着雨声如泣如慕，如怨如诉，一生绵绵难绝的柔情在风尘中蔓延……也许，许多年以后，舞榭楼台不再，万里山川易容，但她那独向春雨感伤的身影，却永远留在我们内心深处。

## 李清照·秋

风住尘香花已尽，日晚倦梳头。物是人非事事休，欲语泪先流。闻说双溪春尚好，也拟泛轻舟。只恐双溪蚱艋舟，载不动，许多愁。

昔日的繁华与欢乐已如梦远逝，那悠悠的流水总也载不走昨夜小楼的影子，寻寻觅觅；总也带不去她无边的思念，冷冷清清。有的只是“才下眉头，却上心头”的许多忧，几许愁。“梧桐更兼细雨，到黄昏，点点滴滴”，这个秋天注定是属于易安的，如此地触动了内心深处的那根弦。“如今憔悴，风鬟霜鬓，怕见夜间出去”，这个秋天也为她留下拂之不去的痕迹，悲戚无奈。海棠依旧绿肥红瘦，不知家国万里，伤心惨目，梅笛吹怨，人在何处？于是，她盼了一生，叹了一生，却愁了一季的秋天。

## 王昭君·冬

群山万壑赴荆门，生长明妃尚有村。一去紫台连朔漠，独留青冢向黄昏。画图省识春风面，环佩空归月夜魂。千载琵琶作胡语，分明怨恨曲中论。

“春花开三月，豆蔻妒胭脂。”那是她无缘再见的中原。曲水流觞，浅草百堤，东风中的蝶语与汗指拈过的桃瓣结成虚幻的过往。故乡，早已氤氲成一缕清愁，而塞外的戈槊烟尘却愈见清晰。八月飞霜苦寒，毡房酪浆的不适，也许是再一次被禁锢？她无语，只能默默地拨动手中的琴弦。弦弦掩抑声声思，似诉平生不得志！残月依旧，寒沙依旧，她那琵琶仍在呼啸的寒风中呜咽，她弹奏了一生，却弹不尽许多愁，独留那青冢向着冬日的太阳，愈见悲凉、刺目。

史如轮转，逝者为央。在千古长歌的琴弦中，总有属于那些女子的足音。朱淑真用自己的愁绪，委婉地惆怅了她的春；李清照用自己的文笔，冰冷地勾住了她的秋；王昭君用自己的哀婉，寂寞地弹奏了她的冬。四季轮回，但她们的容颜就定格在那个属于她们的季节上。

（发表于《肇庆学院报》2009 年）

# 提笔年华如画

谢丽丽

驰隙流年，恍如一瞬星霜换。

孤单青春线，一路奔跑，大学春已夏。

轻描淡写，把日子折叠得更整齐。

## （一）

我知道，慵懒变成的虫子，在没课的午后和周末灿烂的阳光下，会招摇过市。

我也知道，幻想如花般，在冬天温暖的被窝里，会次第开放。

我知道，时间其实很浅，会搁浅了很多份坚持，犹如历史的沧桑剥蚀了古殿上浮夸的玻璃。

我也知道，时间又很深，会织成沉重的负荷，让在紫荆璀璨的校道上奔波劳碌的心都累了。

但我仍习惯于奔走在纵横交错的校道上，或为学习，或为工作，或许可以用莱蒙托夫的一首诗表达一下那种状态："一只孤独的船航行在海上，它既不寻求幸福，也不逃避幸福。它只是向前航行，地下是沉静碧蓝的大海，而头顶是金色的太阳。"所以无论热烈怎样包围校园，以冷静的姿态追寻，心怀有梦，俯身为蓝，总向着最蓝的那片海域飞翔。

## （二）

新的一天已在眼前，旧的一天仍拖着沉重的裙裾。我知道，指尖流光，在这里，时间并不会袒护谁。无论何时，福慧图书馆的自修室都座无虚席。我知道，他们将青春汗水洒在这里，就像有种精神如门柱般矗立在操场边，永远坚挺。

所以，我也来了。

在某个星斗满天的夜晚，伏案之余，放下笔，凭窗远思，皎洁的月光的缝隙里透出重重花影，投照在席慕蓉那本《开花的书》和琼瑶的《烟锁重楼》。

在某个月白风清的黄昏，走出图书馆，绿叶苍穹，昂首回望，拂过三毛的撒哈拉沙漠上的猎猎胡风，漾出李清照如一场绚烂花事的人生。

灵魂得到安静之后，反省自己的心情，将它化为意象铸成一个个美丽的情节，既有自己昨天的热烈，也有今天的追求，更有明天的执着，这样下去，道出一些关于大学的完整的体验。

生命是一场华丽的放逐，会因为轨迹的不同而渐行渐远。所以，有些人会沉沦于一个叫颓废的大海里，高效率地吐着欢乐的泡泡。而有些人会用影子当伴侣，简单地坚持着真实的自己，大学生活，活在当下。如你，也如我。

菁菁年华，一切随风，继续着不散场的青春大学。提起笔，行走在水墨蜿蜒的画中。

（获2010—2011学年肇庆学院宿管会“我的大学生活”征文比赛二等奖）

# 我背负着故乡前行

高级秘书班　2009级　赖佳庆

## 锄头，脉搏

风吹过六月，稻花似波浪起伏。两根竹子相依而成的瓜架，默默地承受着瓜果的重量，鸟从天上飞过，看到一个个“田”格子，囚着一双一双人。

锄头撞击着古老的大地，是农人们涌动的脉搏，是村庄的交响曲，其中有着欲与天公比高低的气概。

## 沉默的小山丘

小山丘选择了沉默，便不再喃喃，他身躯成了背影，从哪个方向看，都不能看到他的面孔。他的眼睛却处处存在，含情地注视“田”格子里的农人。

躺在山上的人，穿着几平方米的水泥建筑——经过风吹雨打，变得破烂不堪。每年我们相约清明，他们躺着，衣衫褴褛，头发凌乱，像活着的时候一样，像活着的人一样，伫立着，张望着村口悠长的古道。我们梳齐他们的乱发，我们的头发却被大风撩乱，被顽皮的小孩拨乱。他们曾把青春挥洒，把脉搏放纵，换来生活的口粮，换来沉默，沉默成了山的一部分。

## 自由的牛

那荒弃的田地上，老牛在沙沙地割草。那是牛的舌头，还是一把镰刀？那条小河里，牛还在肆无忌惮地洗澡。那片急待开垦的土地上，牛的肩膀结实地撑起一片秋收……

牛没有斗牛场上的苦痛，没有屠宰场的生离死别。虽然注定要拖起沉重的犁，但它从没学过喊疼说累的语言。牛不是不叫的，我也听过它呼唤亲儿的声音，哀怨悠长，多在傍晚。听放牛的人说，它的叫声只为牛犊。

牛总是被养牛人牵着走在回家的路上，我惧怕牛壮实的身躯。后来目睹牛跟农人一样空灵单纯的眼睛，听到它们满怀思念的叫声，才知道牛是我的亲人。

## 长辈给我让路

田间小路像一条独木桥跨过绿意的田野，直通村口古道。我的眼光跨过田野，走过古道，我看到村外的世界，我看到了我的大学，却没有看到在前干瘦的老人。老人挪到路旁，我没有言语就走了过去。

一位村里的长辈给我让路！她有我外婆那样慈祥的脸庞。她定是我来不及留下记忆的爷爷奶奶的友人。我却让她给我让路！

她问道：“你是阿财的儿子吗？”我回答：“不是。我是阿周的。”她就喃喃着“真像，长大了……”

一个即将离开的学子与一位同村的长者的邂逅，竟是如此陌生。我还没阔别家乡，从没有过“故乡”的概念。而我分明已经是一个外来人。

永远的故乡。

我离开了那个村庄，我以为远离了那个故乡。繁华的都市里，我抬头，看不到霓虹，看到的是默默的小山。我回头，没有看到村口古道，那天父母亲一起为我而张望。但我的背后永远留下他们似梦一样的目光。

如果回去成了奢望，就让我背负着故乡前行。

（发表于《散文诗·校园文学》2011 年 12 月下半月）

# 唱响文明之歌，弘扬和谐风尚

对外汉语 2011 级 尚明明

什么是文明？前不久看到一篇新闻报道，一位资深的学者给出了这样的答案："文明，就是停下来想一想。"在当今这个经济与科技高速发展的时代，人们在追求物质享受的同时，一部分人忽视了精神文明的重要性，甚至将精神文明置之门外。

究其原因，最根本的还是社会风气问题。部分人认为：从哲学的角度说，经济基础决定上层建筑，只有当我的金钱足够多的时候，我才有时间和金钱去考虑精神文明。殊不知，此观点有严重的片面性！试想一下，如果每个人都先以追求金钱作为生活的主要目的而忽视精神文明，那么我们的社会将会变得多么世俗和冷漠，更何况，人们的欲望通常是永无止境的，试问什么时候才是金钱足够多的时候？这种以追求物质享受为生存根本目的的人所提出的观点，只不过是给自己片面追求物质享受找一个冠冕堂皇的理由罢了！

下面，让我们将目光聚焦在大学校园。近几年发生的校园暴力事件就给所有人敲响了文明与和谐的警钟！例如，2004 年马加爵在云南大学宿舍连杀四人，引发了轰动全国的"马加爵事件"。此事件一出，备受社会各界媒体的关注。其实此事件的起因很简单，云南大学学生马加爵在一次与同学打牌的过程中，与同学发生口角，那个同学批评了马加爵的为人，结果激怒了马加爵，情绪失控的他，一时之间连杀四人！令人难以置信的是，被杀的四人都是平时与马加爵走得比较近的朋友及室友。一个接受过高等教育的大学生竟然做出如此残忍与荒唐之事，这不得不让我们反思！马加爵在他的忏悔录上这样写道："就因为一次打牌吵架，我决定了走上这条路。现在我以一个旁观者的身份看，这是多么荒谬，多么无知啊！这是多么悲哀，多么残酷啊！难道生命就这么脆弱?"看得出来，他并没有明确的杀人动机，只是一时冲动。然而正是一时之气，断送了他的大好前程。为揭开"马加爵何以成为杀人凶手"的谜底，犯罪心理学教授李玫瑾奔赴云南，对此案进行了全面调查，还专门为马加爵设计了心理问卷，作了心理测试，之后写出了上万字的《马加爵犯罪心理分析报告》。报告指出，马加爵犯罪的真正心理问题，是他强烈、压抑的情绪特点，是他扭曲的人生观，还有"自我中心"的性格缺陷。

"马加爵案"发生之后，许多社会公众，包括一些媒体，对马加爵表现出了同情，把其杀人动机归结于他的贫困和受到的"歧视"，以及因此对社会产生的仇恨。甚至认为，这是当前社会矛盾和不公平的结果，社会应对此悲剧负主要责任，对马加爵的量刑应予从宽。

我个人认为，造成这种惨案的主要原因，不仅仅是社会的责任，更重要的是马加爵身边的人，包括他的亲人在内，都要为此事承担一定的责任！日常生活中，如果他身边的亲人、朋友能够及时发现他的反常行为和举动，多给他一点关怀和帮助，及时排解他内心的不良情绪和心理，那么是不是就能够避免这场惨剧的发生呢?

从马加爵事件中，我们应该看到这个社会需要的是什么，大学校园需要的又是什么。社会需要文明，需要和谐，更需要人与人之间的关怀与沟通。大学校园更是如此！作为当代大学生，我们需要的不仅仅是文化课的学习，更重要的是要学会如何与人相处。从小处看，如在宿舍里，就需要宿舍各个成员之间相亲相爱，互相关怀，共同学习，共同进步！

现在，我住在一个 8 个人的普通宿舍里，其中有两个同学是外省的，但是我们之间相处得很融洽，“馨家缘”是我们宿舍的名字，“默契，扶持，包容”是我们宿舍每个人的信条。我们宿舍的天花板上，“开满”了向日葵。舍长说：“向日葵，象征着积极、乐观，同时也象征着文明与和谐，希望我们宿舍的每个成员都能够友好相处，共同进步！”俗话说得好，“没有规矩不成方圆”，虽然我们的宿舍没有什么具体的制度来约束每个人的行为，但是我们每个人心中都有自己的一杆秤，我们明白什么该做什么不该做。

“星星之火，可以燎原。”一小部分人的文明可以带动一大部分的文明，所以每个人都有能力为他人和社会做些有益于传播社会文明风气的小事情，“勿以恶小而为之，勿以善小而不为”，只要人人都做一点文明的事情，那么我们的社会就会变得更加和谐！

谁不渴望蓝天白云，谁不渴望鸟语花香，谁不渴望生活在一个文明和谐的环境中，礼让一小步，文明一大步！同学们，朋友们，让我们大声喊出构建和谐校园的口号，让文明之风，和谐之曲，吹遍校园，响彻心扉！

（获肇庆学院 2011—2012 学年度宿管会征文一等奖）

# 书 评

# 该不该仁义

## ——评王安忆《小鲍庄》

汉语言文学 2007级3班 全秋蓉

满纸的仁义，满嘴的道德，留给我的是满脑子的思考和反省。《小鲍庄》带着我在民族的“根”里走了一遭。

——写在前面的话

王安忆，我国当代著名女作家茹志鹃之女，而她同样也是我国当代优秀的女作家，真可谓是一脉相传。王安忆在当代文坛受到的评价颇高。旅美文学评论家王德威说王安忆是继张爱玲后又一海派文学传人，而哈佛大学教授李欧梵更是说她的创作比张爱玲还要“传奇”。她有很多优秀的作品，其中《长恨歌》曾获得“第五届茅盾文学奖”，而今天我要推荐的《小鲍庄》来头也不小，它是我国当代文学“寻根文学”的扛鼎之作。

《小鲍庄》讲述的是一个关于仁义道德的故事，在一个名叫小鲍庄的小村庄里，一代代人秉承着古老的道德准则，义务且责任性地在仁义故事里充当主角，其中又以光荣牺牲的小孩捞渣、孤儿拾来以及鲍秉德和“文疯子”鲍仁文尤为突出。这个仁义的故事更深层次在于表达些什么呢？我对着那满纸的仁义道德思考了很久，最后通过对人物的剖析明白了个大概。

小小的人物，小小的故事，却不是小小的道理，王安忆用轻描淡写给了我们一种特殊的感受和别样的思考，于是我发现在这些小小的人物背后还有故事。

1. 鲍仁文——推动故事发展的不可忽略的一个人物

有着“文疯子”之称的他在小鲍庄里是被嘲笑的对象，他满腔热血、斗志昂扬，就是想要写一本书，像《创业史》或像《林海雪原》那样，又或者像高尔基那样无师自通地成为一名作家。他是庄上唯一有理想、有目标的人，但可惜这些完全是海市蜃楼，他自己也不明白何为文学，何为文学的目的，只是一直单纯地努力着。我认为他是当时思想教育失败的一个典型例子，“文革”时期的思想只是赋予了他一种不切实际的空想甚至是理想主义，最终造成的是思想愚昧的恶果。鲍仁文便是牺牲者，他无奈，我们可怜他、同情他，不想指责。在他的文学创作中，他基本上都是以小鲍庄为素材，赞颂鲍秉德对发疯妻子不离不弃的广播稿和歌颂捞渣舍己救人的报告文学将故事推向了一个不可逆的高潮。在这方面而言，他便是做了愚昧思想的“帮凶”。

2. 鲍秉德——循规蹈矩地践行从祖宗那里传承下来的仁义道德

他有幸娶了一个貌美如花的妻子，却又不幸地被迫接受妻子无法为他添一儿半女的事实。他其实很恼火很不甘，曾经在妻子生了一个死胎后对她毒打一顿，但他不动离婚的念头，他说：“我不能这么不仁不义，一日夫妻百日恩，到这份儿上了，我不能不仁不义。”看，他只有“不能不仁不义”这么一个理由，也就是这一个理由便足以控制了他的所有行为。后来拜鲍仁文的“宣传”广播稿所赐，这一个理由更是变得冠冕堂皇，但是“大家在仁义道德的世界里其实都并不好过，鲍秉德话少了……但是碍于仁义道德，只能这样忍着，继而循规蹈矩”。后来，鲍秉德的发疯妻子在小鲍庄发洪水时自我了断，终于让他有机会另娶而不会背上不仁义的罪名。再后来，他的新妻子顺利帮他完成了传宗接代的任务。

这样的仁义怎么看起来那么令人心痛呢？我甚至有点不屑这样的仁义了，仁义便是解决问题的全部，仁义便是解决问题的关键。仁义便可以高高地凌驾在爱情和幸福之上吗？在这个问题上鲍秉德夫妇都是牺牲者，但没人为他们感到可惜，所有人都把这种牺牲看成理所当然，然而我认为“仁义”在这个时候充当的是残忍的“刽子手”。

3. 捞渣——贯穿始终的绝对主角

《小鲍庄》以他的出生为开端，以他的死亡为结束。他是仁义的代言人，是故事发展的关键。

捞渣生来就让人觉得特仁义，庄上的大人小孩都特信任他，只要有他在就能绝对放心，而他的所作所为都可以用“仁义”来解释。如果说他用自己的生命去救鲍五爷是仁义的表现，是毋庸置疑的，那是一种可贵的品质。但是令我不解的是：为什么要把捞渣所做的一切都打上“仁义”的标签？例如他和二小子玩“斗老将”的游戏故意输给二小子，鲍五爷却说“你也该让他，论起来，你还是他叔呢”，小孩之间的玩乐也可以牵扯上所谓的“辈分”和“仁义”？多少有点可笑的成分了吧！但是人们就是这样给捞渣定位了，包括后来到小鲍庄写捞渣英雄事迹的记者和作家都是这样做的。当他们把捞渣的形象树立得无比高大时，我却在其中嗅出了变味，此时，“仁义”不再是原来简单而朴实的仁义。而更难过的是看到他们把捞渣的死渲染得不带一丝悲剧色彩，让痛失儿子的捞渣父母心痛而不能言，甚至想哭而不敢哭，“不少人交代过他们：‘这场合，再哭就不太好’”。如此剥夺他们难过和哭的自由，他们“仁义”吗？他们牢牢地抓住了“仁义”这个主题思想，用它制定道德准则来衡量所有人的行为，却没有思考过是否正确。如此说来，他们在捞渣的牺牲上平添了更多的悲剧因素，可怜的捞渣，可怜的“仁义”。

除了以上介绍的，其实《小鲍庄》里的每个人物背后都藏着很多耐人寻味的故事，那些关于“仁义”的故事背后都有着让我们反省的东西。童养媳小翠翠的爱情，孤儿拾来的爱情都会给我们心痛的感觉，从中我们可以感受到仁义道德无形而强大的力量。在他们的遭遇中，“仁义”成了一种束缚，成了幸福的一种阻碍。儒家几千年以来推崇的“仁”还是坚不可摧，但事实上是否应该对它进行思考才是作者写《小鲍庄》的目的吧！

《小鲍庄》里上演的故事只是虚构的，但并不是说不可能发生，而是作者把可能发生或已经发生了的故事集中在了小鲍庄，从而构成了一个典型。“仁义”是我们民族的一处“根”，王安忆替我们把它寻出来了，但接下来的工作王安忆代替不了我们，思考只能由我们自己去完成。

满脑子的思考还不能休止，人物的剖析也还不够透彻，我想仁义的故事还没有结束。“该不该”仁义？“该”，那我们要怎么做？“不该”，那我们又要怎么做？

——写在后面的话

（获2009年广州图书馆庆祝建国六十周年——“我最喜爱的一本书”网上书评比赛三等奖）

# 女人，真难！

## ——浅谈小说《方舟》的女性主义

汉语言文学　2007级1班　杨彦英

中篇小说《方舟》是张洁最富有个人特色的一部作品，被认为“是新时期最早具有原始的、朴素的女性主义意识的文本”。它不仅是张洁个人创作历程中的一个转折点，也是20世纪下半叶中国女性文学创作主体女性观念的转折点。作为一部在中国女性文学创作中具有历史性意义的小说，它的成功不仅体现在它大胆地对女性问题进行全新、深入的揭露和思考，而且体现在它所包含的鲜明而强烈的女性主义意识。

小说叙述了“文革”后，发生在梁倩、柳泉、曹荆华三位知识女性身上的故事。梁、柳、曹三人小学时候便相识，中学时代是同窗好友，她们在青少年时代对未来都充满了信心。高中毕业后，她们分道扬镳，奔向不同的大学。不曾想到，经过十几年的分离后，命运又让她们相遇，并且把生活得极其相似的她们拉到了一起。故事便在这三位经过婚姻变异的中年知识女性中展开。经过一段平凡的婚姻生活后选择离婚的柳、曹和离婚不成的梁，她们都摆脱了男人而自己生活，却深刻地感受到了作为离婚女性生活的艰难——哪怕是知识女性。

在封建社会，妇女作为负责繁衍人类后代的群体，是社会最底层的被压迫群体。她们不仅受到精神的压迫和控制，而且直接受到身体上的禁锢和限制，受到最野蛮的身体束缚和摧残。她们自小便被迫裹脚，长大后没有恋爱婚姻自由，还要被贞节牌坊死死地套住。三纲五常、三从四德的封建礼教在当时的妇女思想中根深蒂固，并对中国女性造成了不可弥补的伤害。随着社会经济的发展，封建时代女性裹脚的现象已经一去不复返，贞节牌坊也成了历史的回忆，女性的权利和利益得到了一定的关注和解决。但是，女性的命运仍然不容乐观。

十年"文革"，不仅对经济、政治、文化造成了无法弥补的损失，对个人的婚姻生活也带来了极大的破坏。小说《方舟》并没有回避这一严峻的历史问题，它将三位知识女性的命运放到这一特殊环境中，通过她们的婚姻，大胆地披露了"文革"对社会的影响、对女性的影响。作品中，梁、柳、曹三人的婚姻，皆是没有爱情的婚姻，是苍白的婚姻，是束缚人的婚姻。柳泉嫁给一个商人，但是商人的"狭隘、多疑、精于计算"，让她窒息；曹荆华则是由于要抚养父亲、妹妹，而迫于无奈出嫁；要说是因为爱情而结婚的应该只有梁倩。可是白复山并不爱她，只是看重了梁父的权力和地位才与之结婚且赖着不走。但是接受过教育、具有先进思想的她们，经受了十年动乱的压迫，怎能忍受这种没有爱情没有结果的婚姻呢？"爱情是一种对应，只要一方确实无可挽回地失去了情感，无论这一方应否受到道德或法律力量的赞美或谴责，爱情本身也就不复存在了。"作为知识女性，她们追求幸福，向往自由；她们不希望自己的人生葬送在这样的婚姻上；她们毅然放弃了这段没有爱的婚姻，勇敢地踏上了闯荡生活的征途。正如作品所说，“谁要想离婚，那就得有十足的勇气，丢掉一切做人的尊严”。这并不是某个人的过错，也不是某人自作孽，而是那个一直都在影响人们生活的无形的历史渊源，是它给生活带来了诸多的困扰。“天呐！这一定不是她们的过错，也不是男人的过错。一切社会现象的存在和发生，只能从历史的发展中，去寻找它的物质原因。”对于女人，尤其如此！

女性的命运是不幸的，是悲苦的。正如作品的题记所说：“你将格外不幸，因为你是女人。”这种不幸，在于它是一个不被重视的弱势群体；这种悲苦，在于女人永远离不开对男人的依赖，尤其是在精神上。作为一个特殊的群体，自始至终，女性所面临的不是一个世界，而是两个世界——外界的挤压和内心的孤苦。女人，要成为一个有所作为的人，她必须付出比男人更多的努力，必须要比男人强。“女人和男人不一样，她总爱点什么，好像她们生来就是为了爱点什么而生存的。或是丈夫，或是爱孩子……否则她们的生命便失去了乐趣。如果没有丈夫，没有孩子可爱，便会去爱一只猫、一件家具，或一套烹调术。”尽管经过努力，她们在事业上取得了成功，在经济上得到了独立，但是她们仍然带有为人母亲的责任，她们希望自己的孩子健康成长，并将希望寄托在孩子的身上；她们同样渴望得到别人的赞美，得到别人的鼓励和呵护。没有这些，她们的世界似乎依旧黯淡。也许，这就是女人的悲哀吧！尽管她们摆脱了物质的束缚，但是她们始终走不出封建思想的五指山。尽管她们已经被生活衍变得有点雄性化，独自闯荡事业、抽烟、喝酒对于她们也只是生活中不可缺少的一部分。可是，她们仍然希望有人可以给予她们帮助。“她实在爬不动了，有谁能把她抱上床就好。她现在多么需要一双有力的胳膊。”然而，谁来拯救她们呢？这里似乎没有拯救之路。因为她们所面对的是根深蒂固的封建思想和残酷的社会现实。

在小说《方舟》中，作家不仅以密集的内心独白和议论的方式，表现了身为现代知识女性的主人公在人生道路上追求的焦灼、孤苦与悲凉的感受，揭示了“文革”后女性群体的脆弱和女性生活中存在的种种问题，而且赋予了作品浓厚的女性主义色彩——改变女性这一种被动的现状，必须要解放女性，实现女性自我的价值。

作为知识女性，梁、柳、曹三人已经清醒地意识到随着社会的发展，旧有的生活状态已经毫无意义。追求新的价值，必须更新自己的生活状态，进行女性解放，实现自我的价值。“妇女，要争得真正的解放，绝不仅只于政治地位和经济地位的解放，还需要以充实的自信和自强不息的奋斗来实现自身存在的价值。”她们毅然地离婚，她们勇敢地面对工作上的诸多困难，她们坚强地面对生活中的种种困扰，她们奋力摆脱旧有的人身和精神枷锁，并且为自己树立了一个理想的目标——让人们理解和懂得她们，然后实现自身存在的价值。但是，对于女性来说，实现人身的自我价值并不是一件简单的事情，更何况在那种特殊的环境下。“女人要面对的是两个世界。能够有所作为的女人，一定得比男人更强大才行。”主人公意识到这一严峻的问题，并没有产生放弃的念头，而是在自己努力的同时将希望寄托在下一代的身上：“等蒙蒙这一代人长大，成为真正的男子汉的时候，但愿他们能够懂得：做一个女人，真难!”作家就是这样将人物放在理想与现实的冲突交点上，然后试图寻找出路，把多种情感交织在一起，极力描写人物的内心世界，揭露人物内心的需要，从而鲜明地表现了强烈的女性主义意识。

其实，在人类社会上，男性与女性是一个相互依存相互依赖的有机体。一个成功的男人背后往往有一个默默付出的女人；而男人确实可以是女人的保护伞。男人和女人各有一半天。但是，社会的畸形，却造成了男性与女性在社会上的不平等。男性被尊崇，女性的权利被人们所忽视。因此，改变这种不平等的现象，必须要重视女性的权利，解放女性思想，实现女性自身存在的价值。而这一过程，需要社会共同努力，单靠女性自己，是远远不够的。这也是张洁小说《方舟》创作的一个理念。

《方舟》创作于1981年，它以先锋姿态和启蒙的力量，向我们展现了女性的现状和命运，不仅对中国女性文学的创作有着意义深远的影响，而且给后世女性解放以参考的价值。在21世纪的今天，女性的许多权利仍然得不到尊重，女性的地位仍然让人堪忧。在寻找工作中，女性大都会受到歧视，不少正规的用人单位，拒绝录用女性；而大量非正规的单位，却专门挑选年轻貌美的女工。另外，在有些家庭中，常常有虐妻的行为，妇女在家庭中遭受丈夫的虐待、殴打与侵犯其人身权利被看作“家务事”，而大多女性选择了忍气吞声……

女人，一个负责人类繁衍的伟大群体，为何在历史和现实当中屡屡扮演着悲情的角色？做一个女人，为何如此艰难？这个问题，不仅是小说《方舟》深入思考和表现的一个主题，也是女性文学所要追求的方向，更是今天我们所要深思和解决的社会问题。

## 大森林里的“英雄”

### ——浅评小说《雌蝴蝶》人物形象的塑造

杨彦英

一部小说的成功，既离不开跌宕起伏的情节，也离不开人物形象的塑造。人物形象塑造的成功，是小说具有光辉艺术生命的重要因素。《红楼梦》的成功，离不开小说对贾宝玉、林黛玉、王熙凤、薛宝钗等人物形象的刻画；《西游记》的神奇，离不开小说对孙悟空、唐僧、猪八戒、沙僧、白骨精等神仙妖怪的勾勒，《水浒传》的流传千古，离不开小说描写的一百零八个栩栩如生的梁山好汉……作为目前国内第一部描写关东大森林风情的诡秘小说，《雌蝴蝶》的优秀和独特，也离不开小说中描写的各种各样的人物形象。

《雌蝴蝶》是辽宁省著名作家白天光先生新近的一部长篇力作，小说叙述了一位性情古怪的俄国收藏家托洛索夫为了捕捉一只黑色的蝴蝶，误入中国关东大森林，从而引出了一幕幕惊心动魄的人间活剧：俄国收藏家和皮货商赵显驰纠缠不清的生死恩怨，僧人唐大雪和女人罗小青的宿命情缘，山里小孩和成人之间的种种交流，中国人民和日本侵略者充满血性的较量；黑色的老虎、通人语的猛兽、像佛脸一样的石头……这是一部由一只蝴蝶引出的大森林和女人的小说，一部融关东文化和大森林神秘的小说，一部别样的善与恶、美与丑的小说，一部由俄国人、日本人、中国商人、僧人、土匪和有灵性的怪兽建构出的传奇故事。

小说多角度、全方位地刻画人物，它凭借各种艺术手段，从各个角度对人物进行肖像描写、心理描写、对话描写、行为描写和环境描写，既展现人物音容笑貌、言谈举止和衣着服饰等外在形态，也呈现出人物心理和思想感情等内在活动，还能完整展现人物与环境互为作用的关系，从而塑造出丰满而成功的人物形象。作为一部以大森林为背景的长篇小说，《雌蝴蝶》不仅场景宏大，结构严谨，以极富感染力的叙述，逼真地诠释了“雌性的美丽是沉重的美丽”，而且对各种人物有着超凡的刻画，对关东女人的心灵轨迹有着独到、细腻的描绘。这为读者徐徐展现了一幅神秘、瑰丽的优美画卷。小说中的人物描写，虽没有《红楼梦》的细腻，也没有《西游记》的典型，更没有《水浒传》的庞大，但是，它有着自己的一番风味。这种风味，不仅表现在它所描写的多重人物上，也体现在它对艺术手法的独特选择上。

“人物与事件是文艺作品中的重要因素，人物一般地说是组成艺术形象的主体、核心。叙事性文艺作品大多是通过对人物和人物的活动及其相互关系的描写来刻画人物性格、塑造人物形象和揭示生活意义、展现人生理想的。”但凡小说的人物塑造，都注重从多角度来刻画人物。肖像描写、心理描写、对话描写、行为描写和环境描写是小说常用的手段。白天光先生正是注意到了这一个问题，所以在他的小说中并不吝于笔墨描写人物和事件，哪怕是一个不起眼的角色。他在遵循小说人物塑造的模式化的同时，又着重从人物的肖像、语言、行为和环境来描写刻画人物。在遵循中有突破，在突破的过程中寻求符合表现主题的技巧。

小说中的众多人物，我们可以将其分为几大类。从国别看，描写了中国人、日本人和俄国人；从人物身份看，小说描写了收藏家、商人、猎人、军人、僧人、土匪；从性别和社会关系上看，小说描写了女人、小孩、父母和子女；从理想追求上看，小说的人物有追求平凡生活的，有追求功名利禄的，也有追求纯真爱情和无上精神的，等等。总的来说，小说虽然只有二十多万字，然而它真实地展现了在大森林中不同的人的不同的生活原则和不同的追求，同一个人在不同的场合和条件下有着不同的心理和行为。

对人物的肖像进行描写，是小说塑造人物的基本手段。果戈理说：“外形是理解人物的钥匙。”外貌是一个人给别人最直观最形象的印象，从一个人的穿着打扮，我们可以看出他的家庭背景，了解他的生活习性，甚至他的爱好与追求。“人心不同，各如其面。”小说在对赵显驰进行刻画时，有这样的勾画：“壮汉头顶西瓜帽，帽顶的红豆像女人的唇。上身着礼服呢制服，细辨认好像是剥了徽章的军服，也好像是日货。下身的裤子是不着色的皮料，说不清是鹿皮还是狍皮。壮汉脚蹬的却是一双俄国皮鞋，棕色的，几乎与托洛索夫脚上的鞋一模一样。壮汉的腰间缠着很宽的虎皮，在肚脐处还有一块铁结。虎皮腰带上插着一把锃亮的手枪，身后还斜背着一支粗糙的土炮。”小说运用直接的描写手法，描写赵显驰身上的“虎皮”、“手枪”、“粗糙的土炮”，清晰地告诉人们，他是一个穿梭于森林的老手，他不是一个简单的人物。“一身藏青的衣服，短褂子有两个窟窿，这孩子走路一晃一晃的。有点像鸭子……”文章在后面才借马大炮的眼镜来介绍小残子，并不是对人物肖像描写的忽视。相反，笔者认为这样设置，更能够加深读者对作品中人物的印象：患有侏儒症的小残子和范长锁一起在大森林靠打猎生活，面对无恶不作的日本人，他毫无惧意，机智地设法帮助“父亲”解围，自己却身处困境。这样高尚的行为与其残缺的外貌形成鲜明的对比，让人印象深刻。

高尔基说：“文学的第一要素是语言。”小说最大的特点，是用人类的语言来刻画人物形象。人物的语言，是塑造人物形象的重要手段。通过人物的语言，人们可以透视人物的心理。古人也有“言为心声”的说法。《雌蝴蝶》着重描写了故事中人物的语言。从他们的语言中，我们可以清晰地分辨出人物的所思所想，并能体会人物的性格。“我会捉到你的，哪怕你飞到天外!”在追逐“黑伞”的过程中，托洛索夫短短的一句话，便展现了他对黑蝴蝶的痴迷，同时映射出他坚持不懈的性格，也为后面故事的发生提供了线索。“总之，大森林的东西，都是我的。天上飞的，林中跑的，树上落的，岩上跳的……不出三天，那只蝴蝶就是你的。我不讨你的便宜，我只要你腰上挎的那壶酒……如果我没猜错，那是半壶……”“山里人有句俗话：在大森林遇到的人，都是永生难忘的朋友。林中的朋友，心里都不怀有杀机，因为人类面对兽类时，人类总是能携手与兽作战，其实，这点，兽类也可以办到，它们共同与人为敌时，更团结，更英勇……朋友，老苞米，大森林的艰难行进，让我们彼此多了一份力量，请接受我对你的恭敬……”赵显驰的语言，透视出商人的贪婪、奸诈与狡猾。他似乎总可以看穿别人的心，面对不同的人，他有不同的语言，他的话说到别人的心坎，却也藏有不为人知的意味。“我们不该见死不救，我们不该对人存有戒心，我们不该活着对不起佛祖……”“佛也说，人不能逼人从恶，善不是从天而降，恶也不是自身就带，一切善举，都能让恶化解……”“万物都有秽。而秽亦能生香，生香之秽物，乃是他物之衬也。如花，不施肥，何能生香？花香乃是化解了秽物……”

身为僧人，佛家的语言和思想始终在唐大雪的心里和口中。佛家讲求善恶不是天生的，善能化恶，恶能向善，善恶总是相伴而行的。从唐大雪的语言，我们看到了僧人的“得饶人处且饶人”，看到了他善良的心灵。

行为描写，是小说的又一个突出特点。恩格斯有句名言：“一个人物的性格，不仅表现在他做什么，更表现在怎样做。”举手投足可以直接反映出人物的性格和特点。《雌蝴蝶》描写了中国人、日本人、俄国人、猎人、商人、土匪等在大森林里的活动：日军搜山、猎人躲避日军、托洛索夫追捕“黑伞”、小孩八哥和兔孩儿的穿山过林、土匪捍卫山头、商人为了私利几次冒险……这些动作行为，无不清楚明了地刻画出人物的性格和追求。“泓本太郎在地上翻滚了一阵，最后一手捂着胸膛死了，他另一只手还在内衣里，罗小青拽出他的手，他手里紧紧地握着那张全家人的合影，罗小青把那张照片拿下来，放在自己的怀里……”泓本太郎这一细微的动作描写，形象地展现了他深深地爱着他的妻儿，尽管他对中国人民犯下了不容宽恕的罪行，但是他时刻不忘自己的使命，时刻惦记着妻儿的精神，却让人沉思。

环境是形成人物性格、促使人物行动的指定场所和范围。老舍先生说：“说一个人勇敢，须在放炸弹时试试他。”小说中的环境描写，有时是为了表现故事发生的时间、地点和社会条件，用于烘托人物活动的时代意义，有时是为了渲染气氛，从侧面表现人物的性格，它是整个作品中不可分割的构成部分，对于增强故事的真实性至关重要。《雌蝴蝶》把整个故事安排在抗日战争时期，并且置身于神秘的大森林中。这种特殊的社会环境和自然环境，不仅给小说的故事发展提供了场景和发生的地点，同时渲染了气氛。

脂砚斋说：“恶而无一不恶，美则无一不美。”用无数美丽的线汇成一幅绚丽的画，或用墨将一面涂成漆黑，另一面呢？凡事总有两面性，没有对立面的事物是不存在的。小说《雌蝴蝶》对人物形象的塑造，在笔者看来是成功的，但小说也有其不足的地方。

小说在一只蝴蝶的指引下，叙述了俄国人、日本人、中国商人、僧人、土匪、女人、小孩等人物的活动，有对理想的不懈追求，有日本人的残忍，有商人的狡猾，有土匪的钩心斗角和义气，有女人的新思想，有小孩的纯真，有人类与自然的相处，有美与丑的对立，等等。小说成功地处理了人的关系，但是这众多的表现，却让人很难知道小说的真正主题是什么。

## 《红豆》
### ——对爱情的真诚描写

汉语言文学　2007 级 2 班　梁小婵

宗璞的《红豆》是一篇表现爱情婚姻题材的优秀短篇小说，是新中国爱情婚姻题材小说创作的一个标志。《红豆》讲述了抗战时期两个不同阶段的知识青年间的缠绵而忧郁的爱情故事。小说以真切、质朴的文字描写了江玫与齐虹这对注定要分手的恋人间“剪不断，理还乱”的爱情。

20 世纪 50 年代前期，中国的文艺在毛泽东“政治标准第一，艺术标准第二”的文艺思想的指导下，文学中表现的爱情婚姻生活都是公式化、概念化的模式。爱情要服从革命与政治，那一时期所表现的爱情婚姻生活都是泛而略的，没有表现爱情婚姻的具体生动的人物形象，缺少对人物情感世界深刻、细腻的表现。宗璞的《红豆》则不然，它对爱情在人生中的地位、人物形象的塑造和内心情感的刻画都有了新的突破。

真切、诚挚是小说表现爱情的最大特点。小说用翔实的笔调记述了江玫与齐虹这对恋人从开始相爱到最后因政治立场不同而不得不分手的相恋过程中的欢乐、甜蜜、痛苦、挣扎、矛盾、悲伤等心理情感活动，打破了50年代前期表现爱情婚姻生活固定化的模式，成功塑造了江玫这个有爱、有恨、有笑、有泪，对生活充满矛盾的活生生的人物形象，以及齐虹这个恨人类自私自利和残暴野蛮，对爱情固执且忠诚的矛盾体，真切而生动。

尽管《红豆》也是写革命与爱情，但它表现的爱情并没有被模式化，而是真实具体的。作者在表现爱情时大胆地把爱情当一回事，爱情是爱情，革命是革命，它们都是独立的主体，或许二者之间会有一定的联系，也仅仅限于联系，而不是把爱情当作革命的附庸。小说中的江玫爱她的理想事业，也爱她的爱情。在齐虹迁居美国之前，江玫一直在与齐虹交往，“花池畔，树林中，不断地增添着他们新的足迹”。尽管有时会因为他俩的政治看法不同而争吵，她“把争吵哭泣，变成了他们爱情中的一部分”。而且，“不看到不听到对方的音容笑貌，在他们却又是受不了的事”。这让读者觉得，革命是江玫的一部分，爱情也是江玫的一部分，爱情不是革命的装饰与附庸，爱情并不会因革命事业而失色。

在小说中事业与爱情的关系是并列的，爱情没有绝对服务于政治。作者这样诚实真切地表现爱情，表现恋爱中的人的复杂情感，突破了之前的文学所表现的爱情婚姻生活的种种局限。相对于40年代末50年代初的小说所表现的爱情生活，《红豆》更有一种艺术真实感。

小说用真切、诚挚的态度来表现这段甜蜜而又痛苦的缠绵爱情，没有丝毫的做作。作者不仅没有顾忌作为革命者的江玫能否与资产阶级出身的齐虹相爱，而且把他们的爱情当作芸芸众生中一对普通恋人的爱情来看待。当他们热恋时会暂时忘记各自的阶级、身份、理想事业的不同，而忘我地投入热恋中。“江玫隐约觉得，在某些方面，她与齐虹的看法永远也不会一致。可是她并没有去多想这个，她喜欢和他在一起，遏止不住地愿意和他在一起。”他们的恋爱过程自然而真实，从开始相恋到分手，一切都那么合情合理，没有半点勉强之意。他们对爱情有期待和幻想，“齐虹，咱们最好去住在一个没有人的岛上，四面都是茫茫的大海，只有你是唯一的人。”他们相爱时有欢乐和甜蜜，争吵时有哭泣和矛盾，分手时有痛苦和不舍。在江玫意识到她不得不与齐虹分手时“满脸泪痕”，在见不到齐虹时“心里大声哭泣”，离别时更是“好像有千把刀子插在心头”。这种有笑、有哭、有欢乐、有痛苦的爱情才是真正的爱情，作者如实地把人世间这种纯洁的爱情表现出来，给人一种真实感。

在表现爱情时，作家更注重人物内心情感世界的描写与揭示，从而把爱情写得缠绵而忧郁，也成功且生动地塑造出江玫这个有爱有恨的女主人公形象。“江玫还没想到要忘掉齐虹。他不知怎么就闯入她的生命，她永远也不知道该如何把他赶出去。”“她想马上看见他，听他不断地诉说他的爱情。”这些心理情感的刻画把他们的爱情表现得缠绵而哀婉，“这种爱情，就像玻璃一样割着人”，同时也带来一种剪不断、理还乱的愁绪，“他们的爱情正像鸦片一样，使人不幸，却又断绝不了”。小说对人物内心丰富、细腻的情感描写，使得江玫这个人物形象更加丰满，更加具体化、形象化，这正是小说的艺术所在。

《红豆》这一短篇小说是当时中国爱情的真实描写，是新中国爱情婚姻题材小说中的经典篇章。小说确立了爱情在文学表现中的地位，爱情不再是革命与政治的附庸与装饰。爱情与革命、政治并列，都是人生的一个部分。此外，小说对人物内心情感世界作了真实细腻的描写与揭示，刻画出江玫矛盾而痛苦的心路历程和难以割舍的情思。作者对爱情地位的确立与细腻的描写以及对人物内心情感的真实刻画，使《红豆》获得了一种清新而隽永的艺术生命力。

# 荒诞逻辑下的人性演绎

## ——试析《羚羊与秧鸡》中的人性

汉语言文学 2007级1班 吴贤姿

玛格丽特·阿特伍德，“加拿大的文学女王”，未来是她文化视野中的一个重要基石。她以独特的女性视角、深邃的思想感情，描绘、构建了一个必然覆灭的未来世界，冷峻、灰色，让人不寒而栗，甚至是绝望，透视了未来世界人性的荒诞、阴暗。《羚羊与秧鸡》就是这样一部展现未来世界的一个窗口。在这里，在这个21世纪的反面乌托邦世界里，她以瑰丽奇谲的想象，以天马行空的气势，通过“雪人”在现实与过去的交替罗列中，对纷繁的人性进行了淋漓尽致的解剖，犀利而惨淡。

《羚羊与秧鸡》中处处流淌着黑色幽默的艺术气质。在财富迅速积累的高科技发展时代，整个社会处于荒诞逻辑思维的绝对支配下，种种荒诞与无理得到合理化、合法化。任何我们无法想象与超越的梦魇，玛格丽特在这部作品中都为我们一一呈现。人终究只是一个人。一个个体始终无法做到与整个大环境对抗，去超越这个环境求得个人的完全独立。对抗抵触只会招来社会的遗弃，甚至是遭受批判、改造和非人的残害。于是社会荒诞逻辑思维成为大部分人的逻辑思维，个体心灵的生存空间被挤压，人性失去了往日的丰富性。于是，人性便被疯狂病态地扭曲，以致变得荒诞、阴暗。

玛格丽特通过在这个所谓的高科技发展的文明世界的日常生活中的人们的生存规范阐释了一种残缺的生命形态，透析出人类的阴暗、冷酷。把生命形态寄寓在社会的荒诞逻辑中，人性的丑陋毫无保留地暴露出来，具有黑暗冰冷的气息。在《羚羊与秧鸡》的未来世界里，人与人之间被隔离、被管束，人的个体性荡然无存，人们却坦然接受，甚至甘之如饴。这就是社会的荒诞逻辑，种种荒诞、无理被认可，甚至理所当然地被接受。

各个大公司建设独属自己的大院。大院里面设备齐全，医院、餐厅、购物街以及跳舞俱乐部等应有尽有，甚至有自己的警察，俨然是一个独立王国。而我们视为“都市”的地方却沦为了“杂市”。在住在大院里的人看来，“杂市的公共安全体系仍漏洞百出”。杂市就像是病毒携带体，肮脏，危险，是一个必须远离的世界。大院与杂市顺理成章的分割现象实际是整个社会荒诞逻辑的缩影。对于这种人身上的分离，进一步说，是心灵的分离。人与人之间的沟通与交流被切断。一个区域的人只着眼于自己视线中的“风景”，而忽略了整体，对世界、对人生的思考也就变得局限。人的狭隘性也就理所当然地流淌出来，以致人性缺失。整个社会被切割开来的这种社会结构既是当时文化的载体也是生命的载体，是人们生命意识形态的缩影。等级观念被强烈地凸显出来，大院里的人拥有一种权力在支配着外部世界，也就是“杂市”。这种权力来源于他们会运用尖端的高科技或改变基因等来治病的同时也可以传播病毒。同时，大院里的人又被另一种无形的权力所掌控，这种权力来源于大自然，来源于他们对死亡的恐惧。所以——为了安全，他们甘愿舍弃自由，舍弃隐私。这时，生命力便在外力的束缚中萎缩，人性也在不断的算计中变得阴暗、冰冷。

“冒牌货”是这个未来世界的流行语。在奥根农场，培植着一种“多功能器官猪”，这种器官猪“一次可长出五六只肾”，然后将其移植到人的身上，成为与人共同成长的一部分，这是冒牌肾。在欣肤公司，“用新皮肤替换旧表皮层”，更换全新的皮肤，这是冒牌皮肤。在餐桌上，天然原始的食品已不复存在，取而代之的是各种各样的用高科技研发出来的冒牌产品。为了得到“几块羊羔排或一块货真价实的布里干酪”，人们甚至参与“吃活的鸟兽的比赛”中。一切都是我们现在所无法想象得到的，可是它却活生生地在这个未来世界清晰展现，彰显着社会的荒诞逻辑。“冒牌”在肆意蔓延，而人们在对“真实”的疯狂追求之余还继续创造“冒牌”。我们在冷眼观看主人公人生的演绎，嘲弄他们的不知天高地厚，惊异他们的胆大包天。可是我们又曾冷静地想过吗？今天的我们又何尝不是扮演这样的角色呢？我们在对所谓的“原生态”的渴求中，不断地破坏环境，不断地制造加工食品，却不曾还原给自己一个“原生态”。

在这种社会荒诞逻辑思维对个体思维的不断渗透中，个体心灵处于被剥削压榨状态。于是个体意识强烈、追求自我、拥有自我精神意志的社会个体必然会站出来，但他们不是主持正义的英雄，只是对自我真实的遵循，对自己作为一个人的个体的尊重。他们是依旧保有纯良人性的人，如雪人的母亲，再如秧鸡的父亲。

“安全舒适”的“城堡大院生活”，在妈妈看来，“这一切都是人造的，只是个主题公园而已，过去的生活已一去不复返”。这截然不同于爸爸的“干吗那么较真”，这样的生活“可以不用担惊受怕”。对过去生活的留恋，对现在世界的不满，也是在潜意识中对现有社会荒诞逻辑的无形反抗。于是在公司警察进行人身搜查来确保安全时，妈妈有种“身陷囹圄的感觉”。于是，她选择了逃离。在逃离前，她用榔头“把吉米爸爸在家用的电脑毁了”，这是妈妈对这个高科技社会默默的控诉，无声却强有力。她借高科技产品的代表“电脑”来宣泄自我积蓄已久的不满、厌恶的情感。可是，妈妈毕竟只是一个个体，无法与整个社会相抗衡。几年后，妈妈终于被公司警察所杀害。无独有偶，秧鸡的爸爸也经历了同样的情感煎熬。他发现了生物工程公司的种种不道德——在制造治愈人类疾病药物的同时也在扩散病毒——只是为了赚钱。之后，他希冀推出该项研究，却遭受压制。于是，他从立交桥上跳了下去，他选择了自杀。

可以说，吉米，又或者说是雪人，他妈妈的离家出走和秧鸡爸爸的退出研究都是对社会不满的无形的控诉，都是对荒诞逻辑的逃离。可是这种逃离却始终无法真正实现“逃离”。他们最后依旧为社会的荒诞逻辑所扼杀，两人皆以死亡告终。

雪人妈妈与秧鸡爸爸对社会荒诞逻辑进行挣扎反抗，最终却遭受毁灭。这份社会荒诞逻辑形成于普遍的社会氛围之中，支配着大部分人的意志。这大部分的人也正是对社会挣扎者进行压迫残害的刽子手。

《羚羊与秧鸡》中的主人公羚羊、秧鸡与雪人正是在这个荒诞逻辑的社会下孕育的产物，羚羊甚至将这种荒诞逻辑进一步扩大化、夸张化，更漫无边境地延伸自己的荒诞逻辑，企图改造世界，以致最后的自取灭亡，还颠覆了整个社会文明。

羚羊可以说是以一个典型“灰姑娘”的姿态出现在读者面前。一个贫穷家庭的女孩，一个被变卖的童妓，然后飞速地过渡到一个大院的工作人员，一个同时拥有两个男人的爱的女人。羚羊的戏剧性人生在无声中上演，通过雪人的回忆，被浓缩为一瞬间的岁月，不再清晰，却依旧沧桑、可悲。或许秧鸡与雪人没有童话中王子的完美深情。但不可否认的是，秧鸡与雪人确实对她动了真感情。在那样的年代，感情毕竟是一件遥远且被遗忘的事情。可是，羚羊是最无情的，或者应该说，苍白的岁月磨光了她的感情。对每一个她所遇到的人，无论好与坏，她都巧笑倩兮，美目盼兮。笑是她在社会上生存的保护色。她，不过是她自己生存下来的工具。“他们再也得不到爱了……但他们有金钱上的价值。”而她的美色就是她所拥有的价值。性对于她而言，无所谓。

羚羊是这个荒诞逻辑社会的牺牲品。一个把她带离家庭，利用她的纯情骗取男人的钱财，将她的自尊、清白完全践踏的男人——恩叔，羚羊却对他充满了不舍、感激。当恩叔死后，“我听到后哭了”。羚羊的眼泪事实上应该是为自己而流。在她流下泪水的瞬间，灵魂深处的麻木便清晰地暴露出来。“什么东西都有价值”，价值是她唯一看重的，于是，她可以理所当然地游离于两个男人——秧鸡与雪人——之间。秧鸡是她物质的来源，毕竟秧鸡雇佣了她，使她进入了“大院”这一高级阶层，过上安享无忧的日子，摆脱了过去为食愁的贫困境地。而雪人，按她的话来说，就是可以“玩的对象”。

秧鸡是最悲情也是最疯癫的人物。温情或许从来都不曾适合他。一个高科技产品的机器产物，给人一种电脑的感觉。对数字以及程序的敏感精确程度是常人所仰望的，似乎他一生中仅有的感情就是对羚羊的似是而非的朦胧爱情，对雪人的毫无友情可言的友情，然后就是他对世界的美好却残忍的对待。他，毁灭了世界，想要创造另一个没有现在肮脏却纯净的“世外桃源”。可是却弄巧成拙，当病毒在全世界爆发之后，人类便不可避免地遭受惨淡的灭亡。世界剩下的只是空白，遍体鳞伤的空白：一大群没有思想，只知道吃树叶、交配、用尿液的气味驱赶野兽的绿眼生物和一个“喜马拉雅雪人”。人，在秧鸡的概念里从来都是处于劣势的地位，是不应该存在的。应该说，秧鸡制造病毒、毁灭世界的疯狂行为是他对世界的极度不满的扭曲。他透彻地识破社会的荒诞逻辑。父亲的死，让他认识到人性的灰暗、阴冷以及不可挽回。于是，他选择用更加激烈的方式报复，对全人类进行报复。这是他对社会荒诞逻辑的反抗，同时也让自己陷入了荒诞逻辑的泥沼中，万劫不复。

雪人是一个充满无尽矛盾的人，沦为“喜马拉雅雪人”的雪人。矛盾是社会的荒诞逻辑思维与个人的本性的碰撞和冲击过程中不断交换产生的。雪人原来并不叫雪人。名字的更改沿着雪人的路程轨迹运行。吉米、吉姆然后是雪人，相对应的是童年、成年，然后就是在灭绝中生存下来的野人。雪人的笨在文学的熏陶中体现为一种纯良，可悲抑或可喜？秧鸡是他“唯一的朋友”，因为他的文学性，因为他的笨。他同情一切生物，包括感染病毒的被烘烤的猪以及器官猪等。人性中的闪光点在他的身上闪现，却只能隐隐绽放。毕竟他也是在社会荒诞逻辑氛围中成长的，他在本能地抗拒这种荒诞，同时又在延续这份荒诞。他过着当时几乎所有的青少年都在过的生活：上网浏览不良网站或玩暴力游戏，如“灭绝”和“鲜血与玫瑰”。“灭绝”是关于濒临绝种的生物的互动游戏；“鲜血与玫瑰”则充满了血腥与暴力。“鲜血”代表了人类大规模的暴行，对大批人的屠杀。“玫瑰”——人类的文明成果却总是以失败的尴尬结局告终。

《羚羊与秧鸡》的主人公，羚羊与秧鸡，女与男，构筑了那个荒诞社会，书写了荒诞社会中的荒诞人伦。而雪人，则起了桥梁的作用，连接了过去与现在，讲述着荒诞人生，描绘着荒诞世界，演绎着人性中的不堪。

# 回眸处，你的苍凉

## ——关于《半生缘》的书评

汉语言文学　2007级1班　李丽东

《半生缘》是一部讲述爱情悲剧的小说，出自一代才女张爱玲之手。小说的背景是翻天覆地的中国近代社会。作者用略带感伤的笔调勾勒出几个平凡的众生男女只有半生缘分的、苍凉的爱情故事。通过解读这部小说，我们能够窥见张爱玲那坚强而又脆弱的内心世界。

张爱玲说过：“生命是一袭华美的袍，上面爬满虱子。”在张爱玲的心灵深处，埋藏的是一种好胜而又悲天悯人的情感态度。也正因如此，她冰冷的笔下呈现给读者的是冰凉而略带冷漠的爱情悲剧。

小说讲述的是沈世钧和顾曼桢只有半生缘分的爱情故事。在这条主线之外，还有主人公曼桢坎坷的命运和姐姐曼璐悲剧的一生。一群随处可见的旧上海都市青年男女，把那一点点并不离奇的痴爱怨情，在缠来绞去的网里编织了好几年，最终当大家都不再年轻，把一生年华耗尽之时，再感叹命运的捉弄，只能说“我们都回不去了”，来了结这短暂而令人哀婉的爱情。

“他和曼桢认识，已经是多年前的事了，算起来倒已经有几年了——真吓人一跳!”他们从相识到相恋是如此短暂，中间经历过的事情虽不算轰轰烈烈，但也足够刻骨铭心。只怪张爱珍的笔锋太狠，在他们热恋之时，暴风骤雨般将他们硬硬拆散。曼璐、鸿才、沈太太、阿宝，一瞬间丢尽了良心，连世钧的懦弱都显得骇人，曼桢的悲剧从此拉开了序幕。

姐姐曼璐为了牵住丈夫的心，利用自己的妹妹为祝鸿才借腹生子。

她这次抱定宗旨，要利用妹妹来吊住他的心，也就仿佛像从前有些老太太们，因为怕儿子在外面游荡，难以约束，竟故意教他抽上鸦片，使他沉溺其中，就像鹞子上的一根线捏在自己手里，再也不怕他飞得远远不回来。

自从嫁给祝，曼璐只是一个有名无实的太太，不能为他产下一儿半女。祝又贪恋自己妹妹的美色，故而出谋诱骗妹妹上当，让祝奸污了曼桢，使她怀了他的孩子，还把她禁锢起来，并联合母亲，使曼桢处于万劫不复的境地。

我们也许对曼璐恨之入骨。然而，曼璐也是不得已的。自小，她为了担负起家庭的重任当了舞女，将一生的青春抛撒在花天酒地中，舍弃了自己的爱情，在世人的唾弃谩骂中卖笑。她实在也不容易，年华散尽时拥有了自己的婚姻，很不幸，丈夫是个阴险且不择手段的小人。由于她没有替他生下小孩，丈夫自然就会在外面寻花问柳，把一屋的冷清扔给了她。守着空房的她怎能不心慌，怎能不丢尽良知？她知道，祝对妹妹垂涎已久，于是就毫不犹豫地把妹妹推向了深渊。旧社会的男子要有儿子继承香火，而曼璐办不到，这就导致她不得不出此下策——借腹生子，只不过对象是自己的妹妹而已。

同时，她母亲由于碍于名声，也顺水推舟地同意让曼桢嫁给鸿才。倘若她母亲当时没有被旧社会、旧习俗束缚住，而是想方设法把曼桢解救出来，也许她的悲剧成分会减少，或许她还能找回自己的幸福。然而，可惜的是，这是时代的宿命。曼桢注定要成为旧社会的牺牲品，她无论如何也逃不出至亲，抑或是时代所设下的魔窟。原本一个对生命有热烈追求，为了家庭生计而默默奔波、劳碌、勇敢、善良的女子，却要被旧社会所谓的“规矩”推向万劫不复之地。

她已一身狼藉，但悲剧好像没有结束的期限。曼桢怀了祝的孩子后，吃了不少苦头。曾经坚强的她，如今已是伤痕累累、千疮百孔，命运在她身上印下的伤痕再也无法抹掉。尽管曼璐最终在负疚中病死，但曼桢不放心自己的孩子，还是选择嫁给了祝鸿才。然而，她的婚姻非常不幸。祝鸿才在还没得到她时觉得：

她像可望而不可即，想了她好几年，就是到手以后，也还觉得恍恍惚惚的，从来没有觉得他是占有了她。她一旦嫁给了他，日子一长，当然也就没有什么稀罕了，甚至觉得他是上了当，就像一碗素虾仁，其实是洋山芋做的，木木的，一点滋味也没有。

于是，他还是照样寻花问柳。这时的曼桢怎能忍受？她也不再年轻，岁月已经毫不留情地在她的身上刻下深深的印痕。她也是一个需要家庭温暖的女人，虽然自己所嫁的丈夫并不是那么如意，可毕竟木已成舟，她也想给孩子一个温暖的港湾。然而，事与愿违。最终，他们各奔东西——离婚。曼桢可谓经历了人生的种种灾难，最终只能独自舔舐伤口。

曼桢是多么的无辜，她成了时代的牺牲品。其实，曼桢的悲剧与世钧的懦弱不无关系。在张的笔下，他们的爱情在死亡线上挣扎，最终拾起一片荒芜。

当曼桢把戒指脱下时，他毫不犹豫地把它扔在垃圾篓里；他居然小气到吃她表哥的醋；当曼桢失踪好几天时，他却没有想过可能出了什么意外，而认为她也许是结婚了。他是如此的懦弱无知，没有探究事情的真相，却只听信她姐姐的一面之词就忍心割舍了他们之间的感情。他们既然相恋了那么久，他就应该坚定地信任她，应该懂得曼桢对他的情，她又怎么可能会只因为小小的争吵，而猝然嫁给他人呢？这是毫无理由的。而性格懦弱的他却偏偏相信了。他彻底错了。

曼桢已经被关了数月，她想起将来有一天跟世钧见面，要把她的遭遇一一告诉他听。而那一刻，她不知道，世钧在门外正一步步走远，两个曾经纠缠在一起的生命从此分开，苦难要蔓延十几年，直到把所有人的年华折磨苍老。

他们的爱情在岁月面前显得那么弱不禁风，苍白而无力。十八年后的再次重逢，早已物是人非，他和她都不再年少。岁月在双方身上都已刻下深深的印痕，思念的容颜早已苍老，曾经的年少轻狂只剩下心碎和遗憾，让人麻木，让人痛恨。世钧和曼桢面对彼此时，都感叹命运的捉弄，无力再挽回那段被时光埋葬的爱情，面对曾经的恋人，内心只有空悲恨。苦难的痕迹是掩不住的，一如她手腕上的伤痕。他们双方都知道物是人非，曾经的痴怨情仇早已散尽。曾经浸满苍苔的石板还在老地方，曾经浸润过雨丝的荒草还在无情地伸展着，可他们再也回不到起点，只能站在时光的浪潮中掩面叹息。

一代女青年在张的笔下显得如此脆弱与不堪。宿命是早已摆好的棋子，是张替他们下的筹码，在张透着寒气的笔下，他们的爱情已经是注定了的悲剧。世钧的懦弱也是张给他下的枷锁，导致世钧和曼桢只有半生的缘分。

也许这部小说的悲剧只能说是时代性的悲剧，不能怪张爱玲太狠，只能怪他们生不逢时，生长在那样的社会环境中，悲剧是难免的。这是一段苍凉的故事，它向读者透露出的是一种时代性宿命，男女主人公都在透着寒气的社会中挣扎，最终只能遍体鳞伤。

这同时也展现出张爱玲独特的个性。她只用漫不经心的笔墨，就将那些细碎的爱情拼凑成一部哀婉的悲曲，凸显出她的才情。这部小说读来令人久久不能释怀，掩卷声声泪下，是一部不可多得的作品。

# 迷失的“森林”

## ——看村上春树《挪威的森林》中直子的精神世界

汉语言文学 2007 级 2 班 陈梅丰

《挪威的森林》是中国读者熟悉的村上春树的代表作。小说的名字与 20 世纪 60 年代流行的乐队甲壳虫（The Beatles，又译硬壳虫或披头士）的名曲“挪威的森林” （NORWEGIAN WOOD）同名。

“挪威的森林”是一支“静谧、忧伤而又令人莫名地沉醉”（《村上春树全集月报·6》）的乐曲。小说主人公的旧日恋人直子百听不厌，而且每次听到这首曲子都会觉得自己一个人孤零零地迷失在一片又黑又冷的森林深处，这正是年轻一代必经的彷徨、恐惧、摸索、迷惑的表征。不仅直子如是，渡边和玲子、绿子、永泽也有这样的症状，只不过轻重程度不同而已。生活在都市中的年轻人，在都市空间越来越狭小和人与人之间的距离越来越大的对比中，他们失去了与人接触的欲望。与此同时，人的生存空间受到挤压，人性失去了往日的丰富性，人不再是物质财富的主人，倒成了它的附属品，于是普遍产生了幻灭感和孤独感。许多年轻人有感于社会现实的残酷与冷冰，于是逐渐将自己锁在自己构建的世界里，最后抑郁而终。

村上春树在《挪威的森林》里以主人公渡边与直子和绿子两

个性格迥然不同的女子之间的恋情来展开在都市背景下新一代年轻人严重倾斜的精神世界。

直子，一个内向沉稳的女子。她在小说中直接出现的地方并不多，很多时候我们都是通过渡边这个叙述者才逐渐了解她的。可以说，《挪威的森林》里面真正的主角只有一个，那就是心灵秘密的直子。而渡边，只不过充当旁观者或者叙述者的角色，带领我们去探索直子的精神世界而已。

20岁，可以说是人生中最美好的一个时段，然而村上笔下的直子却在这样一个充满激情充满活力的年龄段走向了死亡。是什么让直子选择以死来解脱自己呢？男友木月的死是其中的原因之一。更主要的原因是社会畸形的发展，以及人与人之间非正常伦理关系的交往。直子在自杀前曾告诉过室友玲子自己对渡边的一往情深，实质上是对生活的恐惧。直子幻想能够生活在乌托邦式的世界里，而在这一物欲横流的世界里是无法企及的。或许，直子不属于这个世界，所以她选择以死来解脱。

作品的时代背景是在20世纪60年代，村上的青春期就是在这个动荡的60年代度过的。60年代，是一个多事之秋。1962年，世界笼罩在“古巴导弹危机”的巨大阴影之下；随后1965年越战爆发，世界又一次陷入战争的泥潭之中……而远在日本的村上身边则涌起一浪又一浪的学潮。这是一个动荡的年代，一个孕育着死亡、充满麻木和幻灭的时代。处在这个时期的年轻人开始对时代、对社会失望，剩下的是挥之不去的失落感和失重感。一切远大的理想都在这样一个弥漫着金钱与欲望的社会里粉碎，如泡沫般消散，残留下来的，是无可奈何的孤寂与无奈。这种孤寂无奈在作者的另一本作品《舞！舞！舞！》（*Dance · Dance · Dance*）里面更入木三分：

人们崇拜资本所具有的勃勃生机，崇拜其神话色彩，崇拜东京地价，崇拜“奔驰”汽车闪闪发光的标志。除此之外，这个世界就不再存在任何神话。这就是所谓高度发达的资本主义社会。我们高兴也罢不高兴也罢，都要在这样的社会生活。……这便是现在。网无所不在，网外有网，无处可去。若扔石块，免不了转弯落回自家头上。……时代如流沙一般流动不止，我们所站的位置不是我们站立的位置。

这是一个精神严重失重的世界。大部分年轻人的激情与理想被残酷的现实扼杀。在这样一个环境里，他们找不到精神的寄托。因此，他们所能做的是把自己锁在自己的精神世界里，像蜗牛般将自己蜷缩于那脆弱的房子之中。《挪威的森林》里的直子说她自己和木月像是无人岛上长大的光屁股孩子，肚子饿了吃香蕉，寂寞了就相拥而眠。但他们一天一天长大，必须到社会上去。所以对于他们来说，渡边是把他们同外部世界连接起来的链条。他们企图通过渡边来努力使自己同化到外部世界中去。但无论他们怎么努力，始终无法同日益变化的外界相沟通、相适应，最后都选择自行了断生命。当一个人对现实社会感到恐惧而无法逃避的时候，只有选择死亡，直子是这样做的，木月也是这样做的。其实他们都曾努力走出那已扭曲的精神世界，却都以失败告终。这并非一个人的精神失落，而是整个社会的精神失落甚至堕落。物欲扬起的漫天灰尘，早已笼罩了人性的光辉。今天，这种年轻人的精神缺失倾斜也依然存在，或者说，比村上那时的60年代还要严重。每天总会在报纸、电视等媒体看到一些大学生乃至中学生自杀的报道。刚看到这种报道时会讶异吃惊，活得好好的，为什么要选择自杀？还是在这样一个花样年华。但随着这种现象的增多，看多了，也就习以为常了。在如今社会浮躁人性丢失的时代，死，对于他们来说，或许是最好的解脱吧。

在幽暗森林深处的疗养院阿美寮，直子度过了她最后的岁月。这里住着一群男男女女，他们的情况与直子相似。他们也渴望在失重的精神世界里重获光明。他们选择了这种与世隔绝的方式，期待着“在远离人烟的地方大家互助互爱，同时从事体力劳动，从而使得某种病得到彻底治疗”。这俨然是一个“乌托邦”。只是，在这样一个和谐的“世外桃源”里，直子依然无法走出来。或许，在每个人的精神世界里都有一片“森林”。这片“森林”总需要一个“支撑点”来维持这个森林的平衡。“支撑点”一旦缺失了，就永远失去了平衡，而直子的“支撑点”永远丢失了。

在这里，我们不得不提到直子的同房病友——玲子。玲子在直子的生活中是不可切分出去的。在阿美寮里面，直子与玲子最要好。与直子不同，玲子是经历外部世界后再幻想生活在世外桃源的。因此，对于整个世界，相对于直子盲目、恐惧的感觉而言，玲子无疑是理智且坦然的。

可以说，玲子是直子的一个对立面，能够准确地照出直子的另一面。在直子无法控制自己的时候，她都能用她的方式使直子安静下来……经历得多了，应对一切的能力也强了。这样的玲子，是直子永远做不到的，因为她已经永远地迷失在自己的“森林”里面了。

故事的最后，直子在黑漆漆的森林里面自杀，渡边为此徒步流浪一个月。这一个月，如履泥沼，举步维艰，却又不得不前行。经过一个月的迷茫、恐惧、堕落与迷乱，渡边依然无法从直子的死中走出来。玲子在渡边的住处弹了51首歌曲作为直子的葬礼，其中有直子最爱的甲壳虫乐队的“挪威的森林”。这首歌不仅表示了对死者的悼念，还有对生者的祝福、鼓励与希望。

村上的《挪威的森林》，不仅仅是一部伤情怀时的青春之作，也披示了60年代大部分年轻人的精神世界。可以说，今天的生活中依然有很多像直子这样精神世界严重失衡的年轻人。该如何走出这自己围圈起来的囹圄？这就需要我们自己去探索。

# 生命的永恒

## ——评史铁生《我与地坛》

汉语言文学 2007级3班 苏小仁

“它每时每刻都是夕阳也都是旭日，当它熄灭着走下山去收尽苍凉残照之际，正是它在另一面燃烧着爬上山巅布散烈烈朝辉之时。”

史铁生把自己的沉思带到了生命全体的融会之中，告诉我们：生命是永恒的！

史铁生是一位令人佩服的作家，他用写作把他全部的生命融合为一体，用残缺的身体解读生命，追索生命的价值和光辉。1991年在《上海文学》发表长篇散文《我与地坛》后，他的散文得到了更多的关注与认同。

《我与地坛》是一篇值得反复吟读的散文，作者用平实的语言给我们讲述了他的经历与思想成长的过程。文章中所写的地坛，就是作者“活到最狂妄的年龄上忽地残废了双腿”之后，整天与之为友的地坛。他在地坛里苦苦思索：要不要活着？为什么活着？为什么写作？

史铁生远离了生活的喧嚣，在寂静的地坛中涵育了深广博大的精神生活世界，成就了自己独特而深邃的内心世界。很多研究者认为《我与地坛》是20世纪中国出现的最为有力和最有思想深度的散文之一，真实，沉痛，而又气势恢弘。

“我们从史铁生的文字里看到了一个人内心世界无一日止息的起伏，同时也在这个人内心的起伏中解读了宁静。”（蒋子丹）“史铁生对生命的解读，对宗教精神的阐释，对文字和自然的感悟，构成了真正的哲学。他幻想脚踩在草地上的感觉，踢一颗路边石子的

感觉。”（贾平凹）

在《我与地坛》中，作者对生、死、命运的思索总是与地坛中的一草一木、自然万物息息相关。作者把一些思索借助这一切流露出来。面对突如其来的打击，史铁生在狂妄的年龄时变得失魂落魄，而地坛给了他一个宁静的去处。然而，也就是在这地坛里，史铁生的思想发生了变化。

“祭坛的四周的老松柏愈见苍幽，到处的野草荒藤也都茂盛得自在坦荡。”“蜂儿如一朵小雾稳稳地停在半空；蚂蚁摇头晃脑捋着触须，猛然间想透了什么，转身疾行而去……露水在草叶上滚动，聚集，压弯了，草叶轰然坠地摔开了万道金光；满园都是草木竞相生长弄出的响动，窸窸窣窣片刻不息。”老柏树，野草荒藤，蜂儿，蚂蚁，瓢虫，甚至露水，这些在我们看来微乎其微并不多加注意的小事物，但就在那荒凉的地坛里，作者捕捉到了这样的小生命，微小到被人遗忘的生命也有它们各自的光彩。这些小生命给了史铁生震撼。人生由一种不可捉摸的命运造就，人对个体生命所造就的事实是没有改变的余地的。因此，作者在地坛里想了好几年，最后终于弄清了：一个人出生了，这就不再是一个可以辩论的问题，而只是上帝交给他的一个事实。

“春天是树尖上的呼喊，夏天是呼喊中的细雨，秋天是细雨中的土地，冬天是干净的土地上的一只孤零的烟斗。”看似平常的四季更替，也不仅仅是作者运用简单的比喻与拟人的描写，那是作者用心去观察，去聆听，去思考一个个生命的律动，使荒凉的地坛充满了生命的活力，同时也使作者从这些小生命中汲取到活着的力量，感恩自己的命运。

其次，作者写到来地坛的其他人，看到了不同的人，不同的感受，还有就是史铁生对母亲深深的愧疚及怀念。当突如其来的残疾降临在作者身上时，他太年轻，来不及为母亲着想，“他被命运冲昏了头脑，一心以为自己是世界上最不幸的一个，不知道儿子的不幸在母亲那里是加倍的”。母亲是疼爱儿子、理解儿子的，总是在背后默默无言地支持着儿子。那么大的园子，有过作者车辙的地方就有母亲的脚印。以前作者老是躲着母亲，看她着急只留给作者痛悔。在小说获奖时，他多希望母亲还活着，使母亲感受到这份骄傲。

作者还写到一对15年来从中年走到老年的夫妇，一个爱唱歌的小伙子，他唱了几年后不再来了，一个很漂亮的弱智小姑娘，一个最有天赋的长跑运动员……不同的人，不同的命运和活法。

“命运的造就也就决定了角色的分配和承担的方式，有些人仿佛生来就是为了承受痛苦，在苦难中默默忍受着生命的重压。”(陈思和《中国当代文学史》)“就命运而言，休论公道”，作者不再为命运的不公而不平。他学会了到底应该怎样看待自己的苦难。苦难造就了自己，自己就要给苦难一个完美的答复，给生命一个美好的答案。

文章的最后，作者写到生命永恒的画面：“我也将沉静着走下山去，扶着我的拐杖。有一天，在某一处山洼里，势必会跑上来一个欢蹦的孩子，抱着他的玩具。当然，那不是我。但是，那不是我吗?”作者超越了个体生命的局限，把自己的沉思带入到生命个体的融合之中。活着的欲望使生命得到了最好的延续，使生命成为一种永恒。

在《我与地坛》中，作者好几次写到太阳，赋予太阳生命的永恒之义。“太阳循着亘古不变的路途正越来越大也越来越红。祭坛石门中的落日，寂寞的光辉平铺的一刻，地上的每一个坎坷都被照得灿烂。”“但是太阳，它每时每刻都是夕阳也都是旭日，当它熄灭着走下山去收尽苍凉残照之际，正是它在另一面燃烧着爬上山巅布散烈烈朝辉之时。”日升日落，自然地更替着，当夕阳西落之时也是旭日东升之时，不停地延续着，生命的生生不息得到最完美的诠释。生命是延续的，是永恒的。而作者把残废与伤痛的忍受投入到永无止息的生命之中，去不舍地探询与自我超越。

《我与地坛》，诠释了生命的永恒!

# 一曲纯洁的恋歌

## ——评《爱，是不能忘记的》的爱情观

汉语言文学　2008 级 1 班　黄洁芬

朴实的年代，单纯的情感。面对那么深的感情，言语显得如此无力。唯有沉默再沉默，独自进行一场伤感的战斗。

厚重冰山下的火种时不时危险地要吞噬一切，只有继续加厚冰层，加厚，直至生命的结束。

然而，哪怕千百年过去，只要有一朵白云追逐着另一朵白云；一株青草傍依着另一株青草；一层浪花打着另一层浪花；一阵轻风紧跟着另一阵轻风……那一定就是他们。

看过很多爱情小说，古今中外，名篇小作，不胜枚举。阅读他们就像体味着每一种不同的人生、不同的爱情。爱情，有人把她当作名利世界里的消费品，有人把她当作花花世界的调剂，有人把她当作庸俗世界的时尚之物，也有人把她当作平凡世界里的奢侈礼物。有人认为爱情本来并不复杂，来来去去不过三个字，不是“我爱你”，“我恨你”，便是“算了吧”，“对不起”。我不知道这是不是对现代爱情的一种最直接的解读，但是在张洁的《爱，是不能忘记的》一书中，我看到了一种不同的爱情，一种虽不复杂但也并不简单的爱情，我无法用言语将她解释成上述的简单公式，但我的心可以永远地保留着这潭深沉清澈的湖水。

张洁，是中国当代文学史上极有意义的作家，也是迄今为止唯一获得两届茅盾文学奖的作家。“文革”的浩劫造成了爱情文学的真空地带，1979 年张洁带着她的《爱，是不能忘记的》走入人们的视野，不啻于一声时代惊雷，曾经长时间震撼着那个特定年代的人们。这是新时期第一部真正意义上的爱情小说，它把一个情感富

足者甚至剩余者的爱情，写得缱绻细腻、荡气回肠。这一篇堪称里程碑的作品，意味着对“爱情”这一题材的正式占领。它是对理想爱情的召唤，是对传统道德准则的质疑，同时是对政治禁锢人性的叛逆，叩开了新时期女性文学之门。在作品中，张洁让钟雨那越轨性的情感伸展到最大限度，却仍以“维护传统的性爱观，否决婚外恋”为自己最终的立场。

在夜深人静时，我淡然品读《爱，是不能忘记的》，有一种伤感，有一种隐忍，有一种真挚，有一种思念。这是一次对爱情的回忆，是带着一点悲凉的美丽色彩的回忆。在凄美中蕴涵着“隐忍的爱”和“两情若是久长时，又岂在朝朝暮暮”的氛围，有一种不能言说的情感。

作者以委婉的文笔、伤感的色彩，采用第一人称的写法，从主人公的女儿珊珊的角度，讲述了身为作家的母亲钟雨和一位优秀的领导干部之间的刻骨铭心而又无法实现的爱情悲剧。小说主人公钟雨的“痛苦的理想主义者”形象给读者留下了深刻的印象。她“优雅，淡泊，像一幅淡墨的山水画”，她对理想的婚恋生活的向往和希冀，在物欲横流、情爱泛滥的当代，尤其显得清新纯洁而脱俗高雅。作品从她个人的生活感受出发，结合自身独特的女性经验，虔诚地营造着她的爱情乌托邦。大力张扬婚姻必须以真爱为基础，对不管有没有爱的婚姻必须从一而终的道德规范提出了质疑和批判。是的，爱是不能忘记的。怎能忘记那深情的眼神，还有那惬意的微笑，爱已经成为彼此生命的一隅，总会在某年的春天，思念起丁香花盛开的五月来。

小说从一开始，就表现出对人的最高境界的向往。作为母亲的钟雨在自己即将离开人世之时对女儿的担心是：女儿能不能遇到合适的终身伴侣，而不是能不能嫁出去！“你要吃不准自己要的究竟是什么，我看你就独身生活下去，也比稀里糊涂地嫁出去要好得多！”这样的话在现在看来，这位母亲是相当不通情理的，甚至是不可理喻的。但是继续看下去便会知道母亲的这番话是真正作为母亲切身为女儿担心着想的心情。

钟雨因年轻时不懂得自己想要的是什么，更没有体会过深刻的爱是什么，在择偶时仅注重外表的追求，与珊珊的父亲——一个相当漂亮的、公子哥儿似的人结合，终因志趣迥乎而离异，带着女儿过着寡居生活，在后来的漫长岁月中，常为自己曾追求过那种浅薄而无聊的东西感到害臊。而那位领导干部，30 年代在上海做地下工作时，一位老工人为掩护他而牺牲了，撇下了无依无靠的妻子和女儿。出于道义、责任、阶级情谊和对死者的感念，他毫不犹豫地娶了老工人的女儿为妻，日子过得平淡、从容。

可是沧桑之后的重逢，由于她对他的崇拜和他对她的欣赏，彼此有了一种克制与理智的永恒。这种矢志不渝而又充满理智的爱，体现了一种高尚的精神境界：人要热爱生活，有事业心，要坚持人的尊严，懂得彼此理解与尊重。从女儿珊珊的视角来看："现在回想起来，他准是以他那强大的精神力量引动了母亲的心。那强大的力量来自他成熟而坚定的政治头脑，他在动荡的革命时代出生入死的经历，他活跃的思维、工作的魄力、文学艺术上的素养……而且说来也奇怪，他和母亲一样喜欢双簧管。对了，她准是崇拜他。她说过，要是她不崇拜他，那爱情连一天也维持不了。"

从整篇文章的内容来看，老干部和妻子之间没有爱，但他们的生活倒也过得和和睦睦。但是，自从老干部和钟雨一见钟情后，心理就失去了平衡，一种爱的激情使他不能自已，想见又怕见。他们待在一起的时间不超过 24 小时，连一次握手都没有，他也只送过她一套《契诃夫选集》。而钟雨对这套《契诃夫选集》的珍视实则已将其视为老干部的替身，是爱的信物。双方为仅看对方一眼而做出的行为看似古怪，实则痴心，只可惜近在咫尺却又远在天涯。

《爱，是不能忘记的》是张洁真爱理想的宣言之作。钟雨的爱情是柏拉图式的精神之恋，女主人公钟雨与老干部在文明的戒律下，实现他们的爱情便是对那无辜的妻子的伤害，而爱情的不可阻挡又使得他们在爱的炼狱中经受着灵魂的大痛苦与大挣扎。他们之间的这种爱超越了婚姻、法律的制约，也超越道德文化的束缚，甚至不受承载肉体的局限，作为一种精神直到永恒，“不管他们变化什么，他们仍然相爱”，这是张洁的永恒的爱情理想。

对于老干部是什么级别，工资、住房情况如何，他的社会地位到底怎样，钟雨并没有想过，占据她心灵的只是他作为一个人的存在。属于她的，她所感兴趣的是包裹在社会外表之中的灵魂，是那一双只有面对她时才会有柔情的眼睛。二十几年的刻骨铭心，二十几年的相爱过程，他们用自己的一生回答了真正的爱到底是什么：那是一种纯情的燃烧，但绝非仅仅是容貌和物欲的诱惑；是一种不用语言表达的理解，但并不仅限于在事业上的情投意合；是一种煎熬，但也绝非仅仅因为他们的爱不能在世俗的众目睽睽之下取得某种合法的形式；是一种揪心的痛苦，但绝不是仅仅因为近在咫尺，却远在天涯。这是一种在漫漫人生中，在悠长的时间里，等待与寻觅了很久的突然相逢，这是精神焦渴之中瞬间的完成与满足，这种满足使他们燃烧起来，燃烧的全部内容就是爱。

显然，他们为了别人的幸福割舍了他们刻骨铭心的爱，苦苦地相思，深深地爱恋，直到生命的尽头。这种爱并非每个人都能拥有，这种境界并非每个人都能达到。主人公钟雨的情缘仿佛向我们讲述了爱的真谛：爱情只要得到了呼应，就是“最完美”的。与钟雨高尚的精神境界相比，那种没有爱情基础的、只为婚姻而厮守的家庭生活是多么的暗淡无光！那种只为了填补心灵空虚而俯首可拾的爱情又是多么的肤浅！这样的境界让我们中的多少人为之汗颜。作者用委婉细腻的文笔、富有诗意般的感情描写，使读者也能在小说中得到共鸣而为之感动不已。

有人说世间的一切时机不到时，你是不会体会得到的，而到了能够让你领悟的那一刹那，就是你的缘分。有缘分的人，总是在花好月圆的时候相遇，在刚好的时间明白应该明白的事，才能在刚好的时刻说出刚好的话，结成刚好的姻缘。但是这种有缘有分的事太少，无缘的人，总是要彼此错过了。遗憾的是，在沧桑过后才会明白，人生竟是一场有规则的阴差阳错，一切的落魄惆怅只能在流逝的时光里品味创伤。就像《长恨歌》中“天长地久有时尽，此恨绵绵无绝期”的遗憾打动了多少有情人的心一样，小说中的男女主人公心有灵犀二十多年，苦盼相逢相见，却始终没有走到一起。正是这种遗憾，才使那份爱更加刻骨铭心。

作者在钟雨的日记中有这样一段描写：“我们曾淡淡地微笑着，像两个没有什么深交的人，为的是尽力掩饰我们心里那镂骨铭心的爱情。那是一个没有一点诗意的初春的夜晚，依然刮着冷峭的风。我们默默地走着，彼此离得很远。你因为长年害着气管炎，微微地喘息着。我心疼你，想要走得慢一点，可不知为什么却不能。我们走得飞快，好像有什么重要事在等着我们去做，我们非得赶快走完这段路不可。我们多么珍惜一年中唯一的一次‘散步’，可我们分明害怕，怕我们把持不住自己，会说出那可怕的折磨了我们许多年的那三个字——‘我爱你’。除了我们自己，大概这个世界上没有一个活着的人会相信我们连手也没有握过一次！更不要说到其他。”如果他们没有高尚的人格，如果他们不懂别人的痛苦，只为满足自己的幸福；如果他们想得到的是一份肤浅的浪漫，永恒便无从谈及。主人公钟雨在平淡宁静的生活中，在岁月的流逝中，以忧伤的美丽结成高尚的情愫，用理智的情感造就遗憾的永恒之美。他们没有携手人间，看似遗憾，却是一种精神的完美结合。

有人说：唯有淡忘，才能在大悲大喜之后炼成牵动人心的平和；唯有遗忘，才能在绚烂已极之后炼出处变不惊的恬然。然而，有些东西却是不能忘记的。真要能够把相爱时的情愫化为披着丧衣的白蝴蝶，让它在记忆里翩飞远去，永不复返，这自然好。但人毕竟不是那么容易忘记的，特别是曾经有过那么一段镂骨铭心的感情。

尽管当代社会中人们的精神和感情世界越来越丰富，可心中美好永恒的东西却越来越少。随着商品经济的发展，爱情信仰逐渐倒塌，婚外恋泛滥，以利益交换为目的的婚姻越来越多。爱情、婚姻，这几乎是被人们嚼烂了的话题。那种古典的执着爱情，已经在现实社会的功利中消失殆尽了。陆游和唐婉的幽怨已催不下现代人麻木的泪水，就连梁山伯和祝英台的执着坚定也不能引起更多人的共鸣，因为世俗功利已成为现代人情和爱建立的脆弱基础。

而主人公钟雨，却用自己的整个生命和情操守着自己内心深处的爱情角落。二十年的风风雨雨，丝毫没有动摇她心中的梦想，外面的世界也并非不精彩。因为这种执着与牵挂，她的心总能被那种心灵上的充实填得很满，从未对“任何一个够意思的求婚者”动过心，对那些“说不出是善意的愿望和恶意的闲话”总是能淡淡地付之一笑。

在她溘然长逝后，女儿捧着她那本题着“爱，是不能忘记”的笔记本发出了这样的慨叹：“我真不知道，妈妈，在她行将就木的那一天，还会爱得那样沉重。像她自己所说的，那是刻骨铭心的。我觉得那简直不是爱，而是一种疾痛，或是比死亡更强大的一种力量，假如世上真有所谓不朽的爱，这也就是极限了。她分明至死都感到幸福：她真正爱过，她没有半点遗憾。”在她生命的最后时刻，最后一页日记上的文字竟是：“我是一个信仰唯物主义的人，现在却希冀着天国，倘若真有天国，我知道，你一定在那里等待着我。我就要到那里去和你相会，我们将永远在一起，再也不会分离。再也不必怕影响另一个人的生活而割舍我们自己刻骨铭心的爱。亲爱的，等着我，我就要来了……”这样的执着怎不使读者为她黯然泪下？作者用女儿珊珊的视角充分地描绘了主人公对爱情的执着，成功地让读者相信只有“曾经沧海难为水，除却巫山不是云”才是钟雨执着的最贴切的形容。

小说最后用珊珊自己的结论作了结尾：“别管别人家的闲事吧！让我们耐心地等待，等着那呼唤我们的人，即使等不到也不要稀里糊涂地结婚！不要担心这么一来独身生活会成为一种可怕的灾难。要知道这兴许正是社会生活在文化、教养、趣味等等方面进化的一种表现！”或许珊珊正是主人公钟雨爱情希望的化身，她身为女儿一定能感知到母亲爱情的力量和对自己的关怀，母亲的故事也激励着她更好地面对日后生活。

张洁并没有采取直白宣泄式的叙述方式，而是以展现人物的复杂的内心情感世界为主，这在当时的文坛是独树一帜的。小说没有贯串始终的完整的情节，而是以情绪、意识的流动为主线，细心剖析了女作家钟雨的心灵世界。以一种抒情散文的笔调抒写故事，在描写中，它淡化了故事情节，没有详述他们的爱情生活经历，没有人物活动的社会和工作情况，甚至连男主人公的名字也不甚了了。通过“我”对往事的片段式的回忆来展示男女主人公的情感，并以抒情式的议论表达出作者对爱情、婚姻和道德等方面的人生感悟。再加上张洁细腻的情感、饱含哀愁的笔调，使作品的字里行间弥漫着淡淡的哀愁，营造出一种伤感哀戚的情境，给读者以强烈的艺术感染力。

很明显，小说中贯穿全篇的主旋律是恩格斯的那句名言：“只有以爱情为基础的婚姻才是合乎道德的!”而现实中无法避免地存在着大量的爱情与婚姻分离的状况，尽管合乎法律，却不合乎道德，必须逐步予以改变；那些阻碍、扼杀人的健全发展的东西，也都必须改变！小说的这个主题思想无疑是严肃而深刻的。它所揭露的爱情与婚姻的矛盾，实质上是理想与现实的矛盾。

小说写出了“蒹葭式”的追求者之悲，这是一种符合中国文化性质的模式，也是一个在中国社会反复出现的模式，它构成了中国文学永恒的母题。小说中，主人公钟雨也本能地感受到了现存的文化之礼的制约。所以，在追求过程中，她渐渐地加强着道德的力量、自律的力量，使自我不知不觉中又回到“礼”（超我）上来了：“不过为了另一个人的快乐，他们不得不割舍自己的爱情……”“廿多年啦，那个人占有着她全部的情感，可是她却得不到他。她只有把这些笔记本当作他的替身，在这上面和他倾心交谈，每时，每天，每月，每年。”她清醒地认识到无爱婚姻的浅薄与愚蠢，她大胆追求理想的爱情，但又囿于重重阻碍，无法真正地获得这份爱——在沉郁忧伤中蕴涵着热烈与执着，这是钟雨爱情追求的表征。

正如张洁所言，她的作品“并没有新的故事、新的情节、新的人物。有的，只是一颗执着地追求真谛的心”。《爱》并不以新奇的故事情节取胜，但张洁在这一创作中倾注了对普通人的生活、命运、爱情的关心和同情，把他们朴素而又纯洁的精神美展示在人们面前，以给我们生活的这个世界增添一些颜色和光彩。

# 卑微女子的悲歌

## ——从《油麻菜籽》看廖辉英的写作意图

汉语言文学 2008级3班 王卓妍

20世纪80年代，随着台湾经济的发展，长期受到不公正待遇的女性，迫切渴望建立男女平等的关系，强调女性的自尊自爱。在这种情况下，台湾新女性主义文学应运而生，出现了一系列崭新的命题。其中廖辉英的小说《油麻菜籽》通过对女性自身缺陷的深刻反省，对女性生存问题进行深层的审视，呼吁女性独立自强。

### 思想禁锢与宿命难违

“油麻菜籽”这个题目贯穿了整篇小说，是维系小说精神核心的意象。油麻菜籽是一种外观渺小、极其普通的谷物种子，在小说中象征着传统社会中女性的卑微命运。它在小说中反复出现，屡次从阿惠妈的口中说出，看似平淡却充满辛酸。在传统社会中，女性往往被置于男权格局中，如同微不足道的油麻菜籽，“夫为妻纲”、“重男轻女”等思想深刻影响着她们。这样的价值观是落后、愚昧、值得批判的。廖辉英笔下的阿惠妈就是一个典型。而阿惠的形象体现了青年一代的反抗，是现代女性独立的反映。

“查某囡仔是油麻菜籽命，落到哪里就长到哪里。”这句话深刻地体现了阿惠妈根深蒂固的重男轻女的思想。故事着重刻画细节，从侧面突出了阿惠妈将一切的不幸都归结于自己是个女人。阿惠的外祖父连娶六妾却苦无一子，可见阿惠妈重男轻女的思想根源由此而来。面对女儿与女婿的争吵，她很无奈，只有那句“查某囡仔是油麻菜籽命”。到后来，阿惠妈对儿子的偏心，更是愈演愈烈。阿惠妈认为女子多读书无用，阿惠考上了大学，她却撇撇嘴：“猪不肥，肥到狗身上。”等到家境好转，她又拼命敛财，少给点就会诅咒，除了儿子别人都是要不到钱的。连阿惠生病开刀她都不愿给钱。这样的母亲对于女儿来说，毫无母爱而言。她自己是封建伦理道德的受害者，又同样是其维护者。在她的思维里女人就是油麻菜籽命，她忍受着丈夫的不争气和虐待，又将同样的歧视加诸女儿身上。均是女人，却连女人都不帮女人，歧视自己的性别，何其可悲！但是我们又不难看出，阿惠妈对于女儿的爱其实并不少。虽然生活艰难，但是为了女儿的鞋，她变卖了自己的嫁妆。虽然觉得女孩子不用读太多书，但仍含辛茹苦地供她读书。即使重男轻女，得知女儿考上大学，但仍磕头说“菩萨保佑”。在这样一个被传统社会同化腐蚀的女性身上，我们也同样地看到了不必言说的淡淡的母爱。

廖辉英清晰地洞察出男权意识对女性影响的复杂性。“夫为妻纲”在传统社会中极为推崇，在一定程度上造成了男权文化意识形态的恶性发展。廖辉英认为，“女人的命运，常因男人而改变”。本来，阿惠妈是极为耀眼的大小姐，嫁给不成器的阿惠爸之后，被残酷的生活现状消磨成一个千疮百孔的女人。婚后不和，时常打闹，但是她从没有考虑过离婚，认为这就是她的命，只是在争吵中过着日子。生孩子的时候差点死去，却也这样过下去。丈夫出轨，她虽然打闹，但是最终还变卖东西筹钱给他还债。面对生活的磨难和感情的折磨，她依然坚强地挺了过来。但是她没有改变命运的想法，只会哭诉、抱怨，虽然时有反抗的意识，但是没有果断地行动。她是逆来顺受的悲剧角色，与阿惠女权意识的壮大形成了截然的对比。

阿惠妈是相信封建迷信的。她在拿了女儿生辰八字去批之后，发现自己与新娘神相冲，以致不能亲送女儿出嫁。对于一个母亲而言，这是十分难过的事情，因为这粒即将要降到不可知田里去的“油麻菜籽”是她养育了二十多年的女儿。小说结尾处“妈妈，妈妈！”苦涩的呼喊声蕴藉深刻。

**深入探讨与比较联系**

廖辉英的小说远离浪漫，贴近现实，直面女性的人生困境。她通过自己的生活经历与在职场摸爬滚打的不易，塑造了一个又一个破碎的故事。与琼瑶不同，廖辉英的作品没有梦幻般的童话爱情，只有残酷的悲剧现实。没有刻意使用艺术表现手法，用近乎质朴平实的笔调将美好的梦境撕裂开，剖析出女性真实的生存状态。廖辉英选择了第一人称叙述手法，更利于表达女性切身的生命体验。我们更能把握女性复杂而真实的内心世界和面对男权社会的挣扎。透过《油麻菜籽》，我们不仅清楚地看到了传统男权思想对女性的压迫，更意识到女性自身的软弱无力。必须唤醒女性自尊自爱的觉醒，才能从根本上改变这个千年的传统，女性才不会充当男性附庸的角色。

婚姻是家庭的主要存在形式，而家庭也是传统女性全部的人生舞台。对于她们而言，生命意义的归宿就是家。女性文学探讨的女性形象大多围绕着她们在婚姻生活中扮演的角色和矛盾冲突。作为传统女性，从小耳濡目染的教育就是“出嫁从夫”、“嫁鸡随鸡嫁狗随狗”等无条件的服从。《油麻菜籽》中的阿惠妈也曾期待过自己的婚姻家庭幸福美满，但是随着梦想的破灭，她只能听天由命，浓浓的宿命感伴随着她的一生。

随着时代的变迁、女性意识的觉醒，如繁花盛开的女性文学，跨越新旧社会历史的界限，思考着女性生存的真谛。廖辉英的《油麻菜籽》中的“阿惠妈”是一个旧式传统女性。她身上流淌着几千年传统伦理道德的血液，在对待婚姻、家庭问题时打上了时代的烙印。而在一些女性文学作品中，有女性同样遇到阿惠妈一样的情况，她们却做出了不同的抉择。如李昂的《杀夫》中的林市，面对悲惨的婚姻，她选择了杀夫。通过林市悲惨的人生，表达了女性不再隐忍软弱而奋起反抗的决心。而廖辉英的《油麻菜籽》更倾向于委婉亲切地表达出女性要觉醒，而非用锋利的匕首批判大男子主义。同样，张洁《方舟》的题记“你将格外地不幸，因为你身为女人”似乎道出了传统社会中普遍存在的对女性价值的认知。但是小说中的她们面对婚姻和事业的重重磨难，没有像阿惠妈一样选择逃避、放弃，而是为实现自我价值不断地顽强奋斗。性格决定命运，就如阿惠一样，即使女性生存再艰难，只要不放弃，依然可以活得很精彩。但是我们不难看出，《油麻菜籽》中阿惠的形象说明了现代社会中女性起着越来越重要的作用，她们不让须眉，只是需要社会对她们的肯定和支持。女性自我价值意识觉醒了，那么我们的社会应该为女性做些什么呢？这个问题值得探究。

廖辉英专注于女性问题的探讨。她的小说中形形色色的女性形象对现代女性的自立、自强有极大的警醒作用。《不归路》和《窗口的女人》塑造了徘徊在道德边缘的“第三者”形象。从《油麻菜籽》到《不归路》，廖辉英关注的女性群体发生了变化。随着女性独立意识的觉醒，社会上出现了越来越多的女性第三者，她用简单朴实的语言和亲切生动的故事情节揭示了破坏他人家庭的女子的最终命运——被男人抛弃，被社会遗弃。她擅长以女性特有的敏感和细腻，以浅显的象征还原生活的本来面目，写出了在庸庸碌碌生活中挣扎的可怜、可鄙的人，如阿惠妈、李芸儿、朱庭月等。女性究竟是不是弱者，在廖辉英的笔下并没有完全盖棺定论。因为我们在那些在男女情感世界中沉浮的女性身上不仅看到了她们的卑微，也看到她们其实具有改变命运、强大自身的力量。能否成为强者，在于她们自身是否觉醒。

读完《油麻菜籽》，更像是品味完一段人生。这段人生仿佛就发生在我们的身边。触手可及，但触碰到又会痛入骨髓。艺术源于生活，又高于生活。廖辉英用自己对女性生存命运的感悟，创造了一则则关于女性生存的寓言，发人深省。

# 人生如梦　戏如人生

## ——浅析《游园惊梦》

王卓妍

《游园惊梦》的作者是白先勇。小说以钱将军遗孀蓝田玉到窦公馆赴宴为线索，为我们展开了一幅跨越兴衰荣辱几十年的画卷，真实地反映了当时台湾社会旧贵族的衰落、新兴阶级的兴起。通过钱夫人对宴会的感受以及由此引发的对往事的回忆和生动的心理活动的描写，使整部小说笼罩在亦真亦幻的情境中，给人以美人迟暮、人生如梦的悲怆之感。

### 题目意蕴与主题探讨

《游园惊梦》从题目表面来看，是一首昆曲的名字，源于戏曲家汤显祖的代表作《牡丹亭》。《牡丹亭》讲述的是杜丽娘和柳梦梅的爱情故事，曲中“良辰美景奈何天，赏心乐事谁家院”的诗句更是流传千古。这首元曲反映了封建社会对女性的压制，不允许她们寻找自己的爱情，固执地坚持着封建保守思想。曲中的杜丽娘冲破封建礼教的桎梏，勇敢地追求自己的幸福，美好的结局是作者给予人们的期许。那么这样一个故事与这本小说有什么联系呢？不难看出，主人公钱夫人身上有杜丽娘的影子，她渴望得到爱情，但是现实并没有让她如愿，与郑参谋的春风一度成了她记忆里此生唯一一次惊梦。杜丽娘和柳梦梅的爱情在当时是有违世俗的，而钱夫人和郑参谋的爱情亦如此。

《游园惊梦》戏里戏外，贯穿了钱夫人的一生。从当初做戏子，唱《游园惊梦》红遍一时，引得钱将军想要把她接回家伴他共度晚年；到自己爱上郑参谋，有了唯一一次惊梦；到被亲妹妹夺走情郎，梦碎；再到如今地位衰落。去赴宴，与众人游后花园，要求和别人合唱《游园惊梦》，她唱惊梦，引起了她对往事的回忆，浓浓的伤感之情弥漫开来。虚实相应，戏如人生，诠释了钱夫人的命运。

“梦”字更添深意，钱夫人长久以来，活在梦中，麻痹自己。爱情破碎，现实残酷，人生恍如一梦，她不愿面对世事无常的残忍事实，把自己包裹在一切如故的表象里，自欺欺人。文中结尾“变得我都快不认识了——起了好多新的高楼大厦”，一个“变”字影射了全文，这里和大陆不一样了，旧贵族没落了，新兴中产阶级兴起了，现在与在大陆时的锦衣玉食的生活相差甚远。爱情死了，她只是孤零零一个人，哀悼着自己的“行将就木”的一生。梦被打碎了，她才发现周围变了太多，故事的悲剧效果更加强烈。

贯穿全文的主题有三：一是社会的变迁、地位衰落。钱夫人回到台湾，地位不再显赫，高楼大厦的兴建说明工商经济正如火如荼地发展着，最终旧贵族会永远地退出历史的舞台。二是爱情、亲情的变质。钱夫人和窦夫人均被自己的亲妹妹抢走自己心爱之人或要嫁之人，毫无亲情可言，亲姐妹之间都可以背叛，不值得信任。爱情更是经不起考验，一点诱惑便顷刻坍塌。三是人生如梦的感慨。钱夫人怀念自己过去在南京城的风光，总是想起“从前钱鹏志在的时候”，不愿面对自己老去和如今残酷的现实，更添炎凉之感。

## 人物形象与平行技巧

文中钱夫人蓝田玉性格温顺，名字取自“蓝田日暖玉生烟”，暖字足已概括她，而在佛教里“玉”字与“欲”字读音相似，也昭示了她的命运。窦夫人桂枝香，淡淡的桂花香，虽不浓郁，却雅致。她给人隐忍的感觉，“论到懂世故，有担待，除了他姐姐桂枝香再也找不出第二个人来”。不难看出这点。钱夫人的妹妹十七月月红文中所着笔墨不多，但性格与天辣椒蒋碧月颇为相似，都是轻佻之人。连穿着方面都差不多，穿得大金大红。月月红，月月开花的月季，低贱之花。从名字不难看出此人性格，艳丽夺人，逞强不择手段。天辣椒，辣椒本身就很辣，“天”字更彰显蒋碧月的泼辣无人能及。名字与性格、外表相得益彰，加深了读者对主人公的认识，对于她们的命运也能揣测几分。试问：假使两个姐姐的性格都比较强悍，故事的结局还会不会一样呢？

四人都是同一家戏院的戏子，郑参谋和程参谋同为参谋，都是官员身边的随从，是深闺寂寞的少妇最有可能产生感情的人。钱夫人嫁给大她几十岁的钱将军，这段婚姻里自然没有什么爱情，她毕竟年轻，爱上了年轻的郑参谋也在常理。只是她是人妇，此举实为私通。对她而言，那一次才算是真正活过。可惜，爱人被自己的亲妹妹所抢，美好的爱情幻想支离破碎，而疼她的钱将军也最终撒手人寰。而窦夫人本来要嫁的人硬生生地被她的亲妹妹抢了去，自己委屈地做别人三房。而从小说中不难找到只言片语，让我们看出今日雍容华贵的她与程参谋之间似乎有不同寻常的关系，如“程参谋，好好替我劝酒啊！你长官不在，你就在那一桌替他做主人吧”，等等。

小说大量运用平行技巧，从钱夫人到达气派的窦公馆开始，钱夫人的记忆就是断续的，喝酒之后，更是模糊了今昔。因为今日华贵无比的宴会让她想到自己当初在南京的风光，讲究排场，要派头，与如今的窦夫人如出一辙。看到虽丧夫却依旧打扮入时的蒋碧月，她想起了桂枝香被妹妹抢走下聘之人，宴会上她泼辣的动作，让她想到了自己被妹妹抢走爱人的往事。桂枝香那句“是亲妹子才专拣自己的姐姐往脚下踹呢”道尽了无数的凄凉。与郑参谋口音略同的程参谋的出现，咧着一口雪白的牙齿，开口闭口“夫人”地叫着，将她整个情绪牵动起来。《游园惊梦》的上演，更让她想起了自己与郑彦青的过往，回忆起埋藏心底的惊梦。一个人物的命运可以折射出许多人的命运，谁又知今日风光的窦夫人他日是否会如钱夫人一样落魄呢？作者大量的今昔平行现象，让读者也同钱夫人一起深刻感受了世事无常的真谛，人生恍如一梦。

小说还充分运用了意识流、预示、虚实相应等手法，为没落的旧贵族阶级献上了一曲挽歌。

# 《游园惊梦》的艺术魅力

汉语言文学　2008 级 3 班　段　然

“原来姹紫嫣红开遍，似这般都付与断壁颓垣。良辰美景奈何天，赏心乐事谁家院。”《游园》本是《牡丹亭》中的一折唱词，经白先勇的发挥，成就了一篇让人读出悲凉与无奈的小说。

《游园惊梦》写的是女人、叹的是女人。深谙女人的白先勇把看似凌乱的人物放入简单的故事情节中，通过女主人公赴宴的经历，描写了这位守寡的将军夫人悲剧性的命运遭遇，反映了时代的变迁和当时台湾社会的现实。小说以精巧的笔法塑造了蓝田玉、窦夫人、蒋碧月等形色各异的人物形象，表达出他们对世事变幻的沧桑感慨。

小说最大的特点应该是传统文化因素与西方现代叙述技巧的结合。可以说，古典和现代在他的作品中得到了完美的融合和展现。在分析作品之外，应看到白先勇的背景是他写作的重要因素。

白先勇出身官宦世家，父亲白崇禧是国民党高级将领。解放战争中战败的国民党撤离大陆，逃往台湾，由此，一批批达官贵人渐渐没落。白先勇便是这一历史悲剧的目击者和见证人，于是，“没落贵族的挽歌”便成了他作品中不可或缺的一部分。我们也可以从作品中看出，这样“无根的一代”所承受的漂泊感和归属感的缺失。他们的这种流浪状态更加重了小说的悲凉气息。白先勇不是一个歌颂者，而是一位悲剧艺术家，作品中鲜明的艺术魅力使他成为“当代中国极有才气与成就的短篇小说家”。

## 多层次的主题

读过巴尔扎克的《人间喜剧》和曹雪芹的《红楼梦》的人，会发现它们与《游园惊梦》在主题上的联系，仿佛贵族的没落最易使人感受到历史的沧桑和人生的无常。在这些不幸者的遭遇和命运中，白先勇注入了佛家的色空观念和道家的人生无常之叹：一切轰轰烈烈转眼间灰飞烟灭，一切荣华富贵也刹那间荡然无存。如他自己所言，这些文字是“对过去、对自己最辉煌时代的哀悼”。

然而，作品中并没有一味地以各种无常变换、无情遭遇来换取读者的同情，而是将这种对现实摧残下的人物的同情加以控制，并在适当的地方对没落贵族的局限性和腐败性进行耐人寻味的讽刺。这使得作品极具理性色彩。

《游园惊梦》写出了钱夫人的身世悲剧，并从她身上映射出没落贵族的悲剧，但其中也回荡着对传统文化艺术由盛转衰的惋惜。时代的发展、社会的进步使人们对古老而优美的中国传统文化产生嫌弃感。西洋文化逐渐取而代之，钱夫人口中咿咿呀呀的昆曲也渐行渐远。在钱夫人眼里，“起了好多新的高楼大厦”的台北已经太过陌生，而掺杂了西方各种糟粕和精华的中华文化又何尝不陌生呢？于是，今日钱夫人游园，就如同往日黛玉葬花一样为中国传统文化唱了一曲挽歌。钱夫人个人身世的沧桑史也升华为传统文化的沧桑史。

## 传统文化因素的渗透

小说中“世事如梦，命运无常”的主题是深受《红楼梦》悲剧主题影响的。对此，白先勇说："事实上，《游园惊梦》的主题与《红楼梦》相似，就是表现中国传统中的佛道哲理，即太虚幻境中的那句话：'假作真时真亦假，无到有处有还无'。"同时，曹雪芹用《西厢记》暗示宝玉与黛玉的爱情悲剧，用《牡丹亭》来折射黛玉的夭折，利用戏剧来推动情节、暗示情节的技巧也深深地影响了《游园惊梦》。钱夫人的一曲《游园惊梦》唱出了杜丽娘的"惊"，也唱出了自己的"惊"，两度演唱的情境不断交织在眼前，加剧了主题的表现，更渲染出沧桑变迁的无奈。

作者在童年时代就深受戏曲的熏陶，尤其着迷于昆曲，认为它是"一种最精致完美的艺术形式"。昆曲与小说，一个以婉转曲折的调子唱尽人世冷暖，一个以迂回流转的文字写尽世事无常。白先勇将二者融合，形成了风格独特的《游园惊梦》。女主人公蓝田玉本是南京一位著名的昆曲演员，她的拿手好戏正是这一曲《游园惊梦》。这出戏唱红了她，使她得到了高级将领钱鹏志的心。他纳她为妾，让她享尽荣华富贵。但钱将军病逝后，她的地位一落千丈，饱尝了人世冷暖。再度开唱《游园惊梦》时，她已风光散尽，往事不堪回首。她与戏里的杜丽娘一起"游园"，一起感叹"韶光贱"。熟悉的曲调、淡淡的醉意，使她不断想起"钱鹏志在的时候"，内心一片凌乱和凄凉。再说什么也无济于事，纵使自己是色艺俱佳的伶人，也只能屈从于现实，做个落魄夫人。事已至此，《牡丹亭》唱到《游园惊梦》就罢了，毕竟世事牵绊，自己已不可能再有杜丽娘那样的勇气去追求幸福。

## 精湛的细节描写

细节描写也是作品极具魅力之处，尤其是对几位夫人的衣饰描写。窦夫人"银灰洒朱砂的薄纱旗袍"、"莲子大的钻戒"；天辣椒蒋碧月"火红的缎子旗袍"、"铮铮锵锵的八只扭花金丝镯"；"一身玉器"的赖夫人……形色各异，却非常符合人物性格特征和身份地位。窦夫人的雍容华贵凸显出现时地位的上升；天辣椒火辣张扬的性格配上火红的旗袍和夸张的首饰，再合适不过；赖夫人的将军夫人身份决定了她的装扮简约富贵而富有气质。同时，宴会场景也得到了极其细腻的描摹。

赴宴的钱夫人没有了专车，早早就让计程车停下来，不想让人看到；开宴前，钱夫人一直“俯首饮茶”，而蒋碧月抓了一把瓜子，四处插话；宴会后，众人一齐向“黑色崭新的林肯”里的赖夫人挥手作别。这些细节描写都一点一点刻画出人物性格，反映出人物心境。

## 西方现代表现技巧的运用

《游园惊梦》可算是小说集《台北人》中最具现代技巧的一篇。在《游园惊梦》中运用得最突出的，便是意识流手法。钱夫人的意识流动贯穿整部小说，一边写她赴宴的过程，一边写她受不同事物激发所产生的意识流动。意识流是西方现代派作家倡导的一种无意识、非理性的写作技巧，以伍尔夫的《墙上的斑点》为代表。白先勇在美国的学习经历使他深刻认识到写作技巧的重要性，于是，他在钱夫人的一阵阵意识流动中，向读者展现种种往事，使人物塑造更加丰满。意识中的过去与现实相互交织，进一步推动了主题表现。

此外，一场宴会便让我们看到几十年的风云变幻，这种高度浓缩的技巧也是小说的一大特点。当然这也得益于意识流手法的运用。作者以钱夫人的视角，将时空不断转换，将过去相当长一段时间内发生的事像过电影一样一一掠过，既简洁又全面地将故事叙述完整。

这样的一次赴宴即“游园”，当钱夫人唱到“原来姹紫嫣红开遍，似这般都付与断壁颓垣”时，顿时戏剧与现实融合，一种世事无常、浮生若梦的悲凉感袭上心头，使她一惊。一曲《游园惊梦》和一篇《游园惊梦》就这样道出了人世的悲欢离合、无奈辛酸。

# 茶花女的悲伤与幸福

段　然

在茶花触碰到阳光的那一刹那，在它因阳光的滋润而娇艳欲滴的那一刹那，无情的风折断了花枝，让它又倒在了阴冷的角落，无力再爬起再去触摸那伸手可及的阳光。《茶花女》的故事就是这样。

《茶花女》是法国作家小仲马的代表作。19世纪40年代，一个叫阿尔丰西娜·普林西的贫困乡下姑娘来到巴黎，走进名利场，成为上流社会的一个社交明星，开始了高级妓女的卖笑生涯。她就是《茶花女》的女主人公玛格丽特的原型。作品中玛格丽特爱好文学、音乐，谈吐不俗，风华绝代。一次在剧院门口咯血被男主人公阿尔芒看见，两人结交并迅速坠入爱河。玛格丽特为阿尔芒真挚的爱情感动，毅然离开社交生活，与阿尔芒同居乡间。阿尔芒的父亲却责备玛格丽特玷污了他的家族。无奈，玛格丽特返回巴黎，重操旧业。而阿尔芒在不知情的情况下辱骂她，使她一病不起，最后含泪而死。得知真相后的阿尔芒后悔不已，但也于事无补。

小仲马一生写了两部小说、十几部剧本，多描写上流社会的婚姻家庭问题，并批评其家庭道德的败坏，对于被欺骗被遗弃的女性表示同情。这与他的身世有关。小仲马是大仲马与女裁缝的私生子，这样的身世使小仲马在相当长的一段时间内备受侮辱和奚落，直至大仲马承认他。而小仲马的生母无疑是被发达后的大仲马抛弃的。这使小仲马对人间的残酷有了更深的认识。

小说中玛格丽特与阿尔芒的故事取材于小仲马和阿尔丰西娜之间真实存在的一段感情。那么小仲马就是阿尔芒吗？事实也如同小说一样单纯唯美吗？当然不。但我想，既然小仲马决定将这段往事记为小说，对其加以改造和创新，那为何不可虚构一下可怜的玛格丽特的生命呢？也许，她的死对于他来说算是一种解脱。毕竟与这样一个放荡的高级妓女有过感情经历，对于小仲马可不是什么光彩的事。由此，小说开始阿尔芒的悲痛欲绝，后来疯狂的行为，都让人觉得是对现实的一种补偿。我始终认为小仲马追求阿尔丰西娜，只是垂涎她的美貌，出于男人的虚荣心，是否有真正的爱情存在，着实有待考证。所以，小仲马才会将阿尔芒和茶花女之间的爱情塑造得如此动人。

玛格丽特与阿尔丰西娜虽有相似之处，但经过小仲马的艺术改造又呈现出不同的色彩。现实中，阿尔丰西娜早已对任何感情麻木。怀着“及时行乐”的心理，她无时无刻不在骄奢淫逸的生活中放纵自我并沉溺其中，不能自拔。最后与小仲马分手，也只是因为她需要更多的男人供养。但玛格丽特不同，她是高贵的。她曾煞费苦心变卖财物，只为和阿尔芒过平静的生活；她接受阿尔芒父亲的要求，沉默地忍受阿尔芒的侮辱；临终前还给阿尔芒写下夹杂着血与泪的书信。最重要的是，这位善良可爱的姑娘相信爱情的存在，从不遮掩自己的情感，勇敢地追求，勇敢地放弃，令人钦佩。

然而，玛格丽特究竟算不算是一个悲剧性的人物呢？

我觉得不是。她虽然身为妓女，无时无刻不在充当着上流社会男人们的玩物，却在极度奢华糜烂的生活中，获得了阿尔芒真挚纯洁的爱情。这对于一个妓女而言，是一件值得庆幸的事。看世间有多少眷侣山盟虽在情已成空。早在《诗经》中就已有“士之耽兮，犹可说也，女之耽兮，不可说也”的诗句。可知，玛格丽特与阿尔芒的相亲相爱是多么难得，虽然结果不尽如人意。后来她为了阿尔芒的家庭和事业做出牺牲，内心还觉得慰藉。她在给阿尔芒的信中说：“你给我的侮辱，我几乎是带着欢乐来接受的。我觉得，你越伤害我，等你知道真相后，我在你心中会显得越高大。”可怜的女孩，牺牲一生换来一时的伟大与高尚，到底值不值呢？在她病危之时，曾被她视为朋友的布吕丹斯意识到再也无法从她那得到好处，便渐渐消失；曾围着她团团转的男人们也不复存在。但我想，她并不在意这些，因为在她墓前，每天都有阿尔芒送来的盛开的白色茶花，从不间断。期待被人爱，是每个女子的宿命。玛格丽特的期待没有落空，这已足够。

话题又回到了爱情上来。阿尔芒在书中说："被纯洁的年轻的女人所爱，第一个向她显示这种爱情上的神秘，这确实是巨大的幸福，可也是世上最简单的事情"，但是，"真正被一个妓女所爱，那是一个非常难得的胜利"，因为她们"肉体摧残了灵魂，情欲烧毁了心，放荡麻木了感情"。在她们看来，爱情更像是一种休息或者安慰。可知，玛格丽特需要多大的力量去爱上阿尔芒。但是仅有爱情是不够的，他们不能永远隐居在世外桃源。爱情与面包的抉择又一次上演。现实在他们之间隔出一条不可逾越的银河。忽想起同为妓女的陈圆圆，她比起玛格丽特似乎要幸运些许。

这场戏里，没有谁对谁错，也许缘分一词，正是为了解释这种阴差阳错。不明真相的阿尔芒给玛格丽特带来了辉煌的开始和暗淡的结尾。"人生若只如初见，何事秋风悲画扇"，倘若知道是这样的结局，倒宁愿未曾有过什么辉煌。他们费尽心血苦心经营的这份感情最后还是难逃陨落的宿命。

玛格丽特同她的爱情一样，像是荷花出自淤泥，可笑的是，出得不是时候，开得不是地方，注定悲剧一出。

# 我看金大班

汉语言文学 2008级2班 沈 帅

《金大班的最后一夜》出自短篇小说集《台北人》，是白先勇的代表作之一。它充分体现了作者的艺术特色，包括写作技巧和情感认知。本文将通过对金大班人物形象的分析对此问题作出探究和论证。

文学人物的形象特征主要是在他（她）和其他人发生的关系中体现出来，金大班这一人物形象自然也不例外。

《金大班的最后一夜》的故事发生在20世纪50年代台北的一个夜晚，这是在风月场上混迹了二十多年的金大班“谢幕”的最后一夜，但这一晚却颇不平静。

小说伊始，金大班和舞女们就因为迟到受到了夜巴黎经理童得怀喋喋不休的抱怨，“金大班，你们一餐饭下来，天都快亮喽。客人们等不住，有几位早走掉啦”。而金大班对小人得志、耀武扬威的童得怀充满了不屑和鄙夷，她先是“笑吟吟地答道”，继而是“脸上似笑非笑地开言道”，最后是“打鼻子眼里冷笑了一声”。她“连珠炮似地”回击是先礼后兵，严而有度，既发泄了心中的不快，又不至于与童闹得太僵。她对童的言行以及下文的描述，如“金大班且不搭腔，乜斜了眼睛瞅着萧红美，一把两只手便抓到了萧红美的奶子上，吓得萧红美鸡猫子鬼叫乱躲起来，惹得桌上的客人都笑了”。再如，“一屁股便坐到了小蔡两只大腿中间，使劲地磨了两下，一只手勾到小蔡脖子上，说道：‘我还没宰你这头小童子鸡，哪里来的鸡炖给他吃’”。这些都反映出金大班在舞场二十多年摸爬滚打练就的一身善于周旋、老成世故、准确把握各类人心理的硬功夫。这是一个舞女领班应当具有的特质，但这也只是金大班性格的一个侧面，而真正构成其艺术魅力的是她人性深处未曾熄灭的爱与善。

朱凤是金大班“费了一番心思，舞场里的十八般武艺都一一传授给她”的一个舞女，并且为了她当初还和童得怀置了气。所以当她告诉金大班自己怀孕了的时候，金大班“拉起朱凤的耳朵”，“冷笑了一下”，“狠狠啐了一口”，“一手扳起了朱凤的下巴，一手便戳到了她眉心上”，但是当她看到朱凤“充满怨毒、凶光闪闪”的眼睛时，母性在刹那间复苏，于是“把右手无名指上一只一克拉半的火油大钻戒卸了下来，掷到了朱凤怀里”。同时她也想起二十年前自己也像现在的朱凤一样，“替月如怀了孕”，却被心狠手辣、冷漠无情的姆妈和哥哥想方设法逼着去打了胎。如果说世上的人可以简单地分为两种：被人吃了再去吃别的人和被人吃了不再吃人，那么金兆丽显然属于后者，而这是一种可贵的品质。

最能体现金兆丽性格本质的，也是全文主线的是金与几个男人之间的关系。而这其中又可以分成两条线：从月如到秦雄是“谋爱”的一条线，从潘金荣到陈发荣是“谋生”的一条线。这是理想与现实、爱情与生活、精神与物质旷日持久的一场战争。这两种力量是交替上升、此消彼长的，构成了文学也是现实生活的张力。当然最终的结果，不言而喻。“四十岁的女人不能等。四十岁的女人没有工夫谈恋爱。四十岁的女人——连真正的男人都可以不要了。”虽然金兆丽最后败给了现实，嫁给了生活，但她心中仍然没有放弃对“爱”和“美”的追求（小说结尾处的那个“第一次到舞场来的嫩角色”正是对女性心中罗曼蒂克的爱情唱一曲挽歌，也是保留一份希望，虽然这份希望看似渺茫），而正是这种追求才是她（也是我们每一个人）在这浊世上继续活下去的理由和勇气。

白先勇是国民党高级将领白崇禧之子，自幼受到浓厚的古典文化熏陶，后来考入台大外文系，还就读过美国爱荷华大学创作班。丰富的经历对他的文学创作造成了影响——既能表现出细腻温婉的古典情怀，也能使他自觉地把西方现代派的手法运用到创作中去。

关于古典情结，不光是对含蓄深沉的意境的营造，更多的是对传统文化蕴藏的民间精神的追求。以金大班为例，她并没有极高的文化素养和道德约束力，她对朱凤的手下留情只是源自民间的一种“菩萨心肠”，这是最简单最质朴的民间理想，也是她最能体现“玉观音”这个诨名的地方。

进一步探讨这种民间文化对白先勇创作所起的作用，就不可避免地谈到新中国成立后台湾人和海外游子的“乡愁情结”。这里的乡愁不只是指对故土的怀念，还应包括对一切逝去的美好的人、物以及情感的追思和缅怀。金大班虽然是个有着二十多年舞场经历的舞女领班，但她并没有放弃心中对美好爱情的渴望，因为她知道只有这种纯洁高贵的爱情才能让“她在别的男人身上所受的玷辱和亵渎，都随着她的泪水流走了一般”。这种对爱情的渴望就是人性的“乡愁”。

白先勇运用西方现代派的写作技巧也是显而易见的。当金大班看到“好像一只刚赖抱的小母鸡准备和偷它鸡蛋的人拼命了似的”的朱凤时，她回想起二十年前的月如，这里运用了意识流动的手法。而“秦雄说他就喜欢比他年纪大的女人，解事体，懂温存”，这是很明显的弗洛伊德“恋母情结”的体现。全文的时间集中在金大班的最后一夜，却要交代跨度二十多年的故事，就要依靠镜头剪切（蒙太奇）、倒叙插叙、内外视角的转换这些西方现代的写作技法。

《金大班的最后一夜》体现了白先勇的艺术特色，他既能够表现含蓄委婉的古典意境，又能运用西方现代手法，做到出入古今，纵横中西。这种化用古今中外、游刃有余的能力值得我们后辈尊敬和学习。

# 简析鲁迅的矛盾心理

## ——读《野草》有感

沈 帅

《野草》是鲁迅唯一的散文诗集，也是最“个人化”的一部作品。通过阅读《野草》，我们窥见了这个文化巨人的真实魂灵。透过《野草》，我们可以看到一个在“黑暗与光明”、“沉默与开口”、“拥抱与杀戮”、“希望与绝望”间矛盾着的鲁迅。

矛盾，不仅存在于“明与暗，生与死，过去与未来，友与仇，人与兽，爱者与不爱者”之间。矛盾还作为一个方面与它的对立面“不矛盾”（和谐）矛盾着，换句话说，前者是两种事物间的矛盾，这是我们一般意义上的矛盾；后者是事物内部的矛盾，即矛盾本身。据此作一个简单的划分，《野草》里的文章（除去《立论》和《我的失恋》等）大致可以归为两类：一类是表现事物间的矛盾，通常被表现为敌我矛盾，但鲁迅并没有陷入“二元对立”的思维模式，从而进行一种简单化的政治性图解。在对这类矛盾的表现上，鲁迅是激进的、昂扬的、信心十足的。另一类则是事物内部的矛盾，通常被表现为鲁迅内心矛盾的斗争和角力，是自我解剖，是灵魂鞭挞。在对这类矛盾的表现上，鲁迅却是痛苦的、消极的，并时常陷入颓废。当然，这两种矛盾是同时存在、共荣共生的，简单的划分免不了割裂二者对立统一的关系，但为了分析的可能性和可行性，也为了尝试一种新的分析法，只能如此。如若因学生愚钝浅薄造成谬误，敬请雅正。

要想读懂《野草》绝非易事，首先遇到的难题就是大量反常规（甚至是反逻辑）的“客观形象与主观意趣统一的意象”。这些反常规的意象有的是已经包含了设定的象征意义，但鲁迅却有推陈出新的能力，作一种出其不意的反叛，拉开审美距离，从而更加震荡读者的心灵，“进行更高、更深层次哲理的思考”。有的则是对前人未曾涉足的客观形象倾注主观情绪，这是鲁迅独创性的体现。本文通过意象分析的方法，来展现鲁迅的两类矛盾心理。

体现事物间矛盾的作品有《秋夜》、《过客》、《这样的战士》等。在《秋夜》中，作者设置了两个主要的意象——“默默地铁似的直刺着奇怪而高的天空”的“枣树”和“非常之蓝，闪闪地夹着几十个星星的眼，冷眼”的“天空”。枣树在这里是战士的象征，而天空被比作黑暗的社会环境。鲁迅在此赞扬了一种持之以恒，“攻坚战”式的斗争精神。文中还有两个小的意象，一个是“在冷的夜气中，瑟缩地做梦，虽然颜色冻得红惨惨地，仍然瑟缩着”的“极细小的粉红花”，这里是象征在腐朽社会中成长的深受其害的青年人，鲁迅对青年的感情是怜惜的，这里是“哀其不幸”。另一个意象是“头大尾小，向日葵子似的，只有半粒小麦那么大，遍身的颜色苍翠得可爱，可怜”的“小青虫”，这是在斗争中献身的“英雄”的形象。鲁迅对这种“英雄”行为的态度在评论界一直存在两种完全相悖的观点，一种是认为鲁迅赞许，一种认为鲁迅反对这种无谓的牺牲。但就这篇文章看，我认为鲁迅对“小青虫”们“怜”的成分更多一些。在《过客》和《这样的战士》中，一个是明知“前面是坟”却偏要向前走的“过客”，一个是“走进无物之阵”但“举起了投枪”的“战士”，两人同属于为了理想而献身的勇士，虽然明知道前途是死，但是为了以后的人能“幸福的度日，合理的做人”，他们甘愿“自己背着因袭的重担，肩住了黑暗的闸门，放他们到宽阔光明的地方去”。这样的献身是鲁迅自愿承担的社会历史使命，不同于服从政党（组织）而牺牲个人。

从上述作品中我们能看到鲁迅是有意识的反抗（包括献身）的，感情虽然悲壮，但积极向上。而在表现内部矛盾的文章中，鲁迅则陷入了颓废低沉，开始怀疑这种反抗本身。这样的作品有

《希望》、《影的告别》、《死火》等。在《希望》篇中，我所感受到的却是鲁迅的绝望。在文章开头，鲁迅就说“我的心分外地寂寞。然而我的心很平安：没有爱憎，没有哀乐，也没有颜色和声音”。这里的“平安”是褒义贬用，实义是指逆来顺受、安于现状、不知反抗的奴性心理。这是鲁迅的自我审视，但其根源则是“青年们很平安”。“因为身外的青春倘一消灭，我身中的迟暮也即凋零了。”可见，群众（青年）的愚昧对鲁迅的打击有多么沉重。鲁迅对此是“怒其不争”，这确实是“五四”后鲁迅内心惨淡的真实写照。在《影的告别》和《死火》中，鲁迅选取的两个意象是彷徨于“明暗之间”的“影”和“死的火焰”，这是鲁迅的自比。这里鲁迅把自己置于绝对孤独的境地。“然而黑暗又会吞并我，然而光明又会使我消失”的“影”，要么“冻结”要么“燃烧”的“死火”，这两者都是所谓的“中间物”，也是鲁迅的自我象征。鲁迅是自由的文人，从不隶属于某个团体（组织），鲁迅又因为这种“不合作”的态度，秉承着“治病救人”的责任心而与很多文人展开论战，四面树敌，所以他的内心免不了孤独寂寞。

最后让我们回到《题辞》，“当我沉默着的时候，我觉得充实；我将开口，同时感到空虚”，这里运用反义对比充分展示了鲁迅在“沉默”与“开口”间的矛盾心理。“天地有如此静穆，我不能大笑而且歌唱。天地即不如此静穆，我或者也将不能”，这里采用假设性否定来质疑自己能不能“大笑与歌唱”，这是鲁迅敢于逼视自己的灵魂。

鲁迅，作为中国现代文学的第一位大师，其成就可以比肩任何一位世界级的文学家。同时鲁迅也是一个人，有着正常的苦与乐、仇与爱。鲁迅的矛盾心理是其创作力的滥觞，我们从中可以学到有助于文化重建的方法和动力，这是我们每一个中文学子应当为之努力的。

# 西江祭

## ——评钟道宇小说《紫云》

汉语言文学　2009 级 1 班　陈永聪

在端州城里流传着这样一个传说，在很久远的时候，一个太监奉旨南下，船过羚羊峡时竟发现有一只凤凰立在山头上。他觉得这山上肯定有稀世珍宝，便叫人去开采。开采出来的这些石头让所有人都惊呆了，“如妇人肌，如婴孩面”，当真是稀世珍宝。后来，当朝皇帝命工匠把这些石头雕成砚台，竟有很好的发墨作用，而那个太监也被派到端州做起了皇坑（即老坑）的开采监工。从此端砚作为中华民族特殊的艺术品而流传于世。

广东作家钟道宇对肇庆的历史传说相当熟悉，尤其钟爱端砚文化。其长篇小说《紫云》描写的就是一个以砚为生、与砚为伴的家族兴衰成败、喜怒哀乐的故事。有意思的是，小说中也有个太监来到端州城做老坑的开采监工，而他的身上也多多少少带上了传说中那个太监的风骨，犹有一番特别的韵味。

相比于当下不少作者选择以架空的地点作为故事展开的场景，钟道宇却选择了一个真实的却鲜为人知的地点作为他笔下人物活动的舞台。这和陈忠实写陕西、蒋韵和笛安写太原、阿来写西藏、东野圭吾写大阪一样，若不是对那个地方有深厚的感情和深层的文化理解，是不可能做到的。

小说所展开的场景基本上是在西江附近一个叫做白石村（即书中的砚村）的专门制砚的古村落里。这里的村民世代以砚为耕，至今已有 1 300 多年的历史，是端州城里从事采研制砚业人数最多的聚落，也是当下最能体现端砚文化的地方，并于 2004 年被授予“中国端砚文化村”的称号。作者选择这里作为故事的起点与终点，是明智之举。

故事的开篇便围绕十块稀世砚石展开了家族间的明争暗夺。程世昌虽然只是个卖砚石的，但他对这种物品的痴爱程度绝不亚于任何收藏家。正因为如此，儿子程家良把它们输掉的时候，他才会如此悲伤。这个开篇已经为全书营造了一种端州城尤其是砚村的人有多陶醉于这样的营生，如斯的文化氛围。

故事的背景设定在清代，在那样的年代里，小说中的女性虽然都充满了爱，却有诸多的现实束缚着她们，因而命运之轮使得她们具有了一种超时代的独立个性。紫云、银盏、顾二娘便是这类女性的代表。太白诗曰：“地崩山摧壮士死，然后天梯石栈相勾连。”端州城里的砚师把五丁视作先师，入行前都得先祭拜先师。紫云不单是女人，而且是从远方归来的女人。她想要在砚村开始自己的营生，受到阻力那是必定的。马二驹的入赘、郭木桥的来访、顾公望的再次出现、儿子被陷害都让她的生活时而平静时而动荡。她隐瞒了儿子的身世，虽然招来了诸多的猜忌和疑惑，可她仍凭自己对端砚和这世间的爱勇敢地撑了下来。看着儿子的变化，尽自己所能去化解各家的恩怨。这个女人的心该有多强大、多具包容性啊！银盏对郭木桥的执着、顾二娘对砚石近乎偏激的苛求都无不体现了从事这一行业的女性可爱的品质。

相比起这些女人来，书里的男人可就龌龊多了。要是个个都像黄莘田一样爱砚成痴，那倒还值得敬重。毕竟他得到所爱后并没有把程家逼到绝路上，甚至可以说要是没有他的那一个要刻那十方砚台的冲动，紫云还成不了后来的砚刻大师，当然也不会有她后来起伏跌宕的人生。其他，如好赌成性的程家良，对美的念想几近病态的顾公望，过分执着又略带嫉妒的郭木桥，始终争斗不止的马青阳与程学谦，这些人都不是传统意义上的大丈夫，他们的所作所为让读者一次次地对他们失望。但千姿百态的他们，更凸显了这些女性和西江的无限魅力。

小说还运用了魔幻现实主义的手法。顾二娘的龟形圭璧砚离奇地消失，未完工的百鸟归巢砚被沉入井底后，当代却出现一方类似的砚，程家良临死前竟在渡船上见到了早就不在人世的马二驹，疯了的程学谦像幽灵一样穿街过巷……这些情节都加深了端砚的神秘色彩。

在五丁先师宝诞恢复的今天，在端砚文化越来越受重视的今天，钟道宇的这部小说无疑具有特殊的意义。看着书上对过去端州城里水街、风炉街、砚村、龙马寺、老坑等风物的描写，不禁想要与当今的名称挂钩，在勾勒出一幅由端州城里采砚制砚的人慢慢打造出来的时代变迁图后，便会觉得老坑砚石上天青、青花、鱼脑冻、冰纹等这些斑驳的记号也会使整座城市架设出一幅更为瑰丽的新砚谱。

端砚无疑是一种融多种艺术手段于一体的综合性艺术品，但它又不仅仅是一件艺术品那么简单。好的砚才能发好的墨，好的字需要有好的墨方成。历来端砚除了是文人雅士书房的必备品，还是拥有者身份的象征。老坑的坑洞深达西江底部，从那里出来的砚石终将成为承载西江文化最为重要的一部分。郭程马蔡四大家族不断的纷争，总归起来还是源于他们对端砚的无比钟爱。他们让人感到窒息而又崩溃的生活气息汇成了一部端州城的城市断代史，那便是献予千年西江最好的祭礼。

（本文发表于《西江文评》创刊号）

# 以出世的心态做入世的事情

汉语言文学　2009 级 1 班　李梦媚

“以出世的心态做入世的事情”，是我看完《庄子·内篇》后最深的感悟。

虽然庄子在《内篇》中一直强调出世，但我认为他其实是入世的。

所谓“菩提本无树，明镜亦非台。本来无一物，何处惹尘埃”。

若庄子真为出世，真能忘己，那又何必著书论作？若庄子真的能物我合一，又何必有言于世呢？若庄子真能“无为”，又为什么要“无为而为”呢？

可见，庄子并不是真正地要人们出世，而是要以一种“隐”的方式入世。

要知道，庄子17岁之后，“王天下”便分崩离析，他亲眼目睹了“王天下”彻底崩溃的过程。而作为宋人，他在30岁之后便处于极其残暴而在位时间又甚久的宋康王的统治之下。再加上“王天下”崩溃之后，各诸侯相继称王，逐鹿中原的战争开始变得白热化。

在这种环境下，人民朝不保夕，惶惶以度终日。而士阶层，更是要以自己的性命为筹码去赢得积极入世作为的机会。

所有的这一切，让庄子不得不选择了一条既能不受刑罚，又能安然活下去的路。这首先表现在他的终身不仕的态度上：终身不仕，固然会失去很多表现自己才能的机会，却能保命，能保证自己在乱世中存活下去。最后庄子活了84岁，这在乱世中的确是很难得的。

其次，为了不受刑罚，他提出了“沿督以为经”的处事方式：顺其自然，或者说走中间路子，对世间的事情都采取放任的态度，不去试图改变什么，唯一要改变的，只是自己的心境。

说到这儿，我们来探讨一下庄子对心境的态度。

从“小知不及大知，小年不及大年”到“乘天地之正，而御六气之辨”，庄子都强调，物我是不相知的，我们要做到物我相知，首先要做到“无己”，不再把自己当作衡量万物是非的标准。

在庄子看来，“物无非彼，物无是非”。所谓的是非都是由人主观得来的，是人不能破除自我“封界”的结果。

那为什么破除是非那么重要呢？原因是，有此，即有彼，就会有矛盾，有争论，有战争。甚至可以这么说：庄子潜意识认为，战国之所以那么乱，皆因诸子百家相互诘难。为了使各自学说能闻名于世，不惜以安邦治国为名发动战争。庄子晚年与名家惠施成为挚友后，从与惠施的交谈中，庄子更是强烈地认识到这点。

故庄子强调要心境平和，做到与万物合一，才能达到无己的状态，使物我皆顺应自然。

而对于安然自若地活下去，庄子则提出“无用而用”，“无为而为”。要知道，在春秋时期，作为一个知识分子，不能将自己的学识用于实际，创造自我人生价值，是一件很痛苦的事。为了缓解这种痛苦，庄子用“无用为用”自勉：朽“其大本臃肿，而不重绳墨，其小枝卷曲而不中规矩，立之途，匠者不顾”，然而，却能“机避”“斤斧”之害，不会沦为工具价值，保全自己，进而发展自己。

这也正是庄子所追求的。可见庄子并不是真的要我们出世，而是主张让我们“低调”入世。

换言之，以出世的心态做入世的事情。

其实，我们这个社会与战国社会很相像，都是乱世。只不过战国形乱，而人的精神不乱；现代社会则相反，形不乱，神乱。

在战国，人为生存而担忧；在现代，人依旧为生存而担忧。不同的是，前者怕朝不保夕，后者怕被时代抛弃。这两个时代的人，皆不是为自己而活。

所以庄子提出“无所依侍”，也就阐明了，人要为自己而活，随心所欲，不为俗事所扰，自由自在。

但众所周知，所谓的自由，只是在一定条件下的自由。因此，为了得到更大的自由，庄子要人与自然合一，摒弃彼此之分、物我之别，以达到精神自由的最大化。

因此，当我们回到现代社会，回到繁重的工作生活中时，我们就尝试着以“虚”的自由精神状态来自我释然，保持自我内心的平静。

可见，庄子其实已经为我们那坚强外表下的脆弱心灵找到了一个良好的避难所。让我们能以“忘乎”名利结果的心态来积极入世。保持心灵的自由和平静，更好更快乐地为自己拼搏。

（获第三届读书报告会一等奖）

# 新闻稿

# 上班族抱怨多　网友称“成肚火”

广播电视新闻学　2007 级　何秋娣

昨天（8 月 2 日）是限摩后首个工作日，往常以摩托作为出行工具的市民，不少已开始转乘公交或骑自行车出行。公交的不便、自行车的不安全让市民怨言颇多，但终究需要有个适应转变的过程。

限摩对于以摩托车为生的人来说，或是危机，抑或是转机。限摩对百姓生活的各种影响，正在日渐显现。

## 市民出行

**南海阿雄：无单车道人车混杂 单车出行安全堪忧**

●出行方式：骑了五年摩托车，如今换单车上下班

禅桂新区限摩，让不少市民的出行方式开始改变。开了五年摩托车的阿雄，昨日告别摩托，开始了踩自行车上班的日子。对比各种交通方式的出行时间和费用等，阿雄觉得摩托车是最方便的。“骑自行车上班，其实也是无可奈何的选择。”

阿雄家住南海桂平路金色家园，在南海大道旁桂海路上的某单位上班，上班路途约六千米。五年来，他一直是骑摩托车上下班，路上只需七八分钟。

限摩后，阿雄面临几种出行方式的选择，一是开小车，“家里就一台车，平时都是妻子开，小车费用高，再买一台车负担不起”。二是坐公交车，阿雄家楼下有几路公交车，但是没有直达单位的公交，“公交车难等，又要换乘，时间太难把握了”。三是骑自行车，阿雄所住小区附近新建了一个自行车站点。“一个站点就

二十几辆车，附近那么多大型小区，我很担心上班时租不到车。”经考虑比较，阿雄决定买辆自行车代步。

昨日，阿雄开始踩着花了1 700多元买的山地自行车上班。单位八点上班，早上七点半阿雄骑车出发，全程花了十五分钟。

“骑自行车上班还是有点危险，”阿雄说。桂澜路上有非机动车道，用白色实线画出，没有隔离栏或绿化带分隔，走在大货车旁边让人担心。“不过小道更危险，人车混杂，互不相让。”阿雄表示，今后还要买头盔和手套。此外，夏天太阳大，阿雄到单位时，全身都湿透，因此总结出“自行车出行要带两套衣服”的经验。

**大沥王先生：提前半个钟出门 每月增200元公交费**

●出行方式：先骑摩托再换公交

“司机，等等。”昨日早上八点半多，江南名居摩托公交换乘点，市民王先生手上提着一只黑色的公文包，满头大汗地跑到一辆接驳公交车旁，但不巧的是，这辆接驳巴士的刷卡机出现故障，无法正常刷卡，而王先生身上没带零钱，只好失望地走下车。

王先生告诉记者，自己家住南海大沥，上班地点在南海区政府附近。限摩前，他每天骑摩托车上下班，单程耗时半小时。昨日是限摩首个工作日，而南海大道又是上下班必经之路，他得知可以在江南名居换乘接驳公交。昨天早上，王先生从大沥开摩托车到达江南名居摩托车停放点，再步行到附近公交接驳点换乘。

此时已是早上8：45，王先生眼睁睁地看着巴士刷卡机出故障，有车不能上，变得焦急不安起来。王先生说，公司上班时间是9：00，自己肯定要迟到了，更让他郁闷的是，江南名居没有直达车到南海区政府，只能乘坐接驳线或桂05路车到南海广场换乘。

情急之下，王先生只好乘坐桂05路车到南海广场，“虽然这条线有点绕，但也没办法了”。王先生粗略统计，限摩后，他每天至少要提前半小时出门，每个月乘公交费用要增加200元。

## 行业影响

**摩的司机：外地摩托少了　生意反而好了**

限摩对摩的司机无疑影响最大，也有摩托车司机趁最后时机赚了一把，还涨价了。一外地司机表示，到真正限摩后车肯定开不了，只有回家，但现在生意还不错。

“限摩后生意怎么样?”昨日上午10时许，记者问来自本地的王先生。“暂时影响不大，但还是稍微差了一点。”他表示现在反正不处罚，还是要努力干上一阵子。对于正式限摩后是否准备转行的问题，他明确表示：“不会啊，9月的时候就到郊区去跑了嘛，不在市区就好了。”他说：“改行做什么呢?进工厂么?你不是技术人员，进工厂也只能找一个苦力的活，工资也差不多一千多块!”

昨日下午2时许，在人民路，记者试着搭摩的去佛山车管所。路上摩的很少，偶尔经过一辆，平时只要5~6元的车费，现在要7~8元。经过一番讨价还价，最后司机以7元成交。“现在生意比原来好点了，前段时间交警抓得厉害，很多外地司机不敢进来了。”记者上车后他告诉记者。路上，他看到前面有协管员或交警就急忙躲开。“到真正限摩后，车肯定开不了，9月1日后我只有回家了!”他说，“虽然要躲着交警怕被抓，但一个月下来总有一两千元，总比什么都不干好。”

**摩托修理店老板：考虑转行修汽车**

“今天只修了四辆。”限摩首日，陈师傅的生意并不如往常好。

陈师傅的铺子位于通济市场附近，至今已修了16年的摩托车。

20世纪90年代初，陈师傅开始学修理摩托车。“我记得在1992年到1996年生意最好，当时佛山发展得也快。”陈师傅回忆道。趁着这股热潮，陈师傅当了老板，甚至一度雇了三个人一起干活，“当时生意好，常常忙不过来”。

“1997年以后生意逐渐转淡，不过我手艺还不错，能处理好多

‘疑难杂症’，有不少熟客，生意虽然平淡，生活却也过得下去。”陈师傅说，2006年东莞、广州相继开始禁摩，“我听说广州、东莞那些修摩托的人都来佛山这边做生意了”，这也影响到了陈师傅的生意。

如今，佛山也要告别摩托车，回忆自己十几年的工作，陈师傅并没有丝毫的留恋。“没意思，我早就不想修摩托车了，如今生意越来越难做，一天要修八辆以上的摩托，我才能够保本。”

陈师傅称自己现在还在观望中，“听说有几年时间的缓冲期，因此还没有决定是不是要换工作”，他正考虑转行去修理汽车。

## 网言

**上班族抱怨多 网友称“成肚火”**

“限摩第一个工作日，成肚火!”昨日本地论坛上，不少上班族纷纷上网抱怨限摩首个工作日的“无摩”生活。

网友jennyfox称家住东方广场，公司在百花广场，昨日早上8：05，他在东方广场公交车站等了25分钟，竟然不见一辆去百花广场的公交车，迫不得已往回走了5分钟到停车场开摩托车。“到公司楼下停车，手机显示8：44。开摩托不用十分钟的路程我已经好有耐性用了两倍的时间去等公交，但还是一辆公交都没有等到。”

网友jingjing07则称，早上7：20分他在张槎东边的车站等车，等来了两辆123路，但司机都直接“飞站”，等到7：50左右才有一辆123停下来载客，每个站都有好多人上车，到东建世纪广场已经8：40，结果迟到了，真希望上下班限摩期间公交将班次开密些。

网友happykkk称，她工资1 500元/月，家住丹灶金沙，要到市东路上班。先坐公交“金沙—佛山”到东方广场下车5元，9.7折后4.85元，再换乘佛山公交到市东路2元，折后1.4元，一天上班一共要6.25元，每天来回就12.5元，一个月共需325元。且从她家走路出去坐车还得25分钟，如果选择近点的地方坐车又要多花2元，每天又新增4元支出。

也有很多网友建议骑单车上班，但网友敬亭绿雪称，他试着骑单车回公司，回来后发现整个人蓬头垢脸的，非常失态，并且常常找不到单车道，所以打算第二天还是去坐公交车。一些打算继续骑自行车的人则希望在高温天气沿途设有卫生救助站，以便及时给骑车中暑的市民提供救助。

（发表于《南方都市报》2010年8月3日）

# 的哥学英语，No problem!<br>900多的士司机将上亚运手语英语课

南都记者　童思娜　实习生　何秋娣

“Hello! Welcome to Foshan!”昨日上午，佛汽出租车公司的的哥们跟老师学起了英语，他们平时常握方向盘的双手还打起了手语。据了解，佛汽集团900多名的哥将分批学习亚运常用英语和手语。

## 现学现卖互晒手语

昨日上午9时许，佛汽出租车公司的会议室里，五六十名的哥在开完安全例会后，开始上起了手语英语培训课。昨天是他们的第一堂课，他们学习了包括“你好”、“请”、“去哪里”等七个常用手语以及“你好”、“欢迎您来到佛山”、“请上车”等五句常用英语。

首先学的是手语，老师在台上为的哥们言传身教，“你好”、

“请”、“欢迎”等手语手势较简单，经过两三遍练习，的哥们基本能掌握要领。不少的哥现学现用，将刚学到的手语在同事面前“互晒”，还不时互相调侃几句。

## 上完课还要考试

与手语相比，英语对大多的哥而言相对较难。离开课堂已久的的哥们一开始还比较不好意思，不敢大声地跟读，有人边读边笑，颇像刚入学的学生。渐渐地，的哥们的热情被调动起来，读英文的声音越来越大。为了记住发音，有些司机还在英语学习资料上面标注了中文发音。

昨日，的哥邱师傅第一次上手语英语课，觉得“新鲜但不好玩”，离开学校多年，他有点不习惯这种“上课”方式。记者问他学英语难不难，他摇手笑称“完全 No problem!”他的同事苏师傅则表示要回家跟孩子一起复习，不然单词会记不牢。

据了解，这些的士师傅大多是初高中毕业，佛汽集团将有 900 多名的士司机要参加手语英语培训。每个司机每月要参加两次培训，每次培训时间约 20 分钟，他们总共要学习 21 种手语和 20 句英文，并在亚运前进行考试。

## 十句的哥英语

●Hello!（你好!）

●Welcome to Foshan!（欢迎您来佛山!）

●Get in, please.（请上车）

●Where?（哪里?）

●Here we are, sir.（到了，先生）

●Look here.（看这里）

●Ten yuan.（10 元）

●Here is your change.（找您的钱）

●Thank you!（谢谢!）

●Don’t forget be-longings.（请您勿忘随身携带的物品）

（发表于《南方都市报·佛山读本》2010年8月24日AⅡ10版）

# 开学了，当心“开学焦虑症”

广播电视新闻学　2007级　梁泳华

**编者按：**旅游，夏令营，兴趣班，学生假期生活真是多姿多彩！如今开学了，学生就应该全身心投入学习当中。然而，很多学生却“身在曹营心在汉”，坐在教室的他们对着黑板思念“游戏机”、“旅游胜地”、“特色美食”以及那张温馨的小床，这令众多家长和老师倍感苦恼。相关专家指出，这是典型的“开学焦虑症”。经历了一个漫长的暑假之后，再次迈进校园，不止是学生，教师也一样一时不能适应校园环境和学习氛围，需要一段时期的调节和适应。

## 开学焦虑症：玩得太疯收心难

近日，市内各中小学校陆续开学，很多学生都背上了新书包踏进新班级。在走访中记者发现，不少学生走进学校时都皱着眉头，闷闷不乐。读小学三年级的邓同学告诉记者，他不想上学，还想外出游玩、看电视、参加其他娱乐活动。原来，暑假期间邓同学跟爸妈去广州长隆欢乐世界，到了动物园，看了大马戏，还去了水上乐园等，弄得“乐不思蜀”。开学了，心还痒痒的，老想着去那里玩，没心思上学。

而刚上高二的李同学也皱着眉头告诉记者，他讨厌开学，“假期我已经参加了数学、英语的补习班，没有半点自己自由的时间，真的很累，开学后更辛苦了！”记者采访时了解到，因为“分分分，学生的命根”，在此情况下，很多即将升入毕业班的学生在暑假里都上了补习班，中考、高考的压力让他们对开学颇感恐惧。

其实，患有“开学焦虑症”的不止是学生。在我市某中学担任地理老师的孙先生，暑假以来习惯了睡觉、打球的“潇洒”日子，如今开学了，心怎么也收不回来。更有时感到莫名的烦躁和焦虑。记者在随后展开的调查中发现，这并非个别现象，“开学焦虑症”并非学生的“专利”，开学焦虑症在老师中也广泛存在，只是不被人们意识到罢了。调查发现，老师的开学焦虑至少存在四个规律：女教师比男教师更焦虑；中学老师比小学老师更焦虑；班主任比科任老师更焦虑；认真、负责任的老师更容易焦虑。

**压力成焦虑症“罪魁祸首”**

针对此现象，相关心理专家指出，造成老师、学生“假期综合征”的原因有很多，主要有以下几方面：

校内外生活规律和生活方式的差异。暑假期间，很多学生忙于上网、打游戏、看电视，以致养成“晚睡晚起”、饮食不规律等不良的生活习惯，而一到学校便要“早睡早起”，每做一样事情都要按部就班。如果在开学前没有作适当的调整，生活习惯的冲突很容易让学生出现厌学、迟到、学习兴趣下降、注意力不集中、学习效率下降等不同程度的不适应。

学校授课计划的适应问题。据了解，很多学校在课程设置上没有给广大学生的适应留出缓冲期。一开学，就在作息时间、授课内容等方面进入正轨，让学生猝不及防。

家长、教师对学生的心理状态缺乏足够深入的理解。他们认为，学生开学了就得快速进入状态，导致学生缺乏心理上的理解和支持，形成额外的压力，或者使亲子关系、师生关系恶化。

相对于学生，教师的“开学焦虑症”更多的是因为压力。心理学家说，教师的“开学焦虑症”，是因为老师所承受的压力越来越大，越来越不容易体会到职业的成就感。一位名校的小学老师说，一想到开学又要重新“上战场”，你说我能不焦虑吗？一名高中男教师说，想到又要面临各种排名和评价，就心烦意乱。

**步入正轨：心理调节是关键**

有关专家提示，学校、教师、家长可从几方面着手，解决“开学焦虑症”：

第一，教师在授课计划中设置心理缓冲期，开学的头几天在教学内容、学习要求上给予一点宽松的氛围，并在心理上强调收心工作的重要性；而学校要开展丰富多彩的户外活动，调动孩子身体的能量，舒缓压力；同时还要增设心理课，通过团队心理辅导的方法，引导学生在倾诉和资源共享中一起应对心理压力和不适应状态。这样，也有助于缓解教师的紧张情绪。

第二，家长及时把握孩子“假期综合征”的发生、发展规律，提前引导孩子做好心理上的准备。当孩子出现状况时，及时引导孩子察觉自己的状况，予以心理上的理解和支持；此外，家长还要努力营造“结束假期，进入工作状态”的家庭氛围，并要身体力行，带头进入工作状态，给孩子正面的心理影响。

第三，学生开学前三五天要开始调整自己的作息时间和生活方式，每天给自己暗示：假期结束了，我得开始上学了；在开学第一天，为自己的校园生活制定短期目标，让自己每天都有目标地去迎接新的学期；同时积极参加学校组织的各种活动、多与同学交流感受。

（发表于《西江日报·健康周刊》2010 年 9 月 2 日）

# 高温难耐　你的情绪“中暑”了吗?

西江日报见习记者　杨玉林　实习生　梁泳华

**编者按:**“我想自杀!”“别惹我，烦着呢!”这几天，火气越来越大的人多了，心情越来越郁闷的人多了。立秋虽已过，每天35℃以上的高温却很容易令人感到烦躁难熬，不少人常常感到莫名的愤怒甚至哀伤，严重者更对人生失去希望而选择轻生。专家提示，炎夏里除了要预防身体中暑外，还要小心“情绪中暑”。

## 酷热天气“情绪中暑”惹争端

小陈一边走一边思考着自己刚才为何这么容易动怒，平时如果遇到任何争端，他都会采用息事宁人的办法，不会与人争吵，但就在刚才，因为一点小事，自己的无名怒火就涌上心头，还与别人吵架。在最近的高温天气里，类似小陈这样遭遇的人可能不在少数，有时你可能为了一元几毛与菜贩讨价还价，最后大家争得面红耳赤;有时你可能事事不顺心，工作压力增大，迁怒家人，导致家庭生活不和谐;有时你可能性格突变，变得易怒烦躁，常与人争吵……

心理学上有组统计数据:约有六分之一的人会因为高温高湿而乱发脾气，约有十分之一的人会出现情绪、心情和行为异常。这种夏季情感障碍综合征，医学上称为“情绪中暑”。“情绪中暑”的典型症状表现为情绪烦躁、思维紊乱、爱发脾气、情绪持续低落并固执地重复某种行为。

据心理健康专家介绍，在正常人当中约有16%的人在夏季会发生“情绪中暑”，尤其是当气温超过35℃、日照超过12小时、湿度大于80%时，气象条件对人体下丘脑的情绪调节中枢的影响就明显增强，生理中暑和“情绪中暑”的比例都会急剧上升。

### 五类人更易“情绪中暑”

医学上认为五类人群较易出现“情绪中暑”：

一是长期处于紧张压力下的人。如办公室“白领”，常常加班、饮食不规律，每天面临着还贷、职场竞争等压力。在酷热夏季，一件小事就很有可能让他们把压抑的负面情绪爆发出来。

二是不善于与人沟通的人。这一类人遇到烦恼事，不善于自我调节处理，也无处倾诉，高温环境下因为一些小事就容易导致情绪失控。

三是平时情绪易波动、心理调节能力较差的人。这个季节他们常会有一些异常表现，如上班提不起精神，易激动，情绪低落，不能静心思考，烦躁不安。

四是争强好胜者。这一类人个性鲜明，在闷热天气更容易与人发生摩擦，不依不饶。

五是患有某些疾病者。患有高血压、糖尿病、哮喘、厌食症等疾病的人，天气炎热导致旧病复发，情绪烦躁，衍生心率失常、血压升高。

### 专家建议：内外调节要兼顾

归根到底，造成“情绪中暑”的内因，还是人体对环境的适应性差。因此，在炎热的高温环境中，应尽可能地增加休息时间，并注意调整饮食，增加营养，重视夏季的养生之道。

肇庆华佗医院养身堂治未病中心陈小云医师说：“情绪中暑主要靠自我调节，重在预防，普通市民可以从饮食、休息、居住环境、心理等四个方面进行调节，预防情绪中暑。”

一是要重视夏季的饮食。饮食宜清淡，少吃油腻、辛辣的食物，少饮烈酒，少抽烟。如果厌食，不妨考虑少食多餐。要多饮水以调节体温，补充水分，改善血液循环。多吃“去火”的食物和多喝饮料，如新鲜蔬菜、水果、绿茶、啤酒、咖啡、菊花茶等。

二是要注意休息。天热时，应尽量增加休息时间，切忌长时间在酷热环境下工作，尤其是司机更应该保证充足睡眠，保证睡眠是重要的“情绪中暑”调节方法。情绪与睡眠亦密切相关，睡眠不足，心情会变得急躁。

三是不要在最炎热的时候外出，也不要在封闭的空调房中工作太久。居室一定要注意通风，不要整天闷在空调房里，早晚室外气温相对较低时，宜打开门窗透透气。

四是要注意心理调节。在炎热的环境里更要把握好自己的心态。“心静自然凉”，越是天热，越要心平气和。遇到不顺心的事，要学会情绪转移，进行“冷处理”，不要钻牛角尖。学会与别人交谈、聊天，把紧张不安的情绪通过平和的方式化解掉。

陈医师还建议，“把家内装饰改为以冷色调为主，多做一些运动，看一些幽默的书籍电影，或唱歌跳舞等等，总之想方设法找一些能够发泄的途径”。只要内外调节双管齐下，“情绪中暑”终会远离我们。

（发表于《西江日报·健康周刊》2010 年 8 月 12 日）

# 做好残疾人就业保障金地税代征

广播电视新闻学　2008 级　陈　洋

徐少华莅汕出席全省部分市残疾人工作督查汇报会，强调做好残疾人就业保障金地税代征李锋表示要在全社会形成尊重关心帮助残疾人良好风尚。

本报讯　记者周敏、实习生陈洋报道：广东省部分市贯彻落实省委、省政府《关于加快残疾人事业发展的决定》情况督查汇报会昨天在我市召开。省委常委、秘书长徐少华出席会议并讲话，强调要着力做好地税代征残疾人就业保障金工作，切实保障残疾人的合法权益。市委书记李锋出席汇报会并致辞，表示将以此次汇报会为契机，努力在全社会形成人人尊重、关心、帮助残疾人的良好风尚，为加快全省残疾人事业发展作出应有贡献。

汇报会上，徐少华强调，做好残疾人就业保障金地税代征工作，既是党委、政府的要求，也是法律的规定，是各级党委、政府义不容辞的责任和义务。各地各有关部门必须下定决心，坚定信心，强化职责，狠抓落实，确保年底前全面落实这项工作。

对做好残疾人工作，徐少华提出五点意见。一要进一步提高认识，从贯彻落实科学发展观的高度，克服忽视、轻视、歧视残疾人的错误倾向，切实增强做好残疾人工作的责任感和紧迫感。二要增强发展成果惠及残疾人的领导责任，按照以人为本的要求，针对残疾人事业中存在的薄弱环节，加快建立为残疾人谋福祉的长效机制，切实维护残疾人的合法权益。三要加强协调配合，各级政府和残联、地税、财政等相关部门要认真贯彻执行有关法律法规和政策的规定，进一步形成工作合力，突出工作重点，全面推进残疾人就业保障金地税代征和统筹金入库工作。四要加大检查执法力度，对一些既不安排残疾人就业，又拒不缴纳残疾人就业保障金的单位，有关部门要依法进行处理。五要确定工作重点，组织开展残疾人才艺展示和创新成果展示，大力宣传残疾人自立自强、奋发有为、追求卓越的精神风貌，营造关心、参与、激励残疾人事业的社会氛围。

李锋在致辞中表示，汕头市委、市政府历来高度重视残疾人工作，汕头将以此次汇报会为契机，认真学习徐少华常委的讲话精神，虚心借鉴兄弟城市的好经验、好做法，加大工作力度，创新工作思路，完善体制机制，特别是要把推进残疾人社会保障体系和服务体系建设纳入全市经济社会发展规划和幸福汕头建设中，切实采取有力措施，加强地税代征保障金力度，广泛动员各方面力量，加强残疾人服务机构和服务设施建设，千方百计帮助残疾人排忧解难，努力在全社会形成人人尊重、关心、帮助残疾人的良好风尚。

省委副秘书长杨桐主持汇报会。省政府副秘书长颜学亮、省残联理事长宋卓平、省教育厅副厅长朱超华；市领导邓大荣、谢泽生、周镇松出席会议。汕头、河源、梅州、惠州、汕尾、清远、潮州、揭阳市分管领导分别作了情况汇报，各市残疾人代表谈了他们对当地残疾人事业发展的意见和建议。

会议期间，与会同志参观了汕头大学精神卫生中心、汕头市残疾人康复中心和市残联永桂宝石工艺培训基地。据了解，近年来，我市在推动经济社会平稳较快发展的同时，以首批“全国残疾人工作示范城市”为动力，制定实施推进残疾人事业发展的决定，打造理解、尊重、关心残疾人的良好社会环境，加快推进残疾人社会保障体系和服务体系建设，推动残疾人工作迈上新台阶，为社会和谐奠定了基础。

（发表于《汕头特区晚报》2010 年 9 月 14 日）

# 三女孩手绘地图“印记城”出炉

陈　洋

谁说不能将地图描绘得生动活泼？谁说地图里不能出现人物形象？谁说地图上不能出现特色小吃？近日，一张“神奇”的手绘地图《印记城——汕头老市区手绘地图》在网络上引起众多市民的关注。让人赞叹的是，这张手绘地图的主创人林丹娜、肖越斯和刘仪是三名土生土长的汕头“80 后”女孩。为了珍藏 20 世纪 80 年代汕头老市区的这份“城市记忆”，三名女孩投入了近两年的时间和心血。

## 萌生想法留住老市区景象

“看着破旧不堪的老市区，我感到很无奈，像我们这一代人的童年都是在老市区度过的，对那里的一草一木都很有感情。但是随着城市的东移，老市区已经渐渐地被人遗忘。”林丹娜在接受记者的采访时，语气中透露着伤感。由于对老市区有着数不尽的怀念，林丹娜曾多次到老市区摄影留念。一次偶然的机会，让她结识了同样爱好摄影的肖越斯和刘仪。在摄影的同时，三名女孩注意到很多汕头人跟她们一样，会通过各种各样的方式来记录那段“童年的往事”。于是，大家都萌生了做地图的想法，希望把零散的景点集中在一张地图上。商讨中，三名女孩都觉得要做就要做得有创意，要区别于一般的行政地图，于是最终得出了一个大胆的想法——手绘。2009 年 1 月，三名女孩紧锣密鼓地开始了分工合作。肖越斯负责收集相关资料，会绘画的林丹娜进行手绘，最后由刘仪进行文字整理。

## 往返老市区踩点二十余次

老市区昔日辉煌不再，许多建筑也已经被改造，寻找当年的印迹并没有想象中那么简单。林丹娜告诉记者，由于老市区很多小街小巷是行政地图上没有的，她们只能自己前去踩点，用相机和纸笔记录现有的面貌，再画出路线图。为此，她们翻阅了大量的资料，如《汕头志》、《汕头大事记》、《潮声》等。有时为了验证信息的准确性，她们就得专门利用下班或者周末的时间去一趟老市区。近两年来，三个人前前后后往返于老市区多达二十余次。林丹娜说，老市区留给她印象最深的要数百货大楼。小时候，父母带她逛百货大楼时，看着琳琅满目的商品，内心激动不已，这种心情，她现在都还记得。然而，看到如今的百货大楼已经破旧不堪，不由得心酸。而更让她感到无奈的是，很多住在老市区的市民，对身边的建筑只知其名，不知其背后的故事。这让她们更加执着于这份“工作”，暗下决心一定要完成地图，让更多的汕头人了解家乡的文化，了解家乡的故事。

### 研究潮汕文化老学者提供素材

林丹娜、肖越斯和刘仪手绘地图的事渐渐在社会上传开，许多热心人士纷纷主动与她们联系，表示愿意提供所知道的一切资料和信息。其中，有一名研究潮汕文化的老学者还热心拿出几份早期的地图给她们作参考，让女孩子们非常感动。工夫不负有心人，历时近两年，这张老市区手绘地图终于在众人的关注下绘制完成了。记者打开手绘地图一看，只见地图范围西起西堤、东至新兴路、南至海滨路、北至乌桥，当中还融入了部分后来新建的石大桥、汕头跳水队训练基地等内容；四通八达的街道、韵味十足的骑楼、老字号商铺，就连儿时玩耍的游戏都清晰可见，当年老市区繁华的景象历历在目。市民肖女士看到地图后，兴奋地在图纸上指出她当年居住和玩耍的地方，当她看到地图上描绘的当年外马三小对面卖冰激凌的阿伯时，更加激动不已，连声称赞这三名女孩子的创意独特。

（发表于《汕头特区晚报》2010 年 9 月 8 日）

# 汕头悄现大学生“执教族”

## “游泳教练”、“钢琴助教”等运用特长赚外快

陈　洋

本报讯　实习生陈洋报道：在人们印象中，大学生暑期打工多是到餐饮业做服务员或者到工厂做手工，工作量大且工资普遍偏

低。然而，近来，随着掌握一技之长的大学生越来越多，汕头悄然出现了大学生“执教族”，他们通过向学生传授技能，赚取“零用钱”。

现就读于广东省肇庆学院的小陈就是一名名副其实的游泳教练。小陈从7岁起就开始接触游泳这项体育运动，在长达12年的专业训练后，于2007年、2008年先后考取了救生员资格证和教练员资格证。每年暑假，小陈都会在市区的某个小区或者游泳馆担任游泳教练，所教的对象主要是小学生。他告诉记者，今年的暑假共有80多个学生报名参加了他的培训班，而他每天的工时仅为3个小时，月收入却比一般到餐厅打工的学生要高出一倍以上。

小曾今年读大三，她从6岁起就开始学习钢琴，16岁时钢琴水平达到十级。自高三毕业以后，小曾每年的寒暑假都会从事钢琴陪练的工作。小曾说，她的教学对象主要是小学二至四年级的学生，由于钢琴考级非常严格，家长一周请一次名师指导的话，学生根本无法掌握，于是才有了她从事的这种“陪练教师”的工作。据了解，小曾在今年暑期期间共给6个学生进行考级前的辅导，一个星期仅工作三天，一个多月就有3000元左右的收入。她开心地对记者说，比起其他暑假工，她的工作要轻松许多，毕竟这是用特长赚钱。

记者了解到，除了“游泳教练”、“钢琴助教”，如今大学生“执教”的工作还有“网球教练”、“健身教练”、“声乐教师”等。有教育专家表示，越来越多的大学生用一技之长来赚钱，说明如今的家长越来越重视“投资”培养孩子的某种技能，这也体现出人们的生活水平显著提高。

（发表于《汕头特区晚报》2010年9月3日）

# 省自强模范感动汕头人

陈　洋

## 4 名先进个人莅汕作报告，成长励志故事催人奋进

本报讯　实习生陈洋报道：昨天下午，由广州 2010 年亚洲残疾人运动会组委会、省委宣传部、省直机关工委、省残联联合主办的“喜迎广州 2010 年亚残运会全省自强模范与助残先进事迹报告暨残疾人艺术团巡回演出”在汕头岛影剧院举行。4 名特点鲜明的自强模范与助残先进个人，向与会的汕头人民动情讲述了自身的成长故事。省残联副理事长孙俊明、副市长周镇松出席活动。

广东省残疾人艺术团的演员们还为现场观众呈上了一场精彩的演出，展示了残疾人特殊的艺术才能和积极向上的精神风貌。

每位残疾人自强模范本身就是一本励志书籍。4 名来自不同领域的我省自强模范及助残先进个人组成的事迹报告团来到汕头作报告，以其感人涕下的个人奋斗史激励着我市残疾人自尊、自信、自强、自立，感动了汕头人民。

## 盲人教授攻克学术难关

中山大学工学院教授、博士生导师富明慧从小就患有一种称为视网膜色素变性的遗传性眼病。2001 年，时任大学教授的富明慧双目失明。失明后，富明慧开始寻找完成教学和科研工作的途径。为了讲好每一堂课，他备课的时间是其他教师的几倍甚至十几倍。富明慧从 2003 年开始研究精细积分法，特解精细积分是该领域当时尚未解决的一个难题。近年来，富明慧每年主讲本科生和研究生专业课 3 门以上，教学工作量在 400 学时左右，超过教授规定教学

工作量的50%。已指导博士生3人、硕士生6人，主持了国家级科研项目2项、国际合作项目1项、省部级科研项目2项，同时还参加了十余项科研项目，在国内外学术刊物上发表论文30余篇。富明慧还发明了“半方盲码输入法”，并无偿地提供给社会，让更多的盲人从中受益。

## 重度残疾人单手办工厂

出生于一个乡村教师家庭的林小敏，在一岁半的时候患上了小儿麻痹症，无情的病魔让她的双腿和右手失去了应有的功能，成了一名重度残疾人。在亲戚朋友的帮助下，林小敏东拼西凑借了7 000多元，开了一间复印店。如今的她单凭一只手每分钟可以输入100多个汉字，被誉为“惠东一绝”。2004年11月，林小敏拿出原本打算买房的20多万元，创办了禾乐制鞋厂，并与惠东县残联合作在厂内开办了残疾人制鞋技术培训就业基地，无偿为残疾人进行制鞋技能培训。同时为学员提供就业机会，在工厂40多名工人中，残疾人占一半以上，最多时达26人。如今林小敏的鞋厂年产30万至50万双女鞋，每年向国家纳税3万多元。

## 勤学苦练勇夺残奥冠军

在覃小俊小的时候，脊髓灰质炎让他变得站不稳、坐不住。为减少上学多次往返的不便，覃小俊每天中午在学校吃饭，饭后与同学打乒乓球。随着运动量的增加，覃小俊双腿的功能逐步得到改善，自此也与乒乓球结缘。从1985年到2008年，他先后参加了六届全国残运会和多次国际乒乓球比赛，获得各项奖牌50多枚，并顺利拿到了2008年北京残奥会的入场券。20多年来，覃小俊克服重重困难，始终坚持每天四五个小时高强度的带伤训练，忍受着超越人生极限的痛苦和考验，奋力拼搏在乒乓球赛场上。功夫不负苦心人。2008年，覃小俊与队友奋勇拼搏，一举夺得北京残奥会团体冠军。

### 放弃高收入投身残疾人事业

1999 年，时任外资企业行政部经理的叶翠莲放弃高收入的职业，投身到助残扶残的爱心事业中来，成为英德市残疾人联合会中的一员。当地一名女孩曾东娣 13 岁时被火车辗去一条腿，由于一直没有得到合理的赔偿，导致家里贫困，曾经卧轨自杀。在叶翠莲语重心长的安慰劝阻及动员下，曾东娣参加了残疾人运动员选拔。经过层层选拔、训练，曾东娣最终在全国残疾人运动会上荣获射箭第一名，成为省残疾人运动队的射箭运动员，还在巴西举行的世界轮椅肢残运动会上获得 5 块金牌，成为全能冠军。这只是叶翠莲任职以来做过的许多助残扶残好事中的一件。近 10 年来，叶翠莲和同事们一起，为 5326 名白内障患者送上光明，创建了全国白内障无障碍县及全国社区康复示范县。

（发表于《汕头特区晚报》2010 年 8 月 31 日）

# 透视“问题少年”的背后……

陈　洋

### 孩子叛逆属“高危时期”　亲子沟通才能“转危为安”

父母是孩子的启蒙老师，父母的行为无时无刻不影响着孩子。家庭教育是青少年早期成长的决定因素，但是在现实中却有大量的调研显示，家庭背景问题、家庭教育的缺失已经成为导致问题青少年出现的关键因素，不良的家庭教育成了滋生问题青少年的温床。

每个孩子的背后是一个家庭，而“问题孩子”的背后则是一个“问题家庭”。如何避免这些边缘少年误入歧途，教育专家指出父母应重视家庭教育，增强对孩子的责任感，重视孩子表达的意愿，对孩子的需求、爱好、兴趣、交往、困惑和学习情况等投入更多的关注。

## 实例：亲情流失导致少年暴力

小鑫是一个16岁的少年，看起来高高瘦瘦一脸稚气的他，却曾经因为打伤同学而被学校勒令退学。

小鑫生活在一个放任自流的家庭，父亲只顾工作，母亲只顾享乐，完全忽视了对他的教育。因为受家庭冷落，再加上学习成绩差，小鑫曾多次企图通过反叛行为引起父母的注意。“上初中一年级时结交了不少‘猪朋狗友’，半学期的时间，我就学会了吸烟、飙摩托车、时不时逃课玩失踪，父母也只是对我训斥一顿就完事了。”小鑫说。父母对他的忽视更令他肆无忌惮，学习更是走下坡路，性情也变得很暴躁。后来在学校因为跟同学发生口角，小鑫一气之下把对方暴打了一顿。同学受伤住院，小鑫也被勒令退学。

家庭教育缺失，青春期的孩子容易误交损友。有教育专家指出，青春期孩子在心理上有一个典型的特征，就是认为自己已经长大了，想摆脱大人的控制，所以，在遇到无力解决的问题时往往碍于面子，羞于求助大人，从而向同龄人寻求帮助，青春期因此成为孩子结交“损友”的高危期。这个时期如果遭受亲人的敌视、冷落，很容易使孩子对自己丧失信心，亲情需要得不到满足，因此易受“损友”的影响。

## 缘由：孩子心声无人倾听

问题家庭为何容易出现问题孩子，受访者们给出了各式各样的答案：问题家庭的家庭关系紧张，对孩子幼小的心灵影响较大；父母无暇顾及孩子，放任自流；对孩子的教育抚养互相推诿，对孩子出现的不良行为不闻不问，互相推卸责任，甚至动辄打骂驱赶孩子，使孩子失去家庭温暖和对家庭的信赖；有的家庭教育方法简单粗暴，孩子因不堪父母望子成龙的重负离家出走；有的则因家长过于溺爱导致性格畸形，等等。

小鑫道出了自己之所以会误交损友的缘由，是觉得损友们跟自己同病相怜。这些“问题少年”有着相似的心声：父母关系紧张；父母与自己无法沟通，对自己的尊重和了解太少；父母期望过高；家庭生活枯燥乏味，感觉不到温暖……

而面对孩子这样的心声，一些家长视而不见。林老师在一所特殊教育学校工作，她认为，孩子是家长的一面镜子，很多时候孩子的毛病都能在家长身上找到原因，问题少年多出自问题家庭。家庭教育中最重大的失误在于家长对孩子表达意愿的忽视，家长应用心倾听孩子的声音，深入考量孩子的内在情感需求、学习压力和生活上的困惑，可以说，没有这种沟通的姿态，就没有家庭教育的实质性开展。那父母与孩子之间该如何沟通，家长才能清楚地了解孩子的问题，及时给予疏导呢？

**调查：父母矛盾成问题孩子的“导火索”**

孩子的爱好、兴趣、交友情况、消费、困惑和学习……当记者问及这些情况时，身为人父的王先生却表示对此一知半解。“我女儿很乖，从不用我操心。孩子的事情他妈妈比较清楚，我平常多是跟孩子谈论她的学习情况，其他的很少沟通。”

不久前，中国青年报社会调查中心对 3 120 人进行的一项调查显示，69.6% 的青少年坦言与父母有矛盾，其中 59.7% 的青少年和父母“存在代沟”，8.9% 的青少年经常和父母发生冲突，1.0% 的青少年和父母“无法沟通，水火不容”。近四成青少年（38.8%）认为父母过多管制会抑制子女的独立个性发展；15.6% 的青少年认为父母管制子女的方法很过时、落伍。

**解决：建立密切的亲子关系**

在市区一家中学从事教育工作多年的赵老师接触过不少问题青

少年，她认为家庭一旦出了什么问题，特别是父母之间的关系不和睦，对成长期的孩子影响很大。“童年和少年时受到的教育，决定了一个人一生的性格和行为。这个时期的孩子，正是学习认识世界，形成人生观、价值观、世界观的关键阶段。而家庭，特别是父母，就是孩子的第一个老师。所谓言传身教，就是让孩子在生活中不知不觉地受到影响。”如果父母之间或者父母自身都有问题，并且不能解决，就会有一部分通过其行为和言语转嫁到孩子身上。赵老师认为，要做好家庭教育，最起码要建立一种密切的亲子关系，让父母成为孩子们最信任的人。这样孩子在成长过程中，不管遇到什么问题，都愿意与父母进行沟通交流。“如果做到这一点，即使家庭遇到什么大的变故，或者父母离异，都能及时处理，把伤害化解到最低限度。”

潮汕心理专家陈智雄认为，网络时代是信息时代，信息的传播和更新非常快，数年距离就可能产生代沟，而很多父母又缺乏倾听，缺乏换位思考，很少主动了解下一代人的心理特点，总是以过来人的身份命令孩子。最后，这种强压的教育方式会导致很多不良后果。陈智雄表示，父母要与孩子处好关系，应以伙伴、平等的方式和孩子沟通。再者，毕竟“过来人”是带着过去时代的印记生活在现在的时代，父母要有一种活到老学到老的心态，与时俱进，孩子才会觉得你更能理解他，才更愿意参考你的意见。

事实上，在家庭教育中，家长也是一个学生。要学会与孩子平等地沟通交流，细心体味孩子的心理问题和各种合理的诉求，而不是动辄以粗暴的命令式嘴脸出现；要重视在细节上关怀孩子，千万不能忽视细节对孩子的感化作用。

（发表于芝加哥《辰报》2010 年 10 月 9 日澳门版）

# 车，仅仅是追求速度吗？

陈 洋

时下，有车生活对于国人来说不再是遥不可及的梦想，有房有车逐渐成为城市青年衡量完美生活的基本标准，“生活有车才完美”的观念也广为流传。而在社会生活中，有车究竟意味着什么？买车是为了什么？

有调查显示，国人买车的原因主要有三类：一是生存环境所迫买车；二是自尊心强好攀比买车；三是为体现经济实力买车。

## 实用派：汽车只是代步工具

汽车虽然有高中低档之分，也只是一个代步工具。

居住在大城市的人常常面临一个问题：上下班路程遥远，花费大量时间。此外，常常跑外宣的销售人员也常抱怨道：没有车办事效率非常低。

记者的一位朋友建树家住城东，公司在城西，每天上班需转乘两趟公交车，路上花费一个多小时。“人的生命有限，等车的时间就足足占去大半，还要忍受刮风下雨、日晒当头。最要命的是，一旦公车晚点，我很可能就会上班迟到，连带的损失不是一般的少。”他抱怨道。

建树起初在公司是从销售人员做起，每天要去好几个地方向客户介绍、推销产品及签合同。据他介绍，以前跟客户约好了时间，但是由于没能赶上公交而失约，白白流失了许多客源，一些重要的客户一单生意就是几万元，就这样而葬送。因为销售业绩不好，建树一直未能被提拔。后来，他凑钱买了一辆二手小车，车子性能平平、外观平平，但却给他的发展奠定了基础。

“虽然那时的车难看了点，但毕竟不是用来炫耀的，只是为了业务着想。自从有了车，每天的客户量翻倍地增加，也不用再担心赶不上公交车，自己也不用在日晒雨淋中遭罪。”建树说。

由于后来出色的业绩，建树也渐渐被他的上级领导所重视。如今的他已经被提拔为销售部主任，轿车自然也是升了档次，建树开玩笑说：“换车，只是因为之前的老爷车时不时出毛病，实在是不忍心让它继续为我操劳下去，一代功臣就应该安享晚年嘛。但不管怎样，我始终认为，车子只是代步工具。”

## 攀比派：感性买车后患多

随着社会经济的发展，百姓手头的可控资金也越来越多。调查显示，消费者从众心理、攀比心理在2009年达到了一个新的高峰，身份、地位、面子仍然对购车决策起重要作用。在这种大趋势的促使下，许多消费者理性消费的观念逐渐降低。因此，面临的实质性问题也越来越多，越来越让这类有车族烦恼。

“以前每次聚会结束后，同事们要么驾自己的小车回家，要么就是家里人驾车来接。只剩我一个人要走漫长的路去地铁站排队买票、等地铁。有时人家看夜深了，地铁已停，会叫我搭趟顺风车，但自己心里总是不好受，好像比别人低一等……”广州某公司职员小周告诉记者。

2009年年末，小周终于为自己购得一辆大众保罗，价值10万元左右。兴奋的他起初驾着心爱的小车上下班、兜风、郊游，偶尔顺路载个女同事回家，让他实有春风得意之感。

小周说：“现在的人太现实了，不想攀比就被人鄙。”有一次，小周家里给他介绍了一个女性朋友。该女士应小周邀请到餐厅用餐，期间，小周被问到一个尴尬的问题——你是开两个轮子的还是四个轮子的？机灵的小周婉转地回避了问题，答道：“我很环保，一个轮子都没有，经常走路。”两人会意地笑了。然而，该女士的问题的确给了小周当头一棒。小周总结说："有车就是有地位。这话虽然俗，但我们本是俗人。"

正所谓"买得起车未必养得起车"。一个月过后，小周便开始为车烦恼。单单是油费就让小周有点吃不消，每个月要交养路费、停车费等，大大小小加起来要七八百元。为了节省开支，小周只能少洗车、少出去兜风，这也让他的车越来越"丑"，越来越少见"世面"。时间久了，小周也有点后悔莫及，当初每个月最多也就200元搭车的费用，现在加油最少就要400多，还要200元左右的停车费……

"面子事小，生活质量事大呀！"生活越来越紧巴的小周不得不感慨道。

## 实力派：买车享受优质生活

相比小周而言，有了经济实力的支撑，实力派有车族的生活就显得惬意很多。

"看车就知道你是富二代还是企业家。选车的观念能反映人的性格特点。"某汽车销售部经理说道。

张总是小周的老板。据小周介绍，张总经常换车，而且换的都是高档轿车，看得小周自己都眼红了。

张总透露，目前他拥有两辆轿车，一辆是平时上班开的宝马7系列四门轿车，另一辆是奥迪Q7，一般用于自驾游的时候。他说："上班时间还是要有上班的样子，给人成熟稳重之感，那才是工作状态。休闲时间就该解放天性，不用太拘谨，选的车子当然要有所区别。"

张总告诉记者，他用25年的时间来成就自己的事业，从一个无名小卒到现在的公司总经理；从骑着脚踏车来上班到如今有司机驾车负责接送。

如今已48岁的张总说："打拼了大半辈子，现在也算得上是上了年纪的人了，就该好好享受生活，把年轻时没能实现的梦想填平。轿车只是享受生活的工具，并不是享受生活的根基。”

（发表于芝加哥《辰报》2010 年 5 月 28 日澳门版）

## 新学期在即，治理教育乱收费利剑高悬

广播电视新闻学 2008 级 白国颖

新学年在即，治理教育乱收费成热门话题。记者昨日从市教育局和端州区教育局获悉，开学前夕，从教育部到省教育厅，均对治理教育乱收费、规范教育收费工作出台相关实施意见。

其中，进一步加强中小学教辅材料管理问题成为关注的热点之一。

针对目前各地教辅材料散滥问题，省教育厅发文强调，任何单位和个人不得组织学生选用和订购加盖“广东省教育厅办公室”公章的《广东省普通中小学教学用书目录》以外的各种教辅书、学具和报纸杂志。昨日，端州区教育局在部署新学期工作时，特别对各校校长强调，坚决执行省教育厅等 7 厅局转发教育部等 7 部委关于 2010 年治理教育乱收费、规范教育收费工作的实施意见，选用省教育厅规定的教学用书目录，以往部门推荐的不符合有关规定的教辅书和报纸杂志将全部作废。

在相关的实施意见中，还进一步明确要求，中小学不得自立收费项目，不得巧立名目或以家长委员会、学生班委会名义收取讲义费、试卷费、资料费、班费、补课费、押金等。严禁其他部门或单位通过学校向学生推销商品、强制或变相强制提供与教育活动无关的各类有偿服务。各中小学不得收费举办各种名目的重点班、特长班、兴趣班、补习班。要求学校严格执行收费公示制度，将服务性收费和代收费项目、标准向社会公示，接受学生、家长和社会监

督。农村义务教育阶段学校除向学生收取作业本费、向自愿在学校就餐的学生收取伙食费外，不得再收取任何服务性收费、代收费。

据悉，市教育局已将相关实施意见转发到各县（市、区）教育局。

（发表于《西江日报》2010 年 8 月 31 日）

# 醒狮——武术精粹　别样表演

广播电视新闻学　2008 级　李梦霞

在影视作品中，我们常常可以看到各武术门派舞狮采青。张国志告诉记者，舞狮往往与武术活动结合进行，肇庆与其他地方一样，各门派都有自己的舞狮，其舞狮套路都会融入自家门派的武术技艺元素，不同的“狮子”会舞出不同的神态，特色各异。

据史料记载，肇庆舞狮始于明、清之间，逢节日或盛典喜事，以舞狮助兴，祈求平安吉祥，春节尤甚。20 世纪 80 年代后期，肇庆民间舞狮向竞赛发展，促进舞狮技艺普及与提高。到 90 年代初，全市已有狮子队 2 300 多支，其中高要 700 支，广宁 500 多支，有些地方巾帼不让须眉，妇女狮子队同样把“狮”舞得活灵活现。

肇庆的舞狮独具一格，如西江孖仔记陈馆的狮子是“猫形狮”，敲的“返调七星鼓”为当今广大狮队所用。该馆现任掌门人陈志强曾组建多支醒狮队伍，培育出一大批舞狮人才。2000 年，陈志强在星湖成功首创世界上第一盘水上梅花桩，其难度之高在国内外轰动一时，令人赞叹不已。七星岩景区这一旅游亮点吸引了大批游客，评价甚高。“把中国传统武术糅合在醒狮中，就形成了一种独特的武术。只有将武术融入其中，醒狮表演起来才会派头十足，更具观赏性。因此醒狮与武术密不可分。”陈志强说。

说到肇庆的醒狮，就不能不提享誉海内外的肇庆市电力醒狮团。该醒狮团坚持深入挖掘民间的传统狮艺，大胆改革创新，创作多个现代醒狮套路，并在国内外一系列比赛中屡获殊荣。其基地还被命名为中国龙狮运动协会（肇庆）南狮训练基地。

现任肇庆市电力醒狮团总教练的谭来长，自小师从多位醒狮高手。从名不见传的毛头小伙子到醒狮名“教头”，从“南粤狮王”到蜚声海内外的国际龙狮联合会国际级裁判、教练，他将半辈子的心血都放在醒狮这一民间艺术活动中。最让外人津津乐道的是，桃李满天下的谭来长还有不少“洋弟子”，他们将中国这项传统文化传播到国外去。

作为民间传统文化传承人，谭来长说，自己最大的心愿就是将醒狮这一岭南文化传承下去并发扬光大。

（发表于《西江日报》2010年9月5日）

# 婚房：现实与浪漫的撞击

## 上千市民报名玉湖湾孔雀计划赢取一套婚房，超八成婚房买家为“啃老族”

广播电视新闻学 2008级 梁 肖

今年28岁的小青上个月终于和男友去见家长了，谁知传统的父母帮他们算了日子，结果是今年最适合她和男友结婚。突然要举行婚礼，小青有点措手不及，挑来挑去终于把时间定在10月6日，可是这几天去咨询预订酒店时，她却发现准备在9、10月结婚的人还真不少。随着结婚旺季的来临，楼市的“金九银十”季节也到了。记者在采访中发现，正处于适婚年龄的80后，日渐成为撑起楼市的中坚力量，他们的住房需求巨大。

## 市场分析

供应——人气火爆，房源紧缺

来自美联物业的统计显示，备受结婚族青睐的户型为两房和小三房。日前，记者走访了几个中小户型楼盘销售现场，发现热闹的看房人群中不乏年轻的看房客。

在目前尚未开盘的玉湖湾销售中心，即使是下午 4 点半，也有不少年轻情侣手挽手前去咨询。据了解，该项目所有的户型面积均在 90 平方米以下。

“我们的 VIP 登记已经接近 5 000 人，其中有不少年轻人买房准备用于结婚。”玉湖湾的销售人员告诉记者。

在东方银座公馆售楼处，记者当天上午 9 点半到达，现场有大约 20 人，其中就包括几对年轻情侣。“这样的房子看着小，但两个人生活已经够了，而且以后转手也容易。”在参观样板间的时候，有一对年轻情侣告诉记者。

在二手房市场上，婚房需求也一直居高不下。中联地产营业南部总经理陈河清告诉记者，现在买房的人中近 30% 是买婚房的。

不过，婚房的供应却处于紧缺状态。“在二手房存量当中，两房和三房的存量占据一半的份额，但由于一直以来供不应求，所以兼备自住和投资功能的中小户型其实是普通住宅中的稀缺产品。”美联物业全国研究中心高级主任徐枫分析道。

南山地产资深房产顾问尹延庆则指出，受 9 月 1 日深圳新政实施的影响，越来越多的业主产生观望心理，部分业主不愿放盘。

■金牌中介解读（徐枫　美联物业全国研究中心高级主任）

大半婚房买家属二次置业

据我们调查，在婚房买家当中，有一半左右的人属于首次置业，另外的一半人属于二次置业。这些二次置业的婚房买家，年龄不大，基本上是 80 后或者 90 后，但大多名下有过房产。不过这些房产不一定是他们自己的，有的是被父母挂名买房，有的是在外地有房产，也有的婚前投资过小户型。

价格——总价低的少了，部分房源涨价

在景田片区走访中介地铺时，记者遇到了一对准备今年年底结婚的80后情侣——阿惠和男友。“我们刚刚看了金色假日一套56平方米的二房单位，总价接近120万，面积有点小，但这是我们能承受的价格范围。”阿惠告诉记者，他们两个人的积蓄目前只能支付首付30万元以内的房子。

“有父母资助的人，买的婚房总价相对高点，完全靠自己的人，买的婚房价格相对低点，我们调查过，总价在250万元以下的物业是最受结婚族追捧的。”徐枫指出。

虽然结婚族青睐总价偏低的物业，但近期部分二手房源出现了涨价现象。“总价便宜的房源在这个月之前已经卖得差不多，房源出现减少的表象，然而看房的人还是那么多，部分业主便选择反价或者大幅抬高价格不愿出售。”美联物业罗湖区域总监袁新有告诉记者。

房价近期出现微涨，阿惠也深有感触：“金色假日这种56平方米的房子，在一个多月前的价格是105万元，现在却要120万元左右。”

■金牌中介解读（陈河清　中联地产营业南部总经理）

小面积婚房涨价空间大

婚房，仅仅用于婚后两三年过渡用，日后还需要换大房，到时可把婚房出租或出售，所以买婚房也是投资。而现在热门的小户型容易租售，受欢迎程度比其他户型要高。也正因如此，备受结婚一族青睐的小户型房价上涨的可能性较大。

营销——婚房针对性活动减少

两年前，布吉新盘慢城打出一句广告词——“2008年我们结婚吧”，打响了当年楼市“婚房”概念的头炮，随后不少楼盘纷纷在婚房营销上大做文章。

如今，刚性需求占据市场主力，虽然各大中小户型楼盘仍吸引了不少准备结婚的年轻人前去看房，但楼盘现场针对“婚房”概念的活动却明显减少了。

据记者统计，今年直接打出婚房概念的楼盘寥寥无几，能够数得出来的也只有深港1号的“完美家‘一站式’婚房计划”，而七夕期间，也仅有花样年花郡、汇龙天下等少数楼盘举行相关营销活动。

“真正的婚房应该是两个人去买一套房准备新婚之夜用，但现在很多婚房已经不是真正意义上的婚房，有的人买婚房也不一定用于结婚，婚房的概念被扩大化，所以即使在营销上大做文章也没有意义。”书香门第营销部总监涂哲指出。

■金牌中介解读（刘莹　星彦地产副总经理）

开发商不打婚房概念了

过去市场没有现在这么火，开发商要拼命做营销，打一些概念才能支撑销售率的持续性。而现在，市场这么火，主力又是刚需，开发商根本不用再在概念营销上大做文章。

## 婚房愿景

由深圳关爱办、深圳报业集团与深圳市玉湖地产联合推出的“孔雀计划——玉湖湾置业赠首期关爱公益”活动正在火热报名中，据了解，参与报名人数已超过5 000人。据统计，在踊跃报名的人群里，有上千年轻人的身影，他们有的准备结婚，有的刚刚结婚，参加本次活动，就是为了赢取一套婚房。那么，对于婚房，他们有什么样的愿景呢？

龙文明　电子行业

婚房公式：成熟片区+地铁

现在的发展挺不错的，想在龙岗买个房子，90~100平方米的三房，希望房子附近有幼儿园和小学，周边配套成熟一些，有地铁就更好。我心中最理想的价位是8 000~10 000元/平方米。

王震宇　服务业

婚房公式：成熟配套 + 海景

八九十平方米的两房或小三房作为婚房是不错的选择，而且最好能在福田。单价在两万元左右就能接受，周边配套一定要成熟便利。出于对大海的喜爱，海景房是我心中最理想化的婚房。

华子　华为员工

婚房公式：环境舒适 + 学位

现在只想买个房子过渡一下，以目前的房价，七八十平方米的房子比较合适。偶尔也可以把父母接过来住住，所以希望周边环境要舒适一些，配套要成熟，居家方便。最后，房子能带学位就最好。

赖娜娜　银行人士

婚房公式：教育资源 + 户型

心仪的婚房最好是两房或者小三房的。希望能在宝安买婚房，因为那边的教育还不错。还有，户型要实用，朝向很重要，通风采光要好。至于价格，1.3 万～1.5 万元/平方米可以接受。

陈智伟　市场传媒部主管

婚房公式：安静小区 + 高层景观

70 平方米的大两房是自己期望的婚房。小区要安静，交通便利；单价 1 万元左右。如果可以的话，最好能给主人房配上大落地窗，拉开窗帘就能把花园景色收入眼底。还有，楼层要高，20 楼以上为佳。

Nono　外企

婚房公式：方便上班 + 学位

为了方便上班，希望在福田买一个七八十平方米的两房，1.8 万～2 万元/平方米的价格都可以考虑，而且居住小区周边配套比较好。我喜欢安静、绿化比较好的小区。当然，能带个学位更好。

钟江　电子行业

婚房公式：学位 + 海景

将来结婚买房希望能稳定下来，所以会考虑学位的问题。另外，离工作单位近一点好，七八十平方米的两房就行了。我特别钟爱大海，所以最理想化的婚房是面朝大海的海景房。

沈明流　IT人士

婚房公式：休闲购物+靠山

婚房最主要是够温馨，80平方米的两房就可以。现在希望能在宝安买房，总价在120万元以内都可以接受。喜欢靠山的，周边除了交通便利以外，最好能有购物的地方，还有适合运动的场所。

张慧　教育人士

婚房公式：背山靠海+学位

马上准备要宝宝了，所以买房子至少要100平方米左右的三房。希望房子可以带学位，周边有个医院也很重要，价钱最好在100万元左右。景观的话，想要个背山靠海的房子，住起来较为舒适。

杨军　事业单位

婚房公式：前海片区+配套

买婚房当然希望能买到四五房的大豪宅，但现实中自己能买个70平方米的房子就不错了。目前我喜欢前海，这里发展前景好，而且又背山靠海，很舒适。不过周边配套还不成熟，希望将来有所改善。

**买房故事**

婚房，顾名思义，就是用于结婚的房子。然而面对今天高昂的房价，现实与传统思维的博弈已经让楼市的需求发生了重大的变化，买婚房，不一定完全用于结婚。记者特地寻找到几位不同需求的婚房购买者，请他们来讲一讲自己的故事。

Story 1——“老罗湖”带病为儿子找婚房

讲述人：赵先生，原民企高管，癌症患者

开朗的笑容、洪亮的声音，如果不说，谁也不会想到赵先生是一名骨髓瘤患者。“2006年发现这个病，后来辞职在家养病。这两年我们催儿子结婚，结果他说‘没房怎么结婚’，我想，现在能做的就是给他找一个婚房。”赵先生说。

就这样，赵先生开始了为儿子找房的日子：“我想找一个90多平方米的三房，在翠竹路附近，这几年治病花了不少钱，现在只能给儿子交个首付，剩下的让他自己慢慢供。”

去年，赵先生家附近有个新盘推出，他很感兴趣，但价格却让他却步：均价2.8万元/平方米。“我坚信这次政府调控会让房价降下来的。”虽然看跌楼市，但赵先生也在继续观察房价变化，准备等到明年春节后再出手。

■金牌中介解读（高峰　世华地产翠竹片区区域总监）

翠竹路附近有好楼可淘

赵先生的观望心理比较浓厚。其实翠竹路一带是成熟的片区，可以作为婚房选择的两房、三房单位比较充足，而且价格稳定，很难出现大涨大跌的情况。除了新房以外，不妨考虑楼龄较新、单价为1.4万~1.7万元/平方米的太阳新城、雍翠华府等二手房。建议赵先生多出去看房，先物色一些符合需要的小区。

Story 2——婚房先出租，涨价后再卖

讲述人：筱艾，美容编辑

“我们觉得结婚应该有个房子，所以就买了。”2008年和男朋友登记结婚的筱艾对自己的“婚房”很陌生，她甚至忘记了这个房子的具体位置，因为她从来没有在那里住过。

在2008年的市场低谷买房，筱艾完全是“撞”的，因为那年她和男朋友准备结婚。可是由于手头钱不多，他们跑了很多地方，最后在朋友的介绍下，相中了布吉百合山庄一套两房单位，总价是50万元。

“当时看中的是房子附近规划有地铁，但我们俩都在福田工作，不可能在那边住，于是那房子一直在出租，最近听说房价涨了，我们考虑要不要把它卖掉，心理价位是72万元。”筱艾想把“婚房”卖掉，用这笔钱再在福田重新买一套自己住的房子。

■金牌中介解读（谢玉奎　中原地产布吉区域经理）

布吉的房子近期不会大涨

这套百合山庄的房子现在的市场价可达到72万元，如果筱艾小姐近期需要一笔资金买房的话，现在可以考虑出货。在布吉，这样的物业涨幅比较有限，即使以后房价继续往上走，这个楼盘也不可能出现大涨的现象，因为一直以来，这个楼盘的销售一般，加上地铁的概念早就被炒作透支了，即使真正通车后，也不会带来多大的涨幅。

**焦点关注**

如何筹钱买婚房？一套婚房，两代人负担

小韩和男友都是在深圳打拼的80后，相恋三年，转眼到了谈婚论嫁的年龄。父母常把“买房结婚”挂在嘴上，可在高房价的背景下，对于刚毕业几年的他们来说，想要靠自己买一套房子结婚并不容易。

“最近我们看中了一套两房的单位，总价是120多万元，可我俩的存款还不到10万元，后来只得向家里求助，他（小韩男友）爸妈给30万元作为首付，我爸妈给十几万元的装修费，而且结婚礼金由我们自己支配。”小韩觉得自己很幸福，父母在资金上的支持让她和男友松了一口气。

小韩的经历或许只是一个缩影。记者了解到，在当前房价虚高的背景下，年轻人结婚买房的压力越来越大，为了凑齐首付，部分人不得不动用父母的积蓄。

“在我们成交的客户当中，买婚房的年轻人大约有八成是父母帮忙给首付的。前几天就有一个例子，小两口只有6万元，后来男方父母给了6万元，女方父母也给了6万元，凑了18万元的首付。”尹延庆告诉记者。

这种现象在其他中介的交易中也普遍存在。据袁新有介绍，在其接触的婚房买家当中，大约有80%的人购房款来自父母。“那些工作两三年再买婚房的人，一般由父母资助部分钱，而那些毕业不久就结婚的人，大多完全靠父母的钱买房。”袁新有说。

■业内专家解读（涂哲　书香门第营销部总监）

“啃老”买婚房风险很大

用父母的钱买婚房，这是80后、90后特有的置业模式，但这也是一种危险的做法。虽然现在很多人想把钱转为不动产，寻求资金避险，但倾尽两个家庭、两代人的积蓄去买房，一旦家庭出现变故，需要一大笔钱，那么就很麻烦。很多人用父母的钱买房，赌的就是房价上涨，如果一旦房价下跌该怎么办呢？对于普通家庭来说，建议不要贸然拿出所有积蓄给儿女买房，而是适当贴补一些，在力所能及的范围内帮助儿女置业，如20万元的首付帮补5万~6万元。

## 楼市调查

婚房120万元是道门槛

有1 000个人就有1 000种婚房选择模式，你的模式是什么？你对婚房有哪些要求？你关注的是什么？对此，本报联合搜房网、房地网展开为期两天的调查，并邀请专业人士对调查结果进行分析解读。

■金牌中介解读（徐枫　美联物业全国研究中心高级主任）

毕业5年买婚房，每年至少要存款5万元

从本次调查可看出，在选择婚房楼龄时，新房和二手房基本持平，这意味着二手房越来越被接受。这是有背景的：一是房价持续走高，同等地段新房价格远高于二手房；二是市区可选择的新房数量极其有限，深圳新建住宅的供应量呈现逐年走低的态势。

结合受访者的价格意向，接近90%的网民更偏向于120万元以下的物业，这意味着若是首次置业，根据现行政策，首付可能要准备24万元；若是二次以上置业，则需60万元。70%的受访者选择自力更生解决首付，假设置业者在大学毕业后5年结婚，那么每人年平均储蓄额至少为 5 万元，才能相对宽松地给付首付。

在户型选择上，美联物业的成交也印证了网民对于婚房户型的偏好：集中在两房或者三房，其中两房更受欢迎，成交价格集中在 100 万元左右。

（发表于《深圳晶报》C4～C5 版 2009 年 9 月 10 日）

# 名校区学位房一房难求，学位房价格又现涨势

——超八成受访者愁买学位房

梁　肖

**1. 市场　房源少，中介发愁无房卖**

9 月 1 日，又到了广大适龄少年儿童入校的日子。张女士站在荔园小学门口长长地舒了口气，她终于如愿以偿将儿子送入了这个小学。为了这个学位，张女士纠结了很久，最终从香蜜湖 200 多平方米的豪宅搬到了百花园一期一套约 110 平方米的三房里。

记者走访了解到，为了抢到一个好学校的学位，家长们可谓煞费苦心，更有不少家长为赶末班车匆忙入市，8 月份的学位房成交量也因此推高了不少。在晶报联合搜房网、房地网所做的一份网络调查中，有高达八成的人有学位房的置业需求，学位房呈更加紧缺的态势。

为学位匆忙入市

不问房子和价格只求过户

“我们香蜜湖的房子，通风、采光、景观、户型结构等都很好，但在百花片区找了很久，都没有找到合适的。”张女士表示，她看了这个片区的很多套房子，普遍都存在面积小、房子旧的问

题，很多单位的户型结构、通风采光也不好。

“就这样的房子，我买了个110多平方米的单位还是花了370万元。”张女士认为，如果不是带学位，这样的房子性价比极低。

但事实上，像张女士这样为了学位而买房的置业者并不少。“百花片区90%以上的置业者是为了学位而买房的。”美联物业罗湖区域总监袁新有告诉记者。

“因为很多学校申请学位的时间比较早，很多家长会提前一两年做准备，这样可以有更多的挑选余地，但也有部分家长直到8月才买入。”袁新有表示，由于时间紧张，有部分家长甚至不管价格，也不看房子，就直接交钱要求过户。

不过，也有不少家长提前做准备。9月1日，记者来到福田莲花片区一带踩盘时，发现仍有部分家长在寻找学位房，细问之下才发现，这些家长都是在为几年后小孩入学做准备。

二手学位房一房难求　新盘引名校进驻房源较多

学位房向来都是一房难求，经历了前几个月的集中消化，现在各大名校圈的房源普遍出现了二手房源偏紧的情况，部分片区甚至面临无房可卖的窘境。

在百花片区，成宏地产华新分行的刘先生告诉记者，最近两个月，他们分铺的学位房月成交量都有好几十套，目前的可售房源已经大量减少。在莲花片区，据世华地产的孙先生介绍，目前该片区基本上一个社区就只有一两套房源在售。蛇口、后海一带的学位房房源则更紧，世华地产南油二行的陈先生甚至称，由于房源少、消化快，他手上的现房都卖完了，现在不得不面临无房可售的局面。

东边不亮西边亮，以二手房源为主的传统名校圈房源紧张，但不少新楼盘位于名校圈内，如佳兆业金翠园、鼎太风华等。同时，为了填补市场空缺，也有不少楼盘开始积极引进知名学校，如香港国际学校落户曦城、半岛城邦引进南山外国语学校滨海分校、大运城邦引进东北师大附小等。

置业者涂先生认为，不少引进名校的楼盘的社区环境、户型设计以及园林等都较二手房更胜一筹，因而他打算买入带学位的新房。

■金牌中介解读（姜丽萍　世联地产经纪事业部营业三部总监）

一味苛求学位房不值得

学位房主要是看对应学校的师资和生源好不好，升学率高不高，通常各方面品质较好的学校学位都会比较抢手，所以周边带学位的一片楼盘就成了名校区学位房，成为家长们热抢的楼盘。

但如果放弃原有房子换学位房，不大值得。因为现在深圳的学校招聘老师的门槛都挺高，师资总体水平都不差，哪里的学校都一样。学位房大热，主要是因为一些家长过度崇拜所谓的名校，认为只要学校好、老师好，教育出来的孩子就一定好。其实，孩子将来能不能成才，自身天赋和家庭教育也很重要，就算学校不是名校，有些孩子一样能成为人才。

**2. 价格　学位房价格回升 5% 至 10%**

今年五六月新政刚出时，学位房的价格曾出现一定幅度的下降。但记者日前了解到，8 月以来，各区的学位房价格均出现了不同幅度的上扬，同时，也进一步拉大了同片区学位房与非学位房之间的差价。

6 月份小调整现在又涨了

“受新政影响，今年五六月份，后海片区带育才二小和育才二中学位的不带电梯的老房子的价格曾出现小幅下降，但现在各楼盘单价都较当时上升了至少 1 000 元/平方米。”世华地产南油二行的陈先生告诉记者。

中原地产南山后海区域经理练映辉告诉记者，传统后海学位房区域目前的楼价都不便宜，稍微新一些的带电梯的物业的单价都为 2.5 万 ~ 2.6 万元，湾区物业则更高，达到了 4 万元左右。由于七八月份的交易量放大，也带动了片区价格的上扬，上升幅度约为

5% ~10%。

在百花片区，目前的房价同样也有微幅上扬。“如百花园一期年初的价格大约是2.8万元/平方米，3月份的时候上升至3.2万元/平方米，现在大约升至3.3万元/平方米了。”美联物业罗湖区域总监袁新有向记者介绍说，片区的学位房价格曾在新政刚开始两个月有一定幅度的下降，但目前又开始出现微幅的回升，“幅度大约在3%”。

同一片区物业价差比较大

记者踩盘时注意到，在各个名校区，带名校学位和不带名校学位的房源价差较大。

在莲花片区踩盘时，世华地产的孙先生给记者介绍说，楼龄在20年左右的莲花三村带莲花中小学的学位，其多层单位目前只有一套在售，单价2万元/平方米，而高层单位更是高达3.3万元/平方米。但附近的彩田村、长城盛世家园等都是2002年后的楼盘，社区也都不错，但均价也就2.3万元/平方米左右。

百花片区、蛇口后海以及宝安中学附近等区域的情况也非常类似。如在宝安中学附近的御景台和恒安花园，均为2002年左右的房子，单价为1.6万~1.7万元，这几乎与在宝安中心城一些2007年之后入伙的大社区的二手房价格相差无几。

“这些学位房中，户型好的很少，住着也不舒服。”袁新有表示，想买这些学位房的置业者大多经济水平不低，为了不“屈居”于这样的房子内，有10% ~20%的置业者只挑市场上户型最小、价格最便宜的学位房，“纯粹就是为了报个名”。

■金牌中介解读（袁新有　美联物业罗湖区域总监）

买学位房要赶早

由于业主对学位房的持有时间一般在9年以上，时间周期长，市场的放盘量就比较少，但需求却特别旺盛，因而造成房源紧张，进而推高了学位房的房价。打算买学位房的置业者一定要提前做准备。如果提前关注学位房，业主更有机会淘到户型好、价格低的房源，同时也有时间与业主谈价。置业者没有必要追高学位房，家长对名校的盲目崇拜，是造成学位房不断上涨的原因之一。

**3. 典型片区**

A. 百花名校区

名校集中，房价始终没降

8 月 31 日下午 2 点半，记者以置业者的身份来到位于福田华新路上的成宏地产，咨询有关学位房的情况。走到该店铺门口，记者就看到有中介领着一对年轻夫妇去看房。“最近买学位房的人挺多，虽然天气这么热，但每天来看房的人却不少，我今天上午就已经带了三个客人了。”成宏地产的刘先生向记者介绍道。

刘先生告诉记者，百花小学附近几个小区的单价都在 2 万元左右。“这个片区除了有百花小学、荔园小学和实验小学，还有深圳实验中学，都是重点学校，所以整个片区的学位房都很受欢迎。”刘先生说：“就算其他片区的学位房在降价，百花片区的房价一直都没有什么变动。实验小学旁边的国城花园更是高达 4 万元/平方米。”不过，面对如此贵价的学位房，刘先生说买的人也不少，最近两个月学位房的月成交量有好几十套，“来这个片区买房的都是看中了这里的名校，家长都是希望自己的孩子能进入名校，就算房价这么高，他们也在所不惜”。

随后，刘先生带记者去看长城大厦一套 107 平方米的三房。这里的房子楼龄普遍偏高，都是 20 年以上的老房。“虽然房子比较老，但朝向很好，最主要是这里离百花小学就一街之隔，十分便利”，刘先生边介绍，边打开窗户，让记者可以看到百花小学和实验中学就在小区下面，确实很方便。

■金牌中介解读（刘先生　成宏地产华新分行置业顾问）

买学位房要视需求而定

针对有意置业该片区的买家，刘先生建议，如果是想投资或者仅仅要一个学位，建议客人去买一些小户型，如赛格科技园的公寓，45 平方米才 72 万，升值空间就比较大；如果自住，买户型实惠一点的就不错，像 100 平方米左右的三房，一家人住就很好。

B. 蛇口后海校区

想看房，只能提前预订

9 月 1 日上午，记者来到蛇口、后海一带踩盘。世华地产的陈先生向记者介绍了整个片区各学位房的价格："带育才二小和育才二中学位的房子比较多，因为房子比较老，不带电梯，所以像文竹园、爱榕园、翠蔚园这些学位房都比较便宜，均价 1.5 万元/平方米；而北师大附小和附中周边的蔚蓝海岸相对较贵，其中最便宜的蔚蓝海岸一期都要 2 万元/平方米。"陈先生还表示，随着后海片区的发展，这一带学位房的价格只会有增无减。

虽然在房价上这一带学位房要比百花片区便宜不少，但房源非常紧张，以至于当记者向陈先生提出看房要求时，陈先生也只能露出为难的表情，说手上的现房都卖完了，想要看房，只能提前预订和卖家约时间看。关于房源这么紧张的原因，陈先生解释说这里自住的人居多，没什么人放盘，导致出现供不应求的情况，每天来询问学位房的人却不少，所以一旦有人放盘出来很快就可以卖掉。陈先生还自豪地告诉记者，"这两个礼拜我个人就卖出了四套学位房，我们店里这个月也赚了 50 万元以上的佣金，生意还算不错"。

就在记者准备离开时，还听到旁边一位中介致电客户，通知对方放出的房子已经有人看中了，可以随时约出来当面交易。送记者出门时，陈先生还补充了几句："最近我们都比较忙，生意多，即便是打击阴阳合同的政策，对我们也没有什么太大影响，因为刚需买家总还是要买的，尤其是学位房，如果你想买，要趁早。"

■金牌中介解读（姜丽萍　世联地产经纪事业部营业三部总监）

应提前半年以上买学位房

南山学位房房源紧张主要有两个原因，一是蛇口的学位房多是以前蛇口工业区分发下来的福利房，现在很多人还是自己住在这里，并无意拿出来出售。二是这个片区的大趋势是出租而不是出售，就算业主自己不住，拿出来也是租给别人收租金。

建议家长们不要对所谓的名校有过高的期望，放平心态，在自家附近为孩子选一所学校就好，可免去许多不必要的麻烦。如果确实要在南山片区买学位房的话，至少提前半年，才能确保学位问题。

**4. 新校区　名校概念新房值得考虑**

除了上述传统名校区附近的二手房外，近年来，一些新房也以学校为卖点，大打学位房概念，获得了不少置业者的认可。

这些新楼中，一部分位于传统的名校圈内，如金翠园、招商海月、鼎太风华奥斯卡等，这些新房大多价格不菲。不过，也有部分楼盘采取引入名校的办法来助业主实现“名校梦”，这些楼盘大多位于龙岗、宝安两区，价位相对也比较适中。

■金牌中介解读（王世界　中原地产市场总监）

引入名校的楼盘升值空间大

名校学位房主要分布在关内的几个区域内，这些传统名校的教学质量比较有保证，不过，房价一般不便宜。另外，有部分新楼采用引进名校的办法，房源多在关外。对置业者而言，这些楼盘潜在的升值空间较大，也可以解决部分业主的学位问题。但引入的学校也存在一定的风险，因为之前就曾出现过引入名牌学校但不成功的案例。所以置业者应结合开发商、学校双方面的资质综合考虑。

**5. 买房故事　高峰期买的学位房赚了!**

2007 年，在经历了多年的连续上涨后，深圳楼价达到了一个峰值。在所有人都疯狂入市的年代，谢小姐也于当年 5 月购入了位于南山听海花园的一套 117 平方米的单位，总价 220 万元。

“当时购房的目的就是投资。”谢小姐告诉记者，听海花园就位于南山外国语学校的正对面，并且带南山外国语中小学的学位。

“我就是冲着这个学位去买的。”谢小姐说，“当时考虑到马上要进入生育高峰，学位房的保值升值潜力还是非常大。”

不过，谢小姐买来没多久就遭遇了2007年的“9·27”政策，市场开始陷入观望。到了2008年10月，楼市陷入了那一波调控的最低谷。“当时市场上不断充斥着关于降价、抛盘、弃首付以及中介倒闭等消息，舆论界对楼市前景非常悲观。”谢小姐表示，即便市场如此低迷，还是有中介打电话称她的这套单位能卖220万元。“如果当时出手，我基本还是能够保本的。”谢小姐说，她当时也差点动了卖房的心思，但2008年底她怀孕了，于是打消了这个念头，准备留着自用。

谢小姐告诉记者，随后的几年中，一直有中介人员问她房子是否出售，在此期间，她也不断了解到这套房子的市场价。“2009年初的时候，房子涨到了250万元左右，年底涨到300万元，今年4月市场最高峰的时候达到了330万元，而现在已经涨到了350万元左右了。”谢小姐表示，在被称为史上最严厉的“4·14”新政下，她的这套学位房几乎不受影响。

“从220万元到350万元，虽然我买的时候是高峰，但现在看来，还是买对了。”谢小姐说。

■金牌中介解读（王世界　中原地产市场总监）

投资学位房要关注政策变化

谢小姐属于典型“未雨绸缪”型买家，虽然是从投资转为自用，但在等待的过程中，房产也不断增值。不过，从现在的市场情况来看，超过2007年高峰期价格的房子很多，并不仅限于学位房。另外，如果置业者要购买学位房，还应考虑到未来的教育政策是否会出现变化、学区的划分是否改变、教师资源是否会重新分配等问题。另外，学位一般要提前申请，在同等条件下，先入住的住户优于后入住住户录取，因而很多家长为了学位提前买房。

6. **调查**

150 万元以内学位房易接受

A. 您是否有置业学位房的需求?

B. 你置业学位房的目的是什么?

C. 您打算在多长时间内买学位房?

D. 您能接受什么价位的学位房?

■金牌中介解读（叶蓉　中联地产市场研究中心分析师）

学位房兼具投资及自用功能

从此次调查可见，超过 80% 的消费者有购置学位房计划，而且在购买目的中用于自住的高达 83%，深圳的学位房一直供不应求。由于学位房被家长追捧，房价也是居高不下，且呈每年上升趋势。同时也给周边的学位房带来了更大的溢价空间，即学位房一般会比周边同品质的非学位物业高出 15% ~30%。由此学位房不仅受家长的青睐，也被部分投资客所收藏。

但就当前各区域和周边学位的档次来看，学位房的价格也呈不同梯次，大部分消费者能接受的价位在 150 万元内，考虑的学位房可以是学位档次高的小户型物业，或是学位次之的中大户型物业。以下列举几大重点学位片区的学位房情况供消费者参考。如：目前白沙岭片区的学位房高达 3 万 ~4 万元/平方米；景田片区的学位房也高达 1.9 万 ~2.4 万元/平方米；科技园南片区的学位房高达 2.9 万 ~3 万元/平方米；南山蛇口片区的学位房有两个梯次的，分别为 1.4 万 ~1.7 万元/平方米和 2.5 万 ~3 万元/平方米。

（发表于《深圳晶报》2010 年 9 月 1 日）

# 陆桂霞：一生献特教无怨无悔

广播电视新闻学　2008 级　陈跃娜

特殊教育相比普通教育，需要付出更多的心血和更大的耐心。这不是普通人能胜任的工作，更不是一个任何人都能坚守的岗位。

教师节前夕，记者走访肇庆市启智学校，采访了该校坚守特殊岗位已 22 年的陆桂霞老师。她的学生都是有智力障碍的孩子。

## ·特教的“特”·

### 学生自理是老师的教学主题

特殊学校的教学最基本的部分是学生生活自理，再就是语言训练，最后才是文化训练，课程有语文、数学、音乐、美术、感官训练、语言沟通等特殊教程。当然，教材较普通学校要简单得多。

陆桂霞表示，对特殊学生的教育，要因人施教，不奢望学生在文化知识上有多大的提高，更希望他们通过学习后懂得起码的生活自理，懂得孝敬父母，尊重别人。

许多特殊学生在进学校前不会自己去厕所，不会拿笔，不会叫人，甚至不会叫爸爸妈妈。有时学生在上课时拉屎拉尿，老师就要及时帮他们换洗。她坦言，很多时候自己与其说是老师，不如说是护工、保洁员。

## ·“爹娘”的心声·

### 学生进步是老师最大的欣慰

采访时记者见到一名刚来学校的学生，这个孩子目光呆滞，表情漠然，记者问他叫什么名字，五六秒钟后，他看看老师后，嘴里吐出几个含糊不清的字。

特殊学生小骅在家里待了11年，刚来学校时不会叫人，不会自己上楼梯，不会自己上厕所。陆桂霞和其他三位老师既当老师，又当爹娘，耐心地对他进行生活自理及语言训练。经过努力，小骅不仅学会了和老师、同学打招呼，其他方面也有了很大的进步。

记者在教室看到，学生有的把写字当画画，有的把“大”字写成“木”字，有的把作业本当作涂鸦纸涂得乱七八糟。特教老师却总是用欣赏和肯定的眼光看待这些“作品”，通过表扬和鼓励，让他们慢慢取得进步。小杰刚来校时，不会叫老师，也不会写字，叫他写字，他就呆呆地望着你，陆桂霞每次都耐心地抓住他的手，一撇一捺地比画。经过千百次的重复，现在小杰已能写20多个字了。

“孩子们的进步是我们特教老师最大的欣慰。”陆桂霞说。

**·执着追求·**

**没想过跳槽也没想过要放弃**

当记者问是否曾想过要放弃这份工作时，陆桂霞笑笑说：“我这一做就是22个年头了，说真的，竟从没想过要跳槽，也没有想过要放弃这份工作。”目前，陆老师已经带过100多名有智力障碍的特殊学生。

毕业多年后，时不时有学生到学校来看望老师，这是陆桂霞最开心的事。“有一个学生叫阿才，毕业后去了香港，这么多年了，他还会不时打电话来问我和其他老师的情况，每次从香港回来也会来看老师。其实这份工作虽然苦些、累些，但学生的一声问候带来的欣慰足以让人忘却疲惫。”

也许在这些孩子的心里，老师一辈子都是老师，老师让他们感到温暖，感到亲切，而不是冷漠和歧视。而这也正是这些特殊群体渴望社会能给予的。

·访谈·

## 希望学生能过上正常人的生活

**记者：**您已经53岁了，还有两年就退休了，从事了22年的特殊教育，最深的感受是什么？

**陆桂霞：**我很深地体会到，弱智孩子的父母很苦，孩子也很可怜，一生下来就和普通孩子不同，这也注定了他们的路会走得更加艰辛，作为老师，我最深的感受就是这些学生能够通过我们的教育，今后尽量能过上正常人的生活。

**记者：**弱智儿童和正常儿童不同，特教老师可以说是既当老师，又要当父母，苦累之余你思考更多的是什么？

**陆桂霞：**我思考更多的是，应该从各个方面来提高人口的素质，弱智儿的出生，对社会、对家庭、对其本人来说，都是一件令人感到遗憾的事情，因此最好能在源头上阻止弱智儿的出生。这一弱势群体，更应得到社会的关爱。

**记者：**特教老师与普通老师的待遇有什么区别吗？您对特教老师目前的待遇满意吗？

**陆桂霞：**每个人对物质及生活的要求不尽相同，作为一名特教老师，社会给了我不少荣誉。这些荣誉既是鞭策更是鼓励，我将在特教岗位上与同事们一道更加努力地做好工作。

我省规定特教老师每个月都有特殊津贴，是基本工资的30%，我对工资待遇方面还是很满意的。

·链接·

## “三残”儿童少年入学率达96.09%

我市特殊教育起步较早，早在1954年，德庆县就建立了盲教院。1986年，德庆县德诚镇第三小学办起了全省县城第一个弱智儿童辅读班。我市现有特殊教育学校7所，除启聪学校是专为全市听障儿童设立的特殊学校外，其余6所均为启智学校。

1989年，肇庆启聪学校正式创办，成为聋哑儿童求学的专门学校。市启智学校成立于1987年，是目前肇庆市城区唯一一间公办弱智特殊教育学校。现有教师4人，3个教学班，17名学生。最大的16岁，最小的7岁。学校位于端州区某所小学内，就是在这么一间学校，特殊教育的老师们用爱培养了一批又一批智障儿童，让他们学会了自强、自尊、自理、自立。

多年来，我市特殊教育事业各项指标都达到了国家和省级的要求，特殊教育的成效和做法得到了国家和省的充分肯定。

据2009年统计，全市共有特殊教育学校7所，教学班33个。7~15周岁“三残”儿童少年总数1 920人，已入学1 845人，入学率达96.09%。

（发表于《肇庆都市报》教师节专题2010年9月10日　指导老师：陈丽玲）

# “黄牛”中秋可赚5 000多元

## 今年倒卖月饼票的“黄牛”比去年多了一倍

陈跃娜

中秋临近，倒卖月饼票的“黄牛”也开始了最后冲刺。记者连日调查发现，今年“黄牛”比去年多了一倍，一盒月饼能让他们赚一至两成的差价，多是7折收、9折售。

### 今年“黄牛”特别多

9月18日下午，记者来到城区天宁北路的端州大酒店、华侨大厦月饼售卖点，发现都已排起了长龙，十几名“黄牛”正拿着月饼票兜售。跃龙中路、芹田二路、芙蓉西二街等多条大街小巷内，每隔三四米就有一家“收购月饼票”、“月饼票兑换粮油”的档口。跃龙中路短短50米内就挤了10余家“黄牛”月饼档。“端州月饼7折换物品，6折换现金；华大月饼6折换物品，换现金也是少一折。”跃龙中路多家档口的收购价大同小异。一位老板透露，今年“竞争对手”多了，生意不好做：“起码多了一倍，什么都可以兑换，米、油、牛奶、水果篮都可以。”记者留意到，“黄牛”们只收购本地品牌的月饼票，其他牌子如广州酒家、莲香楼的，一律拒收。

## 利润丰厚致“黄牛”增多

18日中午，记者在跃龙中路多家杂货铺假装要出售手中两张标价为98元的月饼票，“黄牛”们都出68元收购，即原价的7折。如华侨大厦的双黄白莲蓉月饼原价为98元，“黄牛”开价70元，转手可卖88元，一盒月饼“黄牛”赚了18元。19日，记者再去采访时，价格已经缩水了。“黄牛”打出“6折出售，平过出厂价”的口号，吸引了不少市民。“一天大概收到100张月饼票，还可以将米、油卖出去，再赚一笔，一个中秋一般收入在5 000元以上。”据业内人士透露，利润丰厚导致“黄牛”越来越多。

他同时透露，“黄牛”一般都有自己的货源，包括节前收到不少月饼票的主管、有推销任务的酒店员工，和一些通过关系以超低折扣倒卖月饼票的月饼销售商。

## 端州大酒店：没有和“黄牛”勾结

端州大酒店一名负责人表示，有“黄牛”存在是不争的事实。

是否存在“黄牛”和门店勾结一气的可能？他表示不可能，称每年他们的月饼都供不应求，临近中秋时，还要跟各门店打招呼才能保证持票顾客都能提到货。

### 律师：倒卖月饼票可拘留15天

肇庆振中律师事务所律师闫影表示，月饼票是有价票证，倒卖月饼票涉嫌扰乱月饼市场秩序，涉嫌违法。可处10日以上15日以下拘留，可并处1 000元以下罚款；情节较轻的，处5日以上10日以下拘留，可并处500元以下罚款。

（发表于《肇庆都市报》2010年9月20日）

## 超5成受访职场人从没提加薪要求，如何顺利请上司为自己加薪？掌握3秘笈可成加薪达人

广播电视新闻学　2008级　刘可玢

跨入8月，企业与个人年中成绩表都已确定。每年年中或年底，很多职场人士都会面临着一年或半年工作与职业规划的总结，而企业更多考虑的是整体业绩实现情况。现实中，“加薪”就成为广大职场人士谈论的焦点。某知名网站在IT、金融、制造业等15个行业的职场白领中发起了一次“加薪”调查，调查结果让人有些吃惊，51.3%的公司职员从来没有向上司提出过“加薪”要求，“加薪”成了难吃的酸葡萄。

加薪给职场人士带来很大的工作动力，也成了企业与个人的一场价值博弈。企业与个人都想获得最大利益，企业在加薪问题上慎之又慎，一方面他们想吸引、留住员工，降低人才流失带来的成本，个人则想通过加薪、晋升等获得更高的表现舞台。资深职业顾

问陈胤君指出，公平原则是薪酬系统的基础，企业需要建立一个薪酬标准，系统地考核员工什么时候该加薪，什么时候该降薪。只有员工认为薪酬系统是公平的，才会产生认同感和满意度，才可能产生薪酬的激励作用。

### 秘笈 1　用心做好每一项任务，并记录好个人工作履历

小彭属于踏实做事的类型，平时对谁都是客气恭敬，默默做着自己的本职工作。这类人很难获得老板的青睐，可没想到，小彭甚得老板赞赏，进公司不到 3 年就连升三级，薪酬翻了一番。回顾自己的个人发展历程，小彭有些不好意思。“我在工作中其实留了一些小心眼，注意处理一些细节，也许老板看中自己就是这些吧。”

谈话中，记者了解到，小彭在平时工作中表现很积极，总是第一个站出来承担任务。如公司要组织一些活动，需要负责其中接待、沟通等一系列的琐碎事情，小彭总是主动站出来承担任务，解决老板的后顾之忧。在业务攻关上，他更是用心做好每一项任务，让公司获得更多收益。他平时很注意将公司的工作记录下来，对自身进行准确的评估。

某企业人力资源主管林才亮分析认为，小彭工作很聪明，他让工作更有效率，直达目的，并非投机取巧，企图减少付出获得更多的收获，这与耍小聪明有着本质的区别。由于他的努力，老板最终肯定了他的成绩和能力。小彭对自己进行了全面正确的评估也给自己加了分，完成了多少项目，为企业贡献了多少，未来还能如何帮助企业提升竞争力等评估给自己的职业发展带来了帮助。

### 秘笈 2　善于与老板沟通，效果事半功倍

自己付出这么多收获却这么少，栋哥抱怨公司看不到他的努力，“我在一家网络公司工作，每天连续工作 10 多个小时，总是超负荷工作，从不推托过公司交代的任务。但得不到公司老板的认可，薪酬也没有增加。而公司有些同事做事情比自己少得多，薪酬

却增加不少。”

栋哥努力工作，不给老板带去一丝烦恼，却得不到重视，这可是件意外的事情。而了解完栋哥的事情后，终于找到了答案。栋哥平时与老板交流甚少，老板分配任务，栋哥永远都是一个简洁的“好”字。在完成任务中，栋哥总是独立完成，遇到难题也是自己想方设法去完成，想法非常简单，就是想表现自己独当一面的能力。栋哥的同事却喜欢请示，每逢遇到难题都请示老板，在老板眼中，自然成了勤恳踏实的好员工，而栋哥却被老板认为工作量不饱和，像机器一样工作。

陈胤君分析认为，栋哥犯了一个错误：自己明明很辛苦，可是老板根本看不到。所以，栋哥辛苦工作之余还要学会与老板沟通。如可以适当地汇报工作，既让老板知道你在干吗，又能及时了解老板的思维，避免风险，更能让老板知道你在其中的付出和努力。再根据自己工作中的表现，评测一下企业对自己的重视程度，提出一个合理的加薪额度，相信可以获得更高的回报。

**秘笈3　掌握合适加薪时机，借助他人提加薪要求**

近日，得知单位有加工资的计划，小林开始“策划”向公司提加薪的计划。最近，小林刚好为公司谈下了一笔大生意，为公司赚了不少钱。他感觉向老板提加薪的时机成熟了，他首先去向老板汇报了这次做成大生意的过程，让老板对自己有个好印象。接着向自己的上司无意地透露，其他公司看中自己的能力，想挖自己过去。上司经过与老板的沟通后，为奖励小林的出色工作，顺水推舟地为小林加了薪。

职场专家分析指出，职场人士谈加薪需要察言观色，选择适宜时机。在企业某项业务进展不顺、自己所负责的项目做得不好、老板正被企业的某件大事而烦恼的时候去谈加薪问题是很忌讳的。小林在完成一笔大生意，为公司带来不少收益后提出加薪要求，合情合理。职场人士还要了解企业加薪的规律和制度。一般企业每年

10 月、11 月就开始进行业绩评估、考核，根据考核的结果在年终岁初进行职位、薪酬等各方面的调整。如果企业有 80% 的职员都认为要加薪时，企业就要考虑加薪的空间了。而员工在评估结果出来之后，如果自己的业绩不错，发现有加薪的空间，可以向老板提出加薪，成功的概率会高很多。

（发表于《惠州日报》2010 年 8 月 9 日 B4 版）

# 封开小路蛇出没，学生家长怕怕怕！

广播电视新闻学　2008 级　方浩珊
（记者　杨永新　实习生　方浩珊）

20 日中午，在封开县长岗镇榄迳村委会大冲村小组读小学的陈锦建早早吃完饭，等到五六个同伴后才一起去学校。他说："怕被蛇咬。"

从大冲村到榄迳小学，要经过一条长约 2.5 公里的山路，陈锦建他们一般需要走 40 分钟，每天四趟。村民说，这段路是附近几个村小组的主要通道，修了新路后，这里就没人管理，杂草丛生，群蛇出没，家长和学生都提心吊胆。9 月 20 日，记者随同肇庆市蛇伤救治基地的余培南教授前往了解。

## 小路是学生上学的必经之道

村民反映的"蛇路"，是大冲村 30 多个小孩上学的必经之道。当天中午，记者跟随学生走了一段路。这条小路绕着山腰走，狭窄的地方宽不足 1 米，两旁是茂密的灌木林，甚至能将学生"淹没"在草丛中。

“为什么不敢一个人上学?”“路上蛇多，怕不小心被咬。”

记者发现，大冲村四面环山，山高林密。“蛇很多，有毒、无毒的都有。”村民陈灼强说，特别在清早和黄昏或快要下雨时，蛇变得很活跃，有的爬到路上躺着，有的绕在树枝上，防不胜防，不少人被咬过。村里一位老人曾被眼镜蛇咬了，差点送了命。

有村民提到，这里的蛇很多，如金环蛇、银环蛇、竹叶青蛇、眼镜蛇等，还有人见过“过山峰”（眼镜蛇王）。路远蛇多，学生上下学只好成群结队。“脚步声多了，就会吓走路上的蛇。”村民陈清说，有学生因迟到赶不上伙伴们，家长就不让他上学，担心他被蛇咬。

### “希望政府出资修整”

榄迳村委会支书刘石荣反映，四年前，由于各种原因，只新开一条长 1.9 公里的水泥路通到榄迳小学。“那条路没有连接大冲村，如果学生经新路到小学，就要多走一段 3 公里的泥路才到达新路，总计接近 5 公里，他们每天要走四趟，不论从安全或成长的角度看，对他们都是不利的。”

村民希望政府出钱，将那段路修整一下，还学生安全。村民卢兰芳说：“我们只要求将堆在路旁的泥土推开，再把杂草铲除，有蛇挡在路上，学生也能看得见。”

### 专家：有关部门应给予重视

前段时间，一名村民给著名蛇伤专家、肇庆市蛇伤救治基地的余培南教授发了一段视频，希望余教授能为他们提供一些防蛇常识。

记者在那段视频看到，有几条长约 2 米的大蛇正从草丛里爬过，有的绕在路旁的灌木上，过往的学生纷纷躲避，十分吓人。后来证实是黑眉锦蛇，无毒性。

“为了孩子的安全，我要去看看。”余教授当即答应了村民的请求。当天，他顶着烈日，专程赶到当地实地观察。他介绍，村子周围的环境特别适合蛇类生存，村民所反映的情况并非吓唬人，有关部门应该给予重视。

余教授“支招”：将道路扩宽一些，铲除路面和两旁的杂草，学生上学时最好带上木棍，可以“打草惊蛇”。余教授还教村民如何辨别和使用当地的山草药治疗蛇伤。

# 称钱包证件被偷——男子两度上演跳楼“秀”

广播电视新闻学　2008 级　何海浪　方浩珊

9 月 1 日中午，一名 18 岁青年爬上高要市府前大街海景豪苑 10 楼楼顶，自称钱包和证件被偷走，要求救援人员满足其要求才下来。无独有偶，9 月 2 日上午，又有一名男子爬上城区西江南路与宋城路交界处一工地楼顶，扬言跳楼。根据现场照片等资料显示，两起跳楼事件事主为同一人。

## 自称钱包手机被盗

据高要消防介绍，9 月 1 日中午 12 点半左右，一名 18 岁青年爬上高要市府前大街海景豪苑 10 楼楼顶，自称因钱包和证件被小偷偷走，无家可归，在楼顶待了两三个小时才下来。

“该青年身穿黑衣服，在 10 楼楼顶上一会儿坐下，一会儿站立，神情比较忧郁。”目击者杨小姐表示，中午 12 点半左右，该青年爬上 10 楼楼顶，下午 2 点多有人报警。

接报前来的高要消防和公安人员极力劝说，承诺帮他解决困难。经半小时的劝说，该青年终于从 10 楼楼顶爬了下来。

### 要求满足后欲逃离

让人感到蹊跷的是，9月2日中午11点30分，该男子爬上城区西江南路与宋城路交接处一施工地塔吊上，又自称钱包、手机以及身份证遭窃，要救援人员满足其要求。

为了稳住该男子，端州消防人员承诺帮他补办身份证、买车票以及筹集路费，但该青年拒绝了所有提议，只提出索要500元现金。现场的消防队员们急忙翻口袋，筹得560元交到其手中。

该男子拿到钱后，身手敏捷地沿着塔吊攀爬而下，很快就到达地面，然后向工地大门跑去，但被留守在此的消防队员和民警围住。眼看逃离无望，该男子将560元钱和一张邮政银行卡紧紧攥在手中。随后赶到的消防人员将其押上警车。

该男子表示，他前几日坐火车到广州打工，由于钱包、车票及身份证和手机等被偷，在肇庆站被乘务员赶下，无奈之下选择跳楼。

### 再索200元路费

端州公安局表示，该男子名叫周×鹏，四川开江县人，昨日中午12时许被民警送往市救助站，下午5点多周×鹏离开救助站，再次来到该建筑工地，索要200元路费，之后被民警劝回，并拒绝再次到救助站。

（发表于《肇庆都市报》2010年9月21日）

# 准大学生开学购物竟超万元

广播电视新闻学　2008级　陈　柯

本报讯（记者　黄澄献　实习生　陈珂）新学期即将开始，学生需求引发的“开学经济”悄然升温。记者走访城区各大超市发现，除了各种外形取巧的新型文具、书包等受学生青睐之外，手机、电脑、相机、PSP等电子产品也开始走俏。有家长诉苦，孩子在购买入学用品时存在相互攀比心理，入学购物清单苦了爹妈。

## 买学习资料也盲目跟风

记者在采访中发现，很多学生并不是结合自身需要购买学习资料，而是盲目跟风，同学有的自己一样也不能少。就读于端州中学高二的小昕反映，听同学说新东方的英语辅导资料不错，这次她便买了4本该系列的辅导资料。

“这一学期我花了300多元购买资料，开学后学校又会发一些新的材料，实际上等到学期结束，很多同学的辅导书都是空白的，根本忙不过来，但是大家都买了，我不买又怕会导致成绩落后。”小昕无奈地说。

像小昕这样盲目跟风的情况并不少见，一位某购书中心的服务员告诉记者，现在学习用品“刷新”得特别快，很多孩子看到同学用了新造型的文具便会央求家长购买，而家长一般不会拒绝。

“我给孩子买了点读机、辅导资料、书包、笔盒等，花了2 000多元，相当于我一个月的工资了，但这些钱还是要花的，总不能让孩子输在起跑线上。”市民刘先生说。

## 准大学生列总价 12 150 元清单

准大学生则是电子产品消费的主力军，商家纷纷打出优惠牌吸引“学生哥”，类似“买 2 000 返送现金 400”、“凭学生证即可享受 8.8 折”的口号在城区各大商场超市随处可见。

家住和平路的余女士是工薪阶层，她今年考上华南师范大学的儿子列出了开学购物清单：联想笔记本 5 100 元、诺基亚手机 2 500 元、行李箱 200 元、衣服 1 000 元、鞋子 350 元、数码相机 3 000 元，共需花费 12 150 元。

“愁死我了，我一个月工资才 3 000 多元，他入学购物就要花费我好几个月的工资，加上学费和生活费，真是不堪重负。”但余女士说，尽管这会让家里一时间经济吃紧，还是会尽量满足儿子的要求，毕竟他高考一路熬过来不容易，最怕的还是儿子上了大学之后养成盲目攀比、大手大脚花钱的坏习惯。

在厚岗市场做生意的陈俊丽也为女儿的开学费用苦恼不已。她说，以前女儿上学就简单买几件新衣服和一些学习用品，可是今年上大学了买衣服都讲究名牌，一条裙子动辄好几百元。“现在的孩子消费怎么那么高啊？但孩子有自己的想法，家长也不能一味打压，只要不影响学业，我们也不过分干涉。”陈俊丽感叹道。

## 大学生返校先撮一顿

假期结束，同学见面分外亲切，约上三两知己大撮一顿更是常事。肇庆学院附近一家餐馆的老板告诉记者，平时学生来就餐基本上是 AA 制，最近可能是由于刚开学手头比较宽裕，近几天有不少学生做东，约上几个好朋友大撮一顿。

肇庆学院大二学生刘明告诉记者，宿舍有一条不成文的规定，新学期大家都必须各自请舍友出去吃一顿。今年开学他就花了 500 多元在请客上。“同学之间请客碍于情面，请客也要跟上档次，总不能人家请你去餐厅，你请人家去吃大排档吧？”刘明说。

**老师：家长要引导孩子正确消费。**

记者在采访中发现，很多学生并不是根据自己的实际需要购买入学用品的，中小学生追求文曲星电子词典、步步高点读机等功能齐全的电子产品，而高年级的学生更注重衣着、相机、笔记本电脑、PSP（电玩）等。

今年考上华南农业大学的小天花 1 500 元购买了一部 PSP，而实际上他对电玩并不热衷。“不会玩可以慢慢学，上了大学很多人都玩这个，同学之间也可以互相交流，趁现在开学爸爸愿意掏钱就先买下了。”

肇庆中学一位姓林的老师告诉记者，是学生和家长盲目攀比的思想推动了“开学经济”。她呼吁家长要量体裁衣，引导学生树立正确的消费观。她说，如果孩子一味追求高档时尚，家长又不加以引导，既不利于孩子的学习，又很容易助长他们相互攀比的心理。

（发表于《肇庆都市报》2010 年 8 月 30 日）

# 大学生清洗公交车　宣传低碳生活方式

广播电视新闻学　2008 级　刘子嘉

本报讯（记者　苏克丰　实习生　刘子嘉）　什么是低碳生活？低碳生活要注意哪些细节？昨日上午，在肇庆公交车总站，20 多名肇庆回乡大学生志愿者，通过清洗公交车和粘贴低碳小贴士的形式，向市民宣传低碳环保的生活方式。

记者赶到公交车总站停车场时，现场已停放着数十辆公交车，身穿印有低碳环保恤衫的大学生们，有的手上拿着湿布，在公交车上擦拭着门窗椅子，有的正忙着在公交车内部贴环保宣传标语。公交司机、公交工作人员也帮忙拿起水枪冲洗公交车，劳动中大家还有说有笑。公交车在车站进进出出，大学生们在公交车里忙碌，炎热的天气并没有消减他们这份宣传城市环保的热情。

“这次活动主要是清洁公交车内部环境，并在公交车内部贴上与环保低碳相关的小贴士。”

此次活动发起人之一来自中山大学国际商学院的余意告诉记者，希望通过同学们的亲力亲为，为大家提供一个舒适的乘车环境，鼓励大家用公交车代替私家车，减少空气污染，保护环境。

据了解，8 月 24 日，这些来自全国各个高校的大学生们还组织了一次“保护社区，你我共创”问卷调查活动。通过入户派发与低碳生活有关的调查问卷和发放小册子，向广大市民宣传低碳环保的生活方式。

低碳生活，就是指生活作息时所耗用的能量要尽量减少，从而降低碳排放量，特别是二氧化碳排放量，主要通过节电、节气和回收三个方面来改变生活细节。

（发表于《肇庆都市报》2010 年 8 月 27 日）

## 少送礼多尊重就是教师节好礼

刘子嘉

本报讯（记者　苏克丰　实习生　刘子嘉）　后天就是教师节，又一个难题摆在了家长面前，送不送礼给老师呢？

### 近四成家长会送礼

记者调查发现，近四成家长会在教师节送礼给孩子的老师。有专家指出，尊师重教应该由学生表示，家长不应越位送礼。

有 144 位家长参与了记者的调查，其中 55 位家长表示会送礼，占总人数的 38.19%，接近四成。表示不会送礼的家长有 89 位，占 61.81%。记者发现，城区重点学校的老师收到的礼物往往比其他学校的老师收到的更多。

当记者问及为什么会送礼时，有家长坦言："别人都送了，自己当然也要送了。"家长彭媛告诉记者："小孩刚上幼儿园，送点礼物给老师，希望老师能多些关照。"

## 六成礼物价值在 50 元以下

也有从来不送礼的家长，黄先生孩子今年刚大学毕业，他告诉记者，孩子从幼儿园到大学毕业，自己都没有给老师送过礼。从鲜花、果篮到购物卡、现金券，教师节礼物的价值有高有低，品种也层出不穷。144 位受访者中，有 89 人表示送给老师的礼物价值在 50 元以下，占总人数的 61.8%；礼品价值在 50 元至 200 元的有 43 人，占 29.9%，礼物价值超过 200 元的只有 12 人，占 8.3%。

"我觉得礼物不在乎有多贵，看的是心意。"家长刘林说，"我的小孩今年刚上一年级，我不鼓励她给老师送贵重礼品。"

## 老师：礼物不在贵重在心意

调查中，不少老师表示收到更多的是鲜花、卡片、祝福语之类的。"一个短信就觉得很开心了。"

城区地质中学老师肖宇程去年刚到学校任课，他第一次收到的教师节礼物是一张卡片和两支玫瑰花，对于这样简单的礼物，肖老师却感慨颇多地说："收到礼物时有点感动，更多的是对从事这份职业的认同感，如果学生送的礼物太贵我反而内心过意不去。"

郑苗苗是市第十五小学的三年级老师，她说，学生送不送礼物老师并不看重，学生学习好、懂事就是最大的礼物。"如果是学生自己动手做的礼物，我们会更喜欢。"郑老师笑说，"今年学生自发组织在教师节向老师问好，我就觉得很好，这也表示了学生对老师的尊重和肯定。”

### 专家：少送礼多尊重就是好礼

市社会科学界联合会主席王中生认为，教师节送礼是中国几千年尊师重道传统的表现，与其说是一种社会现象，不如说是一种文化现象，学生用自己的方式表达对老师的尊敬，无可厚非，但要把握一个度。

王中生认为，家长将教师节的送礼方式成人化了。他不赞同这种趋势，因为这存在着跟风、攀比的心理，不利于学生的健康成长，凡事都有一个度，太过就庸俗化了。

“表达对老师的尊重有多种方式，不一定是要通过金钱等物质表现。如果把老师对学生所负的责任用金钱来衡量交易，让金钱交易延伸到教师队伍当中，从某种角度来说，这是玷污了教师这个神圣的职业。”

王中生说：“真正的尊师重道应该是家长配合老师的工作，如认真参加每一次家长会，多跟老师沟通交流，这比送多少名贵的礼品还要管用。”

（发表于《肇庆都市报》2010 年 9 月 8 日）

## “我谁都不怕，我叔父是法院庭长”

刘子嘉　何海浪

本报讯（记者　杨永新　实习生　刘子嘉　何海浪）　面对执法人员的检查，被检查者不是积极配合，而是“妙语连珠”，一句句“雷人”的话语让人汗颜。“要证没有，要命一条。”“我谁都不怕，我叔父在高要法庭当庭长……”

昨日，在高要金渡镇，记者跟随由该镇工商、公安等部门组成的执法队，前往检查一家涉嫌非法营业的加油站时，目睹这一过程。

## 群众反映“地下油库”运作近一年

近日，记者接到群众反映，在高要金渡镇，有一家怀疑非法营业的加油站，油库设在一间商铺里，只有油桶和油枪，没有其他安全措施，他们专为过往客车加油。还有群众给记者发来了偷拍视频。

记者发现，这段视频显示拍摄者正坐在客车上，靠着车窗一侧。视频中，一名头戴帽子的男子正往客车油箱加油，加完油后，将油枪拖回商铺里，其中一个疑是客车负责人的男子，正从皮包里掏出什么东西交给对方。

“他们营业差不多一年了。”报料者称，油库就设在商铺里，周围有厂房和居民，太危险了，但并没看到有关部门查处。

## 记者目睹前往加油的主要是客车

昨日上午，记者根据群众的反映来到金渡镇，找到了这家“商铺加油站”，它距离金渡镇大花坛约 50 米，商铺铁门闸并没完全卷起，位置较偏僻。油库附近有五金厂，周围有店铺。屋内，一个 50 多岁的老汉坐在椅子上，里面的油桶和油管隐约可见。

上午 10 时 23 分，一辆写着“肇庆至珠海”的中型客车驶到商铺前，老汉迎了上去，并从屋里拖出油枪，往客车的油箱里注油。随后，记者不时看到有客车前来加油，这些车辆主要开往珠三角方向。

记者看到，商铺一木板处贴有“开门大吉”字样，门外一侧的墙面上还写有“成品油”三个大字。

### 查处现场巨大油罐存油过千升

昨日中午约12时，接到投诉的金渡镇政府，带领工商、公安等部门组成的联合执法队，来到商铺检查。

屋内，一只大油桶靠在门口，一支油枪挂在墙上。细心的执法人员发现，一条与油桶连接的黑色胶管，伸进了一个由木板围起的小房子。揭开木板后，眼前的情形让人吃惊，里面卧着一个长几米的巨大油罐，旁边还有9个1米多高的大油桶，周围没有任何安全措施，整间商铺弥漫着浓浓的柴油味。

经检查，商铺里主要是柴油，那几个油桶已没油料存放，但打开油罐盖子后，执法人员惊呼："哗！罐里至少还有一半油，估计有1 000多升。"

下午2时30分，一名自称是商铺老板的黄先生来到，声称油库只对公司内部供油，不对外营业，承认没有办理储存证，并配合了执法人员的检查。老汉姓陈，是油库的加油员。

金渡镇工商所黄副所长对记者说，这个油库涉嫌非法营业，工商部门现已制止油库继续为客车加油，并封存油库，将作进一步调查，届时将按有关法规进行查处。

（发表于《肇庆都市报》2010年9月1日）

## 文武全才马健雄

指导老师　冯睿峻　实习记者　容慧慧

**核心提示：**"活到老，学到老。"接触厨界人士一多，你就会发现每个人都会对你说同样的一句话。确实，要在日新月异的餐饮界"混"，除了厨艺了得，没有一定的文化底蕴是不行的。本期我们就带你认识一位厨界"文武全才"——马健雄。

## 吾生也有涯　而知也无涯

"吾生也有涯，而知也无涯。"这是马健雄写在其《烹调录》序言里的一句话，也是他学习和工作的座右铭。此《烹调录》，乃是他在厨房里、饭桌上所见、所闻、所感的"全记录"，据了解，这硬皮本子已有多年历史了。

1989年，马健雄进入广州旅游职业学校学习烹饪。据他介绍，那时学烹饪与现在有所不同：学校每传授一门技艺，学生就能马上到外面的酒楼或餐厅进行相应的实践操作。以好学出名的马健雄，因学习成绩优异，还是同届学生里唯一一个能自主选择就业单位的学生。

在当时的马健雄看来，实践与知识的积累同样重要，这使他慢慢养成了边走边记的习惯——于是，也就有了以上所说的《烹调录》。直至今天，这个本子仍被马健雄带在身边，有空时他便翻翻本子，"这能让自己温故知新，获得更多的灵感"。

## 读万卷书　走万里路

1995年，柬埔寨一家大酒店公开招募粤菜厨师，已参加工作半年的马健雄决定去试试看。据他本人回忆，当时共有六七十人去应聘，面试的考官就提了一个既简单又考工夫的问题——"碧绿生鱼球"怎么做？上天总会眷顾有准备的人，他准确地回答了考官，最后，他凭借着出色的表现获得了这个职位。

在国外的日子，马健雄见识了众多特别的食材以及独特的烹饪手法，而这也越发激起他的烹饪热情，他想回国继续学习粤菜。一年后，马健雄回到广州，在一所民办职中担任烹饪老师，在他看来，第一线的教学工作，往往最易获得新知识。

再后来，"耐不住"的马老师远赴秦皇岛当起了厨师长，真正让自己做到知识与实践相结合。据了解，当时的粤菜在当地并不风靡，但马健雄硬是凭借自己平生所学，加上团队的通力合作，几个月就把酒店的粤菜做得风生水起。

### 仰之弥高　钻之弥坚

1999年，马健雄辞职回到广州，再次加入教师队伍，在广州市旅游商贸职业学校任教。起初很多朋友不解：好端端一个厨师长不做，偏放弃十倍的高薪来当教师？马健雄只是淡然地回答："在学校任教和在厨房工作一样，都是对我职业水平的肯定，何况来到学校，就如站在高岗上，视野更开阔了。"也正是为了开阔视野，2001年马健雄进入华南师范大学修读国际旅游管理；2004年毕业后继续修读了3年工商管理。"厨艺和管理知识，这是厨师缺一不可的两项技能。"

如今的马健雄老师已是桃李满天下，我们也相信，以他一贯孜孜不倦的学习劲头，他还将带着自己的学生，在厨艺路上走得更远。

（发表于《美食导报》2010年8月17日1315期05版）

## 谭炳强：育德育人为人师表

容慧慧

**核心提示：**作为烹饪专业的学生，很多人在学成后走上厨师岗位，但他却将自己的雄心壮志寄托在教育事业上，培养了一批又一批的学徒；作为一名厨师，很多人都试图在众多比赛中证明自己，但他却选择默默耕耘，把帮助学生争取荣誉作为自己的任务。他，就是本期主角——谭炳强。

## 引以为豪的“第一”

1974 年，大学毕业的谭炳强回到母校“旅游职业学校”任教。回忆当年，谭老师向我们说起几个“第一”：初到学校，他担任政治课老师，1975 年学校第一个党员学生班就是由他带的；20 世纪 80 年代初，由于学校陆续招收文化课老师，他开始转任学校烹调班和培训班的老师，广州市第一个在职烹调培训班的老师就是他；当时跟他学习的人大多是有十多年经验的厨师，连当时开业不久的白天鹅宾馆里的第一个厨师也是出自其门下……

之后，谭炳强又被学校派去酒店筹备开业；1996 年，他远赴黑龙江大庆为当地第一家高级粤菜食府、重点旅店做开业管理；1998 年，他又被大酒店点名征派为管理。多次外派经历让谭老师的视野开阔不少。

如今，谭炳强主要负责学校的厨房管理知识课、高级工高级技师培训班、越秀区培训中心夜校教授等工作。由于谭老师对烹饪理论有较深入的研究，他还曾参与编写省级烹饪教材和《食在广州》等书。

## 学生成才更有成就感

十几年前，曾经有一位外国友人问谭炳强：为何选择做老师而放弃去外面当厨师？要知道，对于一个烹饪专业的高材生，打拼几年当上厨房大佬、拿高薪肯定不在话下。但即使是当年，谭炳强也没有丝毫犹豫，他只是笑了笑：“学生出人头地胜过一切。虽然外面赚钱多，但如果自己培养的学生在外面有所作为，那样的成就感将会比自己的成就感更大。”

## 育人得以育德为先

谈起自己的教育理念，谭炳强坚定地说：“育人当然是以育德为先。”据了解，现在很多学生都认为厨师是个不入流的行业，工作辛苦、工作量大不说，薪水低，还要经常挨骂，所以越来越少烹饪系学生愿意加入厨师这一行，某些学生甚至是抱着“被迫”的心态来学习烹饪，但谭老师告诉他的学生：“到哪个岗位就要尊重哪个职位。一点磨炼算什么，勤奋方得世间财。”有些学生惆怅前景，谭老师就对其说：“要成为一名厨师一定要动脑，名厨之所以‘名’，是因为他们动脑用脑。”这句话不仅是他教导学生的至理名言，也是他人生中的座右铭。

（发表于《美食导报》2010 年 8 月 24 日 1317 期 08 版）

# 从钟表工到西厨主管

容慧慧

**核心提示：**眼光放得远自然就有时间做充分准备，机会来到面前也自然水到渠成。区耀林说：“要想成功，就得有远见，就得有‘提前’的心思。”

## 远见成就大器

1978 年高中毕业后，区耀林在广州市钟表原件厂工作。早期每月拿 43 元薪水的区耀林，看见一位同事“跳槽”到“中酒”的四季厅工作，每月薪水居然有 179 元，人生的一个重要转折出现了：既然人生是可以增值的，我何妨不去试试？然而区耀林首次的应聘却以失败告终，但他并没有放弃。从 1980 年开始，他利用晚上的时间到夜校学习英语，报名费高达 37 元的英语培训班让月薪仅 43 元的区耀林省吃俭用了好几个月。

1984 年，他到花园酒店面试当厨师，考官对这样一个钟表工本有怀疑，但当区耀林回答自己略懂英语，而且烹饪技术不错时，考官拍案就说：“当西餐厨师吧，我们正需要你这种人才。”

区耀林说：“现在我还在坚持学英语，虽然只学到皮毛，但也是一种优势。”2005 年 5 月，他代表广州西餐行业最高水平参加香港国际西餐大赛时，他就准确地翻译了西餐的菜名，从而受到了外国顾客、厨师的赞许和认可。

## 真金不怕炉火

区耀林回忆道：为了入行花了不少工夫，而为了能真正在行内发展，下的工夫更是数十倍于别人。当时的西餐厨房由外国人掌勺，香港师傅为辅，小弟们根本就没有掌勺的机会。然而区耀林是个有心人，总是为自己争取机会：遇上香港师傅休息，他就上前求学，师傅有时候还会让他过过“抛锅”瘾，机会就是这样从零到有。凭着这一份进取的执着和坚持，1994 年区耀林当上西餐厨房的主管，接受了无数大型美食推广及交易会备餐工作的考验。

2004 年，区耀林进入绿茵阁西餐厅任职分店厨部主管。2005 年 3 月，成为绿茵阁 G3 区区域主管，管理 4 间分店。记得他刚到“绿茵阁”当主管时，有人为了试探这个“新官”的本事，问了他两个问题：“为什么三文鱼要用盐水而不用冷水解冻？如何保存开壳的椰子？”区耀林不假思索地回答道：“冷水解冻是大忌，而且考虑到三文鱼的性状，用盐水解冻能防止鱼肉营养的透析；至于椰子的保存也是同样的道理，可用盐水浸泡。”众人听罢，佩服非常。有次一名名厨到访时点上一味“魔鬼鸡”，众人不知何物，唯独经验老到的区耀林心领神会，马上斩半只鸡去骨煮熟并浇上咖喱，完成一道“魔鬼鸡”，众人对他更加心悦诚服。

## 路漫漫其修远兮

转眼间区耀林已经做了 28 年厨师，随着见识和魄力日益增长，他又开始对自己的职业作出规划：当一名老师。他是这样理解的：过去的工作为他积累了不少技术和经验，这一切都只是自己的，何不倾囊相教？如果每个学生都能传承其知识，提升自己的水平，那么就更能体现他的社会价值了。

一向有前瞻眼光的区耀林，开始不断练习自己的表达与应变能力，希望达到成为老师的最基本要求。另外，他还在自己的空余时间与别人聊天，把自己的经验传授给年轻学徒，希望能帮助他们进步与成长。区耀林说，他会继续寻找自己的人生定位，即使到了80岁，人退心也不退。

（发表于《美食导报》2010年8月31日1319期09版）

# 虫子来光顾，松树很受伤

广播电视新闻学　2008级　何泳深

本报讯（记者　杨永新　实习生　何泳深）　近两个月来，一种叫马尾松毛虫的害虫，袭击了怀集县诗洞镇金炉村两坑山上的松林，被侵袭过的数百亩松林，远远望去像被火烧过一样。专家称，如不及时防治，被咬过的松树将会枯死。

## 远望——密密松林遭毛虫侵袭

9月15日，记者前往怀集采访。远远望去，在金炉村背后的山地，密密的松树林，却是枯黄色，像被火烧过一样。而松树周围的其他树种，枝叶茂盛，叶子鲜绿，形成鲜明的对比。

“两个月前出现的，刚开始还是几株，后来蔓延开来，越来越多，整座山的松树叶子像被虫子剃过一样，越看越心惊。”村民梁先生对记者说。

走进山林，记者发现，不但高达十几米的松树被侵袭，连刚长成半米高的小松树也受到袭击，叶子几乎被啃光，只剩下光秃秃的枝头，场景触目惊心。

## 近看——一棵树“寄生”十多条毛虫

“小心！树上和地上都有，别碰着了！”爬上山时，梁先生不时提醒着。走进林子后，记者小心行走。

在半山腰，记者抬头看，参天的松树已变得干枯，毫无生气。“它们吃完一棵后又爬到另一棵，一直吃下去，周围的松树要遭殃了。”梁先生感叹。

“你们看，就是这些虫子！”梁先生大叫。在山顶，一棵高不足半米的小松树上，一条食指长短、呈黑黄色、毛茸茸的虫子附在树枝上，正缓慢挪动着，它身后的松叶已全部被啃掉。有人用棍子触碰虫子，受到刺激后，它像弹弓一样弹起。记者数了数，几乎每棵松树上都有十几条虫子，有的更多。

## 村民：我们不敢上山劳作

村民反映，虫害最严重时，漫山遍野都是，有人看到虫子卷成一团，估计有数百条。

记者发现，在草丛茂密的山路，不时看到有虫子往有松树的地方爬行，稍不留意就会踩到。“如果被它爬到皮肤上，就会红肿，有人被咬过，发高烧。”梁先生说。

村民吴姨说，此前有村民上山打柴，经常被虫子叮咬，以后都不敢上山了。村民还提醒小孩，不能在这座山放牛，也不要去那玩耍。村民说：“不知这些虫子有没有毒，被咬的人会不会中毒？希望有关部门为村民解释一下。”

### 专家：不及时防治松树将枯死

记者将一些虫子带到市森林病虫害防治检疫站。森林保护工程师李南林认真看过后告诉记者，该虫名叫马尾松毛虫，属于第二、三代，正处于成熟阶段，“它会不断蚕食松林的针叶，直到吃光”。

李南林称，马尾松毛虫是我国南方各省危害森林最严重的害虫，经常在低海拔地区出没，一至二龄虫阶段是非常小的，以虫丝吊在树上，三至四龄虫阶段就开始在松树上取食，专吃松叶。20世纪70年代，德庆怀集曾是虫害高发区。

李南林提到，松树受马尾松毛虫侵袭后，如果不及时防治，整棵树将会枯死。他说，可以使用化学防治的方法消灭马尾松毛虫，也可以采取生物防治，例如在山林上放养灰喜鹊、杜鹃等益鸟，或者各类寄生类昆虫，如赤眼蜂，这些动物都是马尾松毛虫的天敌。

“人的皮肤一旦碰到这些毛虫，轻者出现皮肤红肿瘙痒，重者出现中毒症状，如呕吐、发烧等。”李南林说。

（发表于《肇庆都市报》2010年9月17日）

## 沙井盖频被盗　市政年损失十余万

广播电视新闻学　2008级　吴燕萍

本报讯（见习记者　李雅卿　实习生　吴燕萍）　近段时间，广州“沙井吃人”的事件引起全社会的关注，也让肇庆市民走路时对沙井“格外关注”。记者连续调查走访，从市政维修处了解到，城区的沙井盖维护情况总体不错，但常被盗导致市政每年损失超过10万元。

而道路上的沙井除市政管理的外，还有许多属于其他单位所有，沙井盖被盗、损坏之后，各单位推诿扯皮的现象也时有发生。

## 记者巡查城区：沙井盖总体维护良好

连日来，记者对城区和平路、天宁路、宝月路等多条道路进行了巡查。发现总体而言，各路段的沙井盖维护情况不错，仅在个别路段发现有变形损毁、丢失的沙井盖。

记者从街坊口中了解到，没听说过肇庆有“沙井吃人”的案例，因沙井盖丢失导致的事故，多数发生在下雨天或夜晚。

端州中学一位女生反映，她有一次和家人开车出行，碰上下雨路上大塞车。她们的车刚停下，就感觉轮胎被什么东西卡住了，下车查看，发现沙井盖不见了，车轮被沙井“咬”住了。“还好那个沙井不大，车轮没完全陷进去，不然就麻烦了。”

市民陈先生受访时就激动地说：“沙井没有盖事情可大可小，万一有人掉进去了呢？找谁负责啊？”他反映，市红十字会对面路段的沙井盖今年换了好几次。“感觉现在的沙井盖质量不好，比以前的薄，几辆车压一压就破损了，真是常坏常换。”

## 并非所有沙井都归市政管

“不是所有的沙井都归市政所有和管辖的。”市政工程维修管理处的工作人员介绍道。

记者21日从市政工程维修管理处了解到，城区属市政管辖的沙井有11 227座，其中检查井4 869座、进水井6 358座。

权属其他16个管线单位包括电信、移动、供电、供水等单位的检查井和综合井约有4 917座，这些沙井盖丢失或者损毁后应该由所属单位负责维修跟进。

此外，各街道办事处以及黄岗、睦岗两镇的道路和居民小区内的各类沙井都不属于市政的管理范围。

## 沙井盖被盗：每年损失超过10万元

据了解，城区近年来平均每年被盗的沙井盖都在100个以上，最严重的一晚被盗井盖达35个，每年损失超过10万元。

市政维修处工作人员表示，城区因沙井盖缺失而发生事故的情况比较少。按照城市道路分级管理办法，他们对所管辖的沙井采取重点巡查和常规巡查相结合的办法，对天宁路、建设路、宋城路、城中路、端州四路和端州五路等重点路段一日一巡，其他道路一周二巡，发现问题就立即处理。

同时，他们设立了市政维修处网站和向市民派发便民联系卡，方便市民及时报修，维修人员也能及时修护。

## 更新换代：目前仅有少数街道完成替换

记者获悉，2007年开始，城区陆续采用球墨铸铁井盖，这种沙井盖“坚韧无比不易砸烂，而且没有回收价值”，但是部分盗贼不了解情况，还是会将它盗走。

但据了解，目前城区市政管辖的沙井盖子也暂未完全更新换代，仅有端州二路等几条路段完成替换。

工作人员称，这是为了节约成本，还可以使用的沙井盖不会立即替换，要等它寿命殆尽时，才会换成球墨铸铁井盖。因此，替换工作只能陆续开展。

## 管理难题：管线单位常互相推诿

市政维修处工作人员称，市政管辖的沙井盖一旦丢失或损坏，会尽快得到更换，但权属其他管线单位的沙井比较难处理。他表示，这些沙井盖由管线单位自行管理，市政维修处只能告知他们及时维修。

工作人员说，最难管理的就是综合井（即多家管线单位共用一井），这些沙井盖一旦出现损坏、产生响动、缺失等问题时，经常会发生管线单位互相推诿和扯皮的现象。“沙井盖不能及时得到维修，是个较大的安全隐患。”

（发表于《肇庆都市报》2010 年 9 月 13 日）

# 真爱无言　小处着手

广播电视新闻学　2008 级　黄洁静

本报讯（记者　詹逸男　实习生　黄洁静）　2007 年 3 月 26 日，一篇刊登在《肇庆都市报》怀集版“一个都不能少”的文章让大家对蓝治球这位怀集县山区老师的名字不再陌生。时隔三年，成名后的他是被世俗影响了，还是依然以高尚的师德影响世俗？教师节来临之际，记者再次来到怀集县与蓝治球老师进行了一次交流。

“他们都很乖，很懂事”，这是蓝治球在接受采访过程中重复次数最多的话。言语中透露了蓝治球对学生的关心与信任。“他人很和蔼，对人很关心。”学生小高笑容腼腆地告诉记者她对老师的印象。师生情谊在简单的互评话语中已经得到很好的肯定。同学们都很依赖蓝治球。据了解，新开学之际，许多学生都希望能调到蓝老师的班。“我们班的人数在级里是最多的。”蓝治球也说。我们都知道，依赖的力量来自爱。记者在采访过程中也发现蓝治球对学生的这份爱是发自内心的，是真爱。同时，这份爱细腻得让人感动。

## “我不希望他们受到影响”

当记者问及蓝老师最近的好人好事时，他似乎有点“不合作”，对这个话题“守口如瓶”。后来，从他委婉地强调要求记者不要将他学生的具体名字登上报刊，我们才发现他担心的是，学生们会因此在生活学习上受到影响。讲述事迹必然会涉及具体的某一学生，而蓝老师表示“我不希望他们被影响、被打扰”。

## “教师节不敢待在宿舍”

得到学生的认可和尊重一直是老师的目标。教师节那天，发现自己宿舍放满了学生们自己做的贺卡、包装好的杯子，蓝治球作为一名老师的意义就已经表现得淋漓尽致了。“很感动，那些孩子的生活并不富裕，但他们还从他们的生活费中省出钱给老师买礼物，证明了他们心中有我。”蓝治球说。但考虑到学生的经济问题，蓝治球要求学生“你们不要给我送礼物，你们用好的成绩来回报我已经是很好的礼物了”。这句话有没有给你似曾相识的感觉？我们没有忘，我们的父亲“唠唠叨叨”的还是同样的话。这正印证了那句古语：一日为师，终身为父。

## “没给他们打电话”

2005 年开始任教初中，蓝治球教的第一批学生今年正好走上高考的战场。很多家长都希望蓝治球能够给他们的儿女打个电话去辅导他们的考前心理。“我没有给他们打电话，怕他们有压力以致影响到他们。”据了解，在他教过的第一批学生中，已经有三四个学生考上本科，给老师报了喜讯。

今年也是蓝治球与妻子喜结连理的一年。很多学生都希望能在当天给老师送上祝福，希望老师能把办婚礼的日子告诉大家。但是，蓝治球也同样地“没给他们打电话”。一个原因是，有的学生工作、学习在外，路途过于遥远；另一个原因是，不希望他们为自己破费。

## 换种方式去资助学生

要不是实在交不上伙食费，蓝治球是不会直接给钱资助学生的。“害怕扭曲了孩子和父母的心理，也害怕他们产生依赖心理，对他们的成长不好。”蓝治球选择换一种方式去帮助学生，通过自己的朋友圈给学生提供勤工俭学的机会，让学生们自食其力。

## 访谈见真知

**记者：**全国农村普遍实行免费义务教育后，那现今辍学的学生状况如何？

**蓝治球：**有辍学念头的学生主要是留守儿童。留守在家的儿童一般比较懂事，他们很多时候，特别是农忙时候，就惦记着要回家照顾弟妹和没干完的农活，这样心思就不能集中到学习上。当他们拿着请假单要求请假回家干农活的时候，我会感到很心酸。还有，留守的学生中，有厌学情绪的人也多。他们心里惦记着在外打工的父母，心理得不到正确的引导，比较容易走弯路。

**记者：**你是怎样看待留守儿童这个问题的？

**蓝治球：**我觉得这是一个社会问题。父母外出打工也是为了生活，他们也不容易。不过，我还是希望能在这呼吁：在外打工的父母要尽量抽点时间去陪他们，关心他们，也应该多给孩子打电话。老师不仅要关心学生的学习，更要关心学生的心理。社会也应该重视这个问题。

**记者：**你心目中的合格老师有怎样的标准？

**蓝治球：**首先，自身要有一定的知识水平。其次，要有一定的教学经验。最后，也是我认为最重要的，那就是道德问题。

## 蓝治球的回忆录

小梁是蓝治球的同事。“他人很好，刚开始我任教的时候，遇到很多问题都是他给我指导，教我怎么去做，给了我很多帮助。”记者在走访蓝治球同事，收集关于他的评价时，大家不约而同，“他人很好”。

好人有好报就是蓝治球的人生信念。“这与我父母的影响有关”，他说，父母从小就教育他付出就勿索取，为人处世要善良、容忍。父亲从小就要他看《三字经》、《百家姓》、《千字文》等，受书本的熏染也不少。

蓝治球出生在清贫的广西小山村，家中兄弟姐妹五人就靠着父母耕种的田地和养几头猪缴纳他们求学的费用。蓝治球回忆起童年有点心酸。“三四年级才尝到了穿鞋子的滋味，兄弟姐妹的衣服都是轮着穿的。”穷人孩子早当家，所以，“我放学一回家就问父母在哪里，然后，知道他们在哪里干活就过去帮忙”。所受的苦使他懂得读书是唯一的出路。后来见到辍学的学生，他会有感同身受的难受。蓝治球是村里第一个大学生，收到录取通知书的那天，乡亲们都到他家给他祝贺，还十块二十块地给他筹路费。这是一段美好的回忆，蓝治球想起自己的乡亲，感动之情流露在脸上。

在成长经历中影响蓝治球的还有他的老师。蓝治球眼中的老师都很优秀，每个成长阶段都有一两个老师让他铭记在心。如教他一二年级的蓝老师，引导他喜欢上语文的三年级的王老师，等等。

正是善良的父母、淳朴的乡亲、慈爱的师长共同塑造了这样优秀的人。

这位被评为劳模的名人的事迹早已在肇庆广泛传颂。声誉满载的他并没有以此作为跳板，转到其他更有发展空间的地方，他依然默默坚守在自己的岗位上，“凭心去做，做好自己”。或者，简单的话已经说明他最真诚的人生态度——真实的，简单的。

（发表于《肇庆都市报》2010 年 9 月 10 日）

# 龙剑喜再谈“代课老师”问题：继续进修应当是我们现在最重要的

黄洁静

本报讯（记者　詹逸男　实习生　黄洁静）　曾经有那么一张“血淋淋”的网帖，它将广东数万代课老师的生活困境展现得淋漓尽致。汪洋看后曾四次专门批示，要求省内各部门各县市要积极想办法解决教师待遇问题。两年过去了，曾经为待遇痛苦挣扎的代课老师现已基本转正。但，待遇问题解决了是不是就等于代课老师问题解决了？近日，记者走访了“龙剑血帖”的主人，龙剑喜，就当前“代课老师”问题进行了新的交流。

2009 年 11 月 11 日，龙剑喜在第二批代转公考试中“上线”了，从此结束了代课老师的称号。转正后的他现在桥头镇的小学任教。记者等人到学校时，闷热笼罩在整个小学校园。学校略显破旧，除了正门对着的是一幢三层教学楼外，对面和两旁的都是低矮的小平房。这就是龙剑喜新的教学环境，随同的校长告诉我们，此时的龙剑喜正在教学楼二楼上课。

校长告诉记者，“龙剑喜为人踏实，是有作为的年轻老师。上进心也很强”。的确，像龙剑喜能在工资低微得只能使他常徘徊在温饱线左右的情况下借贷去读函授怀集广播电视大学的事迹说明什么？“我很热爱教育事业，我想通过函授使自己多学点，然后去教育我的学生。”龙剑喜坦诚地告诉我们他的初衷。在接受怀集电大函授的时候，每个周末的两天，加上寒暑假，熟悉他的人都会看见他起早摸黑奔波在求学的道路中。天道酬勤，三年后，他终于拿到了能证明他实力的文凭。但是，拿到大专函授文凭后，在求知道路上不满足的他，除了在博客上表明“我还得努力，努力地学习新的教学理念、新的教学方法和新的教学技术和技能，只有这样自己才能真正地担负起重担，才不会被卷入‘误人子弟，遗臭万年’的黑名单里”，他还继续往更高的知识层面靠拢。2009 年，龙剑喜报读华南师范大学网络教育学院“小学教育”专业。

龙剑喜的座右铭是：“甘为人师，苦中作乐。立志从教，一生常乐！学才八斗，方可诲人。所以一个人应该活到老，学到老。”同时，他也用求知若渴的求学行动证实了自己的观点：代课教师继续进修应当是我们现在转正后最重要的问题。“我觉得既然选择了当教师就应该不断提高自身的教育教学能力，方可教出祖国未来的栋梁之材，只有这样才算得上是一名合格的人民教师。”龙剑喜对全部转正后的教师寄语，希望大家以此为共同信念。当问及有没有什么进修途径可以分享给其他刚转正的教师，龙剑喜乐观地表示：虽然，山区老师在进修过程中会面临很多实际的困难，但大家都很重视教师进修这事，这个不用担心。

## 对话龙剑喜

## 愿继恩师郑千一之衣钵　以传播国学为己任

在“龙剑血帖”牵起社会轩然大波的背景下，龙剑喜认识了那位为了中华经典文化诵读事业而鞠躬尽瘁的郑千一老师。郑千一原是广州华南师范附中的高级老师，退休后，老而弥坚的她为宣传国学而奔波于中国各地。她的事迹感召了许多优秀的青年老师，他们和郑千一老师站在同一阵线，为推广国学而艰难地探索前进。龙剑喜就是这些优秀青年老师中的一员。

**记者：**谈谈你对郑千一老师的认识。

**龙：**她的精神很值得我学习，她 59 岁退休后一直在全国开展国学，整个中国几乎都留下过她的脚印。我曾经两次探访过她。她年龄大了身体又不好，未完成国学梦，就让我替她完成。

**记者：**你对国学的理解是怎样的？

**龙：**国学是我们中华民族五千年的智慧根源，也是文明的传承，有很多品质、智慧需要我们下一代学习和传播，我们中华民族的国学文化的根不能就这样断了。

**记者：**你说过愿意继承郑千一老师的衣钵，为开展国学而奋斗，有什么计划吗？

**龙：**这需要有一个持久的教育计划。我觉得应该每天都给学生二十分钟左右的时间去诵读（经典文化），最好可以编入小学课程。农村的学生对新鲜东西的好奇心很强烈，这对学生的礼仪和良心品质的培养很有用。虽然，我现在只是一个普通老师，有心也没有力。但是，我不会放弃，再困难我也要坚持下去，就算只在我班开展，我也要开展。

**记者：**那你自己有没有最喜欢的诗文？可以和大家分享一下吗？

**龙：**我最喜欢的诗文是："首孝悌，次谨信。泛爱众，而亲仁。"它可以时刻告诉自己做人一定要孝顺父母，尊敬长辈、兄长，能谨慎约束自己，对人要诚实守信；处事待人都要博爱民众，主动向有德行的人学习，这样也会让自己成为有德行的人。

（发表于《肇庆都市报》2010 年 9 月 10 日）

# 利玛窦在肇六载游行记

黄洁静

本报讯（记者　詹逸男　实习生　黄洁静）　在 16 世纪的肇庆西江北岸，即现今的古渡头遗址，一位外国籍的传教士乘船抵达，在这开始了他的中国内陆之旅。几个世纪过去了，这位传教士的生命已经"归零"，但是他在肇庆所留下的历史文献不仅让肇庆市民记住了他，也让世界记住了他。他是谁？他与肇庆有着怎样的渊源故事？在此，我们给您娓娓道来。

## 沟通中西文化第一人

他，出生在意大利名城玛切拉塔市的一个望族家庭，曾在罗马深造法学后加入耶稣教会转学哲学和神学，开始了他的教士生涯。年纪轻轻的他能制造时钟、地球仪、气象仪等，是一位年轻有为、博学多才的学者。

16 世纪是一个西学东渐、中学西传的特殊年代，他乘着中西文化碰撞交融的浪潮来到东方。1583 年 9 月 10 日对于他而言更是一个特殊的日子，这一天他以僧人身份入居肇庆，踏出了他中国内陆之旅的第一步。当船泊肇庆码头上岸后，他以兴奋的心情记下了这一天。

他是谁？他就是利玛窦，沟通中西文化第一人。

曾经有人这样评价过利玛窦："人类历史上第一位集欧洲文艺复兴时期的诸种学艺和中国四书五经等古典学问于一身的巨人。"是否每个人都认可关于他的如此高的评价？答案见仁见智。但，他为中西方文化交流所作出的不朽功勋应得到后人的肯定。

## 仙花寺

对于生长在肇庆的市民而言，江滨路的崇禧塔不会是一个陌生的名字。但崇禧塔附近的仙花寺遗址可能就鲜为人知了。而当年，利玛窦就是在这个叫仙花寺的地方安居乐业。

当我们看到这样一个名字的时候，我们很理所当然就想到利玛窦当年以僧人身份入肇，认为仙花寺就是一个供奉着佛教神灵的寺庙。可是我要告诉你，我们的想法都太"想当然"了。

仙花寺，它真实的身份是明代耶稣会士进入中国内地后建立的第一所欧式教堂。据资料显示，当年仙花寺的整座建筑物都是按欧洲的式样来建设和修饰的。屋顶饰有欧洲教堂十字标志，外墙窗户整齐地排列着欧式浮雕线条，教堂外加建了花园和围墙。可谓洋味十足。值得一提的是，中国第一所西文图书馆就诞生在此。而且，第一幅中文世界地图的绘制也是在仙花寺内完成的。

在经历了几个世纪的风雨洗劫，仙花寺已不能和昔日名扬省内外的阵势相比。但，闭上眼睛，我们依然可以想象当年前往仙花寺参观的人络绎不绝，以及教堂外停着车子、轿子以及江面停泊的大小船只的繁华景象。而利玛窦则正在教堂内为前来参观的人们耐心讲解西方的先进技术。

据资料显示，利玛窦抵肇第一天就到丽谯楼拜见了知府王泮。为了更好地还原利玛窦在肇庆六年的游行经历，我们去丽谯楼收集了相关的资料。而这时的丽谯楼也正以图片、绘画、场景等形式向前往参观的游客讲述了更多关于利玛窦的故事。

当我们走进丽谯楼，首先映入我们眼帘的是“西学儒士”形象的利玛窦画像，画像用文字记载了他在肇六年的成就。顺着楼梯往二楼走，二楼正厅用塑像展现了这样的场景：知府王泮正仔细地瞧着侍卫手上的地图，脸露出满意的神态；利玛窦则在旁边作讲解状。原来，王泮曾经请利玛窦为他绘制一幅用中文标注的地图。经过利玛窦一个月的绘制和修改，中国历史上第一幅中文世界地图《山海舆地图》在肇庆诞生了。地图让大家看到了世界的缩影，但地图违背了扎根在人们心中“天圆地方”的观念，这使得大家迷茫不解。聪明的利玛窦就将地球比喻为鸡蛋，天是蛋清，地是蛋黄，所以，天圆地圆才是正确的。为了更好地证明自己的观点，他还以自己的航海经历为论据。这样一幅在我们现代人眼中普通的中文地图于当时而言，就如一股新鲜的血液更新着大家落后的观念。鼓动了许多人向西方学习先进科学技术的热情，其影响是深远的。

我们可以说，利玛窦就像是一道沟通中西方文化的桥梁，其贡献之大不言而喻。丽谯楼里许多资料都记载了他在肇庆六年的文化交流活动和事迹。例如，记载了他与罗明坚合编了我国第一部中西文词典《葡汉词典》的事迹，记载了他利用象限仪测量崇禧塔高度、水井深度和道路长度，消除了人们对这些科学仪器的怀疑，等等。

当我们持着尊敬的心情继续参观时，我们发现在丽谯楼有一座年代久远的机械钟，它的外观看起来与普通的机械钟没有太大区别，但当我们走近仔细一瞧，发现它非常“中国化”，钟面不用阿拉伯刻数，而是按中国人的习惯，采用子、丑、寅、卯、辰、巳、午、未、申、酉、戌、亥十二个时辰来表示时间。这就是仿制利玛窦和印度钟匠几经努力研制的中国内陆第一台机械自鸣钟的模具品。在研制这自鸣钟的过程中，利玛窦还为此牵涉了一场官司。印度钟匠是罗明坚在澳门为筹措仙花寺经费时请回来帮助利玛窦研制钟表的。一天，他看到一群小孩往教堂扔掷石头，就把其中一个顽童抓进了教堂教训，利玛窦就劝说把小孩放了。但小孩的家人后来到官府诬蔑状告印度钟匠，王泮当时没有调查清楚，就把罪定给了印度钟匠。后来经过取证调查才发现“罪人”无罪。风波过后，利玛窦与印度钟匠几经努力终于把这自鸣钟研制出来。

1589 年 8 月 15 日，利玛窦离开肇庆，结束了他在肇游历的六年时光，前往韶关南华寺开始了另一段新旅程。他在肇庆的六年点滴旅程已被历史记载，也被肇庆市民记在心中。2006 年是中国意大利文化年，肇庆人民特在丽谯楼开设展馆纪念这位沟通中西文化的第一人。而为了纪念这段历史，意大利马切拉塔市也曾在 1998 年送给肇庆利玛窦铜像。

（发表于《肇庆都市报》2010 年 9 月 8 日）

# 登高望远知胜境

## ——专访肇庆学院

广播电视新闻学　2008级　黄燕婷

肇庆学院，位于广东珠三角城市——肇庆。在这座古老的城市中，肇庆学院以其自身独特的文化底蕴，为城市的发展输送着一批又一批的人才。在人们的口中，对肇庆学院是赞美有加。到底是什么让这座学府在岁月的更迭中一次次地散发出新的光彩？记者来到肇庆学院进行了这次校园专访。

### 美化校园风光　涵养学习环境

肇庆学院的两个校区都坐落在肇庆星湖风景名胜区，学校也没有辜负这自然的美景。“在这里学习仿佛置身于美丽的山水画中”，一位来自甘肃的大一学生对记者说。肇庆学院背后是美丽的北岭山，连绵起伏的山脉在雨天后，雾气升腾时，从校道望去，如一幅美丽的中国山水画。

人工湖边满柳树，桉树丛中似花海。避暑胜地般的肇庆学院为在这里学习的学生创造了一个良好的学习环境。记者随机采访了一位肇庆学院的老师，她告诉记者，环境的优雅归根到底是为了学生更好的学习，心情愉悦才会有好的学习状态。

### 输入新鲜血液　夯实发展基础

一所优秀的学校如果不去学习新的知识，不断发展自身，那么它逐渐会被日新月异的社会所淘汰。对于这方面，记者了解到肇庆学院为不断增强实力所做的努力。

只有不断地引进新鲜血液，才会使学院充满活力。近年来，肇庆学院根据学科发展方向和重点学科建设的需要，大力引进和培养高层次人才，制定并实施了《“十一五”师资队伍规划》、《关于调整肇庆学院人才引进待遇等问题的通知》、《关于加强肇庆学院教师队伍建设的意见》等政策，引进高层次人才近百人，并通过出国进修、做访问学者等方式提升现有教师的学历层次和专业水平。

除了教师不断学习外，还要有好的教学设备才能让学生学到真本领。记者了解到学校现有教学仪器设备总值近 1 亿元，学校图书馆纸质藏书 122 万册，电子图书 25 万册，纸质报刊 1 500 多种。学校拥有一个省级教学重点实验室——光电信息技术教学重点实验室，两个省级实验教学示范中心——计算机基础课实验教学示范中心、光机电一体化综合性实验教学示范中心，一个省级技能训练中心——教师教育综合技能训练中心。基础数学学科、中国现当代文学学科被列为省级高校重点扶持学科，体育教育专业是国家级特色专业。

为了让教师和学生拥有更广阔的视野，肇庆学院实行“请进来”与“走出去”相结合的方法，努力创新学习载体。按照每个阶段的学习重点，邀请理论专家和有关方面领导来作报告。两年来，已请有关专家和领导作报告近 40 场。同时，还不定期组织教师参加市委党校、省委党校和省社科院举办的各类报告会、信息会。这些报告带来了外面的新信息，开拓了中心组成员的思路，对提高他们的理论水平帮助很大。不断有新的知识注入，学生才能更加适应当今社会的需要，获得企业的认可。

## 创新办学理念　坚持实践育人

肇庆学院从 2007 年开始，着力构筑应用型人才培养模式，并全面开展教学质量工程建设，而在构筑应用型人才培养模式中，最重要的元素是实践教学体系的建立。那么什么是实践教学体系？它主要包括：以竞争带动实践教学，实践教学与岗位技能培训相结合，产学研合作，促进实践教学的发展和实践教师队伍的建设。在这个体系的推动下，肇庆学院的教学质量又有了新的提高。

肇庆学院素来重视教学质量和校风学风等方面的建设。学校通过了《肇庆学院关于实施本科教学质量与教学改革工程的意见》和《肇庆学院本科教学质量与教学改革工程实施方案》，启动了旨在推动教学质量建设和教学改革工作的“质量工程”，对今后的教学工作作出了重要部署，确定把“质量工程”作为今后几年本科教学和人才培养重中之重的工作来抓；同时对教学工作中的热点和难点问题进行了广泛而深入的讨论，从思想观念、制度设计、办学资源、管理工作、教风学风等不同方面提出了许多有建设性的意见，为学校开展“质量工程”建设的决策提供了科学的参考。

近年来大学生的就业不容乐观，很大原因是学生缺乏学以致用的本领，书本上学到的理论仅仅是理论，要在工作中发挥作用，还需要把理论结合实践，不能走出学校大门就会变成“书呆子”。

为了培养学生的实践能力，符合当今企业用人单位的需要，肇庆学院举办第二课堂活动、座谈会、社会实践活动，以及担任兼职政治辅导员、担任学生理论社团的学习与活动指导老师等方式，正确引导学生开展勤工助学、“三下乡”等社会实践活动。记者随机采访了一名08级学生小莫，她说自己进大学以来加入影协社团，不仅认识了很多新朋友，还提高了自己的交际能力。影协的很多活动也让她提高了自己的演讲能力、组织能力等，让自己得到了全身心的锻炼。记者了解到，肇庆学院有很多不同的社团，学生可以根据自己的兴趣进行选择。这样学生就不再是一心只读圣贤书，低头不管窗外事的书呆子，而能将书本的知识，加上自己实践所获得的知识内化，这样的学生毕业后才能更快获得企业的认可。

## 历年人才辈出　助力社会建设

包括今年入学的新生，肇庆学院现有全日制本、专科学生1.7万余人。办学以来，学校共为国家培养了7万多名本、专科毕业生。

近三年毕业生总体就业率均超过98%，名列广东省本科院校前列。

肇庆学院秉承“以生为本，以质立校；学术并举，崇术为上”的办学理念。开设了14个二级学院，覆盖了经济学、法学、教育学、文学、历史学、理学、工学、农学、管理学等九大学科门类的45个本科专业，具有学士学位授予权。从这些本科专业中走出了各行各业的专业人才，他们将在学校学到的知识学以致用，为社会贡献着自己的力量。

实力雄厚的肇庆学院没有为自己所取得的成绩沾沾自喜；专心教学的老师们也没有被繁杂的外界世俗所扰乱，学校在守着自己的精神家园的同时，为城市的建设输送着一批又一批的栋梁之才。

在采访中记者发现，肇庆学院很明白一个道理：办学犹如逆水行舟，不进则退。学校将发展放在第一位，不断增强推进学校科学发展的紧迫感、责任感和使命感。结合广东高等教育保持规模增长的新态势，积极面对金融风暴带来的新挑战，学校采取既抓内涵发展，又抓外延扩张，在确保办学质量的前提下，适度扩大办学规模，以适应经济社会发展需要。抢抓机遇，乘势而上，争当广东地方高等教育的排头兵。

这就是当下正在登高望远的肇庆学院，这就是正在不断探索和深入领略高等教育之胜境的肇庆学院。

（发表于《肇庆都市报》2010年9月1日）

# 上下川岛之外的台山印象

黄燕婷

对于台山，给笔者深刻印象的不仅是上下川岛的蓝天白云和碧水细沙，更有“荷花世界”的清凉与梅家大院里的华侨印记。

来到台山的荷花世界，刚下车迎面吹来一阵风，倦意随风飘去。一大片荷叶随风而摆，泛起一片银白，整个荷花池都热闹了。似乎在欢迎我们这慕名而来的客人。小桥垂柳，荷花相印。漫步在走廊中，近距离看着“出淤泥而不染的君子”，白里透红，淡雅至极，洁白无瑕，犹如那雪花般纯洁。更沁人心扉的是那淡雅的香味，让人顿时清凉了大半。

带着荷花的淡香，前往华侨重镇——端芬镇。来到小镇，夺人眼球的就是不远处的高楼建筑。走进小巷，稀稀疏疏的行人，两边是历经沧桑的老楼房，顿时感觉寂静。海苔爬上古屋，留下足迹。从曲曲折折的小路走来，头不停地左右摇摆，怕错过其中的建筑。等到尽头，一条大道上两边是颇具规模的大楼。这就是梅家大院了。

电视剧《宅院深深》里的宅院阴森幽长，里面钩心斗角的情景令人不寒而栗，但是梅家大院与恐怖阴森绝对挂不上钩，它占地面积 80 亩，是目前我国保存得最好且具有一定规模的华侨建筑的典型代表，有 108 栋二至三层带骑楼的楼房，呈长方形排列，井然有序，好有气势。大院的建筑涵盖欧美国家的建筑风格，并渗入中国传统的建筑艺术。整座大院既传统古典又潮流，更有趣的是楼房中间有 40 亩专供商贩摆卖商品的市场空地，这是交流的纽带，让人感到暖暖的人情味。

如果是在傍晚，漫步在大道上，看着两边的建筑，真会有时光倒流的感觉，我也仿佛看到那时华侨们归乡建房的努力。

（发表于《肇庆都市报》2010 年 9 月 6 日）

# 有困难，社区志愿者帮你搞掂！

## 端州33个社区建标准化志愿服务站服务你我他

广播电视新闻学　2008级　李思杰

本报讯（记者　廖艳琴　实习生　李思杰）　在端州区城南街道厂排社区，每到周末，总会出现一群朝气蓬勃的青年学生的身影，他们是肇庆学院的志愿者。每周六早上9点，他们会准时出现在社区，到学生家里给他们补课。

义务家教是肇庆学院团委与端州区团委、厂排社区共同开展的成长辅导志愿服务项目之一。此外，志愿者还结合各种节假日协助社区开展各种志愿者服务活动。文明礼仪讲座、暑期社会实践、定期走访独居老人等一项项温馨服务，温暖了居民的心房。

在端州区芹田社区同样活跃着一群致力为广大社区居民尤其是社会弱势群体提供专业化、有针对性的便民服务的志愿者。据悉，芹田社区今年1月创建了标准化社区志愿服务站，设立了爱心服务、文化辅导、医疗保健、文体活动、家电维修五类便民服务。今年5月，芹田社区志愿服务站开展了一场别开生面的生日会，为社区过生日的20多名老党员送去关怀，志愿者们精心准备表演节目，设计爆笑互动的游戏，穿插着吹蜡烛及合唱生日歌环节……现场的老党员纷纷竖起大拇指，非常开心！

社区志愿服务工作是社区服务也是社区建设的一个重要组成部分。去年，团市委召开志愿服务进社区工作推进会，28支志愿者服务队与城区塔脚、厂排、百花园、城中路、睦民、沙街社区及市社会福利院志愿服务基地等7个社区、单位结对，重点以社区老人、进城务工人员、下岗失业人员、残疾人和低保家庭等弱势群体等为服务对象，服务内容集帮困助残、科学普及以及家政、水电维修、法律咨询等多方面，力争为辖区居民提供方便快捷、多元化的全方位服务。

端州区也将创建社区志愿服务站的工作列入2010年端州区为民办十件实事之一。今年初，启动创建标准化社区志愿服务站工作，按照有经常性的志愿服务项目、有稳定的志愿者队伍、有必要的投入经费和运作经费等“六个有”的基本标准开展创建。据端州区团委书记谢光荣介绍，为全面推进平安和谐社区建设，端州区力争2011年实现全区所有社区建有标准化社区志愿服务站，在社区普遍建立志愿服务的基层组织网络。目前在端州区66个社区中已有33个社区建立了标准化志愿服务站，并配有41名党员大学生挂任社区党组织副书记兼志愿服务站副站长。

（发表于《西江日报》2010年9月8日）

# 龙泉“被地沟油”　生意锐减三成

广播电视新闻学　2008级　廖浩发

**龙泉酒楼报警后群发短信自证清白**

**网友指其“此地无银三百两”**

日前，本地某论坛上出现了“×泉同雄×都因为被揭发地沟油停业了”一帖，立即掀起轩然大波！一夜之间，百度词条、本土多个热门论坛齐声讨伐，“揪”出了“真凶”龙泉海鲜大酒楼。龙泉酒楼老板得知后立刻报警，并群发短信力证清白。此举让“地沟油事件”更加沸沸扬扬。

记者获悉，卫监部门已介入调查，称检查中未发现龙泉酒楼使用地沟油。目前警方正在查找发帖者。

### 网友认为“×泉”即龙泉酒楼

9月13日，不少市民突然收到短信：“龙泉酒楼受到社会及网上造谣使用地沟油被停业，令我司声誉受损，现已报警……市民如有质疑可向市卫生部门查证事实。”

在本地某论坛上，记者发现了网友“咕噜咕噜”发出的“×泉同雄×都因为被揭发地沟油停业”一帖，人气极高，已有3 975人次浏览，跟帖者众多。

网友们对“×泉”为哪家酒楼产生了极大的兴趣，并进行了猜测，多数网友纷纷称“×泉”就是龙泉海鲜大酒楼。

网友“赵思颖”就直言：“楼主，你点解唔指名道姓写明？系唔系怕背上法律责任？有本事嘅话，你就点名指明系龙泉和雄中啦，等更多的肇庆市民知道！”

记者在龙泉酒楼采访时，食客莫先生称，早在7月份就听闻此事，他的第一反应是向龙泉酒楼的服务员打听，继而观望且不在此吃饭。接到短信后他特地过来“瞧一瞧”，“看来事态严重”。

### 龙泉酒楼　传言“赶”走两三成生意

14日，龙泉酒楼的负责人之一梁慧文接受了采访。她称，短信是该酒楼通过运营商的短信平台发出的。

梁慧文介绍，今年7月中旬，地沟油回流餐桌遭到全国人民的口诛笔伐。与此同时，一个与龙泉酒楼有关的“地沟油事件”在肇庆坊间开始悄悄传播。

梁慧文说，起初听闻的版本是食客向他们反映的：龙泉酒楼因使用地沟油，被卫生部门当场查获，并罚停业。而9月1日，在肇庆人气最旺的某论坛上，网友“咕噜咕噜”的帖子让事件升级。

“虽然帖子没直指名字，但因为我们规模较大，经营多年，在市民中有一定的知名度和口碑。”梁慧文说，该帖备受关注，一夜之间在百度词条上甚至直接出现了“肇庆龙泉酒楼地沟油”的字眼，对他们影响极坏。

梁慧文称，酒店起初并不在意食客和网上的传言，但核算查账时发现，“传言的杀伤力直接影响到了酒楼的生意”。

她称，传言散播后，酒楼的营业额减少了2~3成，有时顾客预订了，但因被请者说“那家用地沟油你不知道啊”，顾客只得退订，酒楼生意大受影响。

传闻越传越广，他们只好报警。“等不及证实了，不想变成江苏那家被谣传的餐饮名店那样，搞到老板要怀抱食用油拍照并上网发‘毒誓帖’。”

## 猜测　或为同行恶意诽谤

当天上午，梁慧文带记者看了他们正使用的“旺丁旺财”花生油。“我们用的都是桶装花生油，有正规的采购渠道，三证齐全，进存销都有详细记录。排入下水道的废弃油由专门的废旧油脂再生公司定点收购。”

至于网友发帖所描述的那一幕，梁慧文也作了分析：“一种可能是卫生部门进行常规检查或捞地沟油的人员作业时被食客看到了，误以为我们在使用地沟油；还有一种极大的可能是同业间的竞争，有人恶意诽谤我们。”

面对记者，梁慧文信誓旦旦地说，酒楼生意很好，绝对不可能自砸招牌自己炒作，不会以“地沟油事件”来提高知名度。

## 卫监部门　未发现酒楼使用地沟油

记者从市卫监所稽查科了解到，目前没有接到任何一条关于龙泉酒楼使用地沟油的投诉。在最近的食用油专项整治过程中，市卫生部门未发现有酒楼使用地沟油，基本可排除龙泉酒楼使用地沟油的可能。

鉴于此事掀起的风风雨雨，卫监部门在例行检查中重点检查了龙泉酒楼的食用油，抽检结果尚未出来。

对于梁慧文提到的废弃油脂是定点单位上门收购，卫监部门解释说，2008 年起，市环保、卫生、工商等相关部门便着手对餐饮行业的废弃油脂处理进行监管，与用油量较大的餐饮单位签订了废弃油脂管理责任状，确定由有资质的废弃油脂回收企业定点回收，并且要求每次回收都作记录。

## 专家　危机干预是好，切忌侵权

“鼎湖瘦肉精猪”、“肇庆某山泉水被检出菌落总数超标”……企业发展过程中，危机常常防不胜防，究竟龙泉酒楼群发信息处理危机的方法是否恰当呢？

记者就此事采访了市应急管理小组专家库的两位专家。

肇庆学院吴贤格博士：在危机未进一步扩大时，该酒楼尚懂得报警处理，追溯造谣、诽谤的源头是正确的，但已错过最佳时机。应该在 7 月份有食客质疑之时就作出反应，并在媒体、市民的监督下，请权威部门（如卫生监督部门）检查和鉴定，及时向外公布结果，平息谣言。

现在公众的神经对“食品安全”很敏感，一旦本地企业、酒楼出现类似危机，影响就会迅速扩大。企业要化解危机，首先要保质，要问天问地问良心，做到质量过硬，倘若经不起推敲，再多的公关都只是徒劳。

市委党校副教授任志强：酒楼未等权威部门（卫生监督部门）公布检测结果，就群发短信以示清白，简直是大错特错。一不利于辟谣，自说自话更不可信；二会扩大影响，并且有违法、侵权之嫌。这条信息等于强卖广告，消费者被迫接受，会引起反感，有“此地无银三百两”之疑。

正确的做法是，积极与卫生监督部门沟通，尽快把权威结果拿出来，通过媒体发布后在论坛上贴示以消除影响。

同时，企业应该设立专门化解危机的小组，出现类似问题后，第一时间是观察，酒楼咨客、服务员等应尽快搜集市场反应，如可控制，则不要急着公关；同时，做好自身质检，拿出实实在在让人信服的东西。

目前看来，肇庆众多中小企业危机管理的知识尚欠缺，应该补上这一课。

## 律师　造谣并散布虚伪事实将被追究刑事责任

肇庆振中律师事务所律师闫影称，若此事确定为他人造谣诽谤，造谣者捏造并散布虚伪事实，损害龙泉酒楼的商业信誉、商品声誉，给龙泉酒楼造成经济损失，而且情节严重，其行为已涉嫌损害商业信誉和商品声誉罪，可依法追究其刑事责任。同时，作为受害者的龙泉酒楼可提起附带民事诉讼，向犯罪嫌疑人索赔。

## 网议

网友 zjouhzh：垃圾短信，而且语气相当不友善！你绳之以法，关我们什么事呢?

网友汀汀：语气好似要警告我似的，我又没造谣你们用地沟油!

网友古穴魄：正所谓清者自清，越讲越混乱!

网友 zqwsh123：难怪我昨晚经过×泉唔见开门。

网友不洗澡的鱼：无良商家为赚黑心钱，害人不浅啊……强烈要求严查，严惩。

网友越说越真：听我朋友讲查出好几间都系用呢 D 油喔。因为都系那里比较响嘅，所以先“琴”住唔公开先。唔知系真唔系真了。

网友唏嘘须根：据传罚款 50 万～250 万元。

……

## 何为地沟油

地沟油可分为三类：

一是狭义的地沟油，即将下水道中的油腻漂浮物或者将宾馆、酒楼的剩饭、剩菜（通称泔水）经过简单加工、提炼出的油。

二是劣质猪肉、猪内脏、猪皮加工提炼后产出的油。

三是用于油炸食品的油使用超过一定次数后，再次重复使用或往其中添加一些新油后重新使用的油。

食用勾兑地沟油的食用油后，会出现头晕、头疼、恶心、呕吐、腹泻等中毒症状，长期食用轻者会缺乏营养、加速衰老，重者将导致肠道和心血管疾病，破坏消化道黏膜，内脏严重受损甚至致癌。

（发表于《肇庆都市报》2010 年 9 月 17 日）

# 社团简介

# 第四纪剧团：演绎你我的精彩！

项目类别：文艺时尚类
项目名称：第四纪剧团
成立时间：2001 年
主办单位：肇庆学院文学院
关键词：话剧，小品

## 一、基本创意

文学院第四纪剧团作为文学院的特色社团，每年通过组织大型的话剧汇演、相声小品大赛、剧本创作大赛、演员培训等活动，来达到锻炼学生的创作、口头表达、表演诸方面能力的目标；也为学生提供了近距离接触中外名剧的机会，提高了学生的文学素养，丰富了学生的课余生活，培养了学生的实践能力和创新精神。

## 二、主要内容和运作模式

文学院第四纪剧团成立于 2001 年 12 月 21 日，原名中文系话剧团。文学院第四纪剧团是在肇庆学院文学院的领导下，由具有表演天赋、对表演感兴趣、积极要求进步的同学组成的一个展示文学院特色的学生社团。第四纪剧团的成立是为了丰富同学们的学习及课余生活，发掘同学们的表演天赋及能力，锻炼培养同学们的综合素质，感受话剧魅力，演绎精彩人生，传播舞台艺术。第四纪剧团自成立以来，定期开展全校性的表演活动，举办、参与相声、小品、话剧比赛，与校内外社团进行艺术交流，营造校园戏剧表演的艺术氛围。发展日益成熟的第四纪剧团，不断扩展新的内部培训形式，演出形式更多元化，有相声小品、话剧、歌舞剧、哑剧、DV

剧等。

第四纪剧团每次演出都会严格筛选剧本，认真挑选合适的演员，在指导老师的指导下，经过至少一个月的排练，才搬上舞台。演出节目多为改编的中外名著、戏剧精品。其中也有不少原创作品被搬上舞台，并获得较高赞誉。

第四纪剧团设团长一名，副团长三名，团长助理三名，团长统筹全局；副团长管理日常工作，组织会议，开展活动，做好团员的管理及评优工作；团长助理协助团长、副团长做好各部门的协调及分管工作。

剧团内部按职能不同，分为演员组、场务组、编导组、外联组，每组各设两或三名组长，主要负责该组工作。演员组负责参与剧目的演出；场务组负责海报设计、形象设计、道具制作、灯光处理、舞台设计等工作；编导组负责演出剧本的创作、改编、审核，以及演出活动的编排；外联组负责校内外宣传，争取赞助商等工作。

### 三、工作成效

2007 年，参加肇庆学院第三届文化艺术节，《项链》获得一等奖和最佳组织奖。

2008 年，《等待的戈多》获得广东省 2008 年大学生文化艺术节艺术表演类三等奖和优秀作品创作奖。

2008 年，举办“双十二话剧之夜”话剧汇演。

2009 年，举办“纪念一二·九爱国学生运动，相约话剧之夜”话剧汇演。

2010 年，参加“广东省第五届大学生话剧小品大赛”，《窗》获二等奖。

2010 年，举办“庆祝校庆 40 周年暨第四纪话剧之夜”话剧汇演。

2011 年，参加“广东省第三届大学生艺术展演活动”，《十字路口》、《墙》获小品话剧类三等奖。

2011 年，举办“文学院第四纪剧团十年团庆”。

2011 年，拍摄制作“肇庆学院新生安全教育片”。

2011 年，肇庆学院文学院第四纪剧团荣获广东省中国当代文学学会校园社团“青果奖”一等奖。

**简评：**

第四纪话剧团成立已十年，作为一个综合性的学生社团，学生们在每年的话剧演出中都表现出极大的热情和创新的精神，在实践中锻炼自己的才干，体现出高度的责任心、团队精神和组织协调能力，这成为多途径培养学生口头表达能力、创新意识、开拓进取精神的平台，展示了新时代大学生的青春风采。

# 传媒中心：传播动态、传递文化

项目类别：文艺时尚类

项目名称：传媒中心

成立时间：2001 年

主办单位：肇庆学院文学院

关键词：文学、新闻

**一、基本创意**

坚持“以德为行，以学为上”的办报原则，秉着“学而不厌，诲人不倦”的精神，在锻炼提升机构成员素质的同时，为我院营造更浓厚的文化氛围。“文学是人学，文学是语言的艺术，世事洞明皆学问，人情练达即文章。”以文学为载体，为文学院学生提供文学交流平台，锻炼写作能力，以文章促进校园文化的建设。同样，新闻工作以“传播学院动态，传递校园文化”为宗旨进行专业的学院新闻传播。播报学校内发生的各种新闻事件，让师生对校园内发生的事情有大致的了解，达到增强学校文化凝聚力、丰富师生课余生活的目的，进而训练新闻专业学生的采、编、播、摄等职业能力，使该专业学生更加深入掌握电视新闻节目制作的全过程。

## 二、主要内容和运作模式

《中文学子》方面：

内容一：本机构负责追踪报道我院主要活动，主要以新闻形式公告于文学院网站，供广大师生了解、监督、交流。其运作模式为：机构成员供稿→相关人员（主编等）审稿→领导（书记、辅导员等）审稿→网上公告。

内容二：编辑排版《中文学子》电子版。大概为每月一期，视文章供稿等情况而定。其运作模式为：文章来源（约稿或自由投稿）→编辑排版→内部审稿→指导老师点评→领导审核→网上公告。

内容三：编辑排版《中文学子》纸质报纸。大概为每学年一期；每期四版，一版为新闻版，回顾我院学年新闻热点，报道我院重要消息；二版为专题版，每期确定一个主题，作深入报道；三版为读书版，向我院师生征稿，以介绍代表性新书和经典书籍为主，每期还邀请老师为同学们介绍一些读书方面的心得；四版为写作版，也向我院学生征稿，以文艺性和知识性作文为主。其运作模式为：前期准备，收集文章、资料→机构成员自行手绘画版→《西江日报》社排版→机构内部多次校对审核→领导审核→印刷出版。

内容四：评报活动。对上一学年的《中文学子》纸质报纸和最新的电子版进行评报，在评报活动中认识自身优缺点，为今后发展认清自我。其运作模式为：邀请学校类似报纸机构以嘉宾形式出席评报活动→机构内部各版面负责成员点评各自版面的优缺点→出席嘉宾提出各自的宝贵看法与建议→评报会议总结。

内容五：读书报告会。以读书报告会形式，举行比赛，讲述自己的读书心得，激发同学们的读书热情。对象为我院全体学生。其运作模式为：活动公告→活动宣传→接受报名→初赛→决赛。

传媒摄像方面：

学院动态（学校政要、重点会议、校园大事件等）、校园直击（师生活动、校园小民生等）、特色自选、一周关注（各类院系活动、活动预告、重要通知等）等节目由传媒中心所有成员分工制作，拟定一个月播出一个视频新闻，制作过程分为前期策划、中期拍摄、后期制作三大部分，分别由组长、文字编辑、串编、助编、主持、配音、摄像、记者等完成，每个工作都落实到个人。每期节目都会在校园网上播出。

**三、工作成效**

《中文学子》创立于2001年，刊名由当时我系党总支书记高贵题字，并由前任院长邝邦洪教授、前任学院党委副书记曾峥教授为本刊题词。

“以德为行，以学为上。”——邝邦洪

“学而不厌，诲人不倦。”——曾峥

自2001年创办以来，《中文学子》经过机构成员的自身努力和领导的大力支持，取得了有目共睹的优异成绩。共出版《中文学子》39期，电子版报纸26期，报道了我院大部分重要活动。

2012年出版了《中文学子》学刊。

跟踪报道了学院学生活动等重大新闻，向师生传播学院动态，新闻稿、摄影作品等发表于肇庆学院文学院主页 http://wxy. zqu. edu. cn/。

个人奖项（列举部分）：

白国颖：2010年，被评为学生会优秀干部、《中文学子》优秀编辑；

2010年，肇庆学院“激情亚运·创业年华”文学创作大赛专业组一等奖；

2010年，“南粤杯”广东省大学生网上征文二等奖；

2011 年，被学校评为共青团优秀干部；

2011 年，获肇庆学院第一届共青团促进高素质应用型人才培养主题教育活动先进个人；

在担任《中文学子》主编期间，《中文学子》荣获广东省中国当代文学学会校园社团“青果奖”一等奖；

上大学至今，完成 100 多篇新闻写作，其中 30 多篇在我院网站上发表；

专业实习期间，在《西江日报》上发表新闻稿件 16 篇，多篇稿件成为当天报纸的头版头条。

李泽敏：《腾格里，你怎么不在这里》、《咫尺》发表于《西江读书》；

《阳光烙下的记忆》发表于《肇庆学院报》；

《决裂》、《智者不在人间》发表于湖畔社刊；

《省团委陈东书记深入肇庆学院两进三同》报道发表于《南方日报》、《西江日报》；

《亚运一日》发表于《广东省校园文学》、《中文学子》。

刘敏飞：《结婚新时尚你会裸婚吗?》、《“快乐摆客”摆味道、摆生活、摆实惠》发表于《辰报》澳门版。

赖佳庆：《那个离我远去的山庄》发表于肇庆学刊第 1 - 0015 号。

谢丽丽：《属于她们的季节》发表于《肇庆学院报》。

牛媛慧：《全省高校接受国家助学贷款情况考核我校获评优秀等级》、《福慧慈善家表爱心　四十贫困生获奖助》发表于肇庆学院网站；

《我的创造方式生活》、《肇庆学院征兵工作结束》发表于《肇庆学院报》；

《我校隆重举行 2010 年国家奖助学金颁发仪式》、《诚信之美》发表于《肇庆学院学工报》。

**简评：**

《中文学子》自2001年创刊以来，从草创到渐趋成熟再到辉煌，已走过了11年的发展历程，取得了丰硕的成果，为文学院大学生语言表达与汉语写作等应用能力的锻炼提供了一个很好的训练平台。

传媒摄像工作方面，结合专业，结合校园，成为大学校园一个瞭望的视窗。栏目报道校园新闻，追踪新闻热点，生动形象地展示校园生活的丰富多彩，表现出新闻学子敏锐、灵动的思维，以及实践能力和创新意识。走进新闻专业，就有采访、编辑、播音主持的锻炼，在实践中张扬个性，实现他们人生理想的追求。

# 书法技能训练小组：笔墨纸砚传承古今风韵

项目类别：专业技能类

项目名称：书法技能训练小组

成立时间：2009年

主办单位：肇庆学院文学院

关键词：书法，训练

**一、基本创意**

书法是中国特有的一种传统艺术。它不仅是中华民族的文化瑰宝，而且在世界文化艺术宝库中独放异彩。它在漫长的演变发展的历史长河中，起着交流思想、继承文化等重要的社会作用。它本身形成了一种独特的造型艺术。

为满足文学院广大学生对书法学习的迫切需要，切实提高同学们三笔字的书写能力和水平，丰富广大同学的业余生活，结合实际，开展书法技能培训活动，帮助广大学生进一步提高三笔字书写的能力，熟练掌握三笔字书写技法，促使广大学生书写规范、流畅、整洁、美观的汉字，文学院特成立书法技能训练小组。书法技能训练小组由文学院书法专业教师指导，由文学院学生会职业技能训练部门负责开展全院学生的书法技能训练。

## 二、创办思路

强调社团现在所开展的工作“书法教育”不是培养“书法家”；强调“书法课”不同于“写字课”；强调“文化传统”、“艺术熏陶”不同于“书法创作”。写字主要是要求把字写规范，而书法则包括写字、艺术、文化、审美的内容，同时也包括写什么字体、写什么内容的要求。学习书法不仅是把字写好的过程，更是加强师范素质教育、提高审美能力、培养民族情怀、接受中国文化思想教育的过程。

## 三、主要内容和运作模式

文学院书法技能训练小组成立于2009年10月9日，隶属于文学院学生会，是在肇庆学院文学院领导、教师的指导下，以对书法有兴趣、勤奋学习的学生为主，由文学院学生会职业技能训练部（以下简称“技训部”）主要负责组织、开展相关工作，能够体现文学院办院特色的学生社团。以下为具体工作内容和运作模式：

（1）吸收成员，组织练习：面向文学院学生，以师范类大一新生为主，将对书法有兴趣的同学集中在一起练习。运作模式：文学院学生会技训部向各班技训委员宣传→统计、整理、确认名单→组织所有成员学习书法。

（2）教学指导，交流学习：由擅长书法的老师、学生对组员进行书三笔（毛笔、钢笔、粉笔）技法的教学和指导，传授理论知识；组员之间互相交流学习。运作模式：文学院学生会技训部委员邀请擅长书法的老师和在书法比赛中获奖的大二、大三学生→开展书法课堂→书法教学→具体到个人的指导→组员的心得交流。

（3）举办活动，鼓励勤学：书法活动是促进书法教育的有力措施，书法展览是展示书法艺术及文化最有效的方法。因此，书法技能训练小组举办书法课堂作品展和“三笔字”大赛。运作模式：①书法课堂作品展：征集老师、学生作品（老师作品只参展，不评奖）→邀请老师评奖→整理作品并托底→申请场地→张贴作品，在图书馆一楼展出，为期三天。②“三笔字”大赛：方案宣传→报名→确定比赛时间（5 月份）和地点（图书馆前面广场）→申请比赛用具（课桌、纸、粉笔、黑板等）→规定比赛书写内容→参赛选手抽签→邀请评委、嘉宾→现场书写，现场评奖。

**四、工作成效**

（1）强化学生书写技能。组员在书法技能训练小组的常规训练中，勤于训练，取得很大进步。

（2）继承发扬书法艺术。书法技能训练小组通过举办书法课堂作品展和“三笔字”大赛，让更多同学参与进来，激发学习兴趣，使书法技能得到普及。

（3）帮助学生对外学习。组织有书法特长的学生出外访碑、参观大型书法展或对外交流，有利于学生书法技能的培养。

（4）推荐学生参赛参展。文学院积极推荐学生参加全国、省市各级书法比赛，推荐学生作品参加全国、省市各级书法展览，并取得好成绩，广受好评。

（5）个人奖项情况：

| 时间 | 姓名 | 项目 | 成绩 |
|---|---|---|---|
| 2011 年 | 黄聪 | “广东省第三届大学生艺术展演” | 一等奖 |
| 2010 年 | | 肇庆学院“第二届校三笔字大赛” | 一等奖 |
| 2010 年 | | 肇庆学院书画篆刻协会“学生书法篆刻大赛” | 一等奖 |

（续上表）

| 时间 | 姓名 | 项目 | 成绩 |
|---|---|---|---|
| 2010 年 | 吴少勤 | 肇庆学院应用型人才培养计划之三笔字大赛 | 一等奖 |
| 2011 年 | 张维端 | 肇庆学院应用型人才培养计划之三笔字大赛 | 一等奖 |
| 2011 年 | | 肇庆学院硬笔书法精品展 | 最佳创新奖 |
| 2010 年 | 钟敏华 | 肇庆学院书法篆刻成立二十五周年书法比赛 | 优秀奖 |
| 2010 年 | 陈月敏 | 第十三届推广普通话宣传周活动“书法比赛” | 优秀奖 |
| 2011 年 | 罗翰 | 肇庆学院应用型人才培养计划之三笔字大赛 | 二等奖 |
| 2010 年 | | 第十三届推广普通话宣传月活动“书法比赛” | 优秀奖 |
| 2011 年 | 张伟钦 | 肇庆学院硬笔书法篆刻精品展 | 优秀奖 |

**简评：**

书法技能训练小组是结合文学院专业而创办的特色学生社团，为学生提供一个广阔的书法学习交流平台。学生们在擅长书法的老师和学生的指导下，刻苦练习，积极交流。在增强书写技能的同时，提高学生修养。莘莘中文学子用笔墨纸砚书写青春精彩，传承古今风韵！

# 语言艺术兴趣组

项目类别：专业技能类

成立时间：2004 年

主办单位：肇庆学院文学院

关键词：普通话，语言，口才

**一、宗旨**

提高同学们的普通话水平，培养同学们对语言艺术的兴趣，提高同学们的语言艺术修养、言语品质、言语交际能力、职业技能和其他方面的综合素质。

**二、主要内容和运作模式**

组内设有演讲朗诵小组、辩论小组、口才表演小组和宣传小组。各分组根据自己的特点开展学习和活动，使组员在学习和工作之余获得更多的锻炼机会和展示空间，并为文学院营造浓厚的语言艺术氛围。

组内成员由组长、理事及组员组成。组长全面负责组内工作，召开各种会议，组织全体成员合理地开展工作和学习；以务实创新的精神对兴趣组出现的问题承担责任。各组理事协助组长搞好各方面工作，积极组织成员开展有关活动，并及时向组长汇报工作情况，主动提出工作建议。

主要任务如下：

（1）制订工作计划和活动计划。

（2）组织各种形式的比赛，如演讲比赛、朗诵比赛、辩论赛、课堂模拟大赛、实用口才比赛等。

（3）组织成员进行有关普通话的练习，了解各种语言艺术形式，学习各类语言技巧、比赛技巧，锻炼成员在实际生活的语言沟通能力和表达能力，如主持培训、辩论技巧培训、读书交流会、笑话之夜等。

**三、活动简介**

（一）新生辩论赛

辩论赛是语言艺术兴趣组成立以来的经典活动，主要目的是让同学们熟识辩论赛的规则与技巧，锻炼同学们的应变能力和表达能力，为文学院辩论队吸收有潜力的新成员，也是为学院每年一度的班际辩论赛做准备。

（二）古今诗文朗诵比赛

目的是更好地弘扬传统文化，陶冶学生的艺术情操，进一步促进朗诵艺术的发展。此活动由“演讲朗诵小组”负责，主要针对学生的感情表达、仪态、普通话这几个方面来进行指导。同学们也可以自选乐曲，配乐朗诵，以取得最佳效果。

（三）演讲比赛

演讲比赛秉承“公平、公正、公开”的原则，围绕鲜明、表达完整、精练创新的主题而开展。这为同学们提供了一个大展演讲风采和提高演讲水平的平台。

（四）模拟课堂大赛

这是我组举办的一个新活动，主要目的是提高普通话水平，让同学们体会课堂教学的教程，了解教学技巧，为将来步入工作岗位打下良好基础。在活动中，同学们当了一回小老师，从中学到了许多。

（五）普通话水平模拟测试

目的是营造更浓厚的普通话学习氛围，强化训练的准备意识，更充分地迎接普通话水平测试。测试模拟历年的正规普通话水平测试展开，由通过二甲以上的同学来担任评委，给予测试者精心的点评和指导，使同学们对其有初步的了解，为以后的测试做准备。

## 四、工作成效情况

| 时间 | 姓名 | 比赛项目 | 比赛成绩 |
| --- | --- | --- | --- |
| 2011 年 | 庄梦琦 | “新声代”广东大学生主持人决赛 | 二等奖 |
| 2011 年 | 唐嘉阳 | 肇庆学院庆祝“建党 90 周年”朗诵大赛 | 一等奖 |

（续上表）

| 时间 | 姓名 | 比赛项目 | 比赛成绩 |
| --- | --- | --- | --- |
| 2011 年 | 李子 | 文学院第五届主持人大赛 | 一等奖 |
| 2011 年 | | 肇庆学院庆祝“建党 90 周年”诗朗诵大赛 | 二等奖 |
| 2011 年 | | 课堂模拟大赛 | 二等奖 |
| 2011 年 | 王欢欢 | 文学院模拟课堂大赛 | 二等奖 |
| 2011 年 | 伍晓毅 | 文学院模拟课堂大赛 | 优秀奖 |
| 2010 年 | 黄艺荻 | “中文学子古今风采”古今中外诗文朗诵比赛 | 优秀奖 |
| 2011 年 | 赵海云 | 文学院第五届主持人大赛 | 优秀奖 |
| 2011 年 | 程舒超 | 文学院第十二届班际辩论赛 | 辩论积极分子 |
| 2010 年 | | 肇庆学院“女子杯”辩论赛 | 最佳辩手 |
| 2011 年 | 冯军 | 文学院第十二届班际辩论赛 | 辩论积极分子 |
| 2011 年 | 罗凯欣 | 文学院第十二届班级辩论赛 | 最幽默辩手 |
| 2010 年 | | “专业技能竞赛之辩论赛热身赛” | 优秀辩手 |
| 2011 年 | 黄艳敏 | 文学院第十二届班级辩论赛 | 最佳辩手 |
| 2011 年 | 曾宝莹 | 文学院第十二届班级辩论赛 | 最佳辩手 |
| 2011 年 | 彭泽勇 | 第七届社团杯辩论赛连续三次 | 最佳辩手 |
| 2011 年 | 吴晓晓 | 文学院第十二届班际辩论赛 | 最佳辩手 |
| 2010 年 | 姚欣敏 | 建校四十周年庆典新闻宣传 | 优秀报道奖 |
| 2010 年 | 黄佩妍 | 文学院第五届主持人大赛 | 优秀奖，<br>最佳才艺奖 |

# 写作兴趣组

项目类别：专业技能类
项目名称：文学院写作兴趣组
成立时间：2004 年
主办单位：肇庆学院文学院
关键词：文学、写作

## 一、基本创意

文学院写作兴趣组以“培养写作兴趣，提高文学创作水平，营造良好的文学创作氛围”为基本宗旨。以“提高专业写作能力并真切体悟文学，体会生活”为目的。

写作组每年都会通过征文活动来提高同学们的写作水平，而且每年都会举行采风、义工之类的活动。通过开展这些活动来丰富同学们的大学生活、开拓同学们的视野以及为同学们增加写作题材。

## 二、主要内容和运作模式

文学院写作兴趣组成立于 2004 年 3 月 15 日，本兴趣组自成立以来，不断地发展壮大，迄今为止已有近 150 人参加。

文学院写作兴趣组是一个独立的学生组织机构，由组长、副组长及各部门部长带领，设有办公室、编辑部、组织部及宣传部四个部门。

特色活动有：

（1）邀请文学院的老师为我组举办关于写作方面的讲座。

（2）组织组干及组员到肇庆附近的自然村进行采风活动。

（3）组织组干及组员到肇庆市社会福利院进行义工活动。

（4）组织新生征文活动。

（5）其他各类趣味活动。

**三、工作成效**

（1）团队活动：

2009 年，举办了由郭毅老师主讲的关于“写作应用技巧”的讲座；

2009 年，举办了到中山市岭南水乡进行采风的活动；

2009 年，举办了前往肇庆市福利院奉献爱心的义工活动；

2010 年，举办了以“清明节”和“对水的思考”为主题的征文活动；

2010 年，举办了到肇庆市盘古山进行采风的活动；

2011 年，举办了“趣味文学知识竞赛”活动；

2011 年，举办了以“我的大学”为主题的征文活动。

（2）个人奖项：

获奖情况：

| 时间 | 姓名 | 项目 | 成绩 |
|---|---|---|---|
| 2010 年 | 曾火娇 | 广东省“激情亚运·创业年华”文学创作 | 二等奖 |
| 2011 年 | | 第五届广东省大学生文化艺术节文学创作大赛 | 二等奖 |
| 2011 年 | 莫舒敏 | 第五届广东省大学生文化艺术节文学创作大赛 | 优秀奖 |
| 2010 年 | 李泽敏 | “中华情”全国性征文大赛 | 二等奖 |
| 2010 年 | 黄尔夫 | 省妇联“春游绿道·万家同乐”征文比赛 | 优秀奖 |

发表文章情况：

| 时间 | 作者 | 作品 | 发表刊物 |
| --- | --- | --- | --- |
| 2011 年 | 曾火娇 | 《梁巨明　执着坚守成大器》 | 中国传统工艺美术网 |
| 2011 年 | | 《青春奉献：中青年教师成为中小学教师主体》 | 《辰报》澳门版 |
| 2011 年 | | 《班主任助理小札记》 | 《辰报》澳门版 |
| 2011 年 | | 《大学生宿舍 是非地抑或温馨港?》 | 《辰报》澳门版 |
| 2011 年 | | 《父母！孩子!》 | 《辰报》澳门版 |
| 2011 年 | | 《小布谷鸟创业复活记》 | 《肇庆学院报》 |
| 2011 年 | | 《踏上新征程　实现新发展　迈向新台阶》 | 《肇庆学院报》 |
| 2011 年 | | 《认真执着磨一剑，管乐金声动人情》被评为《肇庆学院报》年度好通讯 | 《肇庆学院报》 |
| 2011 年 | | 《带班党员小札记》 | 《肇庆学院学工报》 |
| 2010 年 | | 《谈谈大学生信用档案》 | 《肇庆学院学工报》 |
| 2010 年 | 林明耀 | 《〈三国〉诠释的职场“潜规则”》 | 《辰报》澳门版 |
| 2011 年 | 李梦媚 | 《漫步西湖》 | 《辰报》澳门版 |
| 2011 年 | 李梦媚 | 《應聘的注意事項》 | 《辰报》澳门版 |
| 2011 年 | 程桂芬 | 《大学群居生活囧事》 | 《辰报》澳门版 |
| | 冯军 | 《紫荆花开》 | 力行学子 |
| | | 《重拾叹息》 | 湖畔文学史 |
| | | 《有你的梦里》 | 《中文学子》 |
| | | 《化蝶》 | 《中文学子》 |

# 附录：文学院学生书法作品展示

天行健君子以自强不息
地势坤君子以厚德载物
己丑年 譚秋鳳書

08 中本 1 班　谭秋凤

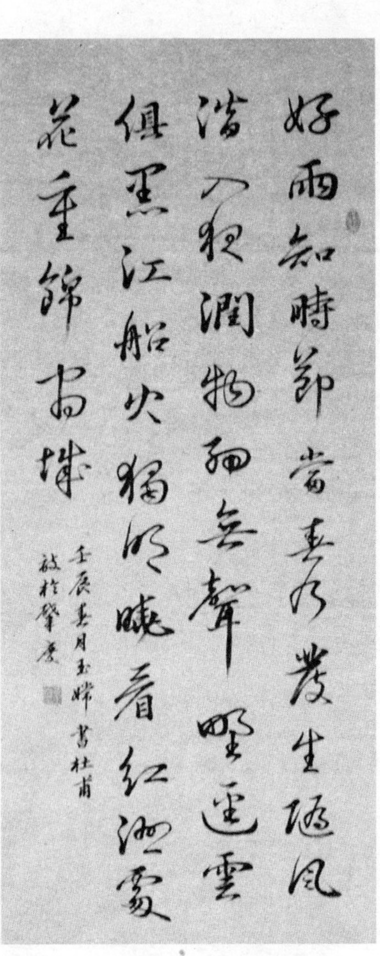


09 中本 3 班　黄玉嫦

朝辭白帝彩雲間千里江陵一
日還兩岸猿聲啼不住輕舟已
過萬重山
庚寅春月劉敏菁書

08 中本 2 班　刘敏菁

花間一壺酒獨酌無相親舉盃邀明
月對影成三人月既不解飲影徒隨
我身暫伴月將影行樂須及春我歌
月徘徊我舞影零亂醒時同交歡醉
後各分散永結無情遊相期邈雲漢
李白詩一首　辛卯年夏吳少勤書於沁月軒

09 语教　吴少勤

白日依山盡黃河入海流欲窮
上一層樓空山不見人但聞人
入深林復照青苔上獨坐幽篁
長嘯深林人不知明月来相照
光疑是地上霜舉頭望明月低
天門中斷楚江開碧水東流至
青山相對出孤帆一片日邊来
唐詩五首 黃聰書

09 对外汉语 黄聪